타이탄의
세이렌

SIRENS OF TITAN
by Kurt Vonnegut, Jr.

타이탄의 세이렌

커트 보니것 장편소설
강동혁 옮김

KURT
VONNEGUT
The Sirens of Titan

문학동네

일러두기

1. 주석은 모두 옮긴이주이다.
2. 본문 중 고딕체는 원서에서 이탤릭체로, 볼드체는 대문자로 강조한 부분이다.
3. 장편문학 · 기타 단행본은 『 』, 시 · 단편문학은 「 」, 연속간행물명 · 방송 프로그램명 · 곡명 등은 〈 〉로 구분했다.

특수요원 알렉스 보니것에게, 사랑을 담아

"태양계는 헤라클레스자리의 구상성단을 향해
시속 4만 3000마일 속도로 가까워진다. 그런데도 진보가
존재하지 않는다고 우기는 부적응자들이 있다."

— 랜섬 K. 펀

차례

1. 티미드와 팀북투 사이

"저 위의 누군가가 날 좋아하나보죠."
—맬러카이 콘스턴트

지금은 모든 이가 자신의 내면에서 삶의 의미를 찾는 방법을 안다.

하지만 인류에게 늘 그런 운이 따랐던 것은 아니다. 불과 백 년 전만 해도 남녀는 내면의 수수께끼 상자에 쉽게 접근하지 못했다.

심지어 영혼으로 통하는 쉰세 개 관문의 이름조차 몰랐다.

싸구려 종교가 큰 사업이었다.

인류는 모든 인간의 내면에 존재하는 진실을 모른 채 바깥을 바라보며 계속해서 밀고 나갔다. 인류가 바깥으로 밀고 나가며 배우고자 했던 것은 모든 창조의 책임자가 누구며 모든 창조의 의미는 무엇이냐는 것이었다.

인류는 선발대를 계속해서 바깥으로, 점점 더 바깥으로 내던졌다. 결국 그들을 우주로, 색도 냄새도 무게도 없는 무한한 바깥의 바다로 내던졌다.

인류는 그들을 돌멩이처럼 내던졌다.

이 불운한 선발대원들은 지구에 이미 풍족했던 것, 끝없는 무의미의 악몽을 발견했다. 우주, 즉 무한한 바깥이 주는 포상은 세 가지였다. 공허한 영웅주의, 저열한 희극, 무의미한 죽음.

그제야 바깥은 사람들이 상상하던 매력을 잃었다.

내면만이 탐험의 대상으로 남았다.

인간의 영혼만이 테라 인코그니타*로 남았다.

이것이 선善과 지혜의 시작이었다.

아직 영혼이 탐구되지 않았던 옛 시대 사람들은 어땠을까?

다음은 '악몽 시대'의 실화다. 악몽 시대란, 몇 년쯤 차이는 있겠으나 대체로 제2차세계대전과 제3차대공황 사이의 시기를 말한다.

• • •

군중이 있었다.

---

* 라틴어로 '미지의 영역'이라는 뜻.

군중이 모여든 이유는 물질화가 일어날 예정이기 때문이었다. 한 남자와 그의 개가 물질화해 허공에 나타날 예정이었다. 처음에는 아지랑이처럼 나타났다가 결국 살아 있는 여느 남자나 개만큼 실체를 갖추게 될 것이다.

군중이 물질화를 보게 되는 건 아니었다. 물질화는 사유지에서 일어나는 철저히 사적인 사건이었고, 군중이 그곳에 초대받아 그 사건을 양껏 즐기는 일은 결코 없었다.

물질화는 경비원들이 지키는 높고 아무 장식 없는 담장 안에서 일어날 예정이었다. 현대적이고 교양 있는 교수형 같았다. 담장 바깥의 군중도 교수형장의 담장 바깥에 모여드는 군중과 매우 비슷했다.

군중은 아무것도 보지 못할 걸 알고 있었다. 그러나 사람들은 현장 가까이에 있으면서, 텅 빈 담장을 바라보고 안에서 무슨 일이 벌어질지 상상하면서 기쁨을 느꼈다. 물질화의 신비는 교수형의 신비와 마찬가지로 담장 때문에 강화되었고, 병적인 상상력이라는 마법의 영사기 때문에 포르노가 되었다. 군중이 텅 빈 담벼락에 마법의 영사기를 비춘 것이다.

이 마을은 우리은하 태양계 지구 미국 로드아일랜드주 뉴포트였다. 담장은 럼포드 저택의 담장이었다.

물질화 예정 시간 십 분 전, 경찰 소속 요원들이 물질화가 정해진 시간보다 일찍 담장 바깥에서 일어났으며 두 블록 떨어진 곳에 가면 남자와 개를 똑똑히 볼 수 있다는 소문을 퍼뜨렸다. 군중은 교차로에서 일어났다는 그 기적을 보러 달려갔다.

군중은 기적에 미쳐 있었다.

무리 끄트머리에 몸무게 136킬로그램의 한 여자가 있었다. 그녀에게는 갑상샘종과 캐러멜 사과, 창백한 여섯 살짜리 여자애가 있었다. 여자는 소녀의 손을 고무줄 끝에 달린 공처럼 이리저리 홱홱 잡아당겼다. "완다 준," 여자가 말했다. "지금 당장 움직이지 않으면 다시는 물질화에 데려가지 않을 거야."

• • •

물질화는 오십구 일에 한 번씩 구 년째 일어났다. 세계에서 가장 많이 배우고 믿음직한 남자들이 물질화를 볼 특권을 누리게 해달라며 가슴이 찢어질 듯 애원했다. 이런 위대한 남자들이 어떤 말을 해도 요청은 냉정하게 거절당했다. 거절은 늘 같은 내용으로, 럼포드 부인의 비서가 쓴 손 편지로 전달됐다.

윈스턴 나일스 럼포드 부인께서는 귀하께서 요청하신 초대 인원 증대가 불가하다는 점을 알려드리라고 말씀하셨습니다. 부인께서는 이 문제에 대한 부인의 감정을 귀하께서도 이해하시리라 확신하십니다. 귀하께서 관찰하기를 희망하는 현상은 비극적인 가족사로, 아무리 고귀한 동기에서 우러난 호기심이라 할지라도 외부인이 살펴보기에는 부적절합니다.

럼포드 부인과 그녀의 직원들은 물질화에 관한 수만, 수십만 가지의 질문에 하나도 대답하지 않았다. 럼포드 부인은 정말이지 정보라는 측면에서는 자신이 세상에 빚진 것이 거의 없다고 느꼈고, 계산할 수도 없을 만큼 작은 그 의무감은 물질화 이십사 시간 후마다 발행하는 통지서로 해소했다. 절대 백 단어를 넘지 않는 그 통지서는 그녀의 비서가 저택 입구 옆 담벼락에 붙은 유리 상자 안에 게시했다.

저택으로 들어가는 유일한 출입구는 서쪽 담장에 있는, 『이상한 나라의 앨리스』에나 나올 것 같은 문이었다. 문은 높이가 겨우 4.5피트였고 쇠로 만들어져 있었으며 커다란 예일* 자물쇠로 잠겨 있었다.

저택의 대문들은 벽돌로 막혀 있었다.

쇠문 옆 유리 상자에 게시되는 통지서는 한결같이 암울하고 짜증스러웠다. 거기에 담긴 정보라고 해봐야 조금이라도 호기심이 있는 사람이면 누구나 슬퍼할 만한 것들뿐이었다. 통지서에는 럼포드 부인의 남편 윈스턴과 그의 개 카작이 물질화한

* 미국의 자물쇠 제조사.

정확한 시간과 비물질화한 정확한 시간이 적혀 있었다. 남자와 개의 건강 상태는 언제나 양호함으로 평가되었다. 통지서는 럼포드 부인의 남편이 과거와 미래를 선명히 내다볼 수 있다는 암시를 남기긴 했지만, 어느 쪽으로든 내다본 사례는 굳이 언급하지 않았다.

• • •

지금은 군중을 저택에서 먼 곳으로 꾀어냈기에, 렌트한 리무진이 서쪽 벽의 작은 쇠문으로 별문제 없이 접근할 수 있었다. 에드워드시대의 멋쟁이처럼 옷을 입은 호리호리한 남자가 리무진에서 내리더니 문을 지키는 경찰관에게 서류를 보여주었다. 남자는 선글라스와 가짜 턱수염으로 변장하고 있었다.

경찰관이 고개를 끄덕이자 남자는 주머니에서 꺼낸 열쇠로 직접 자물쇠를 열고서 몸을 숙이며 안으로 들어갔고 철컹 소리를 내며 문을 닫았다.

리무진은 떠났다.

작은 쇠문 위에는 개 조심! 팻말이 붙어 있었다. 담장 위 콘크리트에 면도칼, 바늘과 함께 박혀 있는 유리 조각에 타는 듯한 여름 노을이 번쩍였다.

스스로 저택에 들어온 남자는 럼포드 부인이 처음으로 물질화 현장에 초대한 사람이었다. 그는 대단한 과학자가 아니었다. 심지어 교육 수준이 높지도 않았다. 버지니아주립대학교에 다니다가 1학년 때 퇴학당했으니까. 그는 캘리포니아주 할리우드의 맬러카이 콘스턴트로, 미국 최고 부자이자 악명 높은 방탕아였다.

작은 쇠문 바깥의 팻말에는 개 조심!이라고 적혀 있었지만, 담벼락 안에는 개의 해골뿐이었다. 해골은 사슬로 담벼락에 매인 채 뾰족한 징이 박힌 무시무시한 목줄을 차고 있었다. 아주 커다란 개의 해골, 마스티프종의 해골이었다. 긴 이빨이 맞물려 있었다. 두개골과 아래턱은 살점을 찢어발기는 기계를 정교하게 본뜬 무해한 모형이었다. 주둥이는 바로 그렇게, 콱 다물려 있었다. 한때는 여기에 등잔 같은 눈이 있었고 저기에 예민한 귀가 있었으며 저기에는 의심 가득한 콧구멍이, 또 저기에는 육식동물의 두뇌가 있었다. 여기와 저기에 걸린 근육 다발이 이빨을 살점에 박아넣었다. 콱.

해골은 상징적이었다. 거의 아무와도 이야기하지 않는 여자가 설치한 소품이자 대화를 위한 장치였다. 사실은 어떤 개도 담장에 바싹 붙어 있는 그 기둥에서 죽지 않았다. 럼포드 부인은 어느 수의사한테 그 뼈를 얻어와 표백하고 윤을 낸 다음 철사로 조립했다. 해골은 시간과 남편이 그녀에게 저지른 고약한 장난에 관해 그녀가 남긴 씁쓸하고도 모호한 논평 중 하나였다.

윈스턴 나일스 럼포드 부인은 1700만 달러를 가지고 있었다. 윈스턴 나일스 럼포드 부인은 미합중국에서 얻을 수 있는 가장 높은 사회적 지위를 가지고 있었다. 윈스턴 나일스 럼포드 부인은 건강하고 아름다웠고 재능도 있었다.

그녀의 재능은 시인으로서의 재능이었다. 그녀는 익명으로 '티미드와 팀북투 사이'라는 제목의 얇은 시집을 냈다. 상당히 호평받은 시집이었다.

시집의 제목은 소사전들의 경우 티미드timid와 팀북투Timbuktu 사이의 모든 단어가 시간time과 관련되어 있다는 사실에서 착안한 것이었다.

많은 것을 가졌음에도 럼포드 부인은 개의 해골을 벽에 매놓고 저택의 대문을 벽돌로 막아버리고 유명한 형식을 갖춘 정원을 뉴잉글랜드식 정글로 바꿔놓는 것 같은 문제적인 행동을 했다.

교훈: 돈, 지위, 건강, 외모, 재능이 다가 아니다.

미국 최고 부자인 맬러카이 콘스턴트는 저택으로 들어와 '이상한 나라의 앨리스' 문을 잠갔다. 선글라스와 가짜 턱수염은 담장의 담쟁이덩굴에 걸었다. 힘찬 걸음으로 개의 해골을 지나치며 태양력 손목시계를 보았다. 칠 분 뒤면 카작이라는 살아 있는 마스티프종이 물질화해 저택 안을 돌아다닐 것이다.

"카작은 물어요." 럼포드 부인은 초대장에 그렇게 썼다. "그러니 시간을 엄수하세요."

콘스턴트는 그 말에, 시간을 엄수하라는 경고에 미소 지었다. 그 단어에는 정해진 시간에 정해진 장소에 도착한다는 것 말고도 특정한 지점에 존재한다는 뜻이 있었다. 콘스턴트는 특정한 지점에 존재했다. 그 외의 방식으로 존재한다는 게 어떤 것인지 상상도 되지 않았다.

그가 알게 될 사항 중에는 그것도, 그러니까 다른 방식으로 존재한다는 게 어떤 것인지도 포함되어 있었다. 럼포드 부인의 남편이 다른 방식으로 존재하고 있었으니까.

윈스턴 나일스 럼포드는 개인 우주선을 타고 화성과 이틀 거리에 있으며 지도상에는 없는 크로노-신클래스틱 인펀디뷸럼 중심으로 들어갔다. 그의 개만이 그와 함께였다. 지금 윈스턴 나일스 럼포드와 그의 개 카작은 파동 현상으로 존재했다. 태양을 원점으로 베텔게우스*까지 뻗어나가는 뒤틀린 소용돌이 안에서 분명히 맥동하고 있었다.

지구가 그 소용돌이에 간섭하기 일보 직전이었다.

• • •

크로노-신클래스틱 인펀디뷸럼에 관한 짧은 설명은 대체로

* 오리온자리에서 가장 밝은 별.

이 분야의 전문가들을 자극할 것이다. 그 점을 염두에 두면 아마 최선의 간단한 설명은 『기적과 해야 할 일에 관한 어린이 백과사전』 4판에 나오는 시릴 홀 박사의 말일 것이다. 출판사에서 너그러이 허용해준 덕분에 아래에 해당 부분 전체를 옮겨올 수 있었다.

> **크로노-신클래스틱 인펀디뷸럼**—우리 아빠가 지구에서 살았던 사람 중 가장 똑똑한 사람이고, 알아내야 할 모든 것을 알고 있으며, 모든 것에 관해 정확한데다, 모든 것에 관해 정확하다는 걸 증명까지 할 수 있다고 상상해보세요. 그런 다음, 백만 광년 떨어진 어느 멋진 세상에 사는 다른 아이가 있는데 그 아이의 아빠 또한 그 멀고도 멋진 세상에 살았던 사람 중 가장 똑똑한 사람이라고 상상해봅시다. 그 아이의 아빠도 우리 아빠랑 똑같이 똑똑해요. 두 아빠가 모두 똑똑하고 옳답니다.
>
> 그런데 두 아빠는 만나자마자 끔찍한 말다툼을 벌일 거예요. 그 어느 문제에도 의견이 같지 않을 테니까요. 그럼 우리는 우리 아빠가 옳고 다른 아이의 아빠는 틀렸다고 말할 수 있겠지요. 그러나 우주는 지독히도 커다란 장소랍니다. 이런저런 문제들에 관해 서로 다른 옳은 의견을 가진 사람이 지독히도 많을 수 있을 만큼 넓은 공간이지요.
>
> 두 아빠가 모두 옳으면서도 끔찍한 싸움을 벌일 수 있는 이유

는 옳은 방식이 너무도 다양하고 많기 때문이에요. 하지만 우주에는 아빠들이 마침내 다른 아빠가 하는 말을 이해할 수 있는 공간이 있답니다. 모든 다양한 진실이 아빠의 태양력 손목시계 부품처럼 멋지게 맞아들어가는 곳이죠. 우린 이런 공간을 크로노-신클래스틱 인펀디불럼라고 불러요.

태양계는 크로노-신클래스틱 인펀디불럼으로 가득차 있는 것처럼 보입니다. 인펀디불럼의 존재는 자명합니다. 아주 커다란 인펀디불럼이 지구와 화성 사이에 자주 머물곤 하죠. 우리가 그 인펀디불럼에 대해 아는 이유는 지구인 남자 한 명과 그의 지구 개가 그 안으로 곧장 들어갔기 때문이에요.

여러분은 크로노-신클래스틱 인펀디불럼으로 들어가 절대적으로 옳을 수 있는 다양한 모든 방식을 보면 좋겠다고 생각할지 모르겠네요. 하지만 사실 그건 무척 위험한 일이에요. 그 가엾은 남자와 가엾은 개는 여러 장소만이 아니라 여러 시간에 걸쳐 널리 흩어졌답니다.

크로노-신클래스틱 인펀디불럼의 '크로노'는 시간을 의미해요. '신클래스틱'은 오렌지 껍질처럼 모든 방향에서 같은 면을 향해 휘어져 있다는 뜻이고요. '인펀디불럼'은 율리우스 카이사르나 네로 같은 고대 로마인들이 깔때기를 부를 때 쓴 말입니다. 깔때기가 무엇인지 모른다면 엄마한테 보여달라고 하세요.

이상한 나라의 앨리스 문을 여는 열쇠가 초대장과 함께 전달되었다. 맬러카이 콘스턴트는 안감이 모피로 된 바지 주머니에 열쇠를 집어넣고서 눈앞에 펼쳐진 오솔길을 따라 걸어갔다. 짙은 그늘 속이긴 했지만 노을의 단조로운 광선이 맥스필드 패리시*의 그림에 나올 법한 빛줄기로 나무우듬지 사이를 가득 채우고 있었다.

콘스턴트는 모퉁이를 돌 때마다 누가 뭐라고 할 것만 같은 기분에, 소심하게 초대장을 내보이며 앞으로 나아갔다. 럼포드 부인은 겨우 서른네 살이었지만 노부인처럼 구불구불하고 끝이 뾰족한 손글씨를 썼다. 그녀는 한 번 만나본 적도 없는 콘스턴트를 경멸하는 게 분명했다. 아무리 잘 봐줘도 초대장에서는 더러워진 손수건에 글을 쓴 것처럼 마지못해하는 분위기가 풍겼다.

"최근 물질화 때," 그녀는 초대장에 이렇게 적었다. "남편은 다음번 물질화 때 당신이 와야 한다고 고집을 부렸어요. 명백히 많은 문제점에도 불구하고 나는 남편의 마음을 돌릴 수 없었습니다. 남편은 타이탄에서 당신을 만난 적이 있다며 당신을 잘 안다고 고집을 부리더군요. 타이탄은 토성의 위성 중 하나랍니다."

* 20세기 전반기에 활발히 활동했던 미국의 화가 겸 일러스트레이터.

초대장에는 고집이라는 단어가 포함되지 않은 문장이 거의 없었다. 럼포드 부인의 남편은 그녀에게 그녀 자신의 판단과는 상당히 모순되는 어떤 일을 하라고 고집을 부렸으며, 이에 따라 그녀도 맬러카이 콘스턴트에게 실제로 신사가 아니더라도 최대한 신사처럼 행동해야 한다고 고집을 부리고 있었다.

맬러카이 콘스턴트는 타이탄에 가본 적이 없었다. 그가 아는 한 모행성母行星인 지구의 대기권을 벗어난 적도 없었다. 이제 사실은 그렇지 않다는 걸 알게 될 모양이었다.

• • •

오솔길은 이리저리 휘어져 있어 가시거리가 짧았다. 콘스턴트는 폭이 잔디깎이 정도이며 축축하고 풀로 뒤덮인 오솔길을 따라가고 있었는데, 실제로 그 길은 잔디깎이가 풀을 베고 지나간 자리였다. 과거에 정원이었으나 이제는 정글로 변해버린 오솔길 양옆에는 무성한 풀이 벽처럼 솟아 있었다.

잔디깎이가 지나간 자리는 물이 나오지 않는 분수를 빙 둘러 지나갔다. 잔디깎이를 밀던 남자가 이 지점에서 창의력을 발휘해 갈림길을 만들어놓은 것이다. 콘스턴트는 분수의 어느 쪽으로 돌아갈지 마음에 드는 길을 고를 수 있었다. 콘스턴트는 갈림길에서 멈춰 위를 보았다. 분수는 놀라울 만큼 창의적이었다.

지름이 점점 작아지는 돌 그릇들로 원뿔을 표현한 듯했다. 그릇들의 축은 40피트 높이의 원통형 기둥이었다.

콘스턴트는 두 갈래길 중 어느 하나를 선택하는 대신 충동적으로 분수를 기어올랐다. 꼭대기에 올라가면 지나온 길과 가야 할 길을 볼 수 있으리라는 생각으로 그릇을 차례차례 기어올랐다.

맨 꼭대기, 바로크식 분수를 이루는 그릇 중 가장 작은 그릇의 새 둥지 잔해에 발을 담그고 선 맬러카이 콘스턴트는 저택, 그리고 뉴포트와 내러갠싯만의 드넓은 구역을 내려다보았다. 그는 손목시계를 들어올려 햇빛을 들이켜게 해주었다. 태양력 손목시계에 햇빛이란 지구인 남자들의 돈과 같았다.

상쾌한 바닷바람이 콘스턴트의 짙은 남빛 머리카락을 흩뜨렸다. 그는 균형잡힌 체형의 남자였다. 헤비급치고 날씬하며 피부색은 어두웠고 입술은 시인 같았으며 크로마뇽인 특유의 튀어나온 이마 아래 그늘진 동굴에는 연갈색 눈이 박혀 있었다. 나이는 서른한 살이었다.

그의 재산은 30억 달러였는데, 그중 대부분은 물려받은 것이었다.

그의 이름은 충실한 배달부라는 뜻이었다.

그는 투기꾼으로, 대체로 회사채를 다뤘다.

콘스턴트는 알코올과 마약, 여자들을 받아들이고 나면 늘 따라오는 우울함에서 오직 하나만을 애타게 원했다. 그가 한 지점에서 다른 지점으로 겸손히 배달할 품위 있고 중요한 메시지가 딱 하나만 있으면 좋겠다는 것이었다.

콘스턴트가 직접 디자인한 문장紋章 아래에 적힌 좌우명은 간단했다. 배달부는 기다린다.

짐작건대 콘스턴트는 신이 그만큼 특별한 이에게 보내는 일급 메시지가 있다고 생각했던 것 같다.

콘스턴트는 태양력 손목시계를 다시 보았다. 내려가 저택에 도착할 때까지 이 분의 시간이 있었다. 카작이 물질화해 물어뜯을 만한 낯선 이를 찾아 나설 때까지도 이 분. 콘스턴트는 할리우드의 졸부 콘스턴트 씨가 저택에 머무는 내내 순종 개 때문에 분수 위에 갇혀 있었다는 걸 알게 되면 럼포드 부인이 얼마나 즐거워할지 생각하고 혼자 웃었다. 어쩌면 럼포드 부인이 분수를 켜버릴지도 몰랐다.

지금도 그녀가 콘스턴트를 지켜보고 있을지도 몰랐다. 저택은 분수에서 걸어서 일 분 거리에 있었다. 오솔길 폭의 세 배쯤 넓은, 잔디깎이가 깎고 지나간 길이 저택과 정글을 구분했다.

럼포드 저택 건물은 대리석으로 만들어져 있었으며 런던 화이트홀 궁전의 만찬장을 재현한 모습이었다. 뉴포트의 대단히 웅장한 건축물들이 그렇듯 이 건물도 우체국과 연방법원 건물의 방계친척이었다. 지역 전체에 이런 건물들이 퍼져 있었다.

럼포드 저택은 실체적 인간*이라는 개념을 아주 우습고도 인상적으로 표현한 형태로서, 쿠푸왕의 대피라미드 이후로 가장 훌륭하게 밀도를 드러낸 건축물에 속할 게 분명했다. 대피라미드가 하늘로 다가갈수록 점점 작아져 사라진다는 점을 생각해보면, 어떤 면에서는 럼포드 저택이 영원성을 더 잘 표현했다고도 할 수 있었다. 럼포드 저택은 하늘에 가까워지면서도 어느 면 하나 작아지지 않았다. 뒤집어놓더라도 완벽히 똑같아 보일 터였다.

물론 저택의 밀도와 영원성은 한때 이 건물의 주인이었던 사람이 오십구 일에 한 번을 제외하곤 달빛 이상의 실체를 갖추지 못한다는 사실과 역설적인 대조를 이뤘다.

콘스턴트는 점점 커지는 그릇들의 가장자리를 밟으며 분수에서 내려왔다. 맨 밑으로 내려오자 분수에서 물이 나오는 모습을 보고 싶다는 강한 소망이 차올랐다. 그는 바깥의 군중을 생각했다. 그들도 분수가 작동되는 모습을 좋아할 것 같았다. 그들은 전율할 것이다. 꼬-꼬-꼭대기에 있는 쪼-쪼-쪼그만 그릇의 가장자리에서 물이 그다음 작은 그릇으로 넘치고…… 그다음 작은 그릇의 가장자리에서 물이 그다음 작은 그릇으로 넘치고…… 그다음 작은 그릇의 가장자리에서 물이 그다음 작은

* People of substance. '재력가'를 뜻하기도 한다.

그릇으로 넘치고…… 그렇게 가장자리를 흘러넘치는 광시곡이 이어지며 그릇들이 저마다 즐거운 물의 노래를 부르는 모습이라니. 게다가 그 모든 그릇의 아래쪽에는 그중 가장 커다란 그릇이 위를 향해 입을 쩍 벌리고 있었다…… 뼈다귀처럼 건조하고 절대로 그 갈증을 충족시킬 수 없는, 그야말로 그릇의 마왕이라고 할 수 있는 존재가…… 첫번째 달콤한 물방울을 기다리고 기다리고 또 기다리고 있었다.

콘스턴트는 분수에서 물이 나온다고 상상하다가 넋이 나갔다. 분수는 환각과 매우 비슷했고, 지금 와서 콘스턴트를 놀라게 하거나 즐겁게 할 수 있는 건 환각이 거의 유일했다. 그는 대개 그런 환각을 마약을 통해서만 느낄 수 있었다.

시간이 빠르게 흘렀다. 콘스턴트는 움직이지 않았다.

저택 어딘가에서 마스티프가 짖었다. 커다란 청동 징을 난폭하게 물어뜯는 소리 같았다.

콘스턴트는 분수 생각에서 깨어났다. 짖는 소리는 우주의 사냥개 카작이 낸 것이 틀림없었다. 카작이 물질화했다. 카작이 방탕아의 피 냄새를 맡았다.

콘스턴트는 저택 건물까지 남은 거리를 빠르게 달려갔다.

무릎 아래를 묶게 되어 있는 옛 시절의 불룩한 반바지를 입은 늙디늙은 집사가 할리우드의 맬러카이 콘스턴트에게 문을 열어주었다. 집사는 기뻐서 흐느끼고 있었다. 그는 콘스턴트에게는 보이지 않는 어느 공간을 가리키며 자신을 그토록 행복한 눈물로 가득차게 만든 존재에 관해 설명하려 했지만 말하지 못했다. 그의 입은 중풍으로 굳어 있었고 그가 콘스턴트에게 할 수 있는 말은 "펏 펏—펏 펏 펏" 뿐이었다.

전실 바닥은 황금빛 태양 주위를 도는 별자리를 표현한 모자이크였다.

겨우 일 분 전에 물질화한 윈스턴 나일스 럼포드가 전실로 들어와 태양을 밟고 섰다. 그는 맬러카이 콘스턴트보다 훨씬 더 키가 크고 육중했다. 그로 인해 콘스턴트는 난생처음 자기보다 우월한 사람이 실제로 있을지 모른다는 생각을 하게 되었다. 윈스턴 나일스 럼포드가 부드러운 손을 내밀어 친근하게 콘스턴트를 맞아들였다. 그는 목구멍 깊은 곳에서부터 그로턴 지방 특유의 저음으로 거의 노래하듯 환영 인사를 전했다.

"콘스턴트 씨, 기쁘고 기쁘고 또 기쁩니다." 럼포드가 말했다. "와줘서 정말 고오오오오오오오오오맙소."

"저도 기쁩니다." 콘스턴트가 말했다.

"사람들 말로는 당신이 인류 역사상 가장 운좋은 사람이라더군요."

"그건 약간 과한 표현일 수도 있어요." 콘스턴트가 말했다.

"당신이 재정적인 면에서 환상적으로 운이 좋았다는 걸 부정하지는 않겠지요." 럼포드가 말했다.

콘스턴트는 고개를 저었다. "네. 그건 부정하기 힘들죠." 그가 말했다.

"그럼, 이 놀라운 행운의 이유는 뭐라고 보시오?" 럼포드가 말했다.

콘스턴트가 어깨를 으쓱했다. "누가 알겠습니까?" 그가 말했다. "저 위의 누군가가 날 좋아하나보죠."

대화를 나누며 럼포드와 악수하던 콘스턴트는 갑자기 자기 손이 작고 앙상하다고 생각했다.

럼포드의 손바닥은 굳은살이 박여 있었으나 사는 내내 한 가지 직업만 가질 운명에 처한 남자의 손바닥처럼 딱딱하고 거칠지는 않았다. 활동적인 유한계급의 천 가지 즐거운 노동으로 생겨난 그 굳은살은 완벽하게 평평했다.

콘스턴트는 악수를 하기 전까지 상대가 태양에서 베텔게우스에 이르는 넓은 영역에 퍼져 있는 파동 현상의 한 교점, 한 측면에 불과하다는 걸 잠시 잊고 있었다. 그러나 악수를 하자 자신이 무엇을 만지고 있는지 다시 깨달았다. 약하지만 분명히 느껴지는 전류로 손이 얼얼했으니까.

• • •

콘스턴트는 럼포드 부인의 물질화 초대장 말투에도 기가 죽거나 열등감을 느끼지 않았다. 콘스턴트는 남성이고 럼포드 부인은 여성이었기에, 그는 기회만 주어지면 의심할 여지 없는 자신의 우월성을 입증해 보일 방법이 있으리라 생각했다.

윈스턴 나일스 럼포드는 다른 문제였다. 도덕적으로, 공간적으로, 사회적으로, 성적으로, 전기적으로 그랬다. 윈스턴 나일스 럼포드의 미소와 악수는 축제의 잡역부들이 회전 관람차를 무너뜨리듯 효과적으로 콘스턴트의 자기개념을 무너뜨렸다.

배달부로서 신에게 봉사하던 콘스턴트는 이제 럼포드의 대단히 절제된 위대함 앞에서 크게 당황하고 말았다. 콘스턴트는 자기가 위대하다는 과거의 증거를 찾아 기억을 뒤졌다. 다른 남자의 지갑을 뒤지는 도둑처럼 자기 기억을 뒤졌다. 알고 보니 콘스턴트의 기억은 그가 정복했던 모든 여자를 찍은, 지나치게 밝게 나온 구겨진 스냅사진들과 그야말로 터무니없는 사업체를 가지고 있음을 증명하는 터무니없는 증명서들, 30억 달러를 써야만 갖출 수 있는 덕목과 강점에 관한 증언들로 가득했다. 빨간 리본이 달린 은메달도 하나 있었다. 버지니아주립대학교의 학내 육상경기 중 한발뛰기, 뛰어넘기, 높이뛰기* 종목에서 2위를 하고 받은 메달이었다.

럼포드의 미소는 이어지고 또 이어졌다.

---

* hop, skip, jump. '어떤 것을 거의 성취할 뻔하거나 그것과 흡사한 다른 것을 성취했다'는 뜻의 관용구이기도 하다.

다른 남자의 지갑을 뒤지는 도둑의 비유를 이어가자면, 콘스턴트는 안에 무언가 가치 있는 것이 들어 있는 비밀 수납공간이 발견되기를 바라며 기억의 봉인을 뜯었다. 비밀 수납공간은 없었다. 가치 있는 것은 아무것도 없었다. 콘스턴트에게 남은 것은 기억의 껍질뿐이었다. 바느질도 되지 않은 채 축 늘어져 펄럭거리는 껍질.

늙디늙은 집사가 사랑 가득한 눈으로 럼포드를 보며, 성모마리아 그림 모델을 하려고 자세를 취하는 추하고 늙은 여자처럼 소름 돋게 얼굴을 일그러뜨렸다. "줜-님-" 그의 목소리는 염소 울음소리 같았다. "작은 줜-님."

"그게 말이지, 난 당신 생각을 읽을 수 있다오." 럼포드가 말했다.

"그렇습니까?" 콘스턴트가 겸손하게 말했다.

"세상에서 가장 쉬운 일이지." 럼포드가 말했다. 그의 눈이 반짝였다. "당신도 알겠지만, 당신은 나쁜 부류가 아니오." 그가 말했다. "특히 당신 자신이 누군지를 잊을 때는." 그는 콘스턴트의 팔을 가볍게 어루만졌다. 정치인이 할 법한 동작이었다. 자기 종족과 함께 사적인 공간에 있을 때는 절대 누구도 건드리지 않으려고 몸을 움찔거리며 애쓸 만한 남자가 보여주는 천박한 공개적 몸짓.

"우리 관계의 이 단계에서 어떻게든 내게 우월감을 느끼는 게 당신에게 그토록 중요하다면," 럼포드는 콘스턴트에게 유쾌한 목소리로 말했다. "이렇게 생각하시오. 당신은 재생산을 할 수 있지만, 난 못합니다."

이제 럼포드는 콘스턴트에게서 등을 돌리고 앞장서더니 복도를 따라 늘어선 대단히 웅장한 방들을 지나쳤다.

그는 어느 방에 들어가서는 콘스턴트에게 흰색 순종 조랑말 고삐를 쥐고 있는 소녀를 그린 커다란 유화를 감상하라며 고집을 부렸다. 소녀는 흰 보닛과 풀을 먹인 흰 드레스, 흰 장갑, 흰 양말, 흰 신발 차림이었다.

맬러카이 콘스턴트가 본 소녀 중 가장 깨끗하고, 거의 얼어붙은 듯 보이는 소녀였다. 소녀의 표정은 묘했다. 콘스턴트는 그녀가 조금이라도 더러워질까봐 걱정하는 모양이라고 생각했다.

"멋진 그림이네요." 콘스턴트가 말했다.

"이애가 진흙탕에 넘어진다면 몹시 나쁜 일 아니겠소?" 럼포드가 말했다.

콘스턴트는 머뭇거리며 미소 지었다.

"어린 시절의 내 아내요." 럼포드가 불쑥 말하더니 앞장서서 방에서 나갔다.

그는 앞장서서 뒤쪽 복도를 따라가더니 커다란 청소도구함이라고 해도 될 만한 조그만 방으로 들어갔다. 가로 6피트, 세로 10피트였으며 저택의 다른 방들처럼 천장 높이는 20피트였다. 꼭 굴뚝 같았다. 안에는 윙체어 두 개가 놓여 있었다.

"건축상의 우연이지……" 럼포드가 문을 닫고 천장을 올려다보며 말했다.

"예?" 콘스턴트가 말했다.

"이 방 말이오." 럼포드가 말했다. 그는 축 처진 오른손으로 소용돌이형 계단을 나타내는 마법의 손동작을 해보였다. "내가 어렸을 때 진심을 다해 진정으로 원했던 몇 안 되는 것 중 하나였소, 이 작은 방이."

그는 창문이 있는 벽 6피트 높이까지 뻗은 책장을 고갯짓으로 가리켰다. 책장은 아름다웠다. 책장 위에는 파란색 페인트로 **"스킵의 박물관"**이라고 쓴 유목 현판이 걸려 있었다.

'스킵의 박물관'은 유해의 박물관이었다. 내골격과 외골격의 박물관. 조개껍데기와 산호, 뼈, 연골, 딱지조개의 박물관. 타다 남은 담배와 쓰레기와 오래전 사라진 영혼의 잔여물을 보관한 박물관. 대부분의 표본은 어린아이가—아마 스킵이겠지만—뉴포트의 해변과 숲에서 쉽게 찾을 수 있는 것이었다. 생물학이라는 과학에 특이한 관심을 보인 아이에게 준 값비싼 선물로 보이는 것들도 있었다.

그런 선물 중 가장 눈에 띄는 것은 성인 남성의 온전한 해골이었다.

아르마딜로의 빈 껍데기, 박제한 도도새, 스킵이 장난스럽게 유니콘 뿔이라고 이름 붙인 일각고래의 긴 소용돌이형 엄니도 있었다.

"스킵이 누구죠?" 콘스턴트가 말했다.

"내가 스킵이오." 럼포드가 말했다. "스킵이었지."

"몰랐네요." 콘스턴트가 말했다.

"당연히 집안에서만 그렇게 불렀소." 럼포드가 말했다.

"음." 콘스턴트가 말했다.

럼포드는 윙체어에 앉으며 콘스턴트에게도 다른 윙체어에 앉으라고 손짓했다.

"그게 말이지, 천사들도 못합니다." 럼포드가 말했다.

"뭘 못해요?" 콘스턴트가 말했다.

"재생산." 럼포드가 말했다. 그는 콘스턴트에게 담배를 내밀더니 자기가 피울 하나를 뼈로 만든 기다란 담뱃대에 꽂았다. "아내가 몸이 안 좋아서 아래층에 내려올 수 없다니 유감이오. 당신을 만날 수 없다니." 그가 말했다. "아내가 피하는 건 당신이 아닙니다. 나지."

"당신을 피한다고요?" 콘스턴트가 말했다.

"그렇소." 럼포드가 말했다. "아내는 첫번째 물질화 이래로 나를 만난 적이 없다오." 그가 아쉽다는 듯 빙그레 웃었다. "한 번이면 충분하다는 거지."

"아…… 유감입니다." 콘스턴트가 말했다. "이해가 안 되네요."

"내 예언이 마음에 안 들었던 거요." 럼포드가 말했다. "아내는 그 예언을 몹시 불쾌하게 여겼소. 내가 아내의 미래에 대해 했던 얼마 안 되는 얘기인데. 더는 듣고 싶지 않은 모양이오." 그는 윙체어에 기대앉아 숨을 깊이 들이쉬었다. "콘스턴트 씨, 분명히 말하는데." 그가 상냥하게 말했다. "사람들이 살아가는 이 우주가 거칠고도 거친 공간이라고 말해줘도 고마워할 사람은 아무도 없소."

"부인 말로는 당신이 나를 초대하라고 했다던데요." 콘스턴트가 말했다.

"내 아내는 집사를 통해 메시지를 받은 거요." 럼포드가 말했다. "내가 당신을 초대해보라고 아내를 도발했소. 그 방법이 아니었으면 아내가 당신을 초대하지 않았을 테니까. 명심해두는 게 좋을 거요. 아내에게 무언가 시킬 수 있는 유일한 방법은, 그녀한테 그 일을 할 용기가 없다고 말하는 것뿐이오. 물론 이것도 늘 통하는 기술은 아니지만. 지금도 난 아내에게 메시지를 보내 그녀에게 미래를 마주할 용기가 없다고 말할 수 있소. 그러면 아내는 내 말이 옳다는 답신을 보내오겠지."

"당신은…… 당신은 정말로 미래를 볼 수 있어요?" 콘스턴트가 말했다. 얼굴 피부가 팽팽하게 땡기며 건조하게 느껴졌다. 손바닥에서 땀이 났다.

"특정 시간대의 관점에서 말하자면, 그렇소." 럼포드가 말했다. "우주선을 타고 크로노-신클래스틱 인펀디뷸럼에 들어갔을 때, 난 한 번이라도 존재했던 것은 늘 존재할 것이며 앞으로 존재할 모든 것은 언제나 존재해왔다는 사실을 문득 깨달았소." 그가 다시 빙그레 웃었다. "그 사실을 알면 예언의 멋이 사라지지. 예언이야말로 상상할 수 있는 가장 단순하고 뻔한 일이 되니까."

"부인한테 앞으로 닥칠 모든 일을 얘기하셨어요?" 콘스턴트가 말했다. 간을 보기 위한 질문이었다. 콘스턴트는 럼포드의 부인에게 무슨 일이 일어나든 관심이 없었다. 자신에 대한 소식이 몹시 궁금했을 뿐. 럼포드의 부인에 관해 물은 건 일종의 내숭이었다.

"글쎄…… 모든 일은 아니지." 럼포드가 말했다. "아내가 모든 걸 말하지는 못하게 했으니까. 내가 해준 얼마 안 되는 말이 더 많은 이야기에 관한 식욕을 떨어뜨렸소."

"그건…… 이해가 되네요." 콘스턴트는 전혀 이해하지 못한 채로 말했다.

"그렇소." 럼포드가 상냥하게 말했다. "난 아내에게 당신과 그녀가 화성에서 결혼하게 될 거라고 말했소." 그가 어깨를 으쓱했다. "정확히 말하면 결혼은 아니오." 그가 말했다. "화성인들이 당신들을 교배시킨다고 해야겠지. 농장의 동물처럼."

• • •

윈스턴 나일스 럼포드는 미국의 단 하나뿐인 진정한 계급에 속해 있었다. 그 계급이 단 하나뿐인 진정한 계급인 이유는, 최소 두 세기 동안 계급의 경계가 명확히 규정되어왔기 때문이다. 규정을 알아볼 눈이 있는 사람이라면 누구나 알아볼 수 있을 정도로 명확하게. 럼포드가 속한 소규모 계급에서는 미국 대통령의 10분의 1, 탐험가의 4분의 1, 동쪽 해안 지방 주지사의 3분의 1, 전업 조류학자의 2분의 1, 훌륭한 요트 항해사의 4분의 3, 사실상 웅장한 오페라의 적자를 보전해준 사람 전원이 배출되었다. 정치적 측면에서 돌팔이 짓이라는 눈에 띄는 예외가 있긴 하지만, 이 계급에는 특이하게도 돌팔이가 없었다. 정치적 측면에서 돌팔이 짓은 공직을 얻는 수단이었을 뿐 절대 사생활의 영역까지 이어지지 않았다. 일단 공직을 차지하고 나면 이 계급 구성원들은 거의 예외 없이 놀랍도록 책임감 있는 존재가 되었다.

럼포드는 화성인들이 인간을 가축 취급하며 번식시킨다고 비난했다. 하지만 그건 화성인들이 럼포드의 계급과 똑같은 일을 저질렀다고 비난하는 것이나 마찬가지였다. 그의 계급이 가진 힘은 어느 정도 건전한 자금 관리에 달려 있었으나, 냉정하게도 그보다는 태어날 아이들의 종류에만 기초한 결혼에 훨씬 크게 좌우됐으니 말이다.

건강하고 매력적이고 똑똑한 아이들이야말로 욕망의 대상이었다.

럼포드의 계급에 관해 재미없긴 해도 가장 만족할 만한 분석을 내놓은 책은 의심의 여지 없이 월섬 키트리지의 『미국의 철학자 왕들』이었다. 럼포드가 속한 계급은 매듭이 풀릴 때마다 사촌 간 결혼을 통해 느슨해진 부분을 혈족의 핵심으로 깔끔하게 집어넣어 사실상 한 가족이나 마찬가지라는 사실을 증명한 사람이 키트리지였다. 예컨대 럼포드와 그의 부인은 팔촌지간으로 서로를 경멸했다.

키트리지가 럼포드의 계급을 도표로 그리자 그 모양은 다름 아닌 원숭이 주먹으로 알려진, 단단한 공 모양 매듭을 닮아 있었다.

월섬 키트리지는 『미국의 철학자 왕들』에서 럼포드가 속한 계급 특유의 분위기를 언어로 옮기려다가 여러 차례 허둥댔다. 키트리지는 대학교수답게 거창한 단어들만 더듬거리다 적절한 단어를 찾지 못하고 다른 말로 옮길 수 없는 새로운 말들을 엄청나게 많이 만들어냈다.

키트리지의 그 모든 전문용어 중 먼길을 거쳐 일상적으로 쓰이게 된 단어는 단 하나뿐이었다. 바로 비신경질적 용기라는 단어였다.

물론 윈스턴 나일스 럼포드를 우주로 끌어낸 것이 바로 그런 용기였다. 그건 순수한 용기였다. 명성과 돈에 대한 탐욕으로만 이뤄져 있다는 점에서도, 소수의 부적응자나 괴짜들을 움직이게 하는 동기라는 점에서도 순수했다.

우연하게도, 키트리지의 모든 전문용어를 기가 막히게 대체하는 강력하고도 평범한 단어가 두 개 있었다. 바로 스타일과 담대함이었다.

럼포드가 지갑에서 5800만 달러를 꺼내 세계 최초로 개인 우주선을 소유한 사람이 됐을 때—그것이 스타일이었다.

지구의 각국 정부가 크로노-신클래스틱 인펀디뷸럼 때문에 모든 우주 탐험을 중단시켰음에도 럼포드가 화성으로 가겠다고 말했을 때—그것이 스타일이었다.

럼포드가 마치 우주선은 세련된 스포츠카일 뿐이고 화성 여행도 바람을 쐬러 코네티컷 고속도로를 달리는 것과 별반 다름없는 일인 듯 엄청나게 큰 개를 데려가겠다고 발표했을 때—그것이 스타일이었다.

우주선을 크로노-신클래스틱 인펀디뷸럼 속으로 몰고 갈 경우 무슨 일이 벌어질지 아무도 모르는 상태에서 럼포드가 그 한복판을 향해 우주선의 방향을 틀었을 때—그것은 정말이지 담대함이었다.

• • •

할리우드의 맬러카이 콘스턴트를 뉴포트와 '영원'의 윈스턴 나일스 럼포드와 비교하자면 이렇다.

럼포드는 언제나 스타일을 담아 행동함으로써 모든 인류를 좋아 보이게 했다.

콘스턴트는 언제나 스타일에 맞춰—공격적으로, 요란하게, 유치하게, 낭비해가며—행동함으로써 자신과 인류를 나빠 보이게 했다.

콘스턴트의 용기는 가시처럼 곤두서 있었지만 절대 비신경질적이라고는 할 수 없었다. 그가 여태껏 해온 모든 용감한 행동의 동기는 어린 시절에 받은 자극이었다. 양심과 두려움 따위는 정말이지 연약한 것으로 보이게 하는 그런 자극.

• • •

방금 럼포드에게서 화성에 가 럼포드의 아내와 교배될 예정이라는 이야기를 들은 콘스턴트는 눈을 돌려 한쪽 벽을 따라 자리잡은 유해의 박물관을 보았다. 콘스턴트는 두 손을 꽉 잡고 있었다. 하도 꽉 잡아서 두 손의 맥박이 서로 느껴졌다.

콘스턴트는 몇 차례 목을 가다듬었다. 그런 다음 혀와 입천장

사이로 가늘게 휘파람을 불었다. 그의 행동은 대체로 끔찍한 고통이 지나가기를 기다리는 사람 같았다. 눈을 감고 잇새로 바람을 빨아들였다. "이야, 럼포드 씨." 그가 조용히 말했다. 그러고는 눈을 떴다. "화성이라고요?" 그가 말했다.

"화성이오." 럼포드가 말했다. "물론 화성이 당신의 궁극적 목적지는 아니지만. 수성도 아니고."

"수성이요?" 콘스턴트가 말했다. 그는 그 사랑스러운 이름을 어울리지 않게 돌팔이가 꽥꽥대는 소리로 말했다.

"당신의 목적지는 타이탄이오." 럼포드가 말했다. "하지만 거기 도착하기 전에 화성과 수성, 그리고 다시 지구에 들르지."

• • •

맬러카이 콘스턴트가 화성, 수성, 지구, 타이탄에 방문하게 된다는 미래 소식을 받은 때가 특정 시간대에서의 관점에서 본 우주 탐험의 역사에서 어느 시점이었는지를 이해하는 것은 매우 중요하다. 우주 탐험과 관련된 지구인의 정신 상태는 크리스토퍼 콜럼버스가 출항하기 이전 시기에 대서양 탐험을 대하던 유럽인의 정신 상태와 비슷했다.

하지만 다음과 같은 중요한 차이도 있었다. 우주 탐험가와 그들의 목표 사이를 가로막은 괴물들은 상상 속 괴물이 아니라 끔찍하고 다양하며 한결같이 대재앙에 가까운 수많은 것이었다. 작은 탐험에 들어가는 비용도 대부분의 국가를 파탄에 이르게 할 수준이었다. 사실상 그 어떤 탐험도 후원자의 부를 증대시킬 수 없다는 것이 확실했다.

간단히 말해, 상식과 최고의 과학적 정보에 근거했을 때 우주탐험에 관해 할 만한 좋은 얘기는 없었다.

아무것도 없는 곳으로 묵직한 물체를 내던지는 것으로 한 국가가 다른 국가보다 명예로워지는 시기는 오래전에 지났다. 사실 맬러카이 콘스턴트가 관리하는 회사인 갤러틱우주선이 그런 대표작을 만들어달라는 주문을 받은 최후의 회사였다. 그 우주선은 높이 300피트, 지름 36피트에 달했다. 실제로 만들어졌지만 발사 명령은 영영 떨어지지 않았다.

간단하게 고래호라고 불린 그 우주선 안에는 승객 다섯 명이 지낼 수 있는 공간이 마련되어 있었다.

모든 것이 그토록 갑자기 중지된 건 크로노-신클래스틱 인펀디뷸럼이 발견되었기 때문이었다. 인펀디뷸럼은 인간보다 먼저 발사되었다는 무인 우주선들의 기이한 비행 패턴을 수학적으로 분석해 발견되었다.

크로노-신클래스틱 인펀디뷸럼의 발견은 사실상 인류에게 "대체 왜 너희가 어디로든 갈 수 있다고 생각하는 거지?"라는 말과 마찬가지였다.

미국의 근본주의 설교자들은 물 만난 고기처럼 굴었다. 그들은 철학자나 역사가, 혹은 끝이 잘려나간 우주 시대에 관해 제대로 된 이야기를 하려 했던 그 누구보다도 빨랐다. 고래호의 발사가 무기한 취소되고 두 시간 뒤, 보비 덴턴 목사는 웨스트버지니아주 휠링에서 '사랑의 십자군' 모임을 열고 이렇게 소리쳤다.

"여호와께서 사람들이 건설하는 그 성읍과 탑을 보려고 내려오셨더라. 여호와께서 이르시되 '이 무리가 한 족속이요 언어도 하나이므로 이같이 시작하였으니 이후로는 그 하고자 하는 일을 막을 수 없으리로다. 자, 우리가 내려가 거기서 그들의 언어를 혼잡하게 하여 그들이 서로 알아듣지 못하게 하자' 하시고 여호와께서 거기서 그들을 온 지면에 흩으셨으므로 그들이 그 도시를 건설하기를 그쳤더라. 그러므로 그 이름을 바벨이라 하니 이는 여호와께서 거기서 온 땅의 언어를 혼잡하게 하셨음이니라. 여호와께서 거기서 그들을 온 지면에 흩으셨더라."*

보비 덴턴은 찬란하고 사랑에 찬 눈길로 청중에게 침을 튀겨가며, 부당성이라는 숯으로 이 이야기 전체를 계속 구워냈다. "지금은 성경 시대가 아닙니까?" 그가 말했다. "우리는 옛 시절의 바벨탑보다도 훨씬 더 높은, 강철과 자만심으로 이뤄진 혐오스러운 물건을 만들어내지 않았습니까? 게다가 구시대의 건설

* 창세기 11장 5절~9절.

자들처럼 그 물건을 타고 하늘로 곧장 들어가려 하지 않았습니까? 과학자들의 언어는 국제공용어라는 이야기도 여러 번 들었지요? 그들은 모두 동일한 라틴어와 그리스어 단어로 사물을 일컬으며, 숫자라는 언어를 씁니다." 덴턴에게는 이 점이 특히 지옥에 떨어질 증거처럼 보였다. 사랑의 십자군도 이유를 제대로 이해하지 못한 채 음산하게 찬동했다.

"그러니 주님께서 바벨탑을 지었던 사람들에게 하신 말씀을 우리에게 하신다고 하여 놀라고 고통스러워하며 부르짖어야 할 이유가 뭡니까? 주님께서는 '안 된다! 거기서 떨어져라! 너희는 그런 것을 가지고 하늘이든, 어디든 갈 수 없을 것이다! 흩어져라, 알겠느냐? 서로에게 과학의 언어를 말하지 마라! 너희가 서로 계속해서 과학의 언어를 말한다면 너희가 하고자 하는 일을 막을 수 없을 것이며, 나는 그런 일을 바라지 않는다! 높은 곳에 거하는 너희 주 하느님인 나는 너희가 하는 일을 막기를 바라니, 너희는 정신 나간 탑이나 하늘로 가는 로켓 생각은 그만두고 더 나은 이웃과 남편과 아내와 딸과 아들이 될 방법을 생각해라! 구원을 위해 로켓을 바라보지 마라. 너희의 가정과 교회를 보아라!'라고 말씀하셨습니다!"

보비 덴턴의 목소리는 점점 쉬어가다 작아졌다. "우주를 날고 싶습니까? 주님께서는 모든 창조물 가운데 가장 기적적인 우주선을 이미 여러분에게 주셨습니다! 그럼요! 속도라고요? 빠른 속도를 원합니까? 주님께서 여러분에게 주신 우주선은 시속 6만 6000마일로 날아가며, 주님께서 원하신다면 그 속도를 영원까지 유지할 것입니다. 인간을 편안하게 실어나를 우주선을 바란다고요? 여러분은 이미 그런 우주선을 가지고 있습니다! 그 우주선은 부자와 그의 개, 혹은 다섯 사람이나 열 사람만을 실어나르는 게 아닙니다. 그럼요! 주님께서는 구두쇠가 아닙니다! 주님께서는 여러분에게 수십억 명의 남자와 여자, 아이들을 실어나를 우주선을 이미 주셨습니다! 그렇습니다! 게다가 그들은 의자에 묶여 있을 필요도 없고, 머리에 어항을 쓰고 다닐 필요도 없습니다. 그렇습니다! 주님의 우주선에서는 그런 일이 벌어지지 않습니다. 주님의 우주선에 탄 사람들은 수영을 하고 햇볕 속에 산책하고 야구를 하고 스케이트를 타고 주일이면 가족의 자동차를 타고서 예배를 드린 뒤 저녁에 닭고기를 먹으러 나갈 수 있습니다!"

보비 덴턴은 고개를 끄덕였다. "그렇습니다!" 그가 말했다. "우리가 저 바깥으로 날아가지 못하도록 우주에 많은 것을 두셨다는 이유로 주님을 나쁘게 생각하는 사람이 있다면, 그 사람에게 주님께서 이미 우리에게 주신 우주선을 떠올리라고만 이야기하십시오. 우리는 그 우주선의 연료를 살 필요도 없고, 어떤 연료를 써야 할지를 놓고 걱정하거나 안달복달할 필요도 없습니다. 그렇습니다! 그런 걱정은 전부 주님께서 하십니다.

주님께서는 우리가 이 놀라운 우주선에서 해야 할 일을 말씀하셨습니다. 모두가 이해할 수 있도록 규칙을 써두셨습니다. 그 규칙을 이해하기 위해서는 물리학자도, 위대한 화학자도, 알베르트 아인슈타인도 될 필요가 없습니다. 그렇습니다! 게다가 주님께서 아주 많은 규칙을 만드신 것도 아닙니다. 사람들이 말하기를 고래호를 발사하려면 발사 준비가 되었는지 확인하기 위해 만 천 번의 개별검사를 해야 한다더군요. 이 밸브가 열려 있나? 저 밸브가 잠겨 있나? 저 전선이 늘어지지는 않았나? 저 연료통은 가득차 있나? 이런 식으로 계속해서 만천 가지를 확인해야 한다는 겁니다. 여기, 주님의 우주선에서 주님은 우리에게 확인해야 할 것을 단 열 가지만 주셨습니다. 그것도 저 바깥 우주에 있는 크고 황폐하고 유독한 돌덩이로 가기 위해서가 아니라, 천국으로 가기 위해서 말입니다! 생각해보십시오! 여러분은 내일 어디로 가고 싶습니까? 화성입니까, 천국입니까?

주님의 둥글고 푸른 우주선에는 어떤 체크리스트가 있는지 알고 싶습니까? 내가 말해야 하나요? 주님의 카운트다운을 듣고 싶습니까?"

사랑의 십자군은 듣고 싶다고 외쳤다.

"십!" 보비 덴턴이 말했다. "여러분은 이웃의 집이나 하인, 하녀, 수소, 당나귀 등 이웃의 것을 탐합니까?"

"아니요!" 사랑의 십자군이 외쳤다.

“구!” 보비 덴턴이 말했다. “여러분은 이웃에게 불리한 거짓 증언을 합니까?”

“아니요!” 사랑의 십자군이 외쳤다.

“팔!” 보비 덴턴이 말했다. “여러분은 도둑질을 합니까?”

“아니요!” 사랑의 십자군이 외쳤다.

“칠!” 보비 덴턴이 말했다. “여러분은 간음을 합니까?”

“아니요!” 사랑의 십자군이 외쳤다.

“육!” 보비 덴턴이 말했다. “여러분은 살인을 합니까?”

“아니요!” 사랑의 십자군이 외쳤다.

“오!” 보비 덴턴이 말했다. “여러분은 아버지와 어머니를 공경합니까?”

“네!” 사랑의 십자군이 외쳤다.

“사!” 보비 덴턴이 말했다. “여러분은 안식일을 기억하고 성스럽게 지킵니까?”

“네!” 사랑의 십자군이 외쳤다.

“삼!” 보비 덴턴이 말했다. “여러분은 하느님이신 주님의 이름을 함부로 부릅니까?”

“아니요!” 사랑의 십자군이 외쳤다.

“이!” 보비 덴턴이 말했다. “여러분은 우상을 만듭니까?”

“아니요!” 사랑의 십자군이 외쳤다.

“일!” 보비 덴턴이 외쳤다. “여러분은 하나뿐이신 진정한 여러분의 주 하느님 앞에 다른 신들을 내세웁니까?"

"아니요!" 사랑의 십자군이 외쳤다.

"발사!" 보비 덴턴이 즐거워하며 소리쳤다. "천국이여, 우리가 간다! 발사입니다, 주님의 자녀들이여. 아멘!"

"음……" 맬러카이 콘스턴트는 뉴포트의 계단 밑 굴뚝 같은 방에서 중얼거렸다. "배달부가 마침내 쓰임을 받으려나보네요."

"그게 무슨 말이오?" 럼포드가 말했다.

"내 이름이…… 내 이름은 충실한 배달부라는 뜻이에요." 콘스턴트가 말했다. "메시지는 무엇인가요?"

"미안하오." 럼포드가 말했다. "난 메시지에 대해서는 아무것도 모르오." 그는 아리송하다는 듯 고개를 갸웃했다. "누가 당신한테 메시지 얘기를 했소?"

콘스턴트는 양손 손바닥을 위로 향하게 뒤집었다. "내 말은…… 내가 이 모든 수고를 거쳐서 트라이탄에 가는 이유가 뭐죠?"

"타이탄이오." 럼포드가 그의 말을 고쳐주었다.

"타이탄이든 트라이탄이든." 콘스턴트가 말했다. "뭐 대단한 게 터질 거라고 거길 가겠어요?" 콘스턴트에게 터진다는 말은 나약하고 점잔을 빼는, 보이스카우트 시절에나 쓸 법한 단어였다. 콘스턴트는 잠시 후에야 자기가 그 단어를 쓴 이유를 깨달았다. 그것은 TV에 나오는 우주 사관생도들이 운석에 맞아 방향타가 날아가거나 항해사가 지르콘 행성에서 온 우주 해적이라는 사실이 밝혀졌을 때 하는 말이었다. 콘스턴트는 일어섰다.
"대체 무슨 난리라고 내가 거길 가요?"

"갑니다. 내가 장담하지요." 럼포드가 말했다.

콘스턴트는 오만한 힘이 일부 돌아오는 것을 느끼며 창가로 다가갔다. "내가 지금 당장 말하지요." 그가 말했다. "안 갑니다."

"그 말을 들으니 유감이오." 럼포드가 말했다.

"내가 거기서 당신을 위해 무슨 일을 해줘야 하는 건가요?" 콘스턴트가 말했다.

"아니오." 럼포드가 말했다.

"그럼 왜 유감이죠?" 콘스턴트가 말했다. "당신한테 무슨 의미가 있다고?"

"아무 의미도 없소." 럼포드가 말했다. "그저 당신 때문에 유감이라는 거요. 당신은 진정으로 무언가를 놓치게 될 테니까."

"예컨대?" 콘스턴트가 말했다.

"글쎄…… 한 가지만 얘기하자면, 상상할 수 있는 최고의 쾌적한 기후를 놓치게 될 거요." 럼포드가 말했다.

"기후라니!" 콘스턴트가 경멸을 담아 말했다. "할리우드, 카슈미르 계곡, 아카풀코, 매니토바, 타히티, 파리, 버뮤다, 로마, 뉴욕, 케이프타운에 집이 있는 내가 더 나은 기후를 찾아 지구를 떠나야 한다는 거예요?"

"타이탄에는 기후만 있는 게 아니오." 럼포드가 말했다. "예를 들어 타이탄의 여자들은 태양과 베텔게우스 사이에 있는 존재 중 가장 아름다운 피조물이오."

콘스턴트가 씁쓸하게 웃었다. "여자라고요!" 그가 말했다. "나한테 아름다운 여자들을 얻는 일이 어려울 거라고 생각합니까? 내가 사랑에 굶주려 있어서 아름다운 여자에게 다가가려면 우주선을 타고 토성의 위성으로 향하는 것밖에 방법이 없을 거라고 생각해요? 장난합니까? 나는 태양과 베텔게우스 사이의 누구든 인사만 받아도 주저앉아 울음을 터뜨릴 만큼 아름다운 여자들을 차지해왔어요!"

그는 지갑을 꺼내 가장 최근에 정복한 여자의 사진을 빼냈다. 의문의 여지는 없었다. 사진 속 여자는 아찔할 정도로 아름다웠다. 그녀는 미스 파나마이자 미스 유니버스 2위였다. 게다가 실제로는 미스 유니버스보다 훨씬 아름다웠다. 심사위원들이 그녀의 아름다움에 겁을 먹은 것이다.

콘스턴트는 럼포드에게 사진을 건넸다. "타이탄에 이런 여자가 있어요?" 그가 말했다.

럼포드는 예의바르게 사진을 살펴보더니 돌려주었다. "아니……" 그가 말했다. "타이탄에 이런 여자는 없소."

"그렇군요." 콘스턴트는 다시 자신의 운명을 주도할 수 있다고 느끼며 말했다. "기후, 아름다운 여자…… 또 뭐가 있죠?"

"딴 건 없소." 럼포드가 부드럽게 말했다. 그는 어깨를 으쓱했다. "아, 미술을 좋아한다면 미술품들이 있지요."

"난 세상에서 미술품을 가장 많이 소장한 사람입니다." 콘스턴트가 말했다.

콘스턴트는 그 유명한 컬렉션을 상속받았다. 작품을 수집한 사람은 콘스턴트의 아버지, 아니 아버지의 직원들이었다. 작품들은 전 세계 박물관에 흩어져 있었으며, 하나하나 콘스턴트 컬렉션이라고 표시되어 있었다. 콘스턴트 가문의 사무를 관리하는 것만이 목적인 매그넘오푸스 홍보부 부장의 추천에 따라 수집되고 배치된 것이었다.

이 컬렉션의 목적은 억만장자들이 얼마나 관대하고 쓸모 있으며 감수성이 뛰어난 사람들인지 증명하는 것이었다. 알고 보니 굉장히 수익성이 높은 투자이기도 했다.

"그럼 미술품은 됐구려." 럼포드가 말했다.

콘스턴트는 미스 파나마의 사진을 지갑에 다시 넣으려다가 사진이 한 장이 아니라 두 장이라는 걸 알게 되었다. 미스 파나마의 사진 뒤에 다른 사진이 한 장 더 있었다. 콘스턴트는 미스 파나마의 전임자 사진인가보다고 생각하며, 그 여자도 럼포드에게 보여줄 걸 그랬다고 생각했다. 럼포드에게 자신이 얼마나 천사 같은 여자들을 차버렸는지 보여줄걸.

"자…… 여기 한 명 더 있어요." 콘스턴트는 두번째 사진을 럼포드에게 내밀며 말했다.

럼포드는 사진을 받으려 하지 않았다. 굳이 보지도 않았다. 대신 콘스턴트의 눈을 들여다보며 악동처럼 씩 웃었다.

콘스턴트는 무시당한 사진을 내려다보았다. 알고 보니 미스 파나마 전임자의 사진이 아니었다. 럼포드가 콘스턴트에게 슬쩍 건네준 사진이었다. 반짝거리는 표면에 가장자리가 흰색이긴 했지만 평범한 사진이 아니었다.

흰 여백에 아른아른하니 깊이감이 느껴졌다. 맑고 얕은 산호초 만灣의 수면에 직사각형 유리창을 대고 보는 것 같았다. 산호초 만처럼 보이는 그곳의 밑바닥에 세 여자가 있었다. 한 명은 희고 한 명은 황금빛이며 한 명은 갈색이었다. 그들이 콘스턴트를 올려다보며 자신들에게 와달라고, 사랑으로 자신들을 온전하게 만들어달라고 애원했다.

미스 파나마의 아름다움과 비교했을 때 그들의 아름다움은, 반딧불이의 찬란함 앞의 태양의 찬란함이나 마찬가지였다.

콘스턴트는 윙체어에 다시 주저앉았다. 눈물을 터뜨리지 않으려면 그 모든 아름다움에서 눈을 돌려야만 했다.

"그 사진을 갖고 싶으면 가져도 됩니다." 럼포드가 말했다. "지갑에 들어가는 크기니까."

콘스턴트는 할말이 생각나지 않았다.

"당신이 타이탄에 갈 때도 내 아내가 함께할 거요." 럼포드가 말했다. “하지만 당신이 이 세 아가씨와 즐겁게 놀고 싶어한대도 방해하지는 않을 겁니다. 당신 아들도 곧 당신과 함께하게 되겠지만, 그애도 비어트리스만큼 마음이 넓을 거요.”

“아들이라뇨?” 콘스턴트가 말했다. 그에게는 아들이 없었다.

“아들 맞소. 크로노라는 이름의 괜찮은 녀석이오.” 럼포드가 말했다.

“크로노요?” 콘스턴트가 말했다.

“화성식 이름이지.” 럼포드가 말했다. “화성에서 태어났거든. 당신의 씨로, 비어트리스한테서 태어났소.”

“비어트리스?” 콘스턴트가 말했다.

“내 아내 말이오.” 럼포드가 말했다. 그는 상당히 투명해져 있었다. 목소리도 싸구려 라디오에서 나오는 것처럼 금속성이 섞였다. “사물은 이리저리 날아다닌다오, 젊은이.” 그가 말했다. “메시지야 있든 없든 말이오. 대혼란이지. 하지만 오해하지는 마시오. 우주는 이제 막 태어나고 있으니까. 빛과 열과 움직임을 만들어내고, 당신을 이곳에서 저곳으로 쾅 날려버릴 위대한 변화라오.”

“예측, 예측, 예측.” 럼포드가 생각에 잠겨 말했다. “또 해줄 말이 있던가? 아아…… 그렇지, 그래, 그래. 당신의 그 아이 말이오. 크로노라는 사내 녀석……”

“크로노가 화성에서 작은 금속 조각을 집어들고……” 럼포드가 말했다. "그걸 '행운의 조각'이라고 부를 겁니다. 그 행운의 조각을 잘 지켜보시오, 콘스턴트 씨. 믿을 수 없을 만큼 중요한 거요."

윈스턴 나일스 럼포드는 손가락 끝부터 천천히 사라지기 시작했다. 가장 마지막으로 사라진 것은 그의 미소였다. 그의 나머지 부분이 사라진 뒤에도 한동안 그 미소만은 남아 있었다.

"타이탄에서 봅시다." 미소가 말했다. 그러더니 미소도 사라졌다.

• • •

"다 끝났나요, 몽크리프?" 윈스턴 나일스 럼포드 부인이 소용돌이형 계단 꼭대기에서 아래의 집사에게 외쳤다.

"네, 마님. 가셨어요." 집사가 말했다. "개도 갔고요."

"콘스턴트 씨라는 사람은?" 럼포드 부인이, 비어트리스가 말했다. 그녀는 병약한 사람처럼 굴고 있었다. 휘청거리며 눈을 세게 깜빡였고, 목소리는 나무우듬지 사이를 지나가는 바람 소리 같았다. 그녀가 입은 긴 흰색 실내복의 부드러운 주름이 흰 계단과 조화를 이루며 반시계방향 소용돌이를 이뤘다. 상체에서 흘러내린 실내복 자락이 비어트리스를 저택의 건축과 연결된 것처럼 보이게 만들었다.

이 모습에서 가장 중요한 건 비어트리스의 큰 키와 곧은 몸이었다. 그녀의 세세한 이목구비는 무의미했다. 그녀의 머리 대신 대포알이 있었어도 웅장한 구도에는 잘 맞았을 것이다.

하지만 비어트리스에게도 얼굴이 있긴 했다. 심지어 흥미로운 얼굴이었다. 뻐드렁니가 난 인디언 전사처럼 보이기도 했다. 하지만 그런 말을 하는 사람은 누구든 그녀가 감탄할 만한 외모의 소유자라고 재빨리 덧붙여야 했다. 그녀의 얼굴은 맬러카이 콘스턴트의 얼굴처럼 자기 종족 가운데 최고였으며, 익숙한 주제를 놀랍게 변주한 형태였다. 보는 사람이 그래—저것도 사람의 생김새로 대단히 괜찮을 수 있는 또하나의 방법이야라고 생각하게 만드는 그런 변주. 사실 비어트리스가 얼굴에 한 일은 평범한 소녀라면 누구나 할 수 있는 것이었다. 그녀는 얼굴에 위엄과 고통, 지성, 그리고 싸가지 없는 여자의 짜릿한 매력을 덧입혀놓았다.

"네." 콘스턴트가 아래층에서 말했다. "콘스턴트 씨라는 사람은 아직 여기 있습니다." 그는 뻔히 보이는 곳에, 전실로 통하는 아치의 기둥에 기대서 있었다. 하지만 구도상 너무 낮은 곳이었고, 건축물의 세부에 너무도 파묻혀 있어 거의 보이지 않았다.

"아!" 비어트리스가 말했다. "처음 뵙겠습니다." 공허한 인사말이었다.

"저야말로 처음 뵙겠습니다." 콘스턴트가 말했다.

"당신의 신사적 본능만 믿고," 비어트리스가 말했다. "내 남편과 만난 이야기를 널리 퍼뜨리지 말아달라고 부탁드릴 수밖에 없겠네요. 퍼뜨리고 싶은 충동이 얼마나 어마어마할지는 이해하지만."

"네……" 콘스턴트가 말했다. "거금을 받고 내 이야기를 팔아서 주택담보대출을 갚고 국제적으로 유명한 인물이 될 수도 있겠네요. 거물이나 거물에 가까운 사람들과 친해지고, 유럽의 왕관 쓴 사람들 앞에서 공연도 할 수 있겠죠."

"실례지만," 비어트리스가 말했다. "제가 빈정거림이라든가, 유명할 게 틀림없는 당신의 재치에 깃든 다른 모든 기발한 뉘앙스를 알아듣지 못해도 이해하세요, 콘스턴트 씨. 남편이 찾아올 때마다 구역질이 날 것 같아서."

"더는 그분을 만나지 않으시죠?" 콘스턴트가 말했다.

"남편이 처음 물질화했을 때 만났죠." 비어트리스가 말했다. "그것만으로도 사는 내내 구역질이 날 것 같아요."

"전 그분이 무척 마음에 들던데요." 콘스턴트가 말했다.

"때로는 미친 사람들도 매력이 없진 않죠." 비어트리스가 말했다.

"미쳤다고요?" 콘스턴트가 말했다.

"콘스턴트 씨, 당신은 세상 물정에 밝은 분 아닌가요?" 비어트리스가 말했다. "복잡하면서도 실현될 개연성은 대단히 낮은 예언을 하는 사람은 전부 미친 사람 아니에요?"

"글쎄요……" 콘스턴트가 말했다. "여태까지 만들어진 것 중 가장 큰 우주선을 가질 수 있는 사람한테 우주로 가게 될 거라고 말하는 게 정말 그렇게까지 미친 소리인가요?"

비어트리스는 콘스턴트가 우주선을 가질 수 있다는 이 작은 소식에 깜짝 놀랐다. 너무 놀라는 바람에 계단 꼭대기에서 한 발짝 물러나 솟아오르는 소용돌이에서 분리될 정도였다. 뒤로 물러난 그 작은 걸음이 그녀를 실제 모습으로 바꿔놓았다. 그녀는 어마어마한 집에 사는 겁먹고 외로운 여자였다.

"우주선을 갖고 있어요?" 그녀가 말했다.

"내 회사가 우주선을 관리하고 있습니다." 콘스턴트가 말했다. "고래호라고, 들어보셨죠?"

"네." 비어트리스가 말했다.

"내 회사에서 그 우주선을 정부에 팔았습니다." 콘스턴트가 말했다. "누가 20분의 1 가격에 그 우주선을 되사겠다고 해도 정부에서는 좋아할 것 같은데요."

"탐험에 행운이 따르길 바랄게요." 비어트리스가 말했다.

콘스턴트가 허리를 숙여 인사했다. "당신의 탐험에도 행운이 따르길 바랍니다." 그가 말했다.

콘스턴트는 다른 말 없이 떠났다. 전실 바닥의 밝은 별자리들을 가로지르며 소용돌이형 계단이 올라간다기보다는 내려간다고 느꼈다. 콘스턴트는 운명이라는 소용돌이의 저점에 있었다. 문을 나서면서 그는 럼포드 저택의 침착함을 그대로 묻혀 나온다는 사실을 의식하고 즐거워졌다.

그와 비어트리스가 다시 만나 크로노라는 아이를 낳을 것이 예정되어 있었으므로, 콘스턴트는 그녀에게 구애는커녕 병문안 카드 한 장 보내야 할 부담도 느끼지 않았다. 콘스턴트가 자기 일을 보고 있으면 오만한 비어트리스가 그에게 올 게 뻔했다. 섹시하지만 머리가 빈 다른 여자들처럼 말이다.

선글라스와 가짜 턱수염을 착용하고 담벼락에 난 작은 쇠문을 나설 때 그는 웃고 있었다.

리무진이 대기중이었고, 군중도 마찬가지였다.

경찰이 리무진 문까지 좁은 길을 뚫어주었다. 콘스턴트는 총총걸음으로 그 길을 따라 리무진에 이르렀다. 길은 이스라엘의 자녀들이 떠난 뒤의 홍해처럼 닫혀버렸다. 한데 섞여 들려오는 군중의 외침은 분노와 고통으로 이뤄진 집합적 울부짖음이었다. 군중은 누가 무언가를 주겠다고 약속한 적도 없는데 아무것도 받지 못하자 속았다고 느꼈다.

남자들과 소년들이 콘스턴트의 리무진을 흔들기 시작했다.

기사가 리무진에 기어를 넣고 분노한 육신의 바다를 천천히 헤쳐 나아갔다.

대머리 남자가 핫도그로 콘스턴트의 목숨을 노렸다. 차창을 쿡 찌르며 빵을 찢어발기고 프랑크푸르트소시지를 부러뜨렸다. 그 바람에 머스터드와 렐리시소스로 이뤄진 역겹고 눈부신 햇빛이 그려졌다.

"야, 야, 야!" 예쁘장한 젊은 여자가 소리치며 다른 남자에게는 한 번도 보여주지 않았을 것을 콘스턴트에게 보여주었다. 위쪽 앞니 두 개가 가짜라는 걸 보여준 것이다. 그녀는 두 앞니가 떨어지게 내버려둔 채 마녀처럼 비명을 질러댔다.

한 소년이 보닛으로 기어올라 기사의 시야를 가렸다. 그 아이가 앞유리 와이퍼를 뜯어내 군중에게 던졌다. 리무진이 군중의 가장자리에 이르기까지 사십오 분이 걸렸다. 가장자리에는 광인들이 아닌 거의 제정신인 사람들이 있었다.

콘스턴트는 그곳에 이르러서야 그들이 외치는 소리를 알아들을 수 있었다.

"말해줘요!" 한 남자가 소리쳤다. 그는 단지 지긋지긋해하고 있을 뿐 격노하지는 않은 상태였다.

"우리한테도 권리가 있어요!" 한 여자가 소리쳤다. 그녀는 훌륭한 두 자녀를 콘스턴트에게 보여주었다.

다른 여자는 콘스턴트에게 군중에게 무슨 권리가 있다고 생각하는지 말해주었다. "우리도 무슨 일이 벌어지는지 알 권리가 있다고요!" 그녀가 외쳤다.

그렇다면 이 폭동은 과학과 신학의 실천인 셈이었다. 산 자들이 삶이란 대체 무엇인가에 대해 단서를 찾아가는 과정.

드디어 눈앞에 트인 길을 발견한 기사는 액셀을 끝까지 꽉 밟았다. 리무진이 빠르게 멀어졌다.

커다란 게시판이 순식간에 지나갔다. 게시판에는 **주일에 각자 선택한 교회로 친구 한 명 데려가기!**라고 적혀 있었다.

2. 와이어하우스의 환호성

"가끔은 생각하고 느낄 수 있는 물질을 두는 게 엄청난 실수라는 생각이 든다오. 불평이 너무 많단 말이지. 하지만 그런 식이라면 바위와 산과 달이 지나치게 냉정하다고 비난할 수도 있을 거요."

—윈스턴 나일스 럼포드

리무진은 뉴포트에서 북쪽으로 빠르게 이동해 자갈길에 접어들더니 목초지에서 기다리고 있던 헬기와 만났다.

맬러카이 콘스턴트가 리무진에서 헬리콥터로 갈아탄 목적은 미행을 막고, 턱수염이 나고 안경을 낀 럼포드 저택 방문자의 정체를 아무도 모르게 하려는 것이었다.

아무도 콘스턴트가 어디에 있는지 몰랐다.

기사도, 헬기 조종사도 승객의 진짜 정체를 몰랐다. 그 두 사람은 콘스턴트를 요나 K. 롤리로 알고 있었다.

"롤리 씨……?" 콘스턴트가 리무진에서 내리자마자 기사가 말했다.

"네?" 콘스턴트가 말했다.

"무섭지 않으셨어요?" 기사가 말했다.

"무섭다뇨?" 콘스턴트는 그 질문에 진심으로 알쏭달쏭해져 말했다. "뭐가 무서워요?"

"뭐가 무섭냐고요?" 기사가 믿을 수 없다는 듯 말했다. "아니, 우리를 린치하고 싶어하던 미친 사람들이 아주 많았잖습니까."

콘스턴트는 미소 지으며 고개를 저었다. 폭력의 한복판에서도 그는 다칠 수 있다는 생각을 전혀 하지 않았다. "당황하는 건 별 도움이 안 되잖아요?" 그가 말했다. 콘스턴트는 자기가 한 말에서 럼포드가 했던 말의 흔적을 느꼈다. 심지어 럼포드 특유의 귀족적 요들송마저 느껴졌다.

"세상에, 무슨 수호천사라도 있으신가보네요. 그 천사가 무슨 일이 있어도 얼음처럼 냉정할 수 있게 해주나봅니다." 기사가 감탄하며 말했다.

콘스턴트는 이 말에 흥미를 느꼈다. 이 말이 폭도들 한가운데에 있을 때 그가 보인 태도를 잘 설명해주었기 때문이다. 처음에는 이 말이 비유로, 그의 기분을 시적으로 표현한 것으로 들렸다. 수호천사가 있는 사람이라면 당시 콘스턴트처럼 느꼈을 게 분명했다……

"그럼요!" 기사가 말했다. "무언가 분명히 사장님을 지켜주고 있을 거예요!"

그때 콘스턴트는 깨달았다. 이게 바로 그 경우였다.

진실의 이 순간까지, 콘스턴트는 뉴포트 모험을 마약으로 인한 환각처럼, 페요테* 파티가 한번 더 벌어진 것처럼 생각했다. 생생하고 참신하며 재미있는데다 그 어떤 결과도 따르지 않는 파티라고.

작은 문에는 꿈결 같은 느낌이 스며 있었다…… 마른 분수에도…… 희디흰 조랑말을 타고서 자기를 건드리지 말라는 듯 서 있던 희디흰 소녀의 거대한 그림에도…… 소용돌이형 계단 밑 굴뚝 같은 방에도…… 타이탄의 세이렌 세 명의 사진에도…… 럼포드의 예언에도…… 계단 맨 위에 서 있던 비어트리스 럼포드의 당황한 모습에도……

맬러카이 콘스턴트는 식은땀을 흘렸다. 무릎이 풀릴 것 같았고 눈꺼풀이 떨렸다. 이제야 그 모든 일이 현실이었다는 걸 이해했다! 그가 폭도들 한가운데에서도 침착할 수 있었던 이유는 지구에서 죽지 않으리라는 걸 알았기 때문이다.

무언가 그를 지켜주고 있는 게 맞았다.

그리고 정체가 무엇이든 그것이 콘스턴트를 지켜주는 이유는……

콘스턴트는 럼포드가 예언한 여행 지점들을 일정에 따라 손가락으로 꼽아가며 몸을 떨었다.

---

* 페요테선인장에서 채취한 환각 물질로 북미 인디언들이 종교의식에서 사용했다.

화성.

그다음 수성.

그다음 다시 지구.

그다음 타이탄.

여행 일정이 타이탄에서 끝났으므로, 아마 맬러카이 콘스턴트는 타이탄에서 죽을 터였다. 거기서 죽을 것이다!

럼포드는 뭐가 그렇게 신났던 걸까?

• • •

콘스턴트는 발을 질질 끌며 헬기로 걸어간 뒤 그 거대하고 금방이라도 망가질 것 같은 새를 흔들어대며 올라탔다.

"그쪽이 롤리예요?" 조종사가 말했다.

"맞아요." 콘스턴트가 말했다.

"이름이 특이하시더군요, 롤리 씨." 조종사가 말했다.

"예?" 콘스턴트가 토할 것 같은 기분을 느끼며 말했다. 그는 조종석을 덮고 있는 플라스틱 돔 너머로 저녁 하늘을 올려다보았다. 그 위에 눈이, 콘스턴트가 하는 모든 일을 볼 수 있는 눈이 있는 건지 궁금했다. 만일 그 위에 눈이 있고, 그 눈이 콘스턴트가 이런저런 일을 하고 이런저런 곳에 가기를 바란다면…… 어떻게 콘스턴트에게 그런 일을 시킬 수 있을까?

오, 주여. 하지만 저 위는 공기도 희박하고 추워 보이는데요!

"이름이 특이하다고 했습니다." 조종사가 말했다.

"무슨 이름이었죠?" 변장을 하느라 골랐던 바보 같은 이름을 잊어버린 콘스턴트가 말했다.

"요나요." 조종사가 말했다.

• • •

오십구 일 뒤, 윈스턴 나일스 럼포드와 그의 충성스러운 개 카작이 다시 물질화했다. 그들의 마지막 방문 이후 아주 많은 일이 벌어졌다.

우선 맬러카이 콘스턴트는 고래호라는 거대한 로켓선을 관리하던 갤럭틱우주선의 주식을 팔아치웠다. 화성으로 갈 수 있다고 알려진 유일한 수단과 자신 사이의 모든 연결고리를 끊어버리기 위해서였다. 매각 수익금은 모두 문미스트담배에 넣었다.

또하나, 비어트리스 럼포드는 다양한 포트폴리오로 구성되어 있던 증권을 모두 유동화한 뒤 수익금을 전부 갤럭틱우주선에 넣었다. 고래호에서 무슨 일이 벌어지든 그에 관해 큰 목소리를 낼 수 있도록 말이다.

또하나, 맬러카이 콘스턴트는 비어트리스 럼포드에게 공격적인 편지를 보내기 시작했다. 그녀와 거리를 두기 위해서, 그녀에게 영원히 절대 참을 수 없는 존재가 되기 위해서였다. 이런 편지는 하나를 읽으면 전부를 읽은 것이나 마찬가지였다. 최근에 보낸 편지는 아래와 같았는데, 맬러카이 콘스턴트의 재정 문제를 관리하는 게 유일한 목적인 매그넘오푸스의 필기구로 쓴 것이었다.

햇빛이 찬란한 곳에서 인사를 전해요, 우주의 내 사랑! 세상에, 화성의 쌍둥이 달 아래서 당신 같은 상류층 귀부인과 재미를 볼 날이 기대되네요. 당신은 내가 한 번도 차지한 적 없는 유의 귀부인이에요. 당신과 같은 유가 최고일 거라고 확신하고요. 일단 사랑과 키스를 보냅니다. 맬러카이.

또하나, 비어트리스는 청산가리 캡슐을 하나 샀다. 클레오파트라의 독사보다 치명적일 게 확실했다. 맬러카이 콘스턴트와 같은 시간대만 공유하게 되더라도 그 약을 삼킬 생각이었다.

또하나, 주식시장이 붕괴하며 비어트리스 럼포드도 다른 사람들과 함께 쓸려나갔다. 그녀는 갤러틱우주선 주식을 151.5~169달러에 샀다. 주식시장이 열 번 열리는 동안 주가는 6달러로 떨어졌고 현재는 미미하게 오르내릴 뿐 그 수준에 머물고 있었다. 비어트리스는 현금뿐 아니라 신용까지 동원해 주식을 매수했으므로 뉴포트 저택을 포함해 모든 것을 잃었다. 옷과 명성, 학교 졸업장을 빼면 아무것도 없었다.

또하나, 맬러카이 콘스턴트는 할리우드로 돌아오고 이틀 뒤에 파티를 열었다. 그 파티는 오십육 일이 지난 지금에야 시들해져가고 있었다.

• • •

또하나, 진짜 턱수염이 난 마틴 코래두비언이라는 청년이 럼포드 저택에 초대받아 물질화를 본 턱수염 난 낯선 인물이 바로 자기라고 밝혔다. 그는 보스턴의 태양력 시계 수리공이자 매력적인 거짓말쟁이였다.

어느 잡지사에서 3000달러에 그의 이야기를 샀다.

윈스턴 나일스 럼포드는 소용돌이형 계단 밑 스킵의 박물관에 앉아 즐거워하고 감탄하며 코래두비언의 잡지 기사를 읽었다. 코래두비언은 기사에서 럼포드가 기원후 1000만 년의 이야기를 해주었다고 주장했다.

코래두비언에 따르면, 기원후 1000만 년에는 어마어마한 대청소가 이뤄질 예정이었다. 그리스도의 죽음과 기원후 1000만 년 사이의 시기에 관한 모든 기록은 쓰레기장으로 끌려나와 불태워질 거라고 했다. 코래두비언은 이런 일이 벌어지는 이유가 넘쳐나는 박물관과 문서고가 산 자들을 지상에서 밀어내고 있기 때문이라고 했다.

코래두비언에 따르면, 타버린 쓰레기와 관련된 시기 백만 년은 역사책 속 한 문장으로 요약될 터였다. 예수그리스도의 죽음에 이어, 약 백만 년간의 재조정 기간이 있었다.

윈스턴 나일스 럼포드는 웃으며 코래두비언의 기사를 내려놓았다. 럼포드는 터무니없이 괜찮은 사기극을 그 무엇보다 좋아했다. "기원후 1000만 년이라니……" 그가 큰 소리로 말했다. "불꽃놀이와 행진, 세계 축제를 하기에 아주 좋은 해겠군. 모퉁이 귓돌을 깨고 타임캡슐을 파내며 즐거운 시간을 보낼 수 있겠어."

럼포드는 혼잣말을 한 게 아니었다. 스킵의 박물관에는 그와 함께 다른 사람이 있었다.

바로 그의 아내 비어트리스였다.

비어트리스는 맞은편 윙체어에 앉아 있었다. 몹시도 궁핍한 시절이라 남편에게 도움을 청하러 아래층에 내려온 터였다.

럼포드는 부드럽게 화제를 바꿨다.

흰 실내복을 입고 있어 이미 귀신처럼 보이던 비어트리스의 얼굴이 납빛으로 변했다.

"인간이란 정말 낙천적인 동물이오!" 럼포드가 낙관적으로 말했다. "인류라는 종이 앞으로 천만 년을 더 견딜 거라고 상상하다니. 사람이 거북이처럼 잘 설계된 것도 아닌데 말이지!" 그는 어깨를 으쓱했다. "하긴…… 누가 알겠소? 순수한 고집 덕에 그때까지 버틸지도 모르지. 당신 생각은 어떻소?"

"뭐라고요?" 비어트리스가 말했다.

"인류가 얼마나 오래 버틸지 맞춰보시오." 럼포드가 말했다.

비어트리스의 꽉 다문 이 사이에서 인간의 가청 범위를 넘어설 정도로 높고 약하고 애끓는, 일정한 소리가 흘러나왔다. 그 소리에는 폭탄이 떨어질 때의 휘익 소리에서와 똑같은 무시무시한 예고가 깃들어 있었다.

이어 폭발이 일어났다. 비어트리스는 의자를 뒤집어 들고서 해골을 공격하더니 한쪽 구석에 내동댕이쳤다. 스킵의 박물관 선반들을 싹 쓸어버리고 표본들을 벽에 집어던지고 바닥에 떨어진 그것들을 짓밟았다.

럼포드는 어리둥절했다. "세상에……" 그가 말했다. "왜 그러는 거요?"

"당신은 모든 걸 다 알잖아요?" 비어트리스가 신경질적으로 말했다. "당신한테 말할 필요가 있어요? 그냥 내 생각이나 읽으면 되지!"

럼포드는 눈을 휘둥그렇게 뜨며 양쪽 관자놀이를 두 손바닥으로 눌렀다. "잡음…… 들리는 건 잡음뿐이오." 그가 말했다.

"잡음 말고 뭐가 있겠어!" 비어트리스가 말했다. "난 밥 한 끼 사 먹을 돈도 없이 당장이라도 거리로 내쫓길 판이에요. 그런데 남편이라는 작자는 웃으며 맞히기 놀이나 하자고 하다니!"

"평범한 맞히기 놀이가 아니었소." 럼포드가 말했다. "인류가 얼마나 지속될 것인지에 관한 놀이였지. 그런 놀이를 통해 당신이 당신의 문제를 좀더 넓게 볼 수 있을 거라 생각했소."

"인류는 엿이나 먹으라지!" 비어트리스가 말했다.

"알겠지만, 당신도 인류의 일부요." 럼포드가 말했다.

"그럼 난 침팬지로 되돌려달라고 요청하겠어요!" 비어트리스가 말했다. "그 어떤 침팬지 남편도 아내가 코코넛을 전부 잃는 걸 보며 가만히 서 있지는 않을 테니까. 어떤 침팬지 남편도 아내를 캘리포니아주 할리우드의 맬러카이 콘스턴트한테 우주 매춘부로 내주지 않을 테고!"

이처럼 무시무시한 말을 하고 나자 비어트리스는 어느 정도 진정되었다. 그녀는 지친 듯 고개를 저었다. "인류는 얼마나 오래 존재할까요, 주인님?"

"난 모르오." 럼포드가 말했다.

"난 당신이 모든 걸 다 아는 줄 알았는데." 비어트리스가 말했다. "그냥 미래를 보면 되잖아요."

"미래를 보면," 럼포드가 말했다. "인류가 사라질 때 내가 태양계에 있어서는 안 된다는 걸 알게 된다오. 그러니 종말은 당신한테든 나한테든 수수께끼요."

• • •

캘리포니아주 할리우드에서는 맬러카이 콘스턴트의 수영장 옆 모조 다이아몬드 전화 부스에서 파란색 전화기가 울리고 있었다.

짐승만큼도 존중하기 어려운 상태가 되어버린 인간은 누구라도 늘 한심하게 느껴진다. 그런 상태의 인간이 모든 이점을 누려온 사람이라면 얼마나 더 한심한지!

맬러카이 콘스턴트는 콩팥처럼 생긴 수영장의 넓은 배수로에 누워 주정뱅이의 잠에 빠져 있었다. 배수로에는 뜨뜻한 물이 4분의 1인치 정도 고여 있었다. 콘스턴트는 청록색 반바지에 황금색 실크로 만들어진 야외복을 완전히 갖춰 입고 있었다. 옷은 젖은 채였다.

주변에는 아무도 없었다.

한때 이 수영장은 물결치는 치자꽃 담요로 고르게 덮여 있었다. 하지만 아침 산들바람이 꾸준히 불어와 꽃들을 한쪽으로 옮겨놓았다. 담요를 침대 발치에 개어두듯이 말이다. 담요를 개면서 산들바람은 깨진 유리, 체리, 비틀린 레몬 껍질, 페요테 열매, 오렌지 조각, 절인 올리브, 절인 양파, TV, 피하주사기, 망가진 흰색 그랜드 피아노로 뒤덮인 바닥을 드러냈다. 마리화나와 시가와 담배꽁초가 지저분하게 수면을 떠다녔다.

수영장은 스포츠 시설이라기보다는 지옥의 펀치* 그릇처럼 보였다.

콘스턴트의 팔 한쪽이 수영장으로 늘어져 있었다. 물에 잠긴 손목에서 태양력 시계가 반짝였다. 시계는 멈춰 있었다.

전화벨이 계속 울렸다.

콘스턴트는 웅얼거릴 뿐 움직이지 않았다.

전화벨이 멈추더니 이십 초 후 다시 울리기 시작했다.

콘스턴트는 신음하며 일어나 앉아 또 신음했다.

집안에서 활기차고 유능한 소리가 들려왔다. 타일 바닥을 걸어오는 하이힐 소리였다. 황홀할 정도로 아름답고 요염한 금발 여자가 집에서 나오더니 전화 부스를 향해 걸어가며, 콘스턴트에게 오만하고 경멸어린 시선을 던졌다.

그녀는 껌을 씹고 있었다.

"네?" 여자가 전화기에 대고 말했다. "아…… 또 당신이군요. 네, 깨어 있어요. 야!" 여자가 콘스턴트에게 소리쳤다. 그녀는 찌르레기 같은 목소리의 소유자였다. "거기, 우주비행 훈련생**!" 그녀가 소리쳤다.

"으음?" 콘스턴트가 말했다.

"너희 회사 사장이 얘기 좀 하재."

---

* 와인에 과일즙, 설탕 등을 넣어 만든 음료.

** sapce cadet. '마약에 취한 얼간이'를 뜻하기도 한다.

"어떤 회사?" 콘스턴트가 말했다.

"당신은 어떤 회사 사장이에요?" 여자가 전화기에 대고 말했다. 그녀는 대답을 들었다. "매그넘오푸스." 여자가 말했다. "매그넘오푸스의 랜섬 K. 펀이래." 그녀가 말했다.

"내가…… 내가 다시 전화한다고 해줘." 콘스턴트가 말했다.

여자는 펀에게 그 말을 전하고 들은 또하나의 메시지를 콘스턴트에게 전달했다. "이 사람 그만둔대."

콘스턴트는 불안정하게 일어서며 두 손으로 얼굴을 문질렀다. "그만둔다니?" 그가 멍하게 말했다. "랜섬 K. 펀이 그만둔다는 거야?"

"응." 여자가 말했다. 그녀는 증오심에 가득찬 미소를 지었다. "네가 더이상 자기한테 월급을 줄 수 없대. 자기가 퇴근하기 전에 와서 얘기를 하는 게 좋을 거라는데." 여자가 웃었다. "너 파산이래."

• • •

다시 뉴포트에서는, 비어트리스 럼포드가 벼락같이 성질을 내며 소동을 일으켜서 집사 몽크리프를 스킵의 박물관으로 불러들였다. "부르셨어요, 마님?" 그가 말했다.

"거의 소리를 질렀지, 몽크리프." 비어트리스가 말했다.

"필요한 게 있는 건 아니네, 고맙지만." 럼포드가 말했다. "우린 그냥 열띤 토론을 하고 있었을 뿐이야."

"나한테 필요한 게 있는지 없는지 당신이 감히 어떻게 알죠?" 비어트리스가 열을 내며 럼포드에게 말했다. "난 당신이 행세하는 것처럼 모든 것을 아는 건 전혀 아니라는 사실을 이제 막 알게 됐어요. 알고 보니 나한테 무척 필요한 게 있는데요. 무척 필요한 게 아주 많아요."

"마님?" 집사가 말했다.

"개를 들여보내줘." 비어트리스가 말했다. "떠나기 전에 쓰다듬어주고 싶어. 크로노-신클래스틱 인펀디뷸럼이 인간의 사랑을 죽이듯 개의 사랑도 죽여버리는지 알고 싶어."

집사가 허리를 숙여 절하고 떠났다.

"하인 앞에서 퍽이나 예쁜 꼴을 보여주는구려." 럼포드가 말했다.

"대체로," 비어트리스가 말했다. "이 가문의 위엄에는 당신보다 내가 기여한 바가 많아요."

럼포드가 고개를 축 늘어뜨렸다. "내가 어떤 식으로든 당신을 실망시켰소? 그런 뜻으로 하는 말이오?"

"어떤 식으로든이라뇨?" 비어트리스가 말했다. "모든 면에서 실망시켰죠!"

"내가 뭘 해줬으면 좋겠소?" 럼포드가 말했다.

“주식시장 붕괴가 다가온다고 말해줄 수 있었잖아요!” 비어트리스가 말했다. “내가 지금 겪는 일을 겪지 않게 해줄 수도 있었어요.”

럼포드의 손이 다양한 주장의 전개를 마지못해 재보는 듯 허공을 더듬거렸다.

“할말 있어요?” 비어트리스가 말했다.

“난 그냥, 당신과 함께 크로노-신클래스틱 인펀디뷸럼으로 갈 수 있었으면 좋겠소.” 럼포드가 말했다. “그럼 당신도 한 번쯤은 내 말을 이해할 수 있겠지. 내가 해줄 수 있는 말은, 내가 당신에게 주식시장 붕괴에 관해서 이야기하지 못한 것도 핼리혜성만큼 자연스러운 질서의 일부라는 거요. 둘 중 어느 것에 격분해도 모두 말이 안 되는 일이오.”

“당신한테는 인격도, 나에 대한 책임감도 없다는 말이군요.” 비어트리스가 말했다. “이런 식으로 말해서 미안하지만, 그게 진실이에요.”

럼포드는 고개를 앞뒤로 흔들었다. “진실이라…… 하지만, 오 주여, 그건 정말이지 특정 시간대의 관점에서만 진실이오.” 그가 말했다.

럼포드는 다시 잡지를 읽기 시작했다. 저절로 잡지의 가운데 페이지가 펼쳐졌는데, 그 페이지에는 문미스트담배 컬러 광고가 들어가 있었다. 문미스트담배 유한회사는 최근 맬러카이 콘스턴트가 매수한 곳이었다.

깊은 곳에서 느껴지는 쾌감!이 광고 헤드 카피였다. 헤드 카피와 함께 타이탄의 세이렌 세 명의 그림이 실렸다. 거기에 그들이, 흰 소녀와 황금빛 소녀와 갈색 소녀가 있었다.

우연히도 황금빛 소녀의 왼쪽 가슴에 놓인 손가락이 쫙 펼쳐져 있어, 화가가 두 손가락 사이에 문미스트담배를 그려넣을 수 있었다. 그녀의 담배에서 피어나오는 연기가 갈색 소녀와 흰 소녀의 콧구멍 아래를 스치고 지나갔다. 우주를 절멸시킬 수 있을 그들의 욕정은 오직 멘톨이 들어간 연기에만 집중돼 있었다.

럼포드는 콘스턴트가 그 사진을 광고에 이용함으로써 모독하려 들리라는 걸 알고 있었다. 콘스턴트의 아버지 역시 아무리 많은 돈으로도 레오나르도의 〈모나리자〉를 살 수 없다는 걸 알고서 비슷한 짓을 했다. 그 늙은이는 모나리자를 좌약 광고에 이용함으로써 그녀에게 벌을 주었다. 그건 아름다움이 승기를 잡으려 할 때 자유기업 체제가 보여주는 대체 방식이었다.

럼포드는 입방귀를 뀌었다. 동정심에 가까운 감정이 들 때 그가 내는 소리였다. 지금 그의 동정심에 가까운 감정은 비어트리스보다 훨씬 못한 시간을 보내고 있는 맬러카이 콘스턴트를 향한 것이었다.

"변명은 그게 다예요?" 비어트리스가 럼포드의 윙체어 뒤로 다가와 말했다. 그녀는 팔짱을 끼고 있었고, 럼포드는 그녀의 생각을 읽었다. 그녀는 날카롭게 내민 자기 팔꿈치를 투우사의 칼처럼 여겼다.

"무슨 말이오?" 럼포드가 말했다.

"이 침묵이…… 잡지 뒤에 숨어버리는 이런 짓이, 당신이 하려는 반박의 전부인가요?" 비어트리스가 말했다.

"반박이라…… 반박이라는 게 존재한 적이 있다 해도, 특정 시간대의 관점에서만 적용되는 단어라오." 럼포드가 말했다. "내가 무슨 말을 하면 당신이 나한테 반박하고, 그럼 내가 당신에게 반박하지. 그런 다음에는 다른 사람이 들어와서 우리 둘에게 반박하고." 그는 몸을 떨었다. "모두가 줄지어 서서 서로에게 반박한다니, 대단한 악몽이오."

"지금 이 순간에라도," 비어트리스가 말했다. "내가 잃어버린 모든 것과 그 이상을 되찾게 해줄 주식 비법을 알려줄 수 없어요? 나를 조금이라도 걱정한다면, 할리우드의 맬러카이 콘스턴트가 정확히 어떤 방법으로 나를 속여 화성에 데려갈지 말해줄 수 없나요? 내가 그 사람보다 한 수 앞설 수 있게."

"보시오." 럼포드가 말했다. "특정 시간대에 속한 사람한테 인생은 롤러코스터 같은 것이오." 그는 돌아서서 떨리는 두 손으로 비어트리스의 얼굴을 감쌌다. "온갖 일이 당신에게 일어나겠지! 물론," 그가 말했다. "난 당신이 타고 있는 롤러코스터 전체를 볼 수 있소. 그리고 물론…… 롤러코스터가 급낙하하고 회전하는 구간이 전부 적힌 종이쪽지를 줄 수도 있을 거요. 터널에서 도깨비가 튀어나오는 곳을 모두 경고해줄 수도 있을 테고. 하지만 그래도 당신한텐 아무 도움이 되지 않소."

"왜 안 된다는 건지 모르겠는데." 비어트리스가 말했다.

"그래도 당신은 롤러코스터를 타야 하기 때문이오." 럼포드가 말했다. "난 롤러코스터를 설계한 것도 아니고, 소유한 것도 아니오. 누가 롤러코스터에 타고 누구는 타지 않을지 정하는 사람도 아니고. 그저 롤러코스터가 어떻게 생겼는지 알 뿐이오."

"맬러카이 콘스턴트가 그 롤러코스터의 일부고요?" 비어트리스가 말했다.

"그렇소." 럼포드가 말했다.

"그자를 피할 방법은 없다는 거죠?" 비어트리스가 말했다.

"그래요." 럼포드가 말했다.

"그럼…… 그럼 그냥, 우리가 어떤 단계를 거쳐 함께하게 될지는 말해줄 수 있겠죠." 비어트리스가 말했다. "내가 별것 아닌 일이라도 해볼 수 있게."

럼포드가 어깨를 으쓱했다. "알겠소. 정 원한다면야." 그가 말했다. "그걸로 당신 기분이 나아진다면……"

"지금 이 순간," 그가 말했다. "미국 대통령은 실업 문제를 해결하기 위해 '신新우주시대'를 선언하고 있소. 그저 일자리를 만들겠다는 이유로 무인 우주선에 수십억 달러를 지출할 거요. 신

우주시대를 여는 사건이 다음주 화요일에 있을 고래호 발사요. 고래호는 나를 기리는 뜻에서 럼포드호로 이름이 바뀌고 손풍금을 연주할 수 있는 원숭이들을 태울 거요. 그런 다음에는 대략 화성 쪽으로 발사될 테고. 당신과 콘스턴트는 기념식에 참석할 거요. 당신은 의례적인 점검을 위해 우주선에 탈 테고, 스위치 오작동으로 원숭이들과 함께 발사될 거요."

이쯤에서 이야기를 멈추고, 비어트리스가 들은 이 엉터리 이야기가 윈스턴 나일스 럼포드가 한 몇 안 되는 거짓말 중 하나라는 것을 밝혀두는 게 좋겠다.

럼포드의 이야기에서 다음 부분만은 사실이었다. 고래호는 화요일에 이름이 바뀌어 발사될 것이고, 미국 대통령이 신우주시대를 선언하고 있다는 것 말이다.

대통령이 당시에 한 말 중 일부는 여기 옮길 만하다. 대통령이 "진보progress"라는 단어를 "진-부pro-gerse"라고 발음해 이 단어에 특별한 맛을 준 것을 기억해야 한다. 그는 "의자chair"와 "창고warehouse"도 환호성cheer과 와이어하우스wirehouse로 발음해 맛을 더했다.

"현재, 미국 경제가 낡고 병들었다고 말하며 돌아다니는 사람들이 있습니다." 대통령이 말했다. "솔직히 난 그 사람들이 어떻게 그런 말을 할 수 있는지 모르겠습니다. 지금은 인류 역사상 어느 시점과 비교해도 모든 면에서 더 많은 진부의 기회가 있는데 말입니다.

그리고 우리가 특별히 진부를 이룰 수 있는 최전선이 하나 있으니, 우주라는 위대한 최전선입니다. 우리는 한때 우주에 도전했다가 실패했으나, 진부 면에서 아니라고 답하는 건 미국의 방식이 아닙니다."

"현재, 마음이 약한 사람들이 매일 백악관으로 나를 만나러 옵니다." 대통령이 말했다. "흐느끼고 울부짖으며 '아, 대통령님. 와이어하우스가 자동차와 비행기, 주방용품을 비롯한 다양한 제품으로 가득차 있습니다'라고 말하며 '아, 대통령님. 모두가 이미 모든 걸 두 개, 세 개, 네 개 이상 가지고 있기에 아무도 공장이 무언가를 만들기를 바라지 않습니다'라고 하지요.

기억에 유독 남는 한 사람은 환호성 제조업자였는데, 그 사람은 심각하게 과잉생산을 한 탓에 와이어하우스에 있는 그 모든 환호성 말고는 아무것도 생각할 수 없었습니다. 내가 그에게 말했지요. '앞으로 이십 년간 세계 인구는 두 배가 될 테고, 수십억 명의 새로운 사람들이 깔고 앉을 게 필요해질 테니 그냥 그 환호성을 붙들고 계세요. 그러는 동안 와이어하우스의 환호성은 잊고 우주의 진부를 생각하는 게 어떻습니까?'

나는 그 사람에게 말했듯, 여러분과 세상 모든 사람에게 말합니다. '우주는 지구보다 일조 배 큰 행성들의 생산성을 흡수할 수 있습니다. 우리는 영원히 로켓을 만들어 쏠 수 있습니다.

그래도 우주는 영영 가득차지 않을 것이며, 우리가 우주에 관해 알아야 할 모든 것을 알게 되는 날도 영영 오지 않을 것입니다.'

현재, 흐느끼며 울부짖는 걸 그토록 좋아하는 바로 그들은 말합니다. '아, 하지만 대통령님, 크로노-신클래스틱 인펀디뷸럼은 어쩌고요? 이건 어쩌고 또 저건 어쩌고요?' 난 그들에게 말합니다. '사람들이 당신 같은 사람 이야기에 귀를 기울인다면 진부는 절대 이뤄지지 않을 겁니다. 전화도, 아무것도 없을 겁니다. 게다가,' 나는 그 사람들에게 말했듯, 여러분과 세상 모든 사람에게 말합니다. '우린 우주선에 인간을 태울 필요가 없습니다. 하등동물만 태울 거니까요.'"

연설에 그 이상의 내용은 없었다.

• • •

캘리포니아주 할리우드의 맬러카이 콘스턴트는 정신이 홀딱 깬 채 모조 다이아몬드 전화 부스에서 나왔다. 눈이 재처럼 느껴졌다. 입에서 삶은 말안장 맛이 났다.

그는 이 금발 여자를 지금껏 단 한 번도 본 적이 없다고 확신했다.

그는 여자에게 격변기의 표준 질문 중 하나를 던졌다. "다들 어디 갔어?" 그가 말했다.

"네가 다 쫓아냈어." 여자가 말했다.

"내가?" 콘스턴트가 말했다.

"그래." 여자가 말했다. "전혀 기억이 안 나?"

콘스턴트는 힘없이 고개를 끄덕였다. 파티를 벌이던 오십육일 중 어느 시점에, 그는 아무것도 생각나지 않는 상태에 이르렀다. 그의 목표는 어떤 운명도 맞이할 가치가 없는 인간이 되는 것, 어떤 임무도 수행할 수 없는 인간이 되는 것이었다. 너무 아파서 여행을 떠날 수 없도록. 그는 눈부신 성공을 거뒀다.

"아, 볼만했어." 여자가 말했다. "넌 다른 사람들처럼 즐거운 시간을 보내면서 피아노를 수영장에 밀어넣는 걸 도왔어. 근데 드디어 피아노가 수영장에 들어가니까 한바탕 울음을 터뜨리더라."

"울음을 터뜨렸다." 콘스턴트가 되풀이했다. 그건 새로운 일이었다.

"응." 여자가 말했다. "네가 아주 불행한 어린 시절을 보냈다면서, 모두에게 그 시절이 얼마나 불행했는지 들려줬어. 네 아버지가 너한테 한 번도 공을 던져준 적이 없다면서. 어떤 공이라도 말이야. 절반쯤은 아무도 알아들을 수 없었지만, 누가 네 말을 알아들을 수 있을 때면 늘 아무 공도 없었다는 얘기였어."

"그러다가 네 엄마 얘기를 시작하더라." 여자가 말했다. "네 엄마가 매춘부였다면, 그런 게 매춘부라면 넌 매춘부의 아들인

게 자랑스럽다고 했어. 그러더니 누구든 너한테 와서 악수하고 모두가 들을 수 있게 몹시 큰 소리로 '난 너희 어머니랑 똑같은 매춘부야'라고 말하는 여자한테 유정油井을 주겠다고 했어."

"그다음엔?" 콘스턴트가 말했다.

"네가 파티에 온 모든 여자에게 유정을 줬어." 여자가 말했다. "그런 다음 어느 때보다 심하게 울기 시작했지. 그리고 사람들 앞에서 날 콕 집어 태양계에서 믿을 수 있는 사람은 나뿐이라고 했어. 다른 사람들은 그냥 너를 우주선에 태워 화성으로 쏘아버릴 수 있게 네가 잠들기만 기다리고 있다고 하더라. 그러더니 나만 빼고 전부 집으로 돌아가라고 했어. 하인들도 마찬가지고, 모두 다."

"그런 다음에, 우린 멕시코로 비행기를 타고 가서 결혼했어. 그다음엔 이리로 돌아왔고." 여자가 말했다. "이제 보니까 너한테는 오줌 눌 요강도, 그 요강 물을 내다버릴 창문도 없네. 사무실로 내려가서 대체 무슨 일이 벌어지고 있는지 알아보는 게 좋을 거야. 내 남자친구는 깡패고, 네가 날 제대로 부양하지 않는다고 말하면 널 죽일 테니까."

"제기랄." 여자가 말했다. "난 너보다 더 불행한 어린 시절을 보냈어. 우리 엄마는 진짜 매춘부였고, 우리 아빠는 집에 오지 않았어. 게다가 가난하기까지 했다고. 최소한 너한테는 수십억 달러가 있잖아."

• • •

뉴포트에서 비어트리스 럼포드는 남편에게서 등을 돌렸다. 그녀는 스킵의 박물관 문지방에 서서 복도를 바라보고 있었다. 복도 저편에서 집사의 목소리가 들렸다. 집사는 현관문에 서서 우주의 사냥개인 카작을 부르고 있었다.

"롤러코스터에 대해서라면 나도 좀 알아요." 비어트리스가 말했다.

"잘됐구려." 럼포드가 공허하게 말했다.

"열 살 때," 비어트리스가 말했다. "아빠는 롤러코스터에 태워주면 내가 재미있어할 거라고 생각하셨죠. 우린 케이프코드에서 여름휴가를 보내는 중이었어요. 그러다가 차를 타고 폴강 너머의 놀이공원으로 갔어요.

아빠가 롤러코스터 표 두 장을 샀죠. 나랑 같이 타겠다고."

"그때가 처음이자 마지막으로 롤러코스터를 본 거예요." 비어트리스가 말했다. "롤러코스터는 바보 같고 더럽고 위험해 보였어요. 난 딱 잘라서 타지 않겠다고 했죠. 아빠는 날 롤러코스터에 태울 수 없었어요." 비어트리스가 말했다. "뉴욕중앙철도회 이사장이었는데도."

"우리는 차를 돌려 집으로 갔어요." 비어트리스가 자랑스럽게 말했다. 그녀는 눈을 빛내며 갑작스럽게 고개를 끄덕였다. "롤러코스터는 그런 식으로 대하는 거예요." 그녀가 말했다.

그녀는 스킵의 박물에서 성큼성큼 나와 전실에서 카작이 오기를 기다렸다.

잠시 후 그녀는 등뒤에서 남편의 전기적 존재를 느꼈다.

"비어트리스……" 그가 말했다. "내가 당신의 불행에 냉담한 것처럼 보인다면, 그건 단지 마지막 순간에 모든 것이 얼마나 잘될지 알기 때문이오. 당신과 콘스턴트가 짝이 되는 걸 내가 싫어하지 않는 게 상스러워 보일지 몰라도, 과거의 나나 미래의 나보다 콘스턴트가 당신에게 훨씬 더 나은 남편이 되리라는 걸 겸허히 인정하기 때문이오."

"처음으로 사랑에 빠질 일을 기대해요, 비어트리스." 럼포드가 말했다. "당신의 귀족성을 드러낼 외면의 증거 없이도 귀족적으로 행동하게 될 일을 기대하시오. 신께서 주신 품위와 지성, 온화함만을 갖게 될 일을 기대해요. 그런 것 말고는 아무것도 갖지 않게 될 일을, 그런 것으로 매우 아름다운 무언가를 만들게 될 일을 기대하시오."

럼포드가 금속성 목소리로 신음했다. 그는 비물질화하고 있었다. "아, 이런……" 그가 말했다. "당신은 롤러코스터 얘기를 하지만……

그 얘긴 그만하고 내가 타고 있는 롤러코스터에 대해서도 가끔 생각해보시오. 언젠가 타이탄에서는 내가 누군가에게 얼마나 무자비하게, 역겹도록 쓸데없는 목적을 위해 이용당했는지 알게 될 거요."

그 순간 카작이 집안으로 몸을 날렸다. 축 처진 아랫입술이 펄럭거렸다. 녀석은 윤나는 바닥에 쭉 미끄러지며 내려섰다.

카작은 직각으로 방향을 틀어 비어트리스에게 가려고 애쓰며 제자리를 달렸다. 녀석은 점점 더 빨리 달렸으나 여전히 마찰력을 얻지 못했다.

카작이 투명해졌다.

크기가 줄어들더니 프라이팬 속 탁구공처럼 전실 바닥에서 미친듯이 쉬익거리기 시작했다.

그러더니 사라졌다.

더이상 개는 없었다.

비어트리스는 뒤를 돌아보지 않았지만 남편도 사라졌다는 걸 알았다.

"카작?" 그녀가 희미한 목소리로 말했다. 개를 부르려는 듯 손가락을 튕겼다. 손가락에 너무 힘이 없어서 소리가 나지 않았다.

"착하지." 그녀가 속삭였다.

3. 유나이티드핫케이크 우선주

"아들아. 사람들은 이 나라에 왕족이 없다고 한단다.
하지만 미합중국의 왕이 되는 방법을 가르쳐줄까?
그냥 변소에 빠졌다가 장미향을 풍기며 나오면 되는 거야."
—노엘 콘스턴트

맬러카이 콘스턴트의 재무를 관리하는 로스앤젤레스의 회사 매그넘오푸스는 맬러카이의 아버지가 설립한 곳으로, 삼십일 층짜리 빌딩을 본부로 두고 있었다. 매그넘오푸스는 빌딩 전체를 소유하고 있으면서도 맨 위 세 층만 사용하고, 나머지는 자회사들에 임대했다.

최근 매그넘오푸스가 매각한 몇몇 회사는 이사를 나가고 있었다. 최근 매그넘오푸스가 매수한 다른 회사들은 이사를 들어오고 있었다.

입주 기업 중에는 갤러틱우주선, 문미스트담배, 판당고정유, 레녹스모노레일, 프라이퀵, 새니메이드제약, 루이스앤드마빈유황, 듀프리전자, 유니버설피에조전기, 사이코키네시스언리미티드, 에드뮤어협회, 맥스모기계공구, 윌킨슨페인트및광택제, 아메리칸공중부양, 플로패스트, 킹오레저셔츠, 캘리포니아엠블럼슈프림생명상해보험사 등이 있었다.

매그넘오푸스 빌딩은 늘씬하고 각진 십이면체 기둥 모양으로, 열두 면 전체의 표면이 청록색이며 기단부로 갈수록 점점 장밋빛으로 바뀌었다. 건축가에 따르면 열두 면은 세계의 위대한 열두 종교를 나타내는 것이었다. 지금까지는 아무도 건축가에게 그 종교의 이름을 대보라고 하지 않았다.

운이 좋았다. 건축가는 아마 이름을 대지 못했을 테니까.

꼭대기에는 개인 헬기 착륙장이 있었다.

• • •

착륙장으로 내려오는 콘스턴트의 헬기 그림자와 날갯짓은 아래의 많은 사람에게 죽음의 사자의 그림자와 날갯짓으로 보였을 게 틀림없었다. 주식시장이 붕괴했기에, 돈과 일자리가 너무도 드물었기에 그랬다.

또 가장 크게 붕괴한 것이, 붕괴하며 다른 모든 것을 함께 끌어내린 것이 맬러카이 콘스턴트의 기업이기 때문이기도 했다.

전날 밤 모든 하인이 그만둔 탓에 콘스턴트가 직접 헬기를 몰고 있었다. 조종 실력은 형편없었다. 그가 쿵하며 헬기를 착륙시키는 바람에 빌딩 전체가 진동했다.

그는 매그넘오푸스의 사장 랜섬 K. 펀과 회의를 하러 온 터였다.

펀은 삼십일층에서 콘스턴트를 기다렸다. 단 하나의 거대한 방으로 이뤄진 그곳이 콘스턴트의 사무실이었다.

사무실 가구는 소름 끼쳤다. 어떤 가구에도 다리가 없었다. 모든 것이 적당한 높이에 자력磁力으로 떠 있었다. 탁자와 책상, 바와 소파는 떠다니는 조각상이었다. 기우뚱하게 떠 있는 의자는 그릇 같았다. 가장 음산한 것은 적을 가치가 있는 아이디어가 떠오르면 아무나 낚아채 쓸 수 있도록 허공에 아무렇게나 흩어져 있는 연필과 메모판이었다.

카펫은 풀처럼 푸른빛이었는데, 실제로 풀밭이었다. 여느 골프장 그린과 마찬가지로 살아 있는 무성한 풀밭.

맬러카이 콘스턴트는 헬기 착륙장 데크에서 전용 엘리베이터를 타고 사무실로 내려왔다. 엘리베이터 문이 조용히 열렸을 때 콘스턴트는 다리 없는 가구들과 날아다니는 연필이며 메모판에 놀랐다. 그는 팔 주 동안 사무실에 들르지 않았다. 누군가 가구를 바꿔놓았다.

매그넘오푸스의 늙어가는 사장 랜섬 K. 펀이 통창 옆에 서서 도시를 내다보고 있었다. 그는 검은색 중절모에 검은색 체스터필드 코트를 입고 있었으며, 굵다란 대나무 지팡이를 앞으로 짚고 있었다. 극도로 야윈 몸이었다. 늘 그랬다.

"엉덩이가 꼭 공기총 두 개를 나란히 둔 것 같아." 맬러카이 콘스턴트의 아버지 노엘은 펀에 대해 그렇게 말했다. "랜섬 K. 펀은 혹 두 개를 다 써버린 낙타 같지. 지금은 머리카락이랑 눈알을 제외한 나머지를 다 써버리는 중이고."

국세청에서 발행하는 통계에 따르면 펀은 이 나라에서 가장 높은 급료를 받는 경영자였다. 더도 덜도 아닌 100만 달러의 연봉에, 추가로 스톡옵션과 생계비 상승에 따른 임금 상승분도 받았다.

그는 스물두 살 때 매그넘오푸스에 들어왔다. 지금은 예순 살이었다.

"누가…… 누가 가구를 다 바꿨네요." 콘스턴트가 말했다.

"네." 펀은 여전히 도시를 내려다보며 말했다. "누가 바꿨습니다."

"당신인가요?" 콘스턴트가 말했다.

펀은 코를 훌쩍이고 시간을 끌면서 대답했다. "자사 제품에 대한 충성도를 보여줘야 한다고 생각했습니다."

"전…… 전 이런 거 처음 보는데요." 콘스턴트가 말했다. "다리 없이 그냥 허공에 떠 있다니."

"자력입니다, 아시겠지만." 펀이 말했다.

"뭐…… 뭐, 일단 익숙해지니까 멋진 것 같아요." 콘스턴트가 말했다. "우리가 소유한 회사에서 이런 걸 만드나요?"

"아메리칸공중부양에서 만듭니다." 펀이 말했다. "그 회사를 사라고 하셔서 샀죠."

랜섬 K. 펀은 창문에서 시선을 돌렸다. 젊음과 세월이 심란하게 섞여 있는 얼굴이었다. 그의 얼굴에는 나이들어가는 과정의 중간 단계가 전혀 드러나지 않았다. 그가 지나온 삼십대, 사십대, 오십대 남자의 흔적은 없었다. 그저 청소년기와 예순 살이라는 나이만 표현되었다. 꼭 열일곱 살짜리가 훅 끼쳐온 열기에 시들고 표백된 것 같았다.

펀은 하루에 책 두 권을 읽었다. 사람들 말에 따르면 자신이 속한 문화 전체를 잘 알고 있던 마지막 사람은 아리스토텔레스였다. 랜섬 K. 펀은 아리스토텔레스의 업적에 필적해보려는 인상적인 노력을 기울여왔다. 이미 아는 것으로부터 패턴을 인지해내는 것에서는 아리스토텔레스만큼 성공하지 못했다.

산처럼 거대한 지성은 열심히 노력한 끝에 철학적인 쥐가 되었다. 펀은 자신이 쥐며 그것도 초라한 쥐라는 것을 깨달은 첫 인물이었다. 그래서 펀은 철학을 일상어로, 가장 단순한 용어로 표현했다.

"어떤 사람에게 가서 '어떻게 지내나, 조?'라고 말하면, 그 사람은 '아, 잘 지내지. 잘 지내. 이 이상 좋을 수 없다네'라고 말하지. 그때 그 사람 눈을 들여다보면, 실은 더이상 나쁠 수 없다는 걸 알게 돼. 핵심까지 내려가면 모두가 그야말로 형편없는 시간을 보내고 있어. 모두가 말이야. 가장 나쁜 건 그 무엇도 별 도움이 되지 않는 듯 보인다는 거고."

이 철학이 펀을 슬프게 한 건 아니었다. 그가 무언가를 곱씹게 만들지도 않았다.

이 철학은 그가 비정하게 지켜보도록 했다.

이 철학은 사업에도 도움이 되었다. 덕분에 펀은 상대방이 겉보기보다 훨씬 더 나약하고 지루해한다는 걸 자동적으로 유추해낼 수 있었으니 말이다.

또한 가끔 배짱 두둑한 사람들은 펀이 중얼거리는 방백을 재미있다고 생각했다.

노엘 콘스턴트, 이어서 맬러카이 콘스턴트 밑에서 일하는 그의 상황이 멋지게 협력해준 덕에 펀이 할 만한 모든 말을 씁쓸하고 우습게 들리게 했다. 그는 단 한 가지를 제외한 모든 면에서 콘스턴트 부자보다 우월했는데, 그 딱 한 가지 면이 실제로 중요한 유일한 것이었기 때문이다. 무지하고 천박하며 야단스러운 콘스턴트 부자에게는 눈먼 행운이 엄청나게 따랐다.

지금까지는 그랬다.

맬러카이 콘스턴트는 자신의 행운이, 모든 행운이 사라졌다는 걸 아직 이해하지 못했다. 펀이 전화로 전한 끔찍한 소식을 듣고도 아직 이해하지 못했다.

"세상에." 콘스턴트가 천진하게 말했다. "이 가구들은 보면 볼수록 마음에 드네요. 핫케이크처럼 잘 팔리겠어요." 맬러카이 콘스턴트가 사업에 대해서 하는 말에는 어딘지 한심하고 역겨운 구석이 있었다. 그의 아버지도 마찬가지였다. 옛날 노엘 콘스턴트는 사업에 대해 아무것도 몰랐고, 그의 아들 역시 마찬가지였다. 그러지 않아도 적은 콘스턴트 부자의 매력은 그들이 낫 놓고 기역 자씩이나 알았기에 성공을 거두었다는 식으로 구는 순간 증발해버렸다.

억만장자가 낙천적이고 공격적이고 교활하면 왠지 불쾌한 법이다.

"제 의견으로는," 콘스턴트가 말했다. "꽤 괜찮은 투자였던 것 같네요. 이런 가구를 만드는 회사라니."

"유나이티드핫케이크 우선주처럼요." 펀이 말했다. 유나이티드핫케이크 우선주는 그가 가장 좋아하는 농담이었다. 사람들이 그를 찾아와 육 주 안에 돈을 두 배로 불려줄 투자 조언을 해달라고 애걸할 때마다 그는 유나이티드핫케이크 우선주라는 허구의 주식에 투자하라고 진지하게 조언했다. 어떤 사람들은 실제로 그의 조언을 따르려 하기도 했다.

"아메리칸공중부양의 소파에 앉아 있는 건 자작나무 껍질 카누 위에 서 있는 것보다 힘든 일입니다." 펀이 건조하게 말했다. "의자라는 이 물건에 앉으려고 하면, 의자가 새총으로 돌을 쏘듯이 사람을 벽으로 튕겨내죠. 책상 가장자리에 걸터앉기라도 하면 키티호크의 라이트 형제라도 된 양 방 전체를 춤추며 돌아다니게 됩니다."

콘스턴트는 자기 책상을 아주 가볍게 건드렸다. 책상이 긴장한 듯 떨렸다.

"뭐…… 아직 사소한 문제를 전부 해결하지 못한 것뿐이죠." 콘스턴트가 말했다.

"지당하신 말씀입니다." 펀이 말했다.

이제 콘스턴트는 전에 한 번도 할 필요가 없었던 애원을 했다. "사람이 가끔 실수할 수도 있죠." 그가 말했다.

"가끔이요?" 펀이 눈썹을 치켜올리며 말했다. "석 달 동안 당신은 잘못된 판단만 내렸습니다. 내가 불가능하다고 했을 법한 일들을 해냈어요. 영감어린 추측으로 거의 사십 년간 이어온 결과물을 말 그대로 쓸어내는 것, 아니 그 이상을 해내는 데 성공했습니다."

랜섬 K. 펀은 허공에서 연필을 가져다가 반으로 뚝 부러뜨렸다. "매그넘오푸스는 더이상 존재하지 않습니다. 당신과 내가 이 빌딩에 남은 마지막 두 사람이에요. 다른 사람들은 모두 급료를 주고 집으로 보냈습니다."

그는 허리를 숙여 인사하고 문으로 향했다. "수신 전화 전부가 여기 있는 당신 책상으로 직접 걸려오도록 설정해두었습니다. 그리고 나가실 때는, 콘스턴트 씨, 잊지 말고 불을 끄고 현관문을 잠그세요."

• • •

이쯤에서 매그넘오푸스주식회사의 역사를 이야기해도 괜찮을 것 같다.

매그넘오푸스는 바닥이 구리로 된 조리 도구를 팔러 다니던 양키 외판원의 머릿속 아이디어로 시작되었다. 그 양키가 매사추세츠주 뉴베드퍼드 출신 노엘 콘스턴트였다. 그가 맬러카이의 아버지였다.

노엘의 아버지는 실베너스 콘스턴트였다. 그는 그랜드리퍼블릭모직회사의 내터위나지부 뉴베드퍼드방직공장에서 일하는 베틀 수리공이었다. 그는 무정부주의자였다. 아내를 제외한 그 누구와도 무정부주의로 문제를 일으킨 적은 없었지만 말이다.

콘스턴트 가문의 계보는 벤저민 콘스턴트의 사생아, 1799년부터 1801년까지 나폴레옹 치하의 호민관이었으며 당시 프랑스 주재 스웨덴 대사의 아내였던 안 루이즈 제르맹 네케르, 드 스타엘홀스테인 남작 부인의 연인이었던 인물에게까지 거슬러 올라간다.

아무튼, 노엘 콘스턴트는 어느 날 밤 로스앤젤레스에서 투기꾼이 되어야겠다고 생각했다. 당시 그는 서른아홉 살에 독신이었으며, 신체적으로나 도덕적으로나 매력이 없었고, 사업도 실패한 상태였다. 투기꾼이 되겠다는 생각은 월버햄프턴호텔 223호실의 좁은 침대에 혼자 앉아 있을 때 떠올랐다.

개인 소유 기업 중 가장 값어치가 높은 기업의 첫 모습이 그렇게 초라할 수는 없었을 것이다. 월버햄프턴 223호실은 가로 8피트에 세로 11피트였으며, 전화기도 책상도 없었다.

그 방에 있는 거라곤 침대 하나와 서랍 세 개짜리 옷장, 서랍 옆면에 붙여놓은 오래된 신문, 그리고 맨 밑 서랍에 들어 있던 『기드온 성경』*이 전부였다. 가운데 서랍 안쪽에 붙어 있던 신문은 십사 년 전 주식 시세였다.

침대와 달력뿐인 방에 갇힌 남자에 관한 수수께끼가 있는데, 질문은 이것이다. 그 남자는 어떻게 생존할 수 있었을까?

답은 이렇다. 달력의 날짜를 날로 먹고 침대 용수철의 용수를 마시며 살았다**는 것이다.

매그넘오푸스의 기원에 관한 설명도 이와 매우 유사하다. 노엘 콘스턴트가 재산을 쌓은 재료는 달력 속 날짜나 침대의 용

---

* 미국의 자선단체 기드온인터내셔널에서 기독교 전도를 위해 호텔, 병원 등에 기증한 성경.

** He eats dates from the calendar and drinks water from the springs of the bed. 'date'에는 '날짜'와 '대추야자'라는 뜻이 있고 'spring'에는 '스프링'과 '샘'이라는 뜻이 있다.

수철만큼이나 영양가가 없었다.

매그넘오푸스는 펜 한 자루와 수표장 한 권, 수표 크기의 정부 발행 봉투, 『기드온 성경』 한 권, 8212달러의 예금액으로 세워졌다.

은행 예금액은 무정부주의자 아버지의 집에 대한 노엘 콘스턴트의 지분이었다. 그 집은 주로 정부 채권으로 이뤄져 있었다.

그리고 노엘 콘스턴트에게는 투자 프로그램이 있었다. 프로그램은 간단함 그 자체였다. 성경이 투자 자문가였다.

어떤 사람들은 노엘 콘스턴트의 투자 패턴을 자세히 살펴본 뒤, 그가 천재이거나 뛰어난 산업스파이 시스템을 갖추고 있다고 결론지었다.

노엘은 주식시장에서 가장 뛰어난 실적을 올리는 기업들이 실적을 보이기 며칠 전, 혹은 몇 시간 전에 그 기업들을 정확히 골라냈다. 그는 열두 달 만에, 월버햄프턴호텔 223호를 거의 떠나지 않은 상태에서 재산을 125만 달러로 불렸다.

노엘 콘스턴트는 천재성도, 스파이도 없이 그런 일을 해냈다.

그의 시스템은 바보처럼 단순해서, 어떤 이들은 아무리 설명해줘도 이해하지 못한다. 그 시스템을 이해하지 못하는 사람들은 마음의 평화를 위해서라도 어마어마한 재산은 오직 어마어마한 영리함을 통해서만 일궈낼 수 있다고 믿어야만 하는 이들이다.

노엘 콘스턴트의 시스템은 다음과 같았다.

그는 호텔방에 있는 『기드온 성경』을 가져다가 창세기의 첫 문장부터 시작했다.

아는 사람도 있겠지만, 창세기 첫 문장은 "태초에 하느님이 천지를 창조하시니라In the beginning God created the heaven and the earth"다. 노엘 콘스턴트는 이 문장을 대문자로 쓰고 글자 사이사이에 마침표를 찍은 다음 글자를 두 개씩 짝지어 나눔으로써 문장을 다음과 같이 바꿨다. "I.N., T.H., E.B., E.G., I.N., N.I., N.G., G.O., D.C., R.E., A.T., E.D., T.H., E.H., E.A., V.E., N.A., N.D., T.H., E.E., A.R., T.H."

그런 다음 노엘은 이름의 머리글자가 이와 일치하는 기업들을 찾아 주식을 샀다. 처음에 그의 법칙은 한 번에 한 회사 주식만을 보유하는 것, 비상금을 몽땅 털어내 그 주식을 사고 주식 가치가 두 배가 되는 순간 파는 것이었다.

그가 최초로 투자한 회사는 인터내셔널질산염이었다. 그다음은 트로브리지헬리콥터, 엘렉트라베이커리, 이터니티화강암, 인디애나노벨티, 노리치철강, 내셔널젤라틴, 그라나다오일, 델-마크리에이션스, 리치먼드전기도금, 앤더슨트레일러, 이글복제였다.

다음 열두 달 동안 그의 투자 프로그램은 다음과 같았다. 다시 트로브리지헬리콥터, 엘코승강기, 엔지니어링협회, 비커리

전자, 내셔널알루미늄, 내셔널준설, 다시 트로브리지헬리콥터.

트로브리지헬리콥터를 세번째로 인수했을 때, 그는 회사의 일부만을 인수한 게 아니었다. 전체를 사버렸다. 모조리.

그로부터 이틀 뒤, 이 회사는 정부로부터 대륙간 탄도탄 생산 장기 계약을 따냈다. 이 계약으로 기업 가치는 보수적으로 잡아도 5900만 달러에 달했다. 노엘 콘스턴트는 회사를 2200만 달러에 매수했다.

이 회사에 관해서 노엘이 내린 유일한 경영상의 결정은 월버햄프턴호텔 그림엽서에 적힌 주문서에 담겨 있다. 이 엽서는 회사 사장에게 보낸 것으로, 회사가 트로브리지*나 헬리콥터를 넘어선 지 오래됐으니 사명을 갤러틱우주선주식회사로 바꾸라는 것이었다.

이런 권한 행사는 사소한 것이었지만, 콘스턴트가 드디어 자기가 가진 것에 관심을 두었다는 사실을 보여준다는 면에서 의미심장했다. 게다가 노엘이 가진 이 회사 지분의 가치가 두 배 이상 높아졌음에도, 그는 주식을 다 팔지 않았다. 49퍼센트만 팔았다.

그 이후로 노엘은 『기드온 성경』의 조언을 계속 받아들이면서도, 자기가 정말로 좋아하는 회사의 지분은 상당 부분 팔지

* 잉글랜드 남서부의 지명으로 산업화 시기에 크게 성장한 도시 중 하나.

않고 보유했다.

월버햄프턴 223호실에서 보낸 첫 두 해 동안 노엘 콘스턴트를 찾아온 손님은 한 명뿐이었다. 그 손님은 노엘이 부자인 걸 몰랐다. 단 한 명뿐인 그 손님은 플로렌스 화이트힐이라는 객실 청소부로, 열흘에 한 번씩 변치 않는 푼돈을 받고 그와 잤다.

플로렌스는 월버햄프턴의 다른 모든 사람과 마찬가지로 자기가 우표 판매상이라는 노엘의 말을 믿었다. 개인위생은 노엘 콘스턴트의 강점이 아니었다. 그가 직업상 고무풀을 자주 만져야 한다는 얘기는 쉽게 믿을 수 있었다.

노엘이 얼마나 부유한지 아는 사람은 국세청 직원들과 클러프앤드히긴스라는 거룩한 회계회사 직원들뿐이었다.

그렇게 이 년이 지난 후 노엘 콘스턴트는 223호에 두번째 손님을 맞아들였다

두번째 손님은 여위고 경계심이 깊은 푸른 눈의 스물두 살 남자였다. 그는 자기가 미국 국세청에서 나왔다고 밝힘으로써 노엘 콘스턴트의 진지한 관심을 이끌어냈다.

콘스턴트는 젊은이를 방안으로 맞아들이고 그에게 침대에 앉으라고 손짓했다. 자기는 계속 서 있었다.

"어린애를 보냈군요?" 노엘 콘스턴트가 말했다.

손님은 불쾌해하지 않았다. 이런 조롱을 나름대로 이용해 진정 재미있는 이미지를 만들어냈다. "돌 같은 마음에 몽구스처럼

빠른 머리를 가진 어린애죠, 콘스턴트 씨." 그가 말했다. "하버드 경영대학원에도 다녔습니다."

"그거야 그렇겠지만," 콘스턴트가 말했다. "날 해칠 수는 없을 것 같은데. 난 정부에 진 빚이 10센트도 없소."

애송이 손님은 고개를 끄덕였다. "압니다." 그가 말했다. "모든 게 깨끗하게 정리돼 있더군요."

젊은이는 방을 둘러보았다. 그는 방이 누추하다고 놀라지 않았다. 물정에 밝은 그는 애초에 무언가 병든 것을 보게 될 것이라고 생각했다.

"저는 당신의 지난 이 년 동안의 소득신고서를 살펴보았습니다." 그가 말했다. "제 계산으로 당신은 여태 살았던 사람 중 가장 운이 좋은 사람이에요."

"운이 좋다고?" 노엘 콘스턴트가 말했다.

"그런 것 같습니다." 젊은 손님이 말했다. "당신 생각은 다른가요? 예를 들어서…… 엘코승강기에서는 무엇을 제조합니까?"

"엘코승강기?" 노엘 콘스턴트가 멍하니 말했다.

"당신이 두 달이라는 기간 동안 그 회사 주식의 53퍼센트를 소유하고 있었습니다." 젊은 손님이 말했다.

"뭐…… 승강기겠지. 다양한 물건을 들어올리는 물건 말이오." 노엘 콘스턴트가 답답하다는 듯 말했다. "그거랑 연관된 다양한 상품도 만들고."

젊은 손님이 미소 짓자 콧수염이 고양이 수염처럼 멋들어지게 보였다. "참고로 말씀드리자면," 그가 말했다. "엘코승강기는 정부가 지난번 전쟁에서 수중도청장치를 개발하는 일급 기밀 실험실에 붙인 이름입니다. 전쟁이 끝나고 민간기업에 매각됐지만 이름은 바뀌지 않았죠. 업무는 여전히 일급 기밀이고 고객도 여전히 정부밖에 없습니다."

"혹시 말해주실 수 있을지 모르겠지만," 젊은 손님이 말했다. 인디애나노벨티에 관해서는 무엇을 알아내셨길래 그 회사에 투자해야겠다고 판단하셨습니까? 안에 종이 모자가 들어 있는 파티용 폭죽이라도 만드는 줄 아셨습니까?"

"국세청이 물으면 그런 질문에까지 대답해야 하는 거요?" 노엘 콘스턴트가 말했다. "내가 소유했던 모든 회사를 자세히 설명하지 못하면 돈을 지키지 못한다는 거요?"

"그냥 호기심에서 여쭤본 겁니다. 콘스턴트 씨의 반응을 보니 인디애나노벨티에서 무슨 일을 하는지 전혀 모르시는 모양이군요. 참고로 말씀드리면, 인디애나노벨티는 아무것도 제조하지 않습니다. 하지만 타이어 재생 기계에 관한 몇 가지 핵심 특허를 보유하고 있죠."

"국세청 얘기나 했으면 하는데." 노엘 콘스턴트가 퉁명스럽게 말했다.

"전 더이상 국세청 소속이 아닙니다." 젊은 손님이 말했다.

"오늘 주급 2000달러짜리 직장에 들어가려고 주급 114달러짜리 일자리를 버렸거든요."

"어디서 일하려고?" 노엘 콘스턴트가 말했다.

"당신 밑에서요." 청년이 말했다. 그는 일어나 손을 내밀었다. "랜섬 K. 펀이라고 합니다." 그가 말했다.

"하버드 경영대학원에 다닐 때 어떤 교수님이 계셨는데," 젊은 펀이 노엘 콘스턴트에게 말했다. "그분이 계속 저더러 똑똑하긴 하지만 부자가 되려면 내 새끼를 찾아야 한다고 말씀하시더군요. 그게 무슨 뜻인지는 설명하지 않으셨습니다. 머잖아 저도 알게 될 거라고 하셨죠. 저는 교수님에게 어떻게 하면 내 새끼를 찾을 수 있느냐고 물었고, 교수님은 일 년 정도 국세청에서 일하라고 하셨습니다.

콘스턴트 씨, 저는 당신의 소득신고서를 살펴보던 중 문득 교수님의 말뜻을 이해했습니다. 교수님은 제가 영리하고 철저하지만, 놀랍도록 운이 좋은 사람은 아니라는 얘기를 하신 거였어요. 저는 놀라운 수준의 행운을 누리는 사람을 찾아야 했습니다. 그래서 찾았죠."

"내가 왜 당신한테 주급 2000달러를 줘야 하지?" 노엘 콘스턴트가 말했다. "당신도 여기 있는 내 시설과 직원들이 보일 텐데. 이것만 가지고 내가 무엇을 이뤄왔는지도 알 테고."

"그렇습니다만……" 펀이 말했다. "전 20억 달러를 벌어들일 수 있는데 5900만 달러밖에 벌어들이지 못한 지점을 알려드릴 수 있습니다. 당신은 회사법이나 세법에 관해 아는 게 전혀 없죠. 심지어 상식적인 사업 절차에 대해서도 모르고요."

그러고 나서 펀은 맬러카이의 아버지인 노엘 콘스턴트에게 이 말을 증명해 보였다. 그리고 매그넘오푸스라는 이름의 조직 구성안을 보여주었다. 매그넘오푸스는 사실상 시 조례를 하나도 위반하지 않은 채 수천 가지의 법 정신을 해치는 놀라운 장치였다.

노엘 콘스턴트는 위선과 예리한 영업 방식에 관한 이런 기념비에 너무도 깊은 인상을 받아, 성경을 들춰보지도 않고 그 회사 주식을 사고 싶어했다.

"콘스턴트 씨," 젊은 펀이 말했다. "모르시겠습니까? 매그넘오푸스가 당신입니다. 당신이 이사회의 이사장이고, 제가 사장이죠."

"콘스턴트 씨," 그가 말했다. "지금 이 순간 당신은 거리 모퉁이에서 사과와 배를 파는 사람처럼 국세청이 들여다보기 쉬운 존재입니다. 하지만 산업계의 관료들로 서까래까지 꽉꽉 들어찬 사무용 빌딩을 통째로 가지고 있다면 그들이 당신을 들여다보기가 얼마나 어려워질지 상상해보세요. 물건을 잃어버리고 엉뚱한 서류를 사용하고 새로운 양식을 만들어내며 모든 걸 다섯 배로 요구하는 사람들, 남이 하는 말은 3분의 1 정도만 알아들을 사람들 말입니다. 생각할 시간을 벌기 위해 오해의 소지가 있는 대답을 습관적으로 하고, 강요당하지 않는 한 아무 결정도 내리지 않으며, 그런 다음에는 자기 흔적을 감추는 사람들이요. 덧셈과 뺄셈을 할 때 너무도 명백한 실수를 저지르고, 외로울 때마다 회의를 소집하며, 사랑받지 못한다는 느낌을 받을 때마다 메모를 남기는 사람들, 해고당하는 일만 없으면 아무것도 버리지 않는 사람들 말입니다. 충분히 활력 넘치고 긴장한 산업계 관료가 딱 한 명만 있어도 국세청이 검토해야 할 의미 없는 문서를 일 년에 1톤씩 만들어낼 수 있습니다. 매그넘오푸스 사옥에는 그런 사람이 수천 명 있을 테고요! 당신과 제가 맨 위의 두 층을 쓸 겁니다. 당신은 지금 하는 대로, 실제로 벌어지는 일을 계속하면 되고요." 그는 방을 둘러보았다. "그건 그렇고, 지금은 어떻게 자금을 추적하고 계십니까? 전화번호부 여백에 타버린 성냥으로 장부를 쓰시나요?"

"머릿속으로 한다오." 노엘 콘스턴트가 말했다.

"짚고 넘어가야 할 이점이 한 가지 더 있네요." 펀이 말했다. "언젠가는 당신의 행운도 다 닳고 말 겁니다. 그러고 나면 고용할 수 있는 가장 영민하고 철저한 관리자가 필요해지겠죠. 그러지 않으면 완전히 무너져내려 냄비를 팔던 시절로 돌아가게 될 겁니다."

"채용하겠소." 맬러카이의 아버지 노엘 콘스턴트가 말했다.

"그럼 빌딩은 어디에 세울까요?" 펀이 말했다.

"난 이 호텔을 소유하고 있소. 이 호텔은 길 건너 공터를 소유하고 있고." 노엘 콘스턴트가 말했다. "길 건너 공터에 지으시오." 그는 크랭크축처럼 휘어진 검지를 들어올렸다. "단, 조건이 하나 있는데……"

"예, 이사장님." 펀이 말했다.

"난 빌딩으로 들어가지 않을 거요." 노엘 콘스턴트가 말했다. "바로 여기에서 계속 지낼 겁니다."

• • •

매그넘오푸스의 보다 자세한 역사를 알고 싶은 사람들은 공립 도서관으로 가서 러비나 워터스의 낭만적인 저서 『지나치게 야심찬 꿈?』이나 크라우더 곰버그의 가차없는 비판이 담긴 『태고의 저울』을 찾아보면 된다.

워터스 씨의 책은 사업에 관한 세부사항에는 밝지 못하지만, 객실 청소부인 플로렌스 화이트홀이 노엘 콘스턴트의 아이를 임신했다는 점과 노엘 콘스턴트가 수백만의 수백만 배가 되는 달러를 가진 사람임을 알게 되었다는 점을 더 자세히 다루고 있다.

노엘 콘스턴트는 객실 청소부와 결혼해 그녀에게 저택과 수백만 달러가 들어 있는 계좌를 주었다. 그는 아이가 아들이면 맬러카이, 딸이면 프루던스라는 이름을 지어주라고 말했다. 월버햄프턴 호텔 223호로 열흘에 한 번씩 계속 오되 아이는 데려오지 말아달라고 부탁했다.

곰버그의 책은 사업상의 세부사항에 관한 한 일류라고 할 수 있다. 그러나 곰버그는 자신의 핵심 주장에 시달리다 매그넘오푸스를 사랑할 줄 모르는 콤플렉스의 산물로 설명해버린다. 곰버그 책의 행간을 읽다보면, 그 자신이 사랑받지 못했고 사랑할 능력도 없었음이 점점 더 명백해진다.

공교롭게도 워터스 씨와 곰버그 씨는 둘 다 노엘 콘스턴트의 투자 방법은 알아내지 못했다. 랜섬 K. 펀도 열심히 노력했으나 알아내지 못하기는 마찬가지였다.

노엘 콘스턴트가 투자 방법을 알려준 사람은 아들 맬러카이뿐이었다. 맬러카이의 스물한번째 생일에 있었던 일이다. 그날의 생일파티는 월버햄프턴 223호에서 열렸다. 아버지와 아들이 처음으로 만난 순간이었다.

맬러카이는 초대를 받고 노엘을 만나러 갔다.

인간의 감정은 인간의 감정인지라, 젊은 맬러카이 콘스턴트는 수백만 달러, 심지어 수십억 달러를 벌어들이는 비결보다는 방안 가구의 세세한 모습에 더 큰 관심을 기울였다.

돈을 벌어들이는 비결은 애초에 너무 단순한 것이어서 별로 관심을 둘 필요도 없었다. 그것의 가장 복잡한 부분은 노엘 콘스턴트가 한참 만에 횃불을 내려놓은 지점에서 젊은 맬러카이가 그 횃불을 집어들도록 하는 방법이었다. 젊은 맬러카이는 랜섬 K. 펀에게 매그넘오푸스의 연대별 투자 목록을 달라고 한 다음 여백을 읽어냄으로써 노엘이 성경의 어느 부분까지 나아갔는지 알아보아야 했다. 바로 거기가 젊은 맬러카이가 시작할 지점이었다.

223호실 가구의 세세한 모습 중 젊은 맬러카이에게 너무도 흥미롭게 보였던 것은 그 자신의 사진이었다. 세 살 때의 사진, 귀엽고 즐거워 보이며 장난기어린 소년이 바닷가에 있는 사진이었다.

사진은 벽에 압정으로 박혀 있었다.

방에 있는 유일한 사진이었다.

나이든 노엘은 젊은 맬러카이가 사진을 보는 모습을 보고 부자지간의 그 모든 일에 혼란과 당혹감을 느꼈다. 그는 무언가 그럴싸한 말을 찾아 머릿속을 뒤졌지만 거의 아무것도 찾아내지 못했다.

"내 아버지는 조언을 두 마디밖에 해주지 않았다." 그가 말했다. "시간이 지나고 살아남은 건 그중 하나뿐이지. '원칙을 건드리지 마라'와 '침실에는 술병을 두지 마라'." 이제는 혼란과 당혹감이 견디기 어려울 정도로 커졌다. "안녕." 그가 불쑥 말했다.

"안녕이라고요?" 젊은 맬러카이가 놀라서 말했다. 그는 문을 향해 다가갔다.

"침실에는 술병을 두지 마라." 아버지가 말하고 돌아섰다.

"네, 아버지. 그렇게 하겠습니다." 젊은 맬러카이가 말했다. "안녕히 계세요, 아버지." 그는 그렇게 말하고 떠났다.

그게 맬러카이 콘스턴트가 아버지를 본 처음이자 마지막이었다.

그의 아버지는 오 년을 더 살았고, 성경은 한 번도 그를 실망시키지 않았다.

노엘 콘스턴트는 "하느님이 두 큰 광명체를 만드사 큰 광명체로 낮을 주관하게 하시고 작은 광명체로 밤을 주관하게 하시며 또 별들을 만드시고"*라는 문장 끝에 이르렀을 때 세상을 떠났다.

그의 마지막 투자는 17.25달러에 서니보이오일을 매수한 것이었다.

아들은 아버지가 내려놓은 자리를 물려받았으나 월버햄프턴 223호로 들어가지는 않았다.

오 년 동안은 아들의 운도 아버지의 운처럼 경이적이었다.

그런데 갑자기 매그넘오푸스가 폐허가 되어버렸다.

---

* 창세기 1장 16절.

이곳 사무실에, 떠다니는 가구와 잔디 카펫과 함께 있으면서도 맬러카이 콘스턴트는 운이 다한 걸 믿을 수 없었다.

"남은 게 아무것도 없어요?" 그가 힘없이 말했다. 간신히 랜섬 K. 펀을 보고 미소 지을 수 있었다. "왜 이래요…… 내 말은, 뭐라도 남을 수밖에 없잖아요."

"오늘 아침 열시 정각에는 나도 그럴 줄 알았습니다." 펀이 말했다. "난 상상할 수 있는 모든 타격에 대해 매그넘오푸스에 안전장치를 갖춰놓았다며 자축하고 있었지요. 우린 경기침체를 꽤 잘 헤쳐나가고 있었습니다. 물론, 당신의 실수도 잘 헤쳐나갔고.

그러다가 열시 십오분에, 어젯밤 당신 파티에 갔다는 변호사가 날 찾아왔습니다. 알고 보니 당신이 어젯밤에 유정을 나눠준 모양이더군요. 변호사는 당신이 서명하면 구속력을 갖게 되는 서류를 갖춰둘 정도로 생각이 깊은 사람이었어요. 당신이 그 서류에 서명을 했고요. 당신은 어젯밤 오백서른한 개의 산유중인 유전을 줘버림으로써 판당고정유를 없애버렸습니다."

"열한시에는," 펀이 말했다. "미국 대통령이 우리가 매각한 갤러틱우주선이 신우주시대를 대비해 30억의 계약을 수주하게 됐다고 발표했습니다."

"열한시 삼십분에는," 펀이 말했다. "누가 나한테 〈미국의료협회 저널〉 한 부를 가져다주더군요. 우리 회사 홍보부 부장이

'FYI'라고 표시해놓은 거였습니다. FYI라는 세 글자는, 당신이 사무실에 잠깐이라도 나와봤으면 알겠지만, '참고용'이라는 뜻입니다. 난 그 페이지를 펼쳐보고, 문미스트담배가 판매되는 모든 곳에서 남녀 모두의 불임을 초래했다는 걸 알게 되었습니다. 그것도 여러 원인 중 하나가 아니라 주요 원인이었지요. 이 사실은 인간이 아니라 컴퓨터가 발견했답니다. 흡연에 관한 정보를 컴퓨터에 집어넣을 때마다 그 기계가 엄청나게 흥분했는데, 아무도 그 이유를 알아내지 못했어요. 기계가 작업자들에게 무언가를 알려주려는 게 틀림없었지요. 기계는 자신을 표현하기 위한 모든 행동을 했고, 마침내 작업자들이 알맞은 질문을 던지도록 유도할 수 있었습니다.

알맞은 질문이란 문미스트담배와 인간의 재생산의 관계에 관한 것이었습니다. 그 관계는 다음과 같았지요"

"문미스트담배를 피우는 사람들은 원하더라도 아이를 낳을 수 없다는 것." 펀이 말했다.

"물론," 펀이 말했다. "생물학에서 이런 식으로 해방된 것을 고맙게 여기는 제비족과 파티장의 여자들, 뉴요커들도 있었습니다. 하지만 매그넘오푸스 법무부 의견에 따르면, 그러니까 그 부서가 유동화되기 전에 낸 의견에 따르면 회사에 소송을 걸어 승소할 수 있는 사람이 수백만 명은 된다고 했어요. 문미스트담배가 그 사람들한테서 무언가 소중한 걸 빼앗아갔다는 근거로 말이지요. 정말이지, 깊은 곳에서 느껴지는 쾌감입니다."

"이 나라에는 문미스트를 피우다 끊은 흡연자가 약 천만 명 있습니다." 펀이 말했다. "그 사람들이 전부 불임이에요. 그중 열에 한 명이 값을 매길 수 없는 손해를 입었다며 당신에게 소송을 걸면, 가볍게 5000달러짜리 소송만 걸어도 법률 비용을 제외하고 50억 달러의 청구서가 날아올 겁니다. 그런데 당신은 50억 달러가 없지요. 주식시장이 무너진데다 당신이 아메리칸 공중부양 같은 회사의 소유권을 취득하면서 5000만 달러의 재산도 남지 않게 됐으니까."

"문미스트 담배," 펀이 말했다. "그게 당신입니다. 매그넘오푸스도," 펀이 말했다. "당신입니다. 당신은 모든 소송에서 패소할 거예요. 소송을 건 사람들은 마른오징어에서 즙을 짜내지는 못하더라도, 그러려고 애쓰는 과정에서 마른오징어를 망쳐버릴 게 틀림없습니다."

펀이 다시 허리를 숙였다. "난 이제 마지막 공식 업무를 하려 합니다. 아버지가 당신 운이 나빠질 때 전해주라며 편지를 남겼다고 알려주는 일이지요. 내가 받은 지시는, 당신 운이 정말로 나빠지면 그 편지를 윌버햄프턴 223호의 베개 밑에 넣어두라는 거였어요. 한 시간 전에 베개 밑에 그 편지를 넣어두었습니다"

"그리고 이제는, 이 회사의 못나고 충실한 피고용인으로서 당신에게 한 가지 작은 부탁을 하려 합니다." 펀이 말했다. "편지가 삶이란 무엇인지에 관해 아주 희미한 빛만 비춰주더라도 내게 전화를 걸어주면 고맙겠어요. 난 집에 있을 겁니다."

랜섬 K. 펀은 지팡이로 중절모를 툭 건드리며 경례했다. "잘 있어요, 매그넘오푸스 2세여. 안녕."

• • •

윌버햄프턴호텔은 매그넘오푸스 빌딩 길 건너에 있는 지저분한 삼층짜리 튜더식 건물로, 빌딩과의 관계에서 볼 때 대천사 가브리엘의 발밑에 놓인 정리되지 않은 침대 같았다. 치장 벽토를 바른 호텔 외벽에 소나무 널빤지가 붙어 있어 목조 건축물을 반쯤 흉내냈다. 지붕의 척추는 일부러 끊어놓아 엄청나게 오래된 모습을 흉내냈다. 통통하고 낮은 처마는 일부러 흉내낸 이엉 밑에 쑤셔박혀 있었다. 창문들은 아주 작았고 창틀은 다이아몬드 모양이었다.

호텔에는 '그대의 목소리 방'이라는 작은 칵테일 라운지가 있었다.

그대의 목소리 방에는 바텐더와 손님 두 사람, 총 세 명이 있었다. 손님은 야윈 여자 한 명과 뚱뚱한 남자 한 명으로 둘 다 나이들어 보였다. 윌버햄프턴에서 그들을 본 적이 있는 사람은 아무도 없었지만, 그들은 이미 그대의 목소리 방에 여러 해 동안 앉아 있었던 것처럼 보였다. 보호색이 완벽했다. 그들도 반은 목재로 만들어져 있고 척추가 부러져 있었으며 머리가 초가지붕처럼 덥수룩하고 눈구멍은 작은 창을 닮아 있었으니 말이다.

그들은 중서부의 어느 고등학교에서 교사로 일하다 퇴직한 연금생활자라고 했다. 뚱뚱한 남자는 자신을 전직 밴드부 지도교사인 조지 M. 헬름홀츠라고 소개했다. 여윈 여자는 자신을 전직 수학 교사인 로버타 와일리라고 소개했다.

그들은 만년에 술과 냉소주의에서 위안을 찾은 것 같았다. 같은 술을 두 번 주문하는 적이 없었고, 이 술병에는 뭐가 들었고 저 술병에는 뭐가 들었는지 무척 알고 싶어했다. 골든다운펀치는 무엇인지, 헬렌트웰브트리는 무엇이고 플뤼도르와 메리위도피즈는 무엇인지도.

바텐더는 그들이 알코올의존자가 아니라는 걸 알았다. 그는 이런 사람들을 잘 알았고 무척 좋아했다. 이들은 그저 막다른 길에 이른, 〈새터데이 이브닝 포스트〉에나 나올 법한 두 사람일 뿐이었다.

여러 가지 술에 대해 묻지 않을 때면 그들은 신우주시대 첫날에 바를 찾은 수백만 명의 미국인과 별반 다르지 않았다. 그들은 꼼짝없이 바 의자에 앉아 늘어선 술병들을 똑바로 바라보았다. 입술이 끊임없이 움직였다. 그들이 실험중인 별 상관 없는 미소와 찡그림, 비웃음은 경악스러웠다.

지구가 신의 우주선이라는 복음주의자 보비 덴턴의 표현은 적절했다. 바를 찾는 사람들에 관한 이야기가 특히 그랬다. 헬름홀츠와 와일리는 영원히 지속될 것으로 예상되는 굉장히 무의미한 우주 항해를 나선 조종사와 부조종사처럼 굴었다. 항해가 시작될 때는 그들도 산뜻한 모습이었고 젊음과 각자 받은 기술 훈련으로 두 뺨이 붉었으며 그들이 앞에 놓여 있는 술병은 그들이 오래, 오래, 오래 지켜본 도구라는 생각이 들었다

하루가 지날 때마다 우주 소년과 우주 소녀는 전날보다 현미경으로 봐야 알 정도로 조금씩 지저분해졌고, 이제는 그들이 범-은하 우주국의 수치가 되었나보다는 생각도 들었다.

헬름홀츠는 바지 단추 두 개가 풀려 있었다. 왼쪽 귀에는 면도 크림이 묻어 있었다. 양말은 짝이 맞지 않았다.

와일리는 턱이 길고 홀쭉한, 미친 것처럼 보이는 작고 늙은 여자였다. 그녀는 몇 년 동안 농장 헛간 문에 못박혀 있었던 듯한 곱슬곱슬한 검은 가발을 쓰고 있었다.

"내가 보기엔 대통령이 완전히 새로운 우주시대를 시작하라고 명령했어도 그게 실업 상황에는 별 도움이 되지 않을 것 같아요." 바텐더가 말했다.

"으흠." 헬름홀츠와 와일리가 동시에 말했다.

관찰력이 좋고 의심 많은 사람만이 둘의 행동에서 거짓된 기색을 알아챘을 것이다. 헬름홀츠와 와일리는 시간에 지나치게 관심을 쏟았다. 할일도, 갈 곳도 딱히 없는 사람치고 둘은 눈에 띌

정도로 시계에 관심이 많았다. 와일리 씨는 남성용으로 보이는 손목시계에, 헬름홀츠 씨는 황금색 회중시계에.

사실을 말하자면, 헬름홀츠와 와일리는 은퇴한 교사와 거리가 멀었다. 둘 다 남성이었고, 변장의 달인이었다. 그들은 화성군火星軍의 일류 요원으로, 머리 위 200마일 지점에 떠 있는 비행접시의 강제징용군에서 눈과 귀 역할을 하고 있었다.

맬러카이 콘스턴트는 이 사실을 몰랐지만, 두 사람은 그를 기다리고 있었다.

• • •

맬러카이 콘스턴트가 길 건너 윌버햄프턴에 들어섰을 때 헬름홀츠와 와일리는 그에게 말을 걸지 않았다. 맬러카이가 자신들에게 중요하다는 티를 전혀 내지 않았다. 그들은 눈길 한 번 주지 않고 맬러카이가 로비를 가로질러 엘리베이터에 타도록 내버려두었다.

하지만 다시 한번 시계를 흘낏 보긴 했다. 관찰력이 좋고 의심 많은 사람이라면 와일리가 시계의 버튼을 눌러, 스톱워치 침이 움찔거리며 돌아가도록 만들었다는 것을 알 수 있었다.

헬름홀츠와 와일리는 맬러카이 콘스턴트에게 폭력을 쓸 생각이 없었다. 그들은 누구에게도 폭력을 쓰지 않고 화성군 만

사천 명을 징집했다.

이들이 보통 쓰는 기술은 공무원처럼 옷을 입고, 그리 총명하지 않은 남녀에게 세후 9달러에 음식과 주거지, 교통수단까지 제공할 테니 외진 곳에서 이뤄지는 삼 년간의 정부 프로젝트에 참여하라고 제안하는 것이었다. 그들은 이런 프로젝트를 계획한 것이 어느 정부인지 한 번도 구체적으로 언급하지 않았으나 징집 대상자 중 그런 질문을 던질 생각을 한 사람은 한 명도 없었다. 헬름홀츠와 와일리에게는 그 사실이 일종의 농담거리였다.

징집자의 99퍼센트는 화성에 도착하자마자 기억상실증에 걸렸다. 정신건강 전문가들이 그들의 기억을 지워버렸고, 화성의 외과의사들이 두개골 안쪽에 무선 안테나를 심어 징집자들을 무선으로 통제 가능하도록 했다.

그러고 나면 그들은 그야말로 엉터리인 새 이름을 받고 공장과 공사장, 관리직, 혹은 화성군에 배치됐다.

이런 취급을 받지 않는 몇 안 되는 징집자들은 아무런 의료적 조치를 받지 않아도 마치 영웅처럼 화성을 위해 봉사할 것임을 열렬히 입증한 사람들이었다. 명령권을 쥐고 있는 비밀 모임에서는 몇 안 되는 그 운좋은 사람들을 환영했다.

비밀 요원인 헬름홀츠와 와일리도 그 모임 소속이었다. 그들은 기억을 온전히 가지고 있었으며 무선 통제도 받지 않았다. 그들은 있는 그대로도 자신이 하는 일을 사랑했다.

"저기 저 슬리보비츠는 뭐죠?" 헬름홀츠가 눈을 가늘게 뜨고 맨 아랫줄에 있는 먼지 쌓인 술병을 바라보며 바텐더에게 물었다. 방금 슬로진리키를 다 마신 터였다.

"저런 술이 있는 줄도 몰랐네요." 바텐더가 말했다. 그는 술병을 바에 올려놓고 기울여 상표를 읽었다. "자두 브랜디군요." 그가 말했다.

"다음엔 그걸 마셔보죠." 헬름홀츠가 말했다.

• • •

노엘 콘스턴트가 사망한 이후 윌버햄프턴 223호는 내내 비어 있었다. 추모용이었다.

맬러카이 콘스턴트는 큰마음을 먹고 223호에 들어갔다. 아버지가 세상을 떠난 이후로 처음이었다. 문을 닫고 들어간 그는 베개 밑에서 편지를 발견했다.

그 방은 이불만 빼고 전혀 바뀌지 않은 모습이었다. 바닷가에 있는 꼬마 맬러카이 사진이 여전히 벽에 붙어 있는 유일한 사진이었다.

편지는 다음과 같았다.

아들에게. 무언가 아주 나쁜 일이 일어난 게 아니라면 이 편지를 읽고 있지 않겠지. 내가 너한테 이 편지를 쓰는 건 나쁜 일에 관해서는 마음을 가라앉히고, 우리가 이렇게나 부자가 되었다가 부정한 돈을 다시 잃게 됨으로써 좋은 일이나 어떤 식으로든 중요한 일이 벌어지지는 않았는지 주위를 한번 둘러보라는 말을 전하기 위해서란다. 난 네가, 무언가 특별한 일이 벌어진 건지 아니면 내가 보기에 그랬듯 모든 것이 그냥 미친 건지 알아보기를 바란다.

내가 별로 좋은 아버지도 아니었고 어떤 면에서든 별로 잘나지도 못했다면, 그건 내가 죽기 오래전부터 죽은 것이나 마찬가지였기 때문이란다. 아무도 날 사랑하지 않았고, 난 딱히 잘하는 것도 없었던데다 좋아하는 취미도 찾지 못했어. 나는 아팠고 냄비와 프라이팬을 파는 것이나 TV를 보는 것도 질려서 이미 죽은 것이나 다름없었지. 너무 멀리까지 가버렸기에 돌아올 수도 없었단다.

난 그때 성경으로 사업을 시작했고 이후에 어떻게 됐는지는 너도 잘 알 거다. 내가 죽은 사람이나 마찬가지인데도 이 행성 전체를 소유하기를 바라는 누군가, 혹은 무언가가 있는 것 같았지. 나는 이게 다 무슨 일인지 말해줄 만한 신호를 찾아 눈을 크게 뜨고 다녔지만 신호는 전혀 없었어. 난 그냥 계속 부유해지고 또 부유해졌단다.

어느 날 너희 엄마가 해변에서 찍은 네 사진을 보내줬고 사진 속 네가 날 바라보는 눈빛을 보니 어쩌면 이렇게 많은 돈을 쌓아가는 의미가 바로 너일지도 모르겠다는 생각이 들더구나. 나는 아무런 의미를 찾지 못한 채 죽게 될 것이고 어쩌면 네가 갑자기 모든 것을 대낮처럼 밝게 보게 될 사람일지도 모른다는 생각이 들었다. 분명히 말하지만 반쯤 죽은 사람도 살아 있으면서 그 의미를 전혀 알 수 없는 상태는 싫어한단다.

내가 랜섬 K. 펀에게 네 운이 나빠질 때 이 편지를 전해주라고 한 건 운이 따라주는 한 사람은 아무 생각도 하지 않고 아무것도 눈치채지 못하기 때문이란다. 그럴 필요가 있겠니?

그러니 주위를 둘러보거라, 아들아. 파산한 네게 누군가 와서 말도 안 되는 제안을 한다면 그 제안을 받아들이라고 조언하마. 무언가를 배우고 싶은 기분일 때는 무언가를 배워봐도 좋겠구나. 내가 배운 단 한 가지는 세상엔 운좋은 사람과 운 나쁜 사람이 있고 하버드 경영대학원 졸업생조차 그 이유를 말해주지 못한다는 거야.

진심을 담아, 너의 아빠가

223호의 문을 두드리는 소리가 났다.

콘스턴트가 응답하기도 전에 문이 열렸다.

헬름홀츠와 와일리가 알아서 들어왔다. 그들은 상급자들에게 들어서 맬러카이 콘스턴트가 편지를 다 읽을 시간을 초 단

위까지 알고 있었기에 딱 그 순간에 들어왔다. 그들은 맬러카이에게 정확히 무슨 일을 해야 하는지도 들었다.

와일리가 가발을 벗어 깡마른 남자 모습을 드러냈고, 헬름홀츠는 자신이 두려움을 모르는 존재이며 명령하는 데 익숙하다는 점이 드러나도록 자세를 잡았다.

"콘스턴트 씨," 헬름홀츠가 말했다. "내가 여기에 온 건 행성 화성에 사람들이 살고 있을 뿐 아니라, 대규모에 효율적이며 군사적이고 산업화된 사회가 자리잡고 있음을 알려드리기 위해서입니다. 화성에는 지구로부터 징집된 사람들, 비행접시를 타고 화성으로 이송된 사람들이 있습니다. 지금 우리는 당신에게 화성군 중령직을 제안하고자 합니다.

지구에서 당신의 상황은 절망적입니다. 당신의 아내는 짐승입니다. 게다가 우리측 정보에 따르면 이곳 지구에서 당신은 민사소송으로 땡전 한푼 없는 빈털터리가 될 뿐 아니라 직무유기죄로 수감될 예정입니다.

지구군 중령의 급료 및 특권을 훨씬 상회하는 조건에 더해, 지구의 법적 괴롭힘에서 벗어날 수 있는 면책권은 물론, 새롭고 흥미로운 행성을 볼 기회, 그리고 당신이 태어난 행성에 관해 새로우면서도 멋지게 분리된 관점에서 생각해볼 기회를 제공할 수 있습니다."

"제안을 받아들이겠다면," 와일리가 말했다. "왼손을 들고 내 말을 따라 하십시오."

• • •

다음날, 맬러카이 콘스턴트의 헬리콥터는 모하비사막 한가운데에서 텅 빈 채로 발견되었다. 한 사람의 발자국이 헬리콥터에서 마흔 걸음쯤 멀어지다 끊겼다.

맬러카이 콘스턴트가 마흔 걸음을 걸어간 다음 허공으로 녹아들어간 것만 같았다.

• • •

그다음주 화요일, 고래호로 알려진 우주선이 럼포드호라는 새로운 이름을 부여받은 뒤 발사 준비를 마쳤다.

비어트리스 럼포드는 2000마일 떨어진 곳에서 TV로 기념식을 지켜보았다. 그녀는 그때까지도 뉴포트에 있었다. 럼포드호는 정확히 일 분 후에 발사될 터였다. 운명이 비어트리스 럼포드를 그 우주선에 태우려 한다면 엄청나게 서둘러야 할 것이었다.

비어트리스는 경이감을 느꼈다. 그녀는 좋은 것을 아주 많이 증명했다. 운명의 주인은 자기 자신이며, 원한다면 언제든지 싫다고 말할 수 있고, 그 거절이 받아들여지도록 만들 수 있다는 점을 증명했다. 남편이 전지적 존재라며 행해온 괴롭힘이 전부 허풍이었다는 것도, 그자가 미국 기상청 예보보다 나은 점이 없다는 것도 증명했다.

게다가 그녀는 남은 생을 그럭저럭 편안하게 살아갈 수 있게 하는 동시에 남편한테도 응분의 처우를 해줄 계획을 생각해냈다. 다음번 물질화 때 남편은 저택에 멍청이들이 들끓는 걸 보게 될 터였다. 비어트리스는 이상한 나라의 앨리스 문으로 들어오는 대가로 인당 5달러를 부과할 생각이었다.

허무맹랑한 공상이 아니었다. 그녀는 주택 담보대출 채권자 대표라는 사람들과 이 계획을 의논했다. 그들은 열렬히 환영했다.

지금 그들이 그녀와 함께 TV로 럼포드호 발사 준비 과정을 지켜보고 있었다. TV는 비어트리스를 자신만의 흰 조랑말을 가진 흰옷의 순결한 소녀로 묘사한 커다란 그림이 있는 방에 있었다. 비어트리스는 그림을 쳐다보며 미소 지었다. 소녀는 아직 조금도 더럽혀지지 않았다.

TV 속 아나운서가 럼포드호 발사 마지막 순간의 카운트다운을 시작했다.

카운트다운이 이어지는 동안 비어트리스의 기분은 경쾌했다. 그녀는 가만히 앉아 있을 수도, 조용히 있을 수도 없었다. 그녀의 초조함은 긴장이 아니라 행복에서 기인한 것이었다. 럼포드호가 실패하든 말든 그녀는 관심 없었다.

반면 두 손님은 발사를 매우 진지하게 바라보는 것 같았다. 발사 성공을 기원하는 듯했다. 그들은 남자 한 명과 여자 한 명으로, 조지 M. 헬름홀츠와 그의 비서인 로버타 와일리였다. 와일리는 우스꽝스럽게 생긴 왜소한 늙은이였으나 매우 기민하고 재치 있었다.

로켓이 굉음을 울리며 솟아올랐다.

완벽한 발사였다.

헬름홀츠가 등받이에 기대앉아 안도했다는 듯 남자다운 한숨을 쉬었다. 그러더니 미소 지으며 자신의 두꺼운 허벅지를 힘차게 내려쳤다. "영광입니다." 그가 말했다. "미국인인 게 자랑스럽군. 이 시대에 사는 것도 자랑스럽고."

"마실 걸 좀 드릴까요?" 비어트리스가 말했다.

"무척 감사합니다만……" 헬름홀츠가 말했다. "난 일과 여가를 뒤섞지 않습니다."

"일 얘기는 다 끝난 것 아닌가요?" 비어트리스가 말했다. "전부 얘기한 것 아니에요?"

"글쎄…… 와일리 씨와 나는 부지의 큼직한 건물들을 돌아보고 싶습니다." 헬름홀츠가 말했다. "하지만 유감스럽게도 날이 꽤 어두워졌네요. 혹시 투광조명이 있습니까?"

비어트리스가 고개를 저었다. "죄송해요." 그녀가 말했다.

"빛이 강한 손전등은 있겠죠?" 헬름홀츠가 말했다.

"손전등은 가져다드릴 수 있을 것 같아요." 비어트리스가 말했다. "하지만 꼭 나가보실 필요는 없을 것 같은데요. 건물에 관해서는 제가 전부 말씀드릴 수 있어요." 그녀는 초인종을 울려 집사를 부른 다음 손전등을 가져오라고 했다. "실내 테니스장, 온실, 정원사용 별채, 수위실로 쓰던 건물, 마차 보관실, 게스트하우스, 공구 창고, 목욕실, 개집, 오래된 급수탑이 있어요."

"어느 게 새것입니까?" 헬름홀츠가 말했다.

"새것이요?" 비어트리스가 말했다.

집사가 손전등을 가지고 돌아왔고 비어트리스는 그 손전등을 헬름홀츠에게 건넸다.

"금속으로 된 거요." 와일리가 말했다.

"금속이라뇨?" 비어트리스는 알쏭달쏭해져 말했다. "금속 건물은 없는데요. 낡은 지붕널 일부가 은빛으로 보일 수는 있지만요." 그녀가 인상을 썼다. "누가 여기에 금속 건물이 있다고 하던가요?"

"들어오면서 봤는데." 헬름홀츠가 말했다.

"오솔길 바로 옆이에요. 분수 옆 덤불 속에." 와일리가 말했다.

"무슨 말씀이신지 모르겠네요." 비어트리스가 말했다.

"나가서 살펴봐도 될까요?" 헬름홀츠가 말했다.

"네…… 그럼요." 비어트리스가 자리에서 일어나며 말했다.

세 사람은 전실 바닥의 별자리를 가로질러 서늘한 어둠 속으로 들어갔다.

손전등 불빛이 눈앞에서 춤을 췄다.

“정말이지……” 비어트리스가 말했다. “저도 여러분만큼 그게 무엇인지 궁금하네요.”

“알루미늄으로 만든 조립식 건물처럼 생겼어요.” 와일리가 말했다.

“버섯 모양 급수탑 같기도 하고요.” 헬름홀츠가 말했다. “단지 땅에 딱 붙어 있을 뿐이죠.”

“정말요?” 비어트리스가 말했다.

“그게 무엇인지, 알아들으셨죠?” 와일리가 말했다.

“아뇨……” 비어트리스가 말했다. “뭐라고 말씀하셨어요?”

“속삭일 수밖에 없었어요.” 와일리가 장난하듯 말했다. “그러지 않으면 누군가 나를 정신병원에 가두려 할 테니까요.” 그녀는 입에 손을 대고 비어트리스를 향해 크게 속삭였다. “비행접시랍니다.” 그녀가 말했다.

4. 텐트 소각*

타다라 타, 타, 타,
타다라 타, 타, 타.
텐트가 타!
텐트가 타!
텐트가, 텐트가, 타.
—화성군 작은북

남자들이 작은북소리에 맞춰 연병장을 행군했다. 작은북에는 이런 가사가 붙어 있었다.

타다라 타, 타 타,

타다라 타, 타 타.

텐트가 타!

텐트가 타!

텐트가, 텐트가, 타.

---

* 원문은 'tent rental'(텐트 임대)이지만, 의미보다는 발음에서 오는 리듬감이 중요해 의역했다.

그들은 남자 만 명으로 구성된 보병 사단으로 1마일 두께의 단단한 쇠로 이뤄진 천연 연병장의 텅 빈 광장에 도열해 있었다. 군인들은 주황색으로 녹슨 철판에 차렷 자세로 서 있었다. 그들은 최대한 무쇠처럼 경직된 채 몸을 떨었다. 장교도, 병사도 마찬가지였다. 그들의 제복은 거친 질감에 서리가 내린 듯한 초록색, 그러니까 이끼색이었다.

군대는 완전한 침묵 속에 멈춰 섰다. 귀에 들리거나 눈에 보이는 신호는 떨어지지 않았다. 그들은 마치 한몸처럼 동시에, 그러나 전혀 그걸 의도하진 않은 양 차렷 자세로 섰다.

화성돌격군 제1보병사단 제2연대 제3대대 제2중대 제1소대 제2분대의 세번째 남자는 삼 년 전 중령 자리에서 쫓겨난 이등병이었다. 그가 화성에 온 지는 팔 년이 되었다.

현대 군대에서 누군가 영관급 장교에서 이등병으로 떨어질 경우 그 사람은 이등병치고 나이가 너무 많을 가능성이 크고, 이에 따라 그의 전우들도 그가 더이상 장교가 아니라는 사실에 익숙해지고 나면 그의 약해져가는 다리와 눈, 호흡을 존중하는 의미에서 그를 아재, 할배, 엉크* 등으로 부를 확률이 높다.

화성돌격군 제1보병사단 제2연대 제3대대 제2중대 제1소대 제2분대의 세번째 남자는 엉크라고 불렸다. 엉크는 마흔 살이

* unk. '예측 불가능' '미상'을 의미하는 군사용어.

었다. 엉크는 균형잡힌 몸의 소유자였다. 헤비급치고 날씬하며 피부색은 어두웠고 입술은 시인 같았으며 크로마뇽인 특유의 튀어나온 이마 아래 그늘진 동굴에는 연갈색 눈이 박혀 있었다. 막 시작된 탈모로 머리털 한 줌이 극적으로 고립돼 있었다.

엉크를 잘 설명해주는 일화를 하나 들자면 다음과 같다.

어느 날, 엉크의 소대가 샤워를 하고 있을 때 엉크의 소대장인 헨리 브랙먼이 다른 연대 소대장에게 소대에서 가장 훌륭한 군인을 뽑아달라고 했다. 다른 소대장은 망설임 없이 엉크를 선택했다. 엉크는 소년들 사이에 있는, 덩치가 작으면서도 근사한 근육이 잡혀 있는 똑똑한 남자였기 때문이다.

브랙먼은 눈알을 굴려댔다. "세상에…… 그렇게 생각한단 말이지?" 그가 말했다. "저놈은 소대 고문관이야."

"설마?" 손님 소대장이 말했다.

"설마는 무슨, 장난하는 거 아니야." 브랙먼이 말했다. "저놈을 봐. 십 분 동안 저기 서 있으면서 비누에는 손도 대지 않잖아. 엉크! 정신 차려, 엉크!"

엉크는 몸을 떨더니 샤워기 헤드에서 똑똑 떨어지는 미지근한 물을 맞으며 공상에서 깨어났다. 그는 무슨 일이냐는 듯 브랙먼을 보았다. 음산한 협조였다.

"비누를 쓰라고, 엉크!" 브랙먼이 말했다. "빌어먹을, 비누를 쓰란 말이야!"

지금 무쇠 연병장의 엉크는 나머지 군인들과 함께 텅 빈 광장에 차렷 자세로 서 있었다.

텅 빈 광장 한가운데에는 무쇠 고리 여러 개가 달린 돌기둥이 있었다. 고리 사이로 덜그럭거리며 통과시킨 사슬로 기둥에 기대선 빨간 머리 군인을 단단히 묶어두었다. 그 군인은 깨끗했다. 하지만 단정하진 않았다. 제복의 모든 배지와 장식이 뜯겨나간데다 벨트나 넥타이, 눈처럼 흰 각반도 없었다.

엉크를 포함한 다른 모든 사람은 잔뜩 멋을 내고 있었다. 그들은 정말이지 아주 멋져 보였다.

돌기둥의 남자에게 무언가 고통스러운 일이 일어날 터였다. 남자가 무척 피하고 싶어할 일, 그가 사슬 때문에 피하지 못할 일 말이다.

그리고 모든 군인이 그 모습을 지켜볼 터였다.

이 행사에는 어마어마한 중요성이 부여됐다.

심지어 돌기둥의 남자도 차렷 자세로 서 있었다. 자신이 아는 방법을 총동원해, 상황이 허락하는 한 최고의 군인이 된 것이다.

이번에도 귀에 들리거나 눈에 보이는 명령이 떨어진 것은 아니었지만 만 명의 군인이 한 사람인 것처럼 열중쉬어 자세를 취했다.

돌기둥의 남자도 마찬가지였다.

이어 군인들은 쉬어 명령을 받은 것처럼 대열을 갖춰 선 채 긴장을 풀었다. 이 명령에 따라 그들이 해야 할 일은 긴장을 풀되 두 발은 제자리에 두고 조용히 있는 것이었다. 군인들은 이때 조금이나마 자유롭게 생각하고, 주위를 둘러보며 시선으로 메시지를 보낼 수 있었다. 전할 메시지가 있고 그 메시지를 받을 사람을 찾을 수만 있다면 말이다.

돌기둥의 남자는 사슬을 당기며 목을 쭉 빼고 자신이 묶여 있는 돌기둥의 높이를 가늠하려 했다. 돌기둥의 높이와 소재를 알기만 하면 과학적 방법을 통해 탈출할 수 있다고 생각하는 것 같았다.

돌기둥의 높이는 19피트 6과 32분의 5인치로, 무쇠 연병장에 박아넣은 12피트 2와 8분의 1인치는 포함되지 않은 수치였다. 평균 지름은 2피트 5와 30분의 11인치였으나 평균값과 최대 7인치에서 최소 1과 32분의 1인치까지 오차가 있었다. 돌기둥은 석영, 알칼리 백토, 장석, 운모 및 약간의 전기석과 각섬석으로 이뤄져 있었다. 돌기둥의 남자가 참고할 수 있도록 말하자면, 그는 태양에서 1억 4200만 911마일 떨어져 있었고 그를 도와주러 오는 존재는 없었다.

돌기둥의 빨간 머리 남자는 아무 소리도 내지 않았다. 쉬어 자세의 군인들은 소리를 내서는 안 됐기 때문이다. 하지만 그는 눈으로 메시지를 보냈다. 비명을 지르고 싶을 정도였다. 그는 자기와 눈이 마주치는 사람이면 누구에게나 메시지를 보냈다. 그는 특히 한 사람에게, 가장 친한 친구인 엉크에게 메시지를 전하고 싶었다. 그는 엉크를 찾고 있었다.

그는 엉크의 얼굴을 찾을 수 없었다.

그가 엉크의 얼굴을 찾았더라도 엉크의 얼굴에 알아본 기색이나 동정심이 떠오르지는 않았을 것이다. 엉크는 방금 기지 병원에서 나왔다. 그는 그곳에서 정신병으로 치료받았으며 머릿속이 거의 비어 있었다. 엉크는 돌기둥에 묶인 가장 친한 친구를 알아보지 못했다. 엉크는 아무도 알아보지 못했다. 퇴원할 때 사람들이 말해주지 않았다면 자기 이름이 엉크라는 것도 몰랐을 것이고 자기가 군인이라는 것도 몰랐을 것이다.

그는 병원에서 지금 그가 서 있는 대형으로 곧장 나왔다.

병원에서 사람들은 엉크에게 그가 최고 군대의 최고 사단의 최고 연대의 최고 대대의 최고 중대의 최고 소대의 최고 분대의 최고 병사였다고 거듭 말했다.

엉크는 그게 자랑할 만한 일이라고 생각했다.

병원에서 사람들은 엉크에게 그가 무척 아팠지만 지금은 완전히 회복됐다고 말했다.

그건 좋은 소식 같았다.

병원에서 사람들은 엉크에게 소대장 이름과 소대장이 무엇인지, 그리고 그 모든 계급과 등급과 특기 마크는 무엇인지 얘기해주었다.

그들이 엉크의 기억을 너무 많이 비워버리는 바람에 엉크에게 발 움직임과 팔 동작을 처음부터 다시 가르쳐야 했다.

병원에서 사람들은 심지어 엉크에게 전투용 배급 공기Combat Respiratory Rations, 다른 말로 CRR, 다른 말로 구프볼*이 무엇인지 설명해주고, 그에게 여섯 시간에 한 번씩 그걸 먹지 않으면 질식하게 된다고도 설명해주어야 했다. 구프볼은 화성의 대기에 전혀 없는 산소를 보충하기 위한 산소 알약이었다.

병원에서 사람들은 심지어 엉크에게 그의 정수리 부분 두개골 안쪽에 무선 안테나가 있으며, 그가 훌륭한 군인이라면 하지 않을 법한 일을 할 때마다 그 안테나가 그를 아프게 하리라는 것까지 설명해주어야 했다. 안테나는 엉크에게 명령을 내리고 행군할 때 발을 맞출 북소리도 들려줄 터였다. 그들은 엉크만이 아니라 모두가 그런 안테나를 가지고 있다고 말했다. 의사와 간호사와 4성 장군까지. 그들은 이곳 군대가 매우 민주적이라고 말했다.

엉크는 군대가 민주적인 게 좋겠거니 생각했다.

병원에서 사람들은 엉크에게 그가 무엇이든 잘못된 일을 하면 따끔하게 느끼게 될 안테나 통증을 조금 맛보여주었다.

통증은 끔찍했다.

* goofball. '마약' '얼간이'를 뜻하는 속어.

엉크는 언제든 임무를 수행하지 않는 군인은 미친 군인이라는 걸 인정할 수밖에 없었다.

병원에서 사람들은 무엇보다 중요한 규칙은 직접적인 명령에는 한순간도 망설이지 않고 따르는 것이라고 말했다.

무쇠 연병장의 대오에 서 있으면서 엉크는 다시 배워야 할 것이 아주 많다는 걸 깨달았다. 병원 사람들은 살아가기 위해 알아야 할 모든 것을 가르쳐주지는 않았다.

머릿속 안테나가 다시 차렷 자세를 취하게 하자 엉크의 머릿속이 비워졌다. 그런 다음 안테나는 엉크를 다시 열중쉬어 자세로, 곧이어 차렷 자세로 만든 뒤 그가 예포를 쏘게 하고 다시 쉬어 자세를 취하도록 했다.

엉크의 생각이 다시 시작됐다. 그는 주변 세상을 다시 한번 힐끗거렸다.

삶이란 이런 것이라고, 엉크는 머뭇거리며 스스로를 타일렀다. 멍한 상태와 힐끗 보기, 그리고 무언가 나쁜 짓을 한 대가로 때때로 주어지는 잠깐의 끔찍한 고통이라고.

낮은 높이에서 빠르게 날아가는 작은 달이 머리 위의 보라색 하늘을 가로질렀다. 엉크는 왜 이런 생각이 드는지 알 수 없었지만, 달이 너무 빠르게 움직인다고 생각했다. 잘못된 것 같았다. 그리고 엉크가 생각하기에 하늘은 보라색이 아니라 파란색이어야 했다.

엉크는 추위도 느꼈다. 온기가 더 있으면 좋겠다는 갈망이 생겼다. 끝없는 추위는 빠른 달과 보라색 하늘처럼 왠지 잘못된 것처럼, 불공정한 것처럼 느껴졌다.

이제 엉크의 사단장이 엉크의 연대장에게 말하고 있었다. 엉크의 연대장은 엉크의 대대장에게 말했다. 엉크의 대대장은 엉크의 중대장에게 말했다. 엉크의 중대장은 엉크의 소대장에게 말했다. 그 소대장이 브랙먼 병장이었다.

브랙먼이 엉크에게 다가와 돌기둥의 남자에게 군대식으로 행진해 가서 그가 죽을 때까지 목을 조르라고 명령했다.

브랙먼은 엉크에게 이건 직접적인 명령이라고 말했다.

그래서 엉크는 그렇게 했다.

그는 돌기둥의 남자에게 행진해 갔다. 그는 작은북 하나를 울려 만든 건조한 금속성 음악에 맞춰 행진했다. 작은북의 소리는 안테나에서 나온 것으로, 사실 그의 머릿속에서만 들렸다.

타더라 타, 타, 타,

타더라 타, 타, 타.

텐트가 타!

텐트가 타!

텐트가, 텐트가, 타.

돌기둥의 남자에게 다가간 엉크는 잠시 망설였다. 돌기둥의 빨간 머리 남자가 너무도 불행해 보였기 때문이다. 그때 엉크의 머릿속에서 아주 작은 경고성 통증이 느껴졌다. 난생처음 치과 의사의 드릴이 깊이 파고들 때의 느낌이었다.

엉크가 빨간 머리 남자의 숨통에 양손 엄지를 대자 통증이 즉시 멈췄다. 엉크는 엄지에 힘을 주지 않았다. 남자가 그에게 무언가 말하려 했기 때문이다. 엉크는 남자가 침묵하는 것이 이상하다고 생각했다가, 안테나가 모든 군인을 침묵시키듯 그 남자도 침묵시키는 것임을 깨달았다.

영웅적이게도, 그 순간 돌기둥의 남자가 안테나의 의지를 이겨내고 몸부림치며 빠르게 말했다. "엉크…… 엉크…… 엉크……" 그가 말했다. 그의 의지와 안테나의 의지가 싸우면서 일어난 경련에 그는 멍청이처럼 이름을 되풀이하는 수밖에 없었다. "푸른 바위야, 엉크." 그가 말했다. "12번 막사…… 편지."

경고성 통증이 엉크의 머리를 다시 괴롭혔다. 엉크는 의무적으로 돌기둥에 묶인 남자의 목을 졸랐다. 남자의 얼굴이 푸르죽죽해지고 그의 혀가 빠져나올 때까지 그를 질식시켰다.

엉크는 뒤로 물러나 차렷 자세를 취한 뒤 세련되게 뒤로 돌아 대열의 자기 자리로 돌아갔다. 이번에도 곧이어 머릿속에서 작은북이 울렸다.

타더라 타, 타, 타,

타더라 타, 타, 타.

텐트가 타!

텐트가 타!

텐트가, 텐트가, 타.

브랙먼 병장이 엉크에게 고개를 끄덕이며 애정을 담아 윙크했다.

다시 만 명이 차렷 자세를 취했다.

끔찍하게도 돌기둥의 죽은 남자까지 차렷 자세를 취하려고 애쓰며 사슬을 철컹거렸다. 그는 실패했다. 완벽한 군인이 되는 데 실패했다. 그러고 싶지 않아서가 아니라 죽었기 때문이었다.

이제 거대한 대형은 여러 직사각형 조각들로 쪼개졌다. 그 조각들은 멍하니 행진하며 그곳을 떠났다. 모두가 머릿속에서 작은북 소리를 들었다. 이 모습을 관찰한 사람은 오직 군화 소리만을 들었을 것이다.

관찰자는 누가 진짜 책임자인지 전혀 짐작하지 못했을 것이다. 장군들조차 인형처럼 멍청한 단어에 박자를 맞춰 움직였으니 말이다.

타더라 타, 타, 타,

타더라 타, 타, 타.

텐트가 타!

텐트가 타!

텐트가, 텐트가, 타.

5. 신원 미상의 영웅이 보낸 편지

"우리는 인간 기억의 중심을 사실상 가압멸균처리기에서 막 꺼낸 메스처럼 무균상태로 만들 수 있다. 하지만 새로운 경험의 알갱이들이 즉시 그 자리에 쌓이기 시작한다. 이런 알갱이들은 곧이어 군사적 사고에 반드시 도움이 되지는 않는 패턴을 이룬다. 불행히도 이런 재오염 문제는 해결 불가능한 것으로 보인다."

—화성 정신보건부 부장 모리스 N. 캐슬 박사

엉크의 대열은 화강암으로 지은 막사 앞에 멈춰 섰다. 수천 개 중 하나로 보이는 막사, 무쇠 평원 위에 무한히 펼쳐져 있는 것처럼 보이는 막사들 앞에. 막사 앞에는 열 곳에 한 곳꼴로 살을 에는 듯한 바람에 펄럭거리는 깃발이 달린 깃대가 서 있었다.

깃발은 모두 달랐다.

엉크의 중대 구역을 내려다보며 수호천사처럼 펄럭이는 깃발은 매우 화사했다. 빨간색과 흰색 줄무늬가 있고, 파란 바탕에 흰 별들이 다닥다닥 박혀 있는 깃발이었다. 지구에 있는 미합중국의 국기인 성조기였다.

쭉 내려가면 소비에트사회주의공화국연방의 붉은 깃발이 있었다.

그 깃발을 지나면 초록색, 주황색, 노란색, 자주색으로 이뤄진 바탕에 칼을 든 사자가 그려진 멋진 깃발이 있었다. 스리랑카의 깃발이었다.

그 깃발을 지나면 흰 바탕에 빨간 공이 그려진 일본 깃발이 있었다.

깃발들은 화성과 지구의 전쟁이 시작될 때 다양한 화성군 군대가 공격해 무력화할 나라들을 의미했다.

엉크는 안테나로 인해 어깨가 축 처지고 관절에 힘이 빠지고 대열에서 뒤처지고 나서야 깃발을 보았다. 그는 길게 늘어선 막사들과 깃대들을 얼빠진 듯 바라보았다. 엉크가 마주보고 선 막사 문에는 커다란 숫자가 적혀 있었다. 숫자는 576이었다.

엉크의 일부가 그 숫자를 매력적이라고 느꼈다. 엉크가 숫자를 자세히 살펴보도록 했다. 그때 그는 처형을 떠올렸다. 그가 죽인 빨간 머리 남자가 파란 돌과 12번 막사에 대해서 했던 말이 떠올랐다.

• • •

576번 막사 안에서 엉크는 소총을 닦으며 그 일이 극도로 기분좋다고 느꼈다. 게다가 자신이 소총을 분리하는 방법을 아직 잊지 않았다는 걸 알게 되었다. 어떻게 그랬는지는 몰라도 기억의 그 부분만큼은 병원에서 지워지지 않았다. 어쩌면 병원에서 놓친 다른 기억들이 있을지도 모른다는 생각을 하자 남몰래 기분이 좋아졌다. 이런 생각이 왜 남몰래 좋은 기분을 들게 하는지는 알 수 없었다.

그는 소총 총구를 면봉으로 닦았다. 그의 총은 11밀리미터 구경 독일제 마우저 단발총으로, 지구의 스페인-미국 전쟁에서 스페인군이 써서 명성을 얻은 총이었다. 화성군의 소총은 모두 비슷한 시기에 만들어졌다. 지구에서 조용히 활동하는 화성 요원들은 마우저와 영국제 엔필드, 미국제 스프링필드를 거의 거저로 대량 구매할 수 있었다.

엉크의 분대원들도 총구를 닦고 있었다. 기름에서 좋은 냄새가 났고, 강선을 따라 말려들어가는 기름 묻은 천은 청소용 막대의 미는 힘에 딱 흥미가 느껴질 만큼만 저항했다. 말하는 사람은 거의 없었다.

아무도 처형을 특별하게 생각하는 것 같지 않았다. 처형에서 얻은 교훈이 있다 해도 그게 패블럼*처럼 삼키기 쉽다고 생각하는 모양이었다.

엉크가 처형에 참여했다는 점에 대해서는 딱 한 마디 의견밖

---

* 유아용 영양식 상표명.

에 나오지 않았다. 브랙먼 병장의 의견이었다. "잘했어, 엉크." 브랙먼이 말했다.

"감사합니다." 엉크가 말했다.

"이 녀석 잘해냈지?" 브랙먼이 엉크의 분대원들에게 물었다.

몇 사람이 고개를 끄덕였지만 엉크는 그들이 긍정적인 질문에는 고개를 끄덕이고 부정적인 질문이라면 무슨 질문이든 무조건 고개를 저었으리라는 인상을 받았다.

엉크는 막대와 헝겊을 치우고 열린 약실 밑으로 엄지를 집어넣었다. 기름 묻은 엄지손톱에 햇빛이 걸렸다. 엄지손톱이 햇빛을 총구로 올려보냈다. 엉크는 총구에 눈을 대고 그 완벽한 아름다움에 전율했다. 티 하나 없는 소용돌이의 강선을 기분좋게 몇 시간이고 바라보면서, 총구 반대편 끝에서 보이는 둥근 대문 뒤에 펼쳐진 행복한 나라를 꿈꿀 수 있을 것 같았다. 총열 반대쪽, 기름 묻은 엄지손톱 밑의 분홍빛이 그 반대편 끝을 정말로 장밋빛 천국처럼 보이게 했다. 언젠가 그는 총열을 기어내려가 그 천국으로 갈 것이다.

그곳은 따뜻하리라. 달도 하나밖에 없을 테고. 그리고 그 달은 뚱뚱하고 당당하고 느릴 거라고, 엉크는 생각했다. 총열 끝 분홍빛 천국에 관한 다른 무언가가 떠오르자 엉크는 그 환각의 선명함에 아리송해졌다. 그 천국에는 아름다운 세 여자가 있었고 엉크는 그들의 생김새를 정확히 알았다! 한 명은 흰색, 한 명은 황금색, 한 명은 갈색이었다. 황금빛 여자는 엉크의 환각 속에서 담배를 피우고 있었다. 엉크는 자신이 황금색 여자가 피우는 담배 종류까지 알고 있다는 걸 깨닫고 더욱 놀랐다.

문미스트담배였다.

"문미스트를 매각하세요." 엉크가 큰 소리로 말했다. 그 말을 하자 기분이 좋았다. 권위 있고 영민하게 들렸다.

"뭐?" 엉크 옆에서 소총을 닦고 있던 젊은 유색인 군인이 말했다. "뭐라고 했어, 엉크?" 그가 말했다. 그는 스물세 살이었다. 그의 이름이 왼쪽 가슴 주머니 위의 검은색 천에 노란색으로 수놓여 있었다.

보애즈가 그의 이름이었다.

화성군에게 의심이 허락됐다면 보애즈야말로 의심을 했을 것이다. 그는 겨우 일급 이등병이었지만, 그가 입은 제복을 보면 색깔은 규정대로 이끼색이나 소재가 훨씬 좋았다. 그것은 브랙먼 병장의 제복을 포함해 주변 누구의 제복보다도 잘 만들어진 것이었다.

다른 모두의 제복은 조잡했고 입고 있으면 피부가 따끔거렸다. 두꺼운 실로 서툴게 봉제된 옷이었다. 다른 모두의 제복은 입은 사람이 차렷 자세로 서 있을 때만 그럴싸해 보였다. 대부분의 군인은 자세를 조금이라도 바꾸면 제복이 종이로 만들어진 것처럼 접히고 잘 구겨진다는 걸 알게 되었다.

보애즈의 제복은 비단처럼 우아하게 그의 모든 동작을 좇았다. 섬세한 바늘땀이 아주 촘촘하게 박혀 있었다. 가장 이해하기 어려운 것은 보애즈의 신발에 깊고 풍부한 루비색 광택이 돌았다는 것이다. 다른 군인들은 아무리 열심히 윤을 내도 얻을 수 없는 광택이었다. 보애즈의 신발은 중대의 다른 모든 신발과 달리 지구산 진짜 가죽으로 만든 것이었다.

"뭘 매각한다고, 엉크?" 보애즈가 말했다.

"문미스트는 버려요. 없애버려." 엉크가 중얼거렸다. 엉크는 그 말을 이해할 수 없었다. 그 말을 내뱉은 건 그저 그 단어들이 너무도 열렬히 나오고 싶어했기 때문이었다. "매각하세요." 그가 말했다.

보애즈가 미소 지었다. 유감스럽지만 재미있다는 표정이었다. "그걸 매각한다고?" 보애즈가 말했다. "알았어, 엉크. 매각하자." 그가 한쪽 눈썹을 치켜올렸다. "뭘 매각할까, 엉크?" 그의 눈동자에는 유독 밝고 꿰뚫어보는 듯한 느낌이 어려 있었다.

엉크는 그 노란색 빛에, 보애즈의 눈에서 느껴지는 그 예리함에 불안해졌다. 보애즈가 쳐다보면 쳐다볼수록 점점 더 불안해졌다. 엉크는 시선을 돌리다가 우연히 다른 대원 몇 명과 눈이 마주쳤다. 그들의 눈은 한결같이 멍했다. 브랙먼 병장의 눈조차 멍했다.

보애즈의 눈은 계속해서 엉크를 파고들었다. 엉크는 그 시선을 다시 마주볼 수밖에 없다고 느꼈다. 그 눈동자는 다이아몬드처럼 보였다.

“내가 기억 안 나는구나, 엉크?” 보애즈가 말했다.

그 질문에 엉크는 경계심을 느꼈다. 어떤 이유에서인지 보애즈가 기억나지 않는다는 건 중요했다. 그는 정말로 보애즈가 기억나지 않는다는 사실에 감사했다.

“보애즈야, 엉크.” 유색인 남자가 말했다. “난 보애즈야.”

엉크는 고개를 끄덕였다. “안녕.” 그가 말했다.

“아…… 난 네가 진짜로 나쁜 짓이라고 할 만한 행동은 하지 않아.” 보애즈가 말했다. 그는 고개를 저었다. “내가 전혀 기억나지 않는구나, 엉크?”

“응.” 엉크가 말했다. 이제는 기억이 그를 조금씩 괴롭히고 있었다. 최선을 다해 노력하면 보애즈에 관해 무언가 떠오를지도 모른다고 말하고 있었다. 엉크는 기억을 침묵시켰다. “미안해.” 엉크가 말했다. “머릿속이 텅 비었어.”

“너랑 나는, 우린 단짝이었어.” 보애즈가 말했다. “보애즈와 엉크였지.”

“음.” 엉크가 말했다.

“단짝 시스템이 무엇인지는 기억나, 엉크?” 보애즈가 말했다.

“아니.” 엉크가 말했다.

“분대의 모든 남자한테는,” 보애즈가 말했다. “단짝이 있어.

단짝은 같은 참호를 쓰고, 공격을 할 때는 서로에게 바짝 붙어 엄호해주지. 백병전을 벌이다 한 명이 곤란해지면 다른 단짝이 다가가서 도와주는 거야. 칼을 슬쩍 들이밀면서."

"음." 엉크가 말했다.

"우습네." 보애즈가 말했다. "병원에서 무언가를 잊어버리는 것과 병원에서 무슨 짓을 하든 무언가를 계속 기억하는 것 말이야. 너랑 나는, 우리는 일 년 내내 단짝으로 훈련받았어. 그런데도 넌 그걸 잊어버렸지. 그러고선 담배 얘기를 하다니. 무슨 담배야, 엉크?"

"난…… 잊어버렸어." 엉크가 말했다.

"지금 기억해봐." 보애즈가 말했다. "기억했었잖아." 그는 엉크가 기억해내도록 도와주려는 것처럼 인상을 쓰며 눈을 가늘게 떴다. "난 병원에 다녀온 사람이 기억할 수 있는 것이 정말로 흥미롭다고 생각해. 할 수 있는 대로 다 기억해봐."

보애즈에게는 무언가 여성적인 면이 있었다. 교활한 깡패가 계집애 같은 남자의 턱밑을 다정하게 만지며, 어린애를 어르듯 말을 거는 것 같은 느낌.

하지만 보애즈는 엉크를 좋아했다. 보애즈의 태도에서도 그 점이 드러났다.

엉크는 자신과 보애즈가 돌로 된 건물 안에 있는 유일한 진짜 인간이라는 음산한 느낌을 받았다. 나머지 사람들은 눈알이

유리로 되어 있는 로봇이고, 로봇치고도 별로 잘 만들어지지 않은 듯했다. 지휘권을 가지고 있다는 브랙먼 병장도 푹 젖은 깃털 자루처럼 기민하지 않고, 책임감 없고, 아무것도 통제하지 못하는 것처럼 보였다.

"네가 기억하는 걸 전부 들어보자, 엉크." 보애즈가 그를 구슬렀다. "단짝……" 그가 말했다. "기억나는 걸 전부 떠올려봐."

무언가 생각해내기도 전에, 엉크가 처형을 행하도록 만들었던 두통이 다시 그를 고통스럽게 했다. 하지만 이번엔 경고하듯 쿡 찌르는 데서 그치지 않았다. 보애즈가 무표정하게 지켜보는 가운데 엉크의 머릿속 통증이 번뜩이며 그를 세차게 강타했다.

엉크는 일어서서 소총을 떨어뜨리고 머리를 부여잡은 채 비틀대고 비명을 지르다가 기절했다.

• • •

엉크가 막사 바닥에서 정신을 차렸을 때 단짝 보애즈는 엉크의 관자놀이에 차가운 헝겊을 대주고 있었다.

분대원들이 엉크와 보애즈 주위에 둥글게 서 있었다. 그들의 얼굴엔 놀란 기색도, 동정하는 기색도 없었다. 엉크가 어리석고 군인답지 못한 행동을 했으니 이런 꼴을 당해도 싸다는 태도였다.

그들은 엉크가 아무 엄폐물도 없는 탁 트인 공간에 우뚝 서 있는다든지, 장전된 총을 닦는다든지, 순찰중에 재채기를 하거나 성병에 걸렸는데도 보고하지 않는다든지, 직접적인 명령에 불응하거나 기상나팔이 울리는데도 일어나지 않는다든지, 경계근무중에 술에 취한다거나 아무 가능성 없는 일에 희망을 건다든지, 사물함에 책이나 터지지 않은 수류탄을 보관한다든지, 그래서 군대를 처음 만든 사람은 누구고 그 이유는 무엇인지 묻는다든지 하는 멍청한 군인이 할 법한 표정이었다.

엉크에게 일어난 일에 유감을 느끼는 듯한 사람은 보애즈뿐이었다. "전부 내 잘못이었어, 엉크." 그가 말했다.

이때 브랙먼 병장이 둘러선 사람들을 밀치고 들어와 엉크와 보애즈를 내려다보고 섰다. "이 녀석이 무슨 짓을 한 거냐, 보애즈?" 브랙먼이 말했다.

"제가 장난을 쳤습니다, 병장님." 보애즈가 진심어린 말투로 말했다. "최대한 오래전 일을 기억해보라고 했죠. 정말로 그렇게 할 줄은 몰랐습니다."

"방금 병원에서 나온 사람한테 장난을 칠 정도로 상식이 없어서는 안 되지." 브랙먼이 무뚝뚝하게 말했다.

"아, 그건 압니다. 알고 있습니다." 보애즈는 후회가 막심한 듯 말했다. "제 친구가……" 그가 말했다. "제가 빌어먹을 놈입니다!"

"엉크," 브랙먼이 말했다. "병원에서 기억 얘기를 안 해줬나?"

엉크는 멍하게 고개를 저었다. "해줬을지도 모릅니다." 그가 말했다. "많은 얘기를 해줬습니다."

"그건 네가 할 수 있는 최악의 일이다, 엉크. 과거를 기억하는 일 말이야." 브랙먼이 말했다. "애초에 그것 때문에 널 병원에 집어넣은 거야. 네가 너무 많은 것을 기억해서." 그는 뭉툭한 손을 둥글게 말고, 그 안에 과거의 엉크라는 가슴 아픈 문제를 담았다. "젠장." 그가 말했다. "넌 너무 많은 걸 기억했어, 엉크. 군인으로서는 한 푼어치 가치도 없을 정도로."

엉크는 일어나 앉아 가슴에 손을 얹었다가 윗옷 앞섶이 눈물로 젖어 있다는 걸 깨달았다. 그는 브랙먼에게 딱히 과거를 기억하려 했던 것은 아니라고, 그게 나쁜 짓이라는 걸 본능적으로 알았다고 설명할 생각이었다. 그런데 어쨌든 고통이 밀려들었다고. 고통이 다시 느껴질까봐 두려웠던 그는 브랙먼에게 그 말을 하지 않았다.

엉크는 신음하며 눈을 깜빡여 마지막 눈물을 삼켰다. 그는 명령받지 않은 일은 아무것도 하지 않을 생각이었다.

"보애즈, 너는……" 브랙먼이 말했다. "잘 모르겠지만, 일주일 정도 화장실 청소를 하다보면 방금 병원에서 나온 사람한테 장난을 치는 문제에 관한 교훈을 얻을 수 있을 거다."

엉크의 기억 속에서 형태 없는 무언가가 브랙먼과 보애즈 사이에 오가는 작은 연극을 자세히 살펴보라고 말했다. 왠지 그게 중요했다.

“일주일 말입니까, 병장님?” 보애즈가 말했다.

“그래, 정말이지……” 브랙먼은 그렇게 말하더니 몸을 떨며 눈을 감았다. 그의 안테나가 방금 살짝 찌르는 듯한 고통을 준 게 틀림없었다.

“일주일 내내요, 병장님?” 보애즈가 천진난만하게 물었다.

“하루.” 브랙먼이 말했다. 위협이라기보다는 질문에 가까운 말이었다. 이번에도 브랙먼은 머릿속 통증에 반응했다.

“언제부터 할까요, 병장님?” 보애즈가 물었다.

브랙먼은 뭉툭한 손을 내저었다. “됐다.” 그가 말했다. 그는 난처한 듯한, 배신당한 듯한 표정이었다. 귀신이라도 들린 듯한 표정. 브랙먼은 다시 고통이 밀려오면 더 잘 싸워보겠다는 듯 머리를 숙였다. “장난은 그만 쳐라, 제기랄.” 그가 말했다. 목구멍 깊은 곳에서 흘러나오는 목소리였다. 그러더니 브랙먼은 서둘러 떠났다. 병영 끝에 있는 자기 방으로 후다닥 들어가더니 문을 쾅 닫았다.

• • •

중대장 아널드 버치 대위가 깜짝 사열을 하겠다며 막사에 들어왔다.

보애즈가 가장 먼저 그를 보았다. 보애즈는 이런 상황에서 군인이 해야 할 일을 했다. 보애즈는 "부대애애—차렷!"이라고 소리쳤다. 아무 지위가 없는데도 그렇게 했다. 비천한 이등병 따위도 전투 지역이 아닌 곳의 지붕 덮인 건물 안에서 간부의 존재를 처음으로 인지하면, 같은 계급의 병사들과 우월한 지위의 부사관들에게 차렷 명령을 내릴 수 있었다. 아주 기이한 군사적 관습이었다.

징집자들의 안테나가 즉시 반응했다. 그들의 등이 펴지고 관절이 고정되었으며 뱃살은 들어가고 엉덩이는 당겨졌다. 정신은 텅 비었다. 엉크는 바닥에서 벌떡 일어나 몸을 떨며 뻣뻣하게 서 있었다.

단 한 사람만이 느리게 차렷 자세를 취했다. 보애즈였다. 그의 차렷 자세에는 무언가 무례하고 허술하며 음흉한 느낌이 서려 있었다.

버치 대위는 보애즈의 태도를 심히 불쾌하다고 느끼고 한마디하려 했다. 하지만 대위가 입을 벌리자마자 그의 미간 사이에 통증이 밀려들었다.

대위는 아무 소리도 내지 못하고 입을 다물었다.

보애즈의 악의적인 시선을 받으며, 대위는 재빨리 차렷 자세를 하고 뒤로 돌아 머릿속에서 들려오는 작은북소리에 맞춰 막사를 나섰다.

대위가 떠난 뒤 보애즈는 그럴 권한이 있음에도 분대원들을 다시 쉬게 해주지 않았다. 그는 분대원들에게 그야말로 무엇이든 시킬 수 있는 작은 제어기를 바지 오른쪽 앞주머니에 넣고 있었다. 제어기는 473밀리리터짜리 휴대용 술병 크기였다. 휴대용 술병이 그렇듯 그 제어기도 몸의 굴곡에 맞게 곡선으로 이뤄져 있었다. 보애즈는 제어기를 허벅지의 단단하고 굴곡진 표면에 붙이고 다니기로 했다.

제어기에는 버튼 여섯 개와 노브 네 개가 달려 있었다. 보애즈는 이것들을 조작해 머릿속에 안테나가 있는 누구든 통제할 수 있었다. 보애즈는 누군가에게 얼마든지 고통을 줄 수 있었고 차렷 자세를 시키거나 작은북소리를 듣게 하거나 행진하게 하거나 멈추게 하거나 대열에 합류하게 하거나 대열에서 낙오하게 하거나 경례하게 하거나 공격하게 하거나 물러나게 하거나 깡충거리게 만들 수 있었다.

보애즈의 머릿속에는 안테나가 없었다.

원하는 만큼 얼마든지 자유롭게. 보애즈의 자유는 그런 자유였다.

• • •

보애즈는 화성군의 진짜 지휘관 중 한 명이었다. 그는 지구

공격이 개시될 때 미국 침공 부대의 10분의 1을 지휘했다. 지휘 계통을 따라내려가면 러시아, 스위스, 일본, 오스트레일리아, 멕시코, 중국, 네팔, 우루과이 등등의 침공 부대들이 있었다.

보애즈가 아는 한 화성군의 진짜 지휘관은 팔백 명이었다. 그 중 표면상 지위가 최하급 하사관 이상인 사람은 한 명도 없었다. 전군의 명목상 지휘관인 총사령관 보더스 M. 펄시퍼는 사실 그의 의무병인 버트 라이트 상병에게 늘 통제당했다. 완벽한 의무병인 라이트 상병은 총사령관이 거의 만성적으로 앓는 두통을 가라앉혀줄 아스피린을 들고 다녔다.

비밀 지휘관 체제의 이점은 분명했다. 화성군 내에서 반란이 일어나면 그 대상은 늘 엉뚱한 사람이 될 터였다. 게다가 전시에는 적군이 화성군 장교 전체를 제거해도 화성군에 최소한의 피해조차 주지 못할 수 있었다.

"칠백구십구 명이야." 보애즈는 자기가 아는 진짜 지휘관의 수를 교정하며 큰 소리로 말했다. 진짜 지휘관 중 한 명이 죽었다. 돌기둥에서 엉크에게 목이 졸렸다. 목 졸린 사람은 스토니 스티븐슨 이병으로, 과거에는 영국 침공 부대의 진짜 지휘관이었다. 스토니는 무슨 일이 일어나는지 이해하려는 엉크의 노력에 너무 큰 매력을 느낀 나머지 무의식적으로 엉크가 생각하도록 돕기 시작했다.

그 대가로 스티븐슨은 최고의 치욕을 겪었다. 그의 머릿속에 안테나가 심어졌다. 그는 안테나의 강요에 의해 훌륭한 군인처럼 행진하며 돌기둥으로 걸어갔다. 그곳에서 부하의 손에 살해당하기를 기다려야 했다.

보애즈는 분대원들이 계속 차렷 자세로 서 있도록 내버려두었다. 그들이 몸을 떨며 아무것도 생각하지 못하고, 아무것도 보지 못하게 했다. 보애즈는 엉크의 간이침대로 가서 광택이 도는 큰 군화를 신은 채로 갈색 담요에 드러누웠다. 머리 뒤로 깍지를 끼고 몸을 활처럼 구부렸다.

"아아아……" 보애즈가 하품과 신음 사이의 소리를 냈다. "아아아…… 이제, 다들, 다들, 다들." 그는 머릿속이 공회전하게 두고서 말했다. "빌어먹을, 이제, 다들." 그가 말했다. 느긋하게 아무 의미 없는 말을 내뱉었다. 보애즈는 장난감들에게 약간 싫증이 났다. 그들이 서로 싸우게 할까 하는 생각이 들었다. 하지만 그러다 들켰을 때의 처벌은 스토니 스티븐슨이 치른 대가와 같았다.

"아아아…… 이제, 다들. 정말이지 이제는, 다들." 보애즈가 나른하게 말했다.

"빌어먹을 이제는, 다들." 그가 말했다. "내가 그랬어. 너희도 다들 인정해야지. 이 보애즈님은 너희가 정말 잘 지낸다고 할 만한 삶을 살고 있다고."

그는 침대에서 굴러내려와 사지로 땅을 짚더니 표범처럼 우아하게 불쑥 뛰어올라 두 다리로 섰다. 그는 눈부신 미소를 지어 보였다. 그는 운좋게 얻은 인생의 지위를 누리기 위해 할 수 있는 모든 것을 하고 있었다. "너희 처지도 그리 나쁘지는 않아." 그가 뻣뻣한 분대원들에게 말했다. "너희 처지가 나쁘다는 생각이 들면, 우리가 장군들을 어떻게 다루는지 봐야 해." 그는 킥킥거리고 쿡쿡거리며 웃었다. "이틀 전 밤에, 우리 진짜 지휘관들은 어느 장군이 가장 빠르게 달릴 수 있는지를 놓고 말다툼을 벌였어. 정신을 차리고 보니 우리가 장군 스물세 명을 모두 깨웠지 뭐야. 전부 엉덩이까지 까고 벌거벗은 채였어. 우린 장군들을 경주마처럼 줄 세워놓은 다음 돈을 걸고 내기를 했지. 장군들은 악마가 쫓아오기라도 하는 것처럼 달려갔어. 스토버 장군이 1등으로 들어왔고, 바로 이어서 해리슨 장군이 들어왔고, 그 뒤는 모셔 장군이었어. 다음날 아침 군대의 모든 장군의 몸은 널빤지처럼 뻣뻣했지. 그중에서 전날 밤 일을 기억하는 사람은 하나도 없었어."

보애즈는 다시 킥킥거리고 쿡쿡거리며 웃었다. 문득 진지한 태도를 취하면 그의 삶에서 누리는 지위가 더 좋아 보이리라는 생각이 들었다. 그 지위가 얼마나 큰 짐인지 보여주고, 그런 짐을 지는 자신이 얼마나 영예롭다고 느끼는지 보여준다면. 보애즈는 신중하게 뒤로 물러나더니 양손 엄지를 허리띠에 걸고 노려보았다. "아," 그가 말했다. "어느 모로 보나 그건 장난이 아니었어." 그는 한가로이 엉크에게로 다가가 한 뼘 정도 떨어진 곳에 서서 그를 위아래로 훑었다. "엉크, 이 녀석……" 그가 말했다. "내가 네 생각과 네 걱정을 하면서 얼마나 많은 시간을 보냈는지 말만 해도 질려, 엉크."

보애즈는 발을 디딘 채 앞뒤로 몸을 까딱였다. "넌 또 이것저것 알아내려 하겠지! 사람들이 너를 몇 번이나 병원에 집어넣었는지 알아? 네가 가진 그 기억을 지우려고 말이야. 일곱 번이야, 엉크! 한 사람의 기억을 지우기 위해 보통 몇 번 병원에 보내는지 알아? 한 번이야, 엉크. 한 번!" 보애즈는 엉크의 코 밑에서 손가락을 딱 튕겼다. "그거면 돼, 엉크. 한 번이면 그 사람은 영원히 아무것도 신경쓰지 않게 된다고." 그는 놀랍다는 듯 고개를 저었다. "그런데 너는 아니지, 엉크."

엉크는 몸을 떨었다.

"내가 차렷 자세를 너무 오래 시켰나, 엉크?" 보애즈가 말했다. 그는 이를 악물었다. 이따금 엉크를 괴롭히지 않고는 견딜 수가 없었다.

일단 지구로 돌아가면 엉크에게는 모든 것이 있었고 보애즈에게는 아무것도 없었다.

게다가 보애즈는 엉크에게 가여울 만큼 의존했다. 지금은 아니라도 지구에 도착하는 순간 그렇게 될 터였다. 보애즈는 겨우 열네 살에 징집된 고아였으며 지구에서 즐거운 시간을 보내는 방법에 관해서는 어렴풋한 감조차 잡지 못했다.

그는 엉크가 그 방법을 보여주리라고 믿었다.

"네가 누군지, 어디서 왔는지, 네가 무엇이었는지 알고 싶어?" 보애즈가 엉크에게 말했다. 엉크는 여전히 차렷 자세로 아무것도 생각하지 않고 있었다. 보애즈가 무슨 말을 해줘도 아무런 정보도 얻어내지 못했다. 하긴 보애즈도 엉크더러 들으라고 이런 이야기를 하는 건 아니었다. 보애즈는 지구에 도착하면 이 친구와 함께 다니게 되리라 생각하며 마음을 다잡는 중이었다.

"이봐……" 보애즈가 엉크를 노려보며 말했다. "넌 여태 살았던 사람 중 가장 운좋은 사람이야. 과거에 지구에서, 넌 왕이었다고!"

화성의 정보 대부분이 그렇듯, 보애즈가 엉크에 대해 가진 정보도 완전하지 않았다. 그는 이런 정보의 정확한 출처를 몰랐다. 일상적인 군생활의 배경소음에서 주워들은 것이었다.

보애즈는 질문을 던지고 돌아다니며 지식을 갈고닦기에는 너무 훌륭한 군인이었다.

군인의 지식은 갈고닦아서는 안 되는 것이었다.

그래서 보애즈는 사실 엉크가 한때 아주 운이 좋았다는 점을 빼면 그에 관해 아무것도 몰랐다. 그저 그 정보를 윤색했을 뿐.

"내 말은……" 보애즈가 말했다. "네가 가질 수 없거나 할 수 없던 것, 갈 수 없던 곳은 없었다는 거야!"

보애즈의 말은 지구에서 누린 엉크의 행운이 얼마나 놀라운지 강조하는 한편, 다른 놀라운 사실에 관한 깊은 우려를 담고 있었다. 그 놀라운 사실이란, 지구에서 보애즈 자신이 누린 운은 엉망진창일 게 틀림없다는 미신에 가까운 확신이었다.

이때 보애즈는 사람이 지구에서 달성할 수 있는 최대치의 행복을 나타내는 듯한 마법의 두 단어를 사용했다. 바로 할리우드 나이트클럽이었다. 그는 한 번도 할리우드에 가본 적이 없었고, 나이트클럽을 본 적도 없었다. "이봐." 그가 말했다. "넌 하루종일, 밤새도록 할리우드 나이트클럽을 들락거렸어."

"이봐." 보애즈가 알아듣지 못하는 엉크에게 말했다. "넌 한 남자가 지구에서 살아가기 위해 필요한 모든 걸 가졌었어. 어떻게 하면 그렇게 할 수 있는지도 알았고."

"이봐." 보애즈는 자신의 야망이 딱할 정도로 형체가 없다는 걸 감추려 애쓰며 엉크에게 말했다. "우린 어느 멋진 곳에 가서 멋진 것들을 주문하고, 멋진 사람들과 어울리며 돌아다닐 거야. 그냥 대체로 멋지게 야단법석을 떠는 거지." 그는 엉크의 팔을 잡고 흔들었다. "단짝. 그게 우리야, 단짝. 이런…… 우린 유명한 한 쌍이 될 거야. 어디든지 가고 뭐든지 하는 한 쌍."

"'여기, 운좋은 엉크와 그의 단짝 보애즈가 옵니다!'" 보애즈는 지구 정복 후 지구인들이 해줬으면 하는 말을 했다. "'저기 두 사람이 행복한 두 마리 새처럼 가고 있습니다!'" 그는 행복한 한 쌍의 새들을 생각하며 킥킥거리고 쿡쿡거리며 웃었다.

그의 웃음이 시들었다.

그의 웃음은 오래가는 적이 없었다. 보애즈는 마음속 깊이, 한구석에서 구역질이 날 정도로 걱정에 사로잡혀 있었다. 그는 일자리를 잃을까봐 구역질이 날 정도로 걱정됐다. 보애즈는 어쩌다 지금의 자리를, 엄청난 특권을 얻게 됐는지 분명히 알지 못했다. 이 끝내주는 일자리를 준 사람이 누군지조차 몰랐다.

보애즈는 진짜 지휘관들을 지휘하는 사람이 누군지도 몰랐다.

그는 명령을 받은 적이 없었다. 진짜 지휘관보다 높은 사람한테서는 말이다. 보애즈는 모든 진짜 지휘관이 그렇듯, 대화중 떠오른 흥미로운 화제라는 표현이 가장 잘 어울릴 만한 것에 근거해 행동했다. 진짜 지휘관급에서 돌아다니는 화제 말이다.

진짜 지휘관들이 밤늦게 모이면 맥주와 크래커, 치즈와 함께 그런 화제가 돌았다.

예컨대 비품실 쓰레기에 관한 화제와 군인들이 주짓수 훈련 중 실제로 다치고 화를 내는 게 바람직한가에 관한 화제, 각반에 끈을 채울 때 고리 몇 개를 채우지 않는 추레한 경향에 관한 화제가 튀어나오곤 했다. 보애즈 자신도 그 기원을 전혀 모르는 채로 이런 화제들을 전달했고 이런 화제에 근거해 행동했다.

엉크가 스토니 스티븐슨을 처형하는 일도 이런 식으로 발표되었다. 갑자기 그게 화제가 되었다.

갑자기 진짜 지휘관들이 스토니를 체포했다.

지금 보애즈는 주머니 속 제어기를 실제로 작동하지는 않은 채 손가락으로 만지작거리고 있었다. 그는 자기가 통제하는 사람들 사이에 자리를 잡고, 자발적으로 차렷 자세를 취한 뒤 버튼을 누르고 분대원들이 긴장을 풀 때 함께 긴장을 풀었다.

독주가 무척 당겼다. 그에게는 원할 때마다 술을 마실 수 있는 권리도 있었다. 온갖 종류의 술이 진짜 지휘관들을 위해 지구에서 무제한으로 날아들어왔다. 장교들도 원하는 만큼 술을 마실 수 있었다. 좋은 술을 마실 수는 없었지만. 장교들이 마시는 술은 화성에서 발효한 이끼로 만든, 유독한 녹색 술이었다.

하지만 보애즈는 절대 술을 마시지 않았다. 그가 술을 마시지 않는 한 가지 이유는 알코올 때문에 군인으로서의 능력이 손상될까봐 두려워서였다. 술을 마시지 않는 또 한 가지 이유는 자기가 누군지 잊고 징집자에게 술을 권할까봐 두려워서였다.

진짜 지휘관이 징집자에게 알코올이 들어간 음료를 제공할 경우 사형에 처해졌다.

"그러게, 제기랄." 보애즈는 긴장을 푸는 사람들의 왁자지껄한 소리에 목소리를 더하며 말했다

십 분 뒤 브랙먼 병장이 휴식시간을 선언했다. 그 시간에는 모두가 밖으로 나가 화성군에서 가장 중요한 스포츠인 저먼 배트볼*을 하게 되어 있었다.

엉크는 몰래 빠져나갔다.

엉크는 파란색 바위 밑에 있는 편지를, 빨간 머리 희생자가 말해준 편지를 찾으려고 몰래 빠져나가 12번 막사로 갔다.

그 구역의 막사들은 비어 있었다.

막사들 앞에 있는 기둥에는 깃발 대신 텅 빈 하늘만이 걸려 있었다.

텅 빈 막사들은 화성제국 특공대가 쓰던 곳이었다. 특공대는 한 달 전 한밤중에 조용히 사라졌다. 그들은 전용 우주선을 타고, 얼굴을 검게 칠하고, 짤랑거리는 소리가 나지 않도록 군번줄에 테이프를 감은 채 떠났다. 목적지는 기밀이었다.

화성제국 특공대는 피아노 줄을 목에 감아 보초들을 죽이는 전문가였다.

그들의 비밀 목적지는 지구의 달이었다. 그들은 그곳에서 전쟁을 시작할 예정이었다.

엉크는 12번 막사의 보일러실 앞에서 커다란 파란색 돌을 찾았다. 터키석이었다. 화성에는 터키석이 매우 흔했다. 엉크가 발견한 것은 지름이 1피트 정도 되는 판석이었다.

엉크는 그 돌 밑을 살폈다. 돌려서 닫는 뚜껑이 달린 알루미늄 원통이 있었다. 원통에는 연필로 쓴 아주 긴 편지가 들어 있었다.

---

* 야구와 테니스, 농구를 혼합한 구기운동의 일종.

엉크는 누가 그 편지를 썼는지 몰랐다. 그가 이름을 아는 사람은 브랙먼 병장, 보애즈, 엉크밖에 없었으므로 딱히 추측을 할 만한 상태도 아니었다.

엉크는 보일러실로 들어가 문을 닫았다.

이유는 알 수 없었지만 흥분됐다. 그는 먼지 낀 창문으로 들어오는 빛에 비춰 글을 읽기 시작했다.

엉크에게. 편지는 그렇게 시작했다.

• • •

엉크에게. 편지는 그렇게 시작했다. 분명 많지는 않지만, 이 편지에 적어둔 건 내가 확실히 아는 것들이야. 마지막에 가면 네가 최선을 다해 답을 알아내야 할 질문 목록을 발견하게 될 거야. 질문이 중요해. 난 이미 가지고 있는 답보다는 질문에 대해 더 골똘히 생각해왔어. 내가 확실히 아는 첫번째 사실은 이거야. (1) 질문이 말이 되지 않으면 답도 말이 되지 않아.

편지를 쓴 사람이 확실히 알았던 모든 것에는 확실한 것들을 알아내는 게임의 고통스러운 단계적 속성을 강조하기라도 하듯 번호가 붙어 있었다. 편지를 쓴 사람이 확실히 안 것은 백 예순여덟 가지였다. 한때는 백여든다섯 개가 있었지만 그중 열일곱 개에 취소선이 쫙 그어져 있었다.

두번째 항목은 (2) 나는 살아 있다고 일컬어지는 존재야였다.

세번째 항목은 (3) 나는 화성이라는 곳에 있어였다.

네번째 항목은 (4) 나는 군대라는 것의 일부야였다.

다섯번째 항목은 (5) 군대는 지구라는 곳에 있는 살아 있다고 일컬어지는 다른 존재들을 죽일 계획이야였다.

처음 여든한 개 항목 중에는 지워진 것이 하나도 없었다. 편지를 쓴 사람은 점점 더 사소한 문제들을 파고들며 실수가 잦아졌다.

보애즈는 게임이 시작되고 나서 얼마 지나지 않아 편지를 쓴 사람에 의해 설명되고, 또 그 설명이 기각되었다.

(46) 보애즈를 조심해, 엉크. 겉보기와는 다른 사람이야.

(47) 보애즈는 오른쪽 주머니에 보애즈가 좋아하지 않는 일을 하는 사람들의 머리를 아프게 하는 무언가를 넣고 다녀.

(48) 다른 사람 중에도 네 머리를 아프게 할 수 있는 물건을 가진 이들이 있어. 보는 것만으로는 누가 그런 걸 가지고 있는지 알 수 없으니 모두에게 친절하게 대해.

• • •

(71) 나의 오랜 친구, 엉크. 내가 확실히 아는 거의 모든 것은 안테나가 주는 고통과 맞서 싸워서 얻은 거야. 편지가 엉크에게 말했다.

고개를 돌려 무언가를 보려 할 때마다 통증이 찾아와. 그래도 나는 계속 고개를 돌리려 해. 내가 봐서는 안 될 무언가를 보게 되리라는 걸 아니까. 질문을 하고 고통이 다가올 때마다, 나는 내가 정말로 좋은 질문을 던졌다는 걸 알게 돼. 그런 다음 나는 그 질문을 작은 조각들로 잘라서 질문을 던져. 그러면 그 조각들에 대한 답을 얻게 되고, 그 다음에는 그 답들을 모두 모아 큰 질문에 대한 답을 얻게 되지.

(72) 더 많은 고통을 견디도록 스스로를 단련할수록 배우는 게 많아져. 엉크, 지금의 너는 고통이 두렵겠지만 고통을 기꺼이 불러들이지 못하면 아무것도 배우지 못해. 배우는 게 많아질수록 고통을 견딘 게 기뻐질 거야.

엉크는 빈 막사의 보일러실에서 잠시 편지를 내려놓았다. 울고 싶었다. 편지를 보낸 영웅이 엉크를 믿은 것은 잘못이었으니까. 엉크는 편지를 쓴 사람이 견딘 고통을 자신이 조금도 참을 수 없다는 걸 알았다. 엉크가 지식을 그렇게까지 좋아할 리 없었다.

병원에서 경험한 아주 약한 맛보기 통증조차 몹시 고통스러웠다. 지금 그는 강둑에서 죽어가는 물고기처럼 공기를 삼키며, 막사에서 보애즈가 때려넣었던 크나큰 고통을 떠올렸다. 그런 고통을 겪을 위험을 또 한번 무릅쓰느니 차라리 죽고 말 것이다.

눈물이 고였다.

무언가 말하려 했다면 흐느낌이 터져나왔을 것이다.

가엾은 엉크는 그 누구에게도 다시는 괴롭힘당하고 싶지 않았다. 그는 편지에서 어떤 정보를 얻든, 다른 이의 영웅적인 행동으로 얻은 그 정보를 더 많은 고통을 피하는 데 쓸 생각이었다.

엉크는 다른 사람보다 더 많은 고통을 견딜 수 있는 이들이 있는 건지 궁금했다. 아마 그럴 것 같았다. 그는 눈물을 흘리며 자신이 이런 면에서 유독 민감하다고 생각했다. 편지를 쓴 사람에게 해를 끼칠 생각은 전혀 없었지만, 엉크는 그 사람이 단 한 번이라도 엉크가 느끼는 고통을 있는 그대로 느낄 수 있으면 좋겠다고 생각했다.

그러면 편지 쓴 사람이 또다른 이에게 편지를 쓸지도 몰랐다.

엉크에게는 편지에 담긴 정보의 질을 평가할 도리가 없었다. 그는 모든 정보를 굶주린 듯 무비판적으로 받아들였다. 그 과정에서 편지를 쓴 사람이 이해한 그대로 삶을 이해하게 되었고, 엉크는 하나의 철학을 게걸스럽게 삼켰다.

그 철학 안에는 험담, 역사, 천문학, 생물학, 신학, 지리학, 심리학, 의학이 섞여 있었다. 짧은 이야기까지 있었다.

무작위로 사례를 뽑아보자면 다음과 같다.

험담: (22) 보더스 장군은 늘 취해 있어. 너무 취해서 신발끈을 풀리지 않게 제대로 묶지도 못해. 장교들도 다른 사람들처럼 아무것도 모르고 불행해. 너도 그중 한 명이었어, 엉크. 네가 지휘하는 대대가 있었어.

역사: (26) 모든 화성인은 지구에서 왔어. 화성에 가면 좀 나을 거라고 생각했던 거지. 지구의 어떤 면이 그렇게 나빴는지는 아무도 기억하지 못해.

천문학: (11) 온 하늘의 모든 것이 하루에 한 번 화성 주위를 돌아.

생물학: (58) 남자와 여자가 같이 자면 여자한테서 새로운 사람이 나와. 새로운 사람이 화성 여자한테서 나오지 않는 건 남자와 여자가 다른 곳에서 자기 때문이야.

신학: (15) 누군가 무슨 이유로 모든 것을 만들었어.

지리학: (16) 화성은 둥글어. 화성에 있는 유일한 도시의 이름은 피비야. 왜 그 도시를 피비라고 부르는지는 아무도 몰라.

심리학: (103) 엉크, 멍청한 개자식들의 큰 문제는 너무 멍청해서 똑똑함이 존재한다는 것 자체를 믿지 않는다는 거야.

의학: (73) 사람들이 여기, 화성이라는 곳에서 한 인간의 기억을 지운다고 해도 기억이 정말로 완전하게 지워지는 건 아니야. 기억의 한가운데만 지워진다고 봐야 해. 늘 구석에 많은 것이 남아. 그들이 몇몇 사람의 기억을 완전히 지워보려 했다는 이야기가 있긴 해. 그런 짓을 당한 가엾은 이들은 걸을 수도, 말할 수도 없었고 아무것도 할 수 없었어. 길들여서 기본적인 단어 천 개를 가르친 다음, 군대나 산업홍보부 쪽 일자리를 주는 것 말고는 그들을 어떻게 써야 할지 알아낸 사람은 아무도 없어.

짧은 이야기: (89) 엉크, 너와 가장 친한 친구는 스토니 스티븐

슨이야. 스토니는 덩치 크고 행복하고 강한 사람이고, 하루에 위스키를 1리터씩 마셔. 스토니는 머릿속에 안테나가 없고 자기한테 일어난 모든 일을 기억할 수 있어. 정찰병인 척하고 있지만 진짜 지휘관 중 한 명이야. 스토니는 지구의 영국이라는 곳을 공격할 돌격군 중대를 무선으로 통제해. 스토니는 영국에서 왔어. 스토니가 화성군을 좋아하는 이유는 웃을 이유가 많아서야. 스토니는 늘 웃어. 엉크, 네가 얼마나 얼빠진 놈인지 들은 스토니는 너희 병영으로 가서 너를 살펴봤어. 네 얘기를 들으려고 네 친구인 척했지. 엉크, 얼마쯤 지나자 너는 스토니를 믿게 됐고 화성에서의 삶이 다 무엇인지에 관한 네 비밀 이론을 조금 들려주었어. 스토니는 웃으려 했지만, 너 때문에 자기가 전혀 모르는 것들의 존재를 깨닫고 말았어. 원래대로라면 자기가 모든 것을 알고 너는 아무것도 몰라야 했으니, 그 사실을 극복할 수 없었어. 그때 네가 스토니한테 답을 알고 싶다며 중요한 질문들을 아주 많이 던져댔고 스토니는 그중 절반에 대해서만 답을 알았어. 스토니는 막사로 돌아갔고, 스토니가 답을 모르는 질문들이 그의 머릿속을 뱅뱅 돌았어. 그날 스토니는 술을 마시고 마시고 또 마셨는데도 잠들지 못했어. 스토니는 누군가 자신을 이용하고 있다는 걸 깨닫기 시작했지만 그게 누군지는 전혀 알 수 없었어. 심지어 애초에 화성군의 존재 이유조차 몰랐지. 화성이 왜 지구를 공격하려는지도 몰랐어. 스토니는 지구를 떠올리면 떠올릴수록 화성군이 이길 가능성은 지옥에서 눈뭉치가 녹지 않을 정도밖에 안 된다는 걸 깨달았어. 지구 대침공은 자살 행위가 확실했어. 스토니는 이 문제를 누구에게 이야기해야 할지 고민했지만 그럴 만한 사람은 너밖에 없었어, 엉크. 그래서 스토니는 해 뜨기 약 한 시간 전에 비틀거리며 침대에서 나와 네 막사로 몰래 들어간 뒤 너를 깨웠어, 엉크. 스토니는 화성에 관해 자기가 아는 모든 것을 너에게 말해줬어. 지금부터는 자기가 알아내는 모든 빌어먹을 것을 알려줄 테니, 너도 네가 알아내는 모든 빌어먹을 것을 알려줘야 한다고 했어. 그리고 시간이 날 때마다 둘이서 어딘가로 가서 퍼즐을 맞춰보자고 했지. 그리고 스토니는 너한테 위스키를 한 병 줬어. 너희 둘은 그 술을 마셨고, 스토니는 네가 자신의 빌어먹을 가장 친한 친구라고 했어. 자기가 화성에서 사귄 빌어먹을 유일한 친구라고 말했지. 늘 웃고 다니던 스토니가 울음을 터뜨렸고, 하마터면 네 침대 주위의 모든 사람을 깨울 뻔했어. 스토니는 너한테 보애즈를 조심하라고 한 다음 자기 막사로 돌아가 아기처럼 잠이 들었어.

• • •

짧은 이야기 이후로 이어지는 편지는 스토니 스티븐슨과 엉크로 이뤄진 비밀 정찰 팀의 능력을 증명하는 것이나 마찬가지였다. 그 이후로, 편지에 확실히 알아냈다고 적혀 있는 내용은 거의 스토니가 말하길, 네가 알아내길, 스토니가 너한테 말해주길, 네가 스토니한테 말하길, 너와 스토니가 어느 날 밤 소총 사격장에서 거나하게 취했는데, 너희 정신 나간 멍청이들이 생각하길 같은 문구로 시작됐다.

정신 나간 두 멍청이가 생각한 가장 중요한 사실은 화성에서 모든 것을 실제로 지휘하는 사람이 늘 커다란 개를 데리고 다니며 덩치 크고 상냥하며 미소 짓는, 노래하듯 말하는 남자라는 점이었다. 엉크에게 보낸 편지에 따르면 이 남자와 그의 개는 약 백 일에 한 번씩 화성군 진짜 지휘관들이 만나는 비밀회의에 나타났다.

편지를 쓴 사람도 아는 것이 없었기에 그 회의에 관한 내용은 적혀 있지 않았지만, 그 남자와 개는 윈스턴 나일스 럼포드와 우주 사냥개 카작이었다. 그들이 화성에 모습을 드러내는 건 비정기적으로 일어나는 일이 아니었다. 크로노-신클래스틱 인펀디뷸럼화된 럼포드와 카작의 출현은 핼리혜성처럼 예측 가능했다. 그들은 백십일 일에 한 번씩 화성에 나타났다.

• • •

엉크에게 보낸 편지에 적힌 내용은 다음과 같다. (155) 스토니가 말하길, 문제의 거물과 그의 개는 회의에 나타나 아래의 모든 사람을 압도해. 그 사람은 대단히 매력적인 인물이고, 회의가 끝날 때쯤에는 모두가 그 사람과 정확히 똑같은 방식으로 생각하려 해. 모든 사람이 가지고 있는 모든 아이디어가 그 사람한테서 나온 거야. 그 사람은 그냥 미소 짓고 또 미소 짓고, 특유의 매력적인 목소리로 노래하듯 말하고 또 말하며 모두를 새로운 아이디어로 가득 채워. 그러고 나면 회의에 참석한 모든 사람이 자기가 직접 떠올린 양 그 아이디어들을 전달해. 그 사람은 저먼 배트볼이라는 게임에 미쳐 있어. 아무도 그 사람 이름을 몰라. 누가 물으면 그냥 웃기만 해. 보통 낙하산 스키 해병대 제복을 입지만, 낙하산 스키 해병대의 진짜 지휘관은 비밀회의 때 말고는 그 사람을 본 적이 없는 게 분명하대.

• • •

(156) 오랜 친구 엉크. 엉크에게 보낸 편지에는 그렇게 적혀 있었다. 너와 스토니가 새로운 걸 알아낼 때마다 그 내용을 이 편지에 덧붙여. 이 편지를 잘 숨겨둬. 그리고 숨긴 장소를 바꿀 때마다 꼭 스토니에게 그곳이 어딘지 말해줘. 그러면 네가 병원에서 기억이 지워진대도 스토니가 어디서 기억을 다시 채워야 하는지 말해줄 수 있을 거야.

(157) 엉크, 네가 계속 나아가는 이유를 알아? 네가 계속 나아가는 이유는 너에게 배우자와 아이가 있기 때문이야. 화성에 그 둘 중 하나라도 있는 사람은 거의 없어. 네 배우자의 이름은 비야. 피비에 있는 숨리만호흡학교의 강사지. 네 아들의 이름은 크로노야. 크로노

는 피비에 있는 초등학교에 살아. 스토니 스티븐슨이 말하길, 크로노는 학교에서 가장 뛰어난 저먼 배트볼 선수래. 화성의 다른 모든 사람이 그렇듯 비와 크로노는 혼자 지내는 법을 배웠어. 그들은 널 그리워하지 않아. 절대 널 생각하지 않아. 하지만 넌 상상할 수 있는 가장 중요한 방식으로 그 사람들한테 네가 필요하다는 걸 증명해야 해.

(158) 엉크, 이 미친 개자식아, 난 널 사랑해. 난 네가 고양이 잠옷* 처럼 멋지다고 생각해. 네 가족을 모으고 우주선을 하나 슬쩍해서 평화롭고 아름다운 어딘가로, 구프볼을 먹지 않아도 살 수 있는 곳으로 날아가. 스토니도 데려가. 그곳에 정착하면, 누군지는 몰라도 모든 것을 만든 그자가 왜 이런 것들을 만들었는지 알아보는 데 다 함께 많은 시간을 쓰도록 해.

• • •

엉크가 읽을 편지의 남은 내용은 서명뿐이었다.

서명은 다른 페이지에 적혀 있었다.

서명이 있는 곳으로 페이지를 넘기기 전에, 엉크는 편지를 쓴 사람의 성격과 겉모습을 상상해보려 했다. 글쓴이는 겁이 없었다. 진실을 너무도 사랑했기에 자기가 가진 진실의 창고에 더

* cat's pajama. '매우 훌륭한 것'을 뜻하는 속어.

많은 진실을 집어넣기 위해 헤아릴 수 없이 큰 고통을 무릅썼다. 그는 엉크와 스토니보다 우월했다. 그는 둘의 체제 전복적인 활동을 사랑과 즐거움을 품고서 멀찍이서 지켜보고 기록했다.

엉크는 글쓴이가 흰 턱수염에 대장장이 같은 체격을 갖춘, 대단한 노인일 거라고 상상했다.

엉크는 페이지를 넘겨 서명을 읽었다.

난 진심으로 네 편이야가 서명 위로 느껴지는 감정이었다.

서명 자체가 페이지를 거의 꽉 채우고 있었다. 가로 6인치, 세로 2인치의 블록체 글자였다. 글자는 유치원생이나 쓸 법한 서체로 서툴게, 패기 있게, 검은색으로 꾹 눌러 적혀 있었다.

서명은 엉크의 것이었다.

엉크가 편지를 쓴 영웅이었다.

엉크가 기억이 지워지기 전에 자신에게 편지를 썼다. 그 서명은 가장 좋은 의미의 문학이었다. 그 서명이 엉크를 용기 있고 주의 깊으며 은밀히 자유로운 존재로 만들어주었으니까. 이 서

명은 힘든 시기마다 엉크를 그 자신의 영웅으로 만들어주었다.

엉크는 자기가 돌기둥에서 살해한 사람이 그의 가장 친한 친구였다는 걸, 스토니 스티븐슨이었다는 걸 몰랐다. 그 사실을 알았다면 자살했을지도 모른다. 하지만 운명은 여러 해 동안 그 끔찍한 사실로부터 엉크를 보호해주었다.

• • •

엉크가 자기 막사로 돌아와보니 정글용 칼과 총검이 듣기 싫은 끼익-끽 소리를 내며 연마되고 있었다. 모두가 칼날을 가는 중이었다.

사방에서 독특한 양처럼 온순한 미소가 보였다. 그 미소에서 드러나는 양들은 조건만 맞으면 기꺼이 살인을 저지를 수 있을 것 같았다.

방금 연대원들에게 최대한 서둘러 우주선으로 이동하라는 명령이 떨어졌다.

지구와의 전쟁이 시작됐다.

화성제국 특공대가 진격해, 이미 지구의 달에 있는 지구의 시설들을 없애버렸다. 특공대가 달에서 발사하는 로켓이 모든 주요 도시에 지옥의 맛을 보여주고 있었다.

그리고 지옥을 맛보는 사람들을 위한 만찬 음악으로, 화성의 라디오는 발광하는 가락으로 지구에 다음 메시지를 쏘아 보냈다.

갈색 사람, 흰색 사람, 노란색 사람—항복하지 않으면 죽음이다.

갈색 사람, 흰색 사람, 노란색 사람—항복하지 않으면 죽음이다.

6. 전시의 탈영병

"난 저먼 배트볼이 올림픽 종목이 아닌 이유를,
심지어 핵심 종목이 아닌 이유를 모르겠소."
—윈스턴 나일스 럼포드

병영에서 침공 함대가 자리잡은 평원까지는 6마일을 행군해 가야 했다. 행군 길은 화성의 유일한 도시인 피비의 북서쪽 모퉁이를 가로질렀다.

윈스턴 나일스 럼포드의 『초간단 화성 역사』에 따르면, 피비의 인구는 최대 팔만 칠천 명까지 이르기도 했다. 피비의 모든 사람과 구조물은 전쟁 노력과 직접적으로 연관돼 있었다. 피비의 노동자 대중은 군인들과 똑같은 방식으로, 두개골 속 안테나에 의해 통제됐다.

엉크의 중대는 현재 피비의 북서쪽 모퉁이를 가로질러 행군하고 있었다. 그들은 함대로 가는 연대의 한가운데에 있었다. 이제 군인들을 대열에 맞춰 움직이도록 하기 위해 안테나로 고통을 주는 일은 불필요해졌다. 지금 군인들은 전쟁의 열기에 사로잡혀 있었다.

그들은 행군하며 구호를 외쳤고, 무쇠 굽이 달린 군화로 무쇠 거리를 세차게 밟았다. 그들의 구호에서 피비린내가 났다.

공포, 비탄, 황량함이여……
헛, 텁, 스럽, 포!……
지구의 모든 나라에 오라!
헛, 텁, 스럽, 포!……
지구여 불을 먹어라! 지구여 사슬에 매여라!
헛, 텁, 스럽, 포!
지구의 영혼을 무너뜨리고, 지구의 뇌수를 쏟아라!
헛, 텁, 스럽, 포!
비명을! 텁, 스럽, 포!
피를! 텁, 스럽, 포!
죽음을! 텁, 스럽, 포!
파아아아아아아아아멸을.

피비의 공장들은 여전히 최대한도로 가동되고 있었다. 구호를 외치며 지나가는 영웅들을 보려고 거리를 한가롭게 돌아다니는 사람은 아무도 없었다. 안쪽의 눈부신 전등이 꺼졌다가 켜지면서 창문이 깜빡거렸다. 문은 금속을 부을 때 침처럼 튀기는, 연기 나는 노란색 빛을 토해냈다. 회전 숫돌의 비명이 군인들의 구호를 가로질렀다.

비행접시 석 대가, 푸른 정찰선들이 도시 위를 낮게 날아가며 노래하는 팽이처럼 달콤한 쉿 소리를 냈다. "안녕." 그들은 그렇게 노래하는 것 같았다. 비행접시들은 저 아래 화성의 둥근 표면이 점점 멀어져가는 가운데 직선 궤도로 빠르게 날아갔다. 눈 깜짝할 사이에 그들은 영원한 우주에서 깜빡이고 있었다.

• • •

"공포, 비탄, 황량함이여……" 군대가 연호했다.

하지만 한 군인은 소리를 내지 않은 채 입술만 움직이고 있었다. 그 군인은 엉크였다.

엉크는 중대 마지막에서 두번째 줄 첫번째 열에 있었다.

엉크는 바로 뒤에 선 보애즈의 시선 때문에 목이 따가웠다. 게다가 보애즈와 엉크는 둘 사이에 들고 있는 긴 원통형의 6인치 구경 포위 공격용 박격포 때문에 샴쌍둥이가 되어 있었다.

"피를! 텁, 스럽, 포!" 군대가 연호했다. "죽음을! 텁, 스럽, 포! 파아아아아아아아아멸을."

"엉크, 내 단짝." 보애즈가 말했다.

"응, 단짝?" 엉크가 멍하니 말했다. 그는 뒤얽힌 군인 벨트 사이에 터지지 않은 수류탄을 차고 있었다. 핀을 뽑은 것이었다. 엉크가 놓기만 하면 수류탄은 삼 초 안에 터질 터였다.

"내가 우리 몫으로 괜찮은 임무를 따왔어, 단짝." 보애즈가 말했다. "우리의 보애즈는 단짝을 챙기거든. 안 그래, 단짝?"

"그래, 단짝." 엉크가 말했다.

보애즈는 자신과 엉크가 함께 침략군 중대 모선에 타도록 상황을 만들었다. 중대 모선은 병참 전략에 따라 어쩌다 포위 공격용 박격포를 실어나르기는 해도, 본질적으로는 비전투 우주선이었다. 모선은 단 두 사람만 태우게 되어 있었다. 나머지 공간은 캔디와 스포츠용품, 음반, 통조림 햄버거, 보드게임, 구프볼, 탄산음료, 성경, 메모지, 이발 도구, 다리미판 등 사기 진작용 물품들로 채워졌다.

"운좋은 출발이지, 단짝? 모선에 타다니 말이야."

"운좋은 출발이네, 단짝." 엉크가 말했다. 그는 방금 지나가면서 하수도에 수류탄을 던졌다.

하수도 목구멍에서 물이 솟구쳐나오며 폭음이 일었다.

군인들이 거리로 몸을 던졌다.

중대의 진짜 지휘관인 보애즈가 가장 먼저 고개를 들었다. 그는 하수도에서 연기가 나오는 것을 보고 하수가스가 터졌으리라 생각했다.

보애즈는 주머니에 손을 집어넣고 버튼을 눌러 중대에게 다시 일어나라는 신호를 보냈다.

그들이 일어서자 보애즈도 일어섰다. "제기랄, 단짝." 그가 말했다. "우리가 불의 세례를 내렸나봐."

그는 포위 공격용 박격포 한쪽을 들어올렸다.

다른 쪽을 들어올릴 사람이 없었다.

엉크는 아내와 아들과 가장 친한 친구를 찾아 떠났다.

엉크는 납작하고, 납작하고, 납작하고, 납작한 화성의 언덕을 넘어갔다.

• • •

엉크가 찾는 아들의 이름은 크로노였다.

크로노는 지구 나이로 여덟 살이었다.

그의 이름은 태어난 달의 이름을 딴 것이었다. 화성의 한 해는 이십일 개월로 나뉘었고, 그중 열두 달은 삼십 일이었으며 아홉 달은 삼십일 일이었다. 달의 이름은 재뉴어리, 페브루어리, 마치, 에이프릴, 메이, 준, 줄라이, 어거스트, 셉템버, 옥토버, 노벰버, 디셈버, 윈스턴, 나일스, 럼포드, 카작, 뉴포트, 크로노, 신클래스틱, 인펀디뷸럼, 샐로였다.

기억하기 쉽게 말하자면,

샐로, 나일스, 준, 셉템버,

윈스턴, 크로노, 카작, 노벰버,

에이프릴, 럼포드, 뉴포트, 인펀디뷸럼은 삼십 일.

나머지는, 아가, 전부 삼십일 일이란다.

샐로 달은 윈스턴 나일스 럼포드가 타이탄에서 알게 된 어느 생명체의 이름을 딴 것이었다. 물론 타이탄은 토성의 위성으로 몹시 살기 좋은 곳이다.

타이탄에 있는 럼포드의 친구 샐로는 다른 은하에서 온 메시지 배달부였다. 타고 온 우주선 전력공급장치 부품이 고장나는 바람에 어쩔 수 없이 타이탄에 착륙하게 된 상황이었다. 그는 교체용 부품을 기다리고 있었다.

그는 이십만 년 동안 인내심 있게 기다리는 중이었다.

그의 우주선과 화성의 전쟁 노력은 모두 UWTB, 즉 '무언가가 되려는 우주적 의지Universal Will to Become'로 알려진 현상으로부터 전력을 공급받았다. UWTB는 아무것도 아닌 것에서 우주를 만들어내는 존재, 아무것도 아닌 것이 무언가가 되려 하도록 만드는 존재였다.

수많은 지구인들은 지구에 UWTB가 없는 것을 다행으로 여겼다.

인기 있는 엉터리 시의 표현을 빌리자면 다음과 같다.

윌리는 무언가가 되려는 우주적 의지를 찾아
풍선껌에 섞었지.
우주적 속임수로는 거의 돈을 벌지 못한다네.
가엾은 윌리의 새로운 은하수 여섯 개로는.

엉크의 아들 크로노는 여덟 살에 저먼 배트볼이라는 스포츠의 유망한 선수가 되었다. 크로노가 신경쓰는 건 저먼 배트볼뿐이었다. 저먼 배트볼은 화성의 주요 스포츠였다. 초등학교에서도, 군대에서도, 공장 노동자들의 휴식 공간에서도.

화성에는 아동이 쉰두 명밖에 없었으므로 초등학교도 피비 한복판에 하나뿐이었다. 그곳에 다니는 쉰두 명의 어린이 중 화성에서 잉태된 아이는 없었다. 모두가 지구에서 잉태되었거나, 크로노처럼 새로운 징집자들을 화성으로 실어나르는 우주선에서 잉태되었다.

화성사회에서는 아이들이 별로 필요하지 않았으므로 학교에 다니는 아이들은 거의 공부하지 않았다. 그들은 대부분의 시간을 저먼 배트볼을 하며 보냈다.

저먼 배트볼은 커다란 허니듀멜론 크기의 축 늘어진 공을 가지고 하는 게임이었다. 공은 빗물을 채운 10갤런짜리 중절모처럼 생기가 없었다. 이 스포츠는 야구와 비슷했다. 타자가 상대편 선수들이 있는 필드로 공을 친 뒤 베이스를 돌면 필드의 선수들은 공을 잡아 주자를 막아야 했다. 차이점은 저먼 배트볼에는 베이스가 1루, 2루, 홈 세 곳밖에 없다는 것이었다. 또 타자는 누군가가 던져주는 공을 치는 게 아니었다. 자신의 한쪽 주먹에 공을 올려놓고 다른 주먹으로 치는 것이었다. 주자가 베이스 사이를 달릴 때 필드의 선수가 주자를 공으로 맞히면 주자는 아웃되어 즉시 경기장을 떠나야 했다.

화성에서 저먼 배트볼이 매우 중요해진 원인은 당연하게도 화성의 모든 것의 원인인 윈스턴 나일스 럼포드였다.

하워드 W. 샘스는 저서 『윈스턴 나일스 럼포드, 벤저민 프랭클린, 레오나르도 다빈치』에서 저먼 배트볼이 럼포드가 어린 시절에 잘 알았던 유일한 팀 스포츠였음을 입증했다. 샘스는 럼포드가 어린 시절 가정교사인 조이스 매켄지에게서 그 스포츠를 배웠음을 밝혔다.

과거 뉴포트에서 보낸 럼포드의 어린 시절에 럼포드와 매켄지 씨, 집사 얼 몽크리프로 이뤄진 팀은 일본인 정원사인 와타나베 와타루와 정원사의 딸 베벌리 준 와타루, 그리고 반푼이 마구간지기 에드워드 수어드 달링턴으로 이뤄진 팀을 상대로 저먼 배트볼을 하곤 했다. 럼포드의 팀이 늘 이겼다.

• • •

화성군 역사상 유일한 탈영병인 엉크는 지금 헐떡이며 터키석 바위 뒤에 웅크린 채 무쇠 운동장에서 저먼 배트볼을 하는 학생들을 지켜보고 있었다. 바위 뒤에는 엉크가 방독면공장의 자전거 보관대에서 훔쳐온 자전거가 그와 함께 있었다. 엉크는 어떤 아이가 자기 아들인지, 크로노인지 몰랐다.

엉크의 계획은 모호했다. 그의 꿈은 아내와 아들, 가장 친한 친구를 한데 모아 우주선을 훔친 뒤 모두가 영원히 행복하게 살 수 있는 어딘가로 날아가는 것이었다.

"야, 크로노!" 운동장의 한 아이가 외쳤다. "네가 칠 차례야!"

엉크는 바위 너머 홈플레이트를 보았다. 타자로 나선 아이가 크로노, 그의 아들일 터였다.

• • •

엉크의 아들 크로노가 공을 치러 나왔다.

그는 나이에 비해 왜소했지만 어깨가 놀라울 정도로 남자다웠다. 아이의 머리카락은 칠흑처럼 검고 뻣뻣했다. 검고 뻣뻣한 머리카락은 반시계방향으로 격렬한 소용돌이를 그렸다.

아이는 왼손잡이였다. 공은 아이의 오른 주먹에 놓여 있었으며, 아이는 그 공을 왼 주먹으로 칠 준비를 하고 있었다.

아이의 눈은 아버지의 눈처럼 깊었다. 검은 이엉을 얹은 듯한 처마 아래에서 뜻을 알 수 없는 분노로 빛나고 있었다.

분노로 가득한 눈이 이쪽으로, 그다음엔 저쪽으로 깜빡였다. 그 움직임이 필드의 선수들을 불안하게 하고, 그들을 자기 위치에서 멀리 떨어지게 했다. 감히 끼어들려 했다가는 느리고 멍청한 공이 끔찍한 속도로 날아와 그들을 산산조각 내기라도 할 것처럼.

타석에 선 아이가 일으킨 경계심은 교사도 느끼고 있었다. 그녀는 저먼 배트볼 심판의 본래 자리인 1루와 2루 사이에 있었고 겁에 질려 있었다. 그녀는 이저벨 펜스터메이커라는 연약하고 늙은 여자였다. 나이는 일흔세 살로, 기억이 지워지기 전에는 여호와의 증인 신도였다. 덜루스에서 화성인 요원에게 『파수꾼』을 한 권 팔려다가 속아서 이곳으로 오게 됐다.

"자아, 크로노……" 그녀가 바보같이 웃으며 말했다. "알겠지만, 이건 그냥 스포츠란다."

하늘이 갑자기 백 대의 비행접시 편대로 어두워졌다. 화성 낙하산 스키 해병대의 핏빛 우주선들이었다. 우주선들이 일제히 쉭쉭거리며 천둥과 같은 음악을 뿜어내자 학교 창틀이 덜컹거렸다.

하지만 타석에 나선 어린 크로노가 저먼 배트볼을 얼마나 중요하게 생각하는지 보여주기라도 하듯 아이들 중 고개를 들어 하늘을 본 아이는 한 명도 없었다.

필드의 선수들과 펜스터메이커 선생을 신경쇠약에 걸리기 일보 직전으로 만들어놓은 어린 크로노는 이제 공을 발 옆에 내려놓은 뒤 주머니에서 행운의 증표인 금속 조각을 꺼냈다. 그는 행운을 빌며 그 금속 조각에 입을 맞추고 조각을 다시 주머니에 집어넣었다.

그런 다음 그는 갑자기 다시 공을 집어들고 세찬 후욱 소리와 함께 공을 친 다음 재빨리 베이스를 돌았다.

필드의 선수들과 펜스터메이커 선생은 공이 벌겋게 달아오른 대포알이라도 되는 양 몸을 피했다. 공이 알아서 멈추자 필드의 선수들은 일종의 의례적인 서툰 동작으로 공을 따라갔다. 분명 그들이 기울이는 노력은 크로노를 공으로 맞히지 않는 것, 그를 아웃시키지 않는 것에 초점이 맞춰져 있었다. 필드의 모든 선수가 마치 짜기라도 한 것처럼 무력한 적의 모습을 연출함으로써 크로노의 명예를 드높이려 했다.

분명 크로노는 아이들이 화성에서 본 가장 영예로운 존재였다. 그들이 누리는 모든 영예가 크로노와의 관계에서 비롯되었다. 그들은 크로노의 영예가 더욱 높아지도록 하기 위해서라면 무엇이든 할 터였다.

어린 크로노는 녹 가루를 구름처럼 일으키며 홈으로 미끄러져들어왔다.

필드의 선수 한 명이 그에게 공을 던졌다. 너무 늦었다, 너무 늦었다, 너무 심하게 늦었다. 필드의 선수는 의례적으로 운이 나빴다며 욕설을 했다.

어린 크로노는 일어서서 몸의 먼지를 털더니 다시 행운의 조각에 입을 맞추고 또 한번 홈런을 치게 해준 그 조각에 감사했다. 그는 자신의 모든 힘이 행운의 조각에서 나온다고 단단히 믿었다. 학교 친구들도 마찬가지였다. 비밀이지만 펜스터메이커 선생도 그렇게 믿었다.

행운의 조각의 역사는 다음과 같다.

어느 날, 펜스터메이커 선생이 학생들을 데리고 화염방사기 공장으로 견학을 갔다. 공장 관리인은 아이들에게 화염방사기 제작의 모든 단계를 설명해주고, 그들이 어른이 되면 몇 명이라도 이곳에서 일해주기를 바란다고 했다. 견학이 끝날 때쯤 포장 부서에서 관리인의 발목이 소용돌이형 철사에 엉켜버렸다. 포장된 화염방사기를 단단히 조이는 데 사용하는 끈이었다.

소용돌이형 철사는 부주의한 노동자가 공장 복도에 던져놓은 것으로 끝이 삐죽삐죽했다. 관리인은 발목을 긁히고 바지를 찢긴 뒤에야 철사에서 풀려나올 수 있었다. 이때 그는 그날 아이들이 본 것 중 진정으로 이해할 만한 첫번째 시범을 보였다. 그는 소용돌이형 철사에 불같이 화를 냈다. 이해할 만한 행동이었다.

그는 소용돌이형 철사를 짓밟았다.

그런 다음 철사가 그를 다시 물어뜯으려 하자 그걸 낚아채더니 커다란 가위를 가지고서 4인치 길이로 잘게 잘라버렸다.

아이들은 한껏 고무되고 짜릿해하며 만족감을 느꼈다. 그리고 포장 부서를 떠날 때, 어린 크로노는 4인치짜리 조각 하나를 주워 주머니에 슬쩍 집어넣었다. 그 조각은 구멍이 두 개라는 점에서 다른 조각들과 달랐다.

이것이 크로노의 행운의 조각이었다. 그 조각은 크로노의 오른손과 같았다. 말하자면 크로노의 신경계가 철사까지 연장된 것이나 마찬가지였다. 그 조각을 건드리는 건 크로노를 건드리는 것이었다.

• • •

탈영병 엉크는 터키석 바위 뒤에서 일어나 힘차게 거들먹거리며 교정으로 걸어들어갔다. 그는 제복의 모든 휘장을 뜯어냈다. 그러자 특정 집단에 매이지 않으면서도 공무를 수행하는 군인 같은 모습이 되었다. 그는 탈영 전에 들고 다니던 모든 장비 중에서 오직 정글용 칼과 마우저 단발총, 수류탄 한 개만 가지고 있는 상태였다. 그는 이 세 가지 무기를 바위 뒤에, 훔친 자전거와 함께 보관해놓았다.

엉크는 펜스터메이커 선생에게 성큼성큼 다가갔다. 그는 공무상의 이유로 어린 크로노를 당장 면담하고 싶다고 말했다. 비밀리에 말이다. 그는 펜스터메이커 선생에게 자기가 아이의 아버지라는 얘기는 하지 않았다. 아이의 아버지라고 무슨 권리가 생기는 건 아니었다. 공식 조사관에게만 아이에게 물어보고 싶은 모든 것을 물어볼 권리가 있었다.

가엾은 펜스터메이커 선생은 쉽게 속았다. 그녀는 자기 사무실에서 아이를 면담하게 해주겠다고 했다.

펜스터메이커 선생의 사무실은 채점 전인 숙제로 꽉 차 있었는데, 그 숙제 중 일부는 오 년이나 묵은 것이었다. 그녀는 일이 몹시 밀린 상태였다. 너무 밀려 있어서 채점을 끝낼 때까지는 학교 일을 보지 않겠다고 업무 유예를 선언한 상태였다. 일부 서류 더미는 쓰러져 빙하가 되었다. 그 빙하가 책상 밑으로, 복도로, 그녀의 개인 화장실로 뻗어나갔다.

펜스터메이커 선생의 열려 있는 서랍 두 개짜리 서류 보관장에는 수집한 돌덩이들이 가득했다.

펜스터메이커 선생의 안부를 확인하러 오는 사람은 아무도 없었다. 아무도 신경쓰지 않았다. 그녀는 우리은하 태양계 지구 미합중국 미네소타주 교사 자격증을 가지고 있었으며 중요한 건 그것뿐이었다.

엉크는 아들과 면담하기 위해 펜스터메이커 선생의 책상에 자리잡았고, 크로노는 엉크 앞에 서 있었다. 서 있겠다는 건 크로노의 바람이었다.

엉크는 할말을 미리 생각하다가 별 뜻 없이 펜스터메이커 선생의 책상 서랍을 열고 그 서랍들도 돌덩이들로 가득차 있다는 걸 알게 되었다.

어린 크로노는 영민하면서도 적대감에 차 있었으며 엉크보다 먼저 할말을 생각해냈다. "헛소리." 그가 말했다.

"뭐라고?" 엉크가 말했다.

"당신이 무슨 말을 하든 헛소리라고요." 여덟 살짜리 아이가 말했다.

"왜 그렇게 생각해?" 엉크가 말했다.

"모두가 하는 모든 말이 헛소리니까요." 크로노가 말했다. "아무튼, 내가 무슨 생각을 하든 무슨 상관이에요? 내가 열네 살이 되면 당신들이 내 머릿속에 그 물건을 집어넣을 테고, 그러면 난 어쨌든 당신이 원하는 일은 뭐든 하게 될 텐데."

크로노는 열네 살이 될 때까지 아이들의 머릿속에는 안테나가 이식되지 않는다는 이야기를 하는 것이었다. 두개골 크기 때문이었다. 아이들은 열네 살 생일을 맞으면 수술을 받기 위해 병원으로 보내졌다. 그곳에서 머리를 깎였다. 의사와 간호사들이 성인이 되었다며 아이를 놀렸다. 아이는 휠체어를 타고 수술

실로 들어가기 전에 가장 좋아하는 아이스크림이 무엇이냐는 질문을 받았다. 수술을 받고 깨어나면 바로 그 아이스크림이 담긴 커다란 접시가 아이를 기다리고 있었다. 메이플월넛이든, 버터크런치든, 초콜릿칩이든, 뭐든.

"네 엄마도 헛소리만 하니?" 엉크가 말했다.

"마지막으로 병원에 갔다가 돌아온 뒤부터는요." 크로노가 말했다.

"아빠는?" 엉크가 말했다.

"아빠에 대해서는 아무것도 몰라요." 크로노가 말했다. "관심없어요. 아빠도 다른 사람들처럼 헛소리뿐이니까."

"헛소리뿐이지 않은 사람은 누구야?" 엉크가 말했다.

"난 헛소리뿐이지 않아요." 크로노가 말했다. "나뿐이죠."

"가까이 오렴." 엉크가 말했다.

"왜 그래야 하는데요?" 크로노가 말했다.

"내가 아주 중요한 걸 귓속말로 알려줄 생각이니까."

"과연 그럴까." 크로노가 말했다.

자리에서 일어난 엉크는 책상을 돌아 크로노에게 간 뒤 아이의 귀에 속삭였다. "내가 네 아빠란다, 얘야!" 이 말을 할 때 엉크의 심장이 도난경보기처럼 울렸다.

크로노는 꿈쩍도 하지 않았다. "그래서 뭐요?" 크로노는 돌처럼 차갑게 말했다. 그는 아버지를 조금이라도 중요한 존재로 생각해야 한다는 지시를 받은 적도 없었고, 아버지를 중요하게 생각하는 다른 사람의 사례를 본 적도 없었다. 화성에서 그 단어는 감정적으로 무의미했다.

"난 널 데리러 왔어." 엉크가 말했다. "우린 어떻게든 여기서 빠져나갈 거야." 엉크는 아이를 부드럽게 흔들었다. 아이를 조금이라도 끓어오르게 만들고 싶었다.

크로노는 엉크의 손이 거머리라도 된다는 듯 자기 팔에서 아버지의 손을 떼어냈다. "빠져나가서 뭐하게요?" 그가 말했다.

"살아야지!" 엉크가 말했다.

아이는 아버지를 뜨뜻미지근하게 훑었다. 처음 보는 사람에게 운을 걸 만한 단 한 가지 그럴싸한 이유를 찾으려는 것이었다. 크로노는 주머니에서 행운의 조각을 꺼내 두 손바닥으로 비볐다.

행운의 조각이 부여한 가공의 힘이 크로노를 아무도 믿지 않을 만큼, 지금까지 그랬듯 앞으로도 화가 난 채 혼자서 살아갈 만큼 강하게 만들어주었다. "지금도 살고 있는데요." 크로노가 말했다. "잘 지내요." 그가 말했다. "지옥에나 가시죠."

엉크는 한 걸음 물러났다. 입꼬리가 축 처졌다. "지옥에나 가라고?" 그가 나지막하게 말했다.

"난 모든 사람에게 지옥에나 가라고 해요." 아이가 말했다. 친절하게 굴려는 노력이었다. 하지만 이런 노력에 즉시 지쳐버리고 말았다. "이제 나가서 배트볼 해도 돼요?"

"아버지한테 지옥에나 가라고 한단 말이야?" 엉크가 웅얼거렸다. 이 질문이 엉크의 텅 빈 기억을 거슬러 메아리친 끝에 손 닿지 않는 구석에 이르렀다. 그곳에 그 자신의 낯선 어린 시절이 여전히 살아 있었다. 그 낯선 어린 시절 내내 엉크는 그를 보고 싶어하지도, 그의 사랑을 원하지도 않았던 아버지를 마침내 만나 사랑하는 상상을 했다.

"난…… 나는 여기에 오려고, 너를 찾으려고 탈영했어." 엉크가 말했다.

아이의 눈에 흥미가 반짝이다가 잦아들었다. "잡히겠네요." 그가 말했다. "다들 잡혀요."

"난 우주선을 훔칠 거야." 엉크가 말했다. "너랑 엄마랑 내가 그 우주선을 타고 함께 날아갈 거야!"

"어디로요?" 아이가 말했다.

"어딘가 좋은 곳으로!" 엉크가 말했다.

"어딘가 좋은 곳이 어딘지 말해봐요." 크로노가 말했다.

"모르겠어. 찾아봐야지!" 엉크가 말했다.

크로노는 딱하다는 듯 고개를 저었다. "미안해요." 그가 말했다. "내가 보기에 당신은 자기가 하는 말이 무슨 뜻인지도 모르는 것 같아요. 사람만 수없이 죽이게 될걸요."

"여기서 지내고 싶어?" 엉크가 말했다.

"난 여기도 괜찮아요." 크로노가 말했다. "이제 나가서 배트볼

해도 돼요?"

엉크는 흐느꼈다.

그의 흐느낌에 아이는 혐오감을 느꼈다. 아이는 남자가 흐느끼는 모습을 한 번도 본 적이 없었다. 자기가 흐느낀 적도 없었다. "나가서 놀래요!" 아이는 사납게 소리지르더니 사무실에서 뛰쳐나갔다.

엉크는 사무실 창문으로 다가갔다. 무쇠 운동장을 내다보았다. 이번에는 어린 크로노의 팀이 방어할 차례였다. 팀원들과 어우러진 어린 크로노가 엉크에게 등을 돌리고 있는 타자를 마주보았다.

크로노는 행운의 조각에 입을 맞추고 그것을 주머니에 넣었다. "살살 해, 얘들아." 크로노가 쉰 목소리로 소리쳤다. "어서, 이 자식들아. 죽여버리자!"

• • •

엉크의 짝인 어린 크로노의 어머니는 징집자들을 위한 슐리만호흡학교의 강사였다. 물론 슐리만 호흡법은 인간이 진공상태나 생존하기 어려운 대기에서 헬멧 등 거추장스러운 호흡용 장비를 사용하지 않고도 살아남을 수 있게 해주는 기술이었다.

기본적으로 이 호흡법은 산소가 풍부하게 들어 있는 알약을 먹는 방법이었다. 폐가 아니라 소장의 벽을 통해 혈액에 산소가 공급됐다. 화성에서 이 알약은 공식적으로 전투용 배급 공기라고 알려져 있었고, 흔히 구프볼이라고 불렀다.

슐리만 호흡법이 가장 간단하게 쓰이는 곳은 화성의 대기처럼 무용하나 유독성 물질은 없는 곳이었다. 대기에는 폐로 빨아들일 산소가 없지만, 호흡하는 사람은 통상적인 방법으로 계속 숨을 쉬고 이야기한다. 정기적으로 구프볼을 먹는 것만 기억하면 된다.

엉크의 짝이 강사로 일하는 학교에서는 징집자들에게 진공상태나 유독성 대기 등에서 필요한, 보다 어려운 기술을 가르쳤다. 여기에는 알약을 먹는 것뿐 아니라 귓구멍과 콧구멍을 막고 입을 다무는 것까지 포함됐다. 말을 하거나 숨을 쉬려는 모든 노력은 출혈과 죽음으로 이어질 터였다.

엉크의 짝은 징집자들을 위한 슐리만호흡학교의 여섯 강사 중 한 명이었다. 그녀의 교실에는 가구도, 창문도 없었다. 넓이 30제곱피트에 흰 페인트로 칠해져 있었다. 벽을 따라 벤치가 놓여 있었다.

가운데 탁자에는 구프볼 그릇, 귀마개와 코마개 그릇, 반창고 두루마리, 가위, 작은 테이프녹음기가 있었다. 녹음기는 가만히 앉아서 자연스러운 수순이 진행되는 동안 인내심 있게 기다리는 것 말고는 할일이 아무것도 없는 기나긴 시간에 음악을 틀어주기 위해서였다.

지금이 바로 그런 시간이었다. 학생들은 방금 구프볼을 투여받았다. 이제 그들은 벤치에 조용히 앉아 음악을 들으며 구프볼이 소장에 이르기를 기다려야 했다.

연주되는 곡은 최근 지구 방송에서 무단으로 따온 것이었다. 지구에서 크게 히트한 그 노래는 소년과 소녀 한 명, 대성당 종소리로 이뤄진 삼인조가 불렀다. 〈하느님은 우리의 인테리어 장식가〉라는 곡이었다. 소년과 소녀가 가사를 번갈아 부르다가 합창에 돌입하여 밀집화성을 이뤘다.

종교적인 성격의 무언가가 언급될 때마다 대성당 종이 뎅그렁뎅그렁 울렸다.

징집자는 열일곱 명이었다. 모두 새로 배급받은 이끼색 팬티 차림이었다. 그들의 옷을 벗긴 목적은 강사가 힐끗 보기만 해도 슐리만 호흡법으로 인한 그들의 신체 외부 반응을 파악할 수 있도록 하기 위해서였다.

징집자들은 화성군훈련소병원에서 기억상실 치료와 안테나 이식을 막 받은 터였다. 모두 머리가 깎여 있었고 정수리부터 목덜미까지는 반창고가 길게 붙어 있었다.

반창고를 보면 안테나가 삽입된 자리를 알 수 있었다.

징집자들의 눈은 버려진 직물공장의 창문처럼 텅 비어 있었다.

강사의 눈도 마찬가지였다. 그녀도 최근에 기억을 청소당했기 때문이다.

그녀를 퇴원시킬 때 병원에서 그녀의 이름이 무엇이고 사는 곳이 어디이며 슐리만 호흡법을 가르치는 방법이 무엇인지 알려주었다. 병원에서 그녀에게 준 사실 정보는 그게 거의 전부였다. 다른 항목이 하나 더 있기는 했다. 그들은 그녀에게 크로노라는 이름의 여덟 살짜리 아들이 있으며 원한다면 화요일 저녁마다 학교로 아이를 만나러 갈 수 있다고 말했다.

강사의 이름, 그러니까 크로노의 엄마이자 엉크의 짝의 이름은 비였다. 그녀는 이끼색 운동복에 흰 운동화를 신었고 목에는 호루라기가 달린 체인과 청진기를 걸고 있었다.

운동복에는 그녀의 이름이 적혀 있었다.

그녀는 벽에 걸린 시계를 보았다. 아무리 느린 소화기관이라도 구프볼을 소장으로 전달하기에 충분한 시간이 지났다. 그녀는 자리에서 일어나 녹음기를 끄고 호루라기를 불었다.

"집합!" 그녀가 말했다.

징집자들은 아직 기초 군사훈련을 받지 않았으므로 대열을 맞춰 집합하지 못했다. 바닥에는 징집자들이 들어가서 서면 보기 좋게 오와 열을 맞출 수 있는 정사각형들이 그려져 있었다. 텅 빈 눈의 징집자 몇 명이 같은 정사각형으로 허둥지둥 움직이는 바람에 의자 앉기 놀이와 비슷한 상황이 벌어졌다. 시간이 지나자 각자가 자신의 정사각형을 찾았다.

"좋습니다." 비가 말했다. "마개를 가져가서 귀와 코를 막아주세요."

징집자들의 땀이 흥건한 주먹에는 귀마개와 코마개가 쥐어져 있었다. 그들은 코와 귀를 막았다.

이제 비는 징집자들을 차례로 돌아보며 모두의 귀와 코가 막혀 있는지 확인했다.

"좋습니다." 검사를 마친 그녀가 말했다. "아주 좋아요." 그녀가 말했다. 그녀는 탁자에서 반창고 두루마리를 집어들었다. "이제 내가 여러분에게 전투용 배급 공기, 곧 여러분이 부르게 될 군대식 명칭으로 구프볼만 있다면 폐를 전혀 쓸 필요가 없다는 걸 증명하겠습니다." 그녀는 줄지어 선 사람들 사이를 오가며 반창고를 길게 뜯어 징집자들의 입을 봉했다. 아무도 반대하지 않았다. 그녀가 그 일을 마치고 나면 그 누구에게도 반대하는 소리를 낼 만한 구멍이 남지 않았다.

그녀는 시간을 확인하고 다시 음악을 틀었다. 이후 이십 분 동안은 벌거벗은 몸의 색깔 변화와 밀봉되어 아무 쓸모가 없어진 폐가 죽어가면서 일어나는 경련을 지켜보는 것 말고는 아무것도 할일이 없었다. 이상적인 경우 신체는 이십 분 안에 파랗게 변했다가 붉게 변한 다음 다시 자연스러운 색깔로 돌아왔다. 그리고 가슴 부분은 격렬하게 떨리다가 이내 포기하고 고요해졌다.

이십 분의 시련이 끝나면 모든 징집자가 폐호흡이 얼마나 불

필요한 것인지 알게 될 터였다. 이상적인 경우 모든 징집자는 강의가 끝난 뒤 자신과 구프볼에 너무도 큰 자신감을 느낀 나머지 자기가 어디로 뛰어드는 건지 찰나도 고민하지 않은 채 우주선에서 뛰쳐나가 지구의 달에든, 지구의 깊은 바다에든 뛰어들 준비가 되곤 했다.

비는 벤치에 앉았다.

그녀의 아름다운 눈에는 그늘이 져 있었다. 그녀가 병원에서 나온 뒤에 생긴 그 그늘은 하루가 지날수록 더 짙어졌다. 병원에서는 비에게 하루가 지날수록 점점 더 평온해지고 능력이 상승할 거라고 약속했다. 그리고 어떤 우연에 따라 그렇지 않다는 걸 깨닫는다면, 병원에 알려 더 많은 도움을 받아야 한다고도 말했다.

"우리 모두 때때로 도움이 필요하죠." 모리스 N. 캐슬 박사가 말했다. "부끄러워할 일이 아닙니다. 언젠가는 나한테 당신의 도움이 필요할지도 몰라요, 비. 난 망설이지 않고 도움을 청할 겁니다."

그녀는 슐리만 호흡법에 관해 쓴 아래의 소네트를 상관에게 보여준 뒤 병원으로 보내졌다.

공기와 습기를 전부 차단하고

모든 구멍을 봉인한다.

구두쇠가 주먹을 쥐듯 목구멍을 조이고
생명을 몸안에 가둬둔다.
내쉬고, 들이쉬고, 더이상은 아니다.
호흡은 온순한 이들을 위한 것이니
죽음의 우주로 날아오를 때는
말하지 않도록 주의하라.
슬픔이나 기쁨에 빠진다면
그저 눈물로 신호하라.
그대 안에 갇혀 있는 영혼과 심장에
언어와 공기를 더하라.
모든 인간은 우리가 떠도는
생명 없는 우주에 있는 섬.
그렇다, 모든 인간은
요새와 같은, 집과 같은 섬.

이 시를 썼다는 이유로 병원에 보내진 비는 강인한 얼굴의 소유자였다. 광대뼈가 높고 오만해 보였다. 그녀는 놀라울 정도로 인디언 전사처럼 보였다. 하지만 그런 말을 하는 사람은 누구든 그녀가 어쨌든 꽤 아름답다고 재빨리 덧붙여야 했다.

이때 누군가 비의 교실 문을 빠르게 두드렸다. 비는 다가가 문을 열었다. "네?" 그녀가 말했다.

인적 없는 복도에는 제복 차림에 얼굴이 붉게 달아오른 채 땀을 흘리는 남자가 서 있었다. 제복에는 아무 배지도 없었다. 남자가 등에 매고 있는 건 소총이었다. 그는 눈이 푹 꺼져 있었고 엉큼해 보였다. "메시지를 전하러 왔습니다." 그가 퉁명스럽게 말했다. "비에게 전하는 메시지입니다."

"내가 비예요." 비가 불안해하며 말했다.

메시지 배달부는 그녀를 위아래로 훑었다. 그 눈길에 비는 발가벗겨진 기분이 들었다. 그는 몸에서 열기를 뿜어냈고, 그 열기가 그녀를 숨막히게 둘러쌌다.

"날 알아보겠어요?" 그가 속삭였다.

"아뇨." 그녀가 말했다. 그의 질문에 비는 조금 마음이 놓였다. 전에 이 사람과 함께 일한 적이 있는 모양이었다. 그렇다면 이 남자도, 그가 방문했다는 사실도 일상적인 일인 듯했다. 그러다가 병원에 가는 바람에 이 남자나 그와 함께했던 일과를 잊어버린 것뿐이다.

"나도 기억나지 않아요." 그가 속삭였다.

"난 병원에 있었어요." 그녀가 말했다. "기억을 청소해야 했거든요."

"목소리 낮춰요!" 그가 날카롭게 말했다.

"뭐라고요?" 비가 말했다.

"귓속말로 해요!" 그가 말했다.

“미안해요.” 그녀가 목소리를 낮췄다. 이 특정한 일을 처리하기 위해 목소리를 낮추는 것도 일상의 일부인 게 틀림없었다. “너무 많은 걸 잊어서요.”

“우리 모두가 그래요!” 그가 화를 내며 낮은 목소리로 말했다. 그는 다시 복도 이쪽저쪽을 살폈다. “당신이 크로노의 엄마죠?” 그가 속삭였다.

“네.” 그녀가 속삭였다.

이제 낯선 메시지 배달부는 그녀의 얼굴에 시선을 집중했다. 그는 숨을 깊이 들이쉬었다가 한숨을 쉬며 인상을 쓰고…… 자주 눈을 깜빡였다.

“무슨…… 무슨 메시지죠?” 비가 속삭였다.

“메시지는 이겁니다.” 메시지 배달부가 속삭였다. “내가 크로노의 아빠예요. 방금 군대에서 탈영했죠. 내 이름은 엉크입니다. 난 당신과 나, 크로노, 나의 가장 친한 친구가 여기에서 탈출할 방법을 찾아낼 거예요. 아직 방법은 모르겠지만, 내가 알리자마자 출발할 수 있도록 준비해둬요!” 그는 그녀에게 수류탄을 건넸다. “이걸 어딘가에 숨겨요.” 그가 속삭였다. “때가 오면 필요할지 몰라요.”

복도 저쪽 끝의 접수처에서 흥분한 고함소리가 들렸다.

“비밀 메시지를 전하러 왔다고 했습니다!” 어떤 남자가 소리쳤다.

“돼지 눈깔도 아니고, 그놈이 메시지나 전할 것처럼 보여?” 다른 남자가 외쳤다. "그자는 전시 탈영병이야! 누굴 만나러 왔다던가?"

"말 안 했어요. 일급 기밀이라던 걸요!"

호루라기 소리가 울렸다.

"너희 여섯은 날 따라와!" 남자가 소리쳤다. "방을 하나씩 수색한다. 나머지는 외곽을 포위하도록!"

엉크는 비와 그녀가 들고 있던 수류탄을 교실 안으로 밀어넣고 문을 닫았다. 그는 소총을 풀어 귀마개와 코마개를 낀 채 반창고를 붙이고 있는 징집자들을 겨누었다. "눈이라도 한 번 마주치면, 너희 중 한 명이라도 이상한 행동을 하면," 그가 말했다. "다 죽는 거야."

각자 배정받은 바닥의 정사각형 안에 빳빳하게 서 있던 징집자들은 아무 반응을 보이지 않았다.

그들은 퍼렇게 질려 있었다.

가슴이 떨렸다.

그들의 의식은 전부 십이지장에서 녹아가는 작고 희고 생명을 주는 알약의 영역에 집중되어 있었다.

"어디 숨으면 되죠?" 엉크가 말했다. "어떻게 나가요?"

비는 대답할 필요가 없었다. 숨을 곳은 없었다. 복도로 나가는 문을 제외하면 출구도 없었다.

할일은 한 가지뿐이었고 엉크는 그 일을 했다. 그는 이끼색 팬티만 남기고 옷을 벗은 뒤 소총을 벤치 아래에 숨기고 귓구멍과 콧구멍에 마개를 꽂고서 입에 반창고를 붙인 다음 징집자들 사이에 섰다.

그의 머리도 징집자들의 머리처럼 빡빡 깎여 있었다. 또한 정수리에서 목덜미까지 반창고가 길게 붙어 있었다. 그가 너무도 형편없는 군인이었기에, 병원 의사들이 그의 머리를 열어 그의 안테나가 오작동하고 있는 건 아닌지 확인했기 때문이었다.

• • •

비는 마법에 걸린 것처럼 침착하게 방을 살폈다. 그녀는 엉크가 준 수류탄을 한 송이 완벽한 장미가 꽂힌 꽃병처럼 들고 있었다. 그런 다음 엉크가 소총을 숨겨둔 자리로 가 그 옆에 수류탄을 놓았다. 깔끔하게, 타인의 소유물을 적절히 존중하면서.

그런 뒤 그녀는 탁자의 자기 자리로 돌아왔다.

그녀는 엉크를 쳐다보지도, 그에게서 일부러 시선을 돌리지도 않았다. 병원에서 말해준 대로였다. 그녀는 몹시, 너무도 아팠고, 오직 일에만 집중하며 다른 사람들에게 생각과 걱정을 맡기지 않으면 다시 한번 몹시, 너무도 아파질 터였다. 그녀는 어떤 대가를 치르더라도 평정심을 유지해야 했다.

방마다 다니며 수색하는 남자들이 고함치는 거짓 경보가 천천히 가까워지고 있었다.

비는 아무것도 걱정하지 않기로 했다. 엉크는 징집자들 사이에 자리를 잡음으로써 일종의 암호로 축소되었다. 비는 전문가의 시선으로 그를 보다가 엉크의 몸이 새파란색이 아니라 청록색으로 변해가는 것을 알아차렸다. 엉크가 몇 시간 동안 구프볼을 먹지 않았다는 뜻일 수 있었다. 그렇다면 그는 곧 쓰러질 것이다.

그가 쓰러지도록 내버려두는 것이야말로 그가 제기한 문제를 가장 평화롭게 해결하는 방법이 틀림없었고, 비는 다른 무엇보다도 평화를 원했다.

그녀는 엉크가 자기 아이의 아버지라는 점을 의심하지 않았다. 인생은 그런 식이었으니까. 하지만 그녀는 그가 기억나지 않았다. 다음번에 그를 만나면 알아볼 수 있도록 굳이 그를 자세히 살펴볼 생각도 들지 않았다. 다음번이 있을지조차 모르겠지만. 그녀에게 엉크는 아무 쓸모도 없었다.

그녀는 엉크의 몸이 이제 거의 초록색이 되었다는 걸 알아차렸다. 그녀의 진단이 맞았다는 뜻이었다. 엉크는 어느 순간에라도 쓰러질 수 있었다.

비는 공상에 잠겼다. 빳빳한 흰 드레스를 입고 흰 장갑을 끼고 흰 신발을 신고서, 자신만의 흰 조랑말을 데리고 있는 어린 소녀에 관한 공상이었다. 비는 그토록 깨끗한 모습의 소녀가 부러웠다.

비는 그 소녀가 누군지 궁금했다.

엉크는 소리 없이, 뱀장어가 담긴 자루처럼 힘없이 쓰러졌다.

• • •

엉크가 눈을 떠보니 우주선 안 침대에 누워 있었다. 선실의 불빛이 눈부셨다. 엉크는 고함을 지르려 했지만 심한 두통에 입을 다물었다.

그는 힘겹게 일어선 다음 취한 사람처럼 침상의 파이프 기둥에 매달렸다. 그는 혼자였다. 누군가 그에게 다시 제복을 입혀 놓았다.

처음에 그는 자기가 영원한 우주로 발사된 모양이라고 생각했다.

하지만 그때, 바깥으로 통하는 에어로크가 열려 있는 것이 보였다. 바깥은 단단한 땅이었다.

엉크는 에어로크를 통해 밖으로 나와 구토했다.

그는 고개를 들고 눈물이 고인 눈으로 자기가 여전히 화성처럼 보이는 곳, 혹은 화성과 매우 비슷한 곳에 있음을 확인했다.

밤이었다.

무쇠 평원에는 대오를 맞춰 선 우주선들이 못처럼 드문드문 솟아 있었다.

엉크가 지켜보는 가운데 5마일에 달하는 우주선 대열이 대형에서 날아올라 듣기 좋은 소리를 내며 우주로 떠났다.

개 한 마리가 짖었다. 거대한 청동 징 소리처럼 들렸다.

그러더니 어둠으로부터 개가, 호랑이처럼 크고 무시무시한 개가 천천히 달려나왔다.

“카작!” 어둠 속의 한 남자가 소리쳤다.

개는 그 명령을 듣고 멈춰 섰지만 엉크를 경계하며 버텼다. 그래서 놈의 길고 축축한 송곳니에 위협을 느낀 엉크는 우주선에 몸을 바짝 붙이고 서 있을 수밖에 없었다.

개 주인이 나타났다. 손전등 불빛이 그의 몸 앞에서 춤을 췄다. 남자가 다가와 엉크와 몇 야드 떨어진 곳에서 멈추더니 손전등을 턱밑에 비췄다. 대조를 이루는 빛줄기와 그림자 때문에 그의 얼굴이 악마처럼 보였다.

“안녕하시오, 엉크.” 그가 말했다. 그는 손전등을 끄고 우주선에서 흘러나오는 빛에 자기 몸이 드러나도록 한쪽으로 걸음을 옮겼다. 그는 덩치가 크고 어딘지 부드러워 보였으며 놀라울 정도로 확신에 차 있었다. 그는 피처럼 붉은 제복에, 낙하산 스키 해병대의 스퀘어토 군화를 신고 있었다. 검은색과 황금색으로 이뤄진 1피트 길이의 단장短杖을 들고 있을 뿐 무장은 하지 않았다.

“오랜만이오.” 그가 말했다. 그는 아주 작게, 입꼬리를 올리며 미소 지었다. 목소리는 목구멍 깊은 곳에서 나는 성문음으로 요들송을 부르는 것처럼 들렸다.

엉크는 남자가 기억나지 않았지만 남자는 엉크를 잘 아는 게 틀림없었다. 따뜻한 마음으로.

"내가 누구요, 엉크?" 남자가 쾌활하게 말했다.

엉크는 헛숨을 들이켰다. 이 사람이 스토니 스티븐슨인 게 틀림없었다. 두려움을 모르는, 엉크의 가장 친한 친구. "스토니?" 엉크가 속삭였다.

"스토니라고?" 남자가 말했다. 그러고는 웃었다. "아, 이런……" 그가 말했다. "나도 내가 스토니였으면 좋겠다고 생각한 적이 몇 번 있었소. 앞으로도 몇 번 그러겠지."

땅이 흔들렸다. 공중에서 소용돌이가 일며 돌풍이 불어왔다. 근처에 있는 사방의 우주선들이 공중으로 떠올랐다가 사라졌다.

이제는 무쇠 평원의 한 구역에 엉크의 우주선만 덩그러니 남았다. 착륙해 있는 가장 가까운 우주선이라곤 최소 반 마일은 떨어져 있었다.

"저기 가는 게 당신이 속한 연대요, 엉크." 남자가 말했다. "그런데 당신은 함께 가지 않는군. 부끄럽지 않소?"

"누구십니까?" 엉크가 말했다.

"전시에 이름이 무슨 소용이오?" 남자가 말했다. 그는 커다란 손을 엉크의 어깨에 얹었다. "아, 엉크, 엉크, 엉크." 그가 말했다. "대단한 시간을 보냈구려."

"날 여기로 데려온 게 누구죠?" 엉크가 말했다.

"헌병대요. 복 받을 사람들이지." 남자가 말했다.

엉크는 고개를 저었다. 두 뺨으로 눈물이 흘러내렸다. 망했다. 아무리 그의 생사여탈권을 쥐고 있을지 모르는 사람 앞이라지만, 더는 비밀을 지킬 이유가 없었다. 가엾은 엉크는 생사에 아무 관심이 없었다. "난…… 나는 가족을 모으려 했습니다." 그가 말했다. "그게 다예요."

"화성은 사랑을 하기에 몹시 적합하지 않은 장소라오. 가정적인 남자에게는 몹시 적합하지 않은 곳이지요, 엉크." 남자가 말했다.

물론 그 남자는 윈스턴 나일스 럼포드였다. 그는 화성의 모든 것의 총사령관이었다. 실제로 낙하산 스키 해병대로 활동하지는 않았다. 하지만 그는 제복을 입기 위해 다른 이들이 얼마나 지옥 같은 상황을 거쳐야 하는지와는 상관없이 자기 마음에 드는 모든 제복을 마음대로 입을 수 있었다.

"엉크," 럼포드가 말했다. "내가 언제나 기다려온 슬픈 사랑 이야기가 화성에서 일어났소. 들어보겠소?"

• • •

"옛날 옛적에," 럼포드가 말했다. "비행접시를 타고 지구에서 화성으로 오게 된 한 남자가 있었소. 그는 화성군에 자원한 자로, 이미 돌격군 대령의 멋진 제복을 입고 있었지. 그는 정말이지 멋진 사람이 된 기분이 들었다오. 지구에서 그 사람은 영적으로 상당히 궁핍한 상황이었고, 영적으로 궁핍한 사람들이 그러듯 제복을 입으면 다른 이들이 자기를 멋지다고 말해줄 거라고 생각한 거요.

그때까지 그는 기억이 지워지지 않았고, 안테나도 이식되지 않았소. 하지만 화성에 충성하는 게 너무도 명백했던 터라 우주선을 운영할 권리를 받았지. 징집자들에게는 그런 남성 징집자에 관해 하는 말이 있소. 양쪽 고환에 데이모스와 포보스라는 이름을 붙였다는 거야. 데이모스와 포보스는 화성의 두 위성이라오." 럼포드가 말했다.

"그 어떤 군사훈련도 받은 적이 없는 이 대령은 지구에서 자아 찾기라고 알려진 경험을 하는 중이었소. 그는 자신이 얽혀 있는 일에 관해 아무것도 모른 채로 다른 징집자들에게 명령을 내리고 그들의 복종을 이끌어냈다오."

럼포드가 한 손가락을 펼쳤고, 엉크는 그 손가락이 상당히 투명하게 보이는 것에 놀랐다. "우주선에는 그 남자가 들어가지 못하도록 잠겨 있는 개인 선실이 하나 있었소." 럼포드가 말했다. "선원들은 그 선실에 화성으로 이송된 사람 중 가장 아름다운 여성이 있으며, 그 여자를 본 남자는 그녀와 사랑에 빠질 수밖에 없다고 조심스럽게 설명했다오. 사랑이 가장 능숙한 군인을 제외한 모든 이의 가치관을 망가뜨릴 거라면서.

신입 대령은 자기가 능숙한 군인이 아니라는 식의 암시에 불쾌감을 느꼈고, 끝내주는 여자들을 상대로 벌였던 무용담을 선원들에게 한껏 쏟아놓았소. 그중 어떤 여자도 자신의 마음에 아무런 영향을 주지 않았다면서. 선원들은 감히 의심을 거두지 않고, 대령이 아무리 음탕한 삶을 살아왔더라도 개인 선실에 갇혀 있는 여자처럼 오만한 미인을 만나본 적은 없을 거라는 의견을 냈소.

그때 선원들은 대령에게 바치는 듯했던 존경심을 미묘하게 거뒀소. 다른 징집자들도 그걸 느끼고 존경심을 거둬버렸지. 현란한 제복을 입은 대령은 결국 진짜 자신이 된 것 같은 느낌을 받았소. 뽐내고 걸어다니는 광대 말이오. 그가 위엄을 되찾을 방법은 명시된 적은 없었지만 모두가 뻔히 알고 있었소. 그가 다시 품위를 되살리려면 개인 선실에 갇혀 있는 미인을 정복해야 했소. 그는 그 일을 해낼 준비가 되어 있었소. 간절할 만큼 준비가 되어 있었지."

"하지만 선원들은," 럼포드가 말했다. "연애에 실패하고 상심

할 게 예정되어 있다며 그를 계속 말렸다오. 대령의 자아는 부글부글 끓어오르고, 지글거리고, 탁 끊기고, 금이 가고, 튀어올랐소."

"장교 식당에서 술 파티가 열렸소." 럼포드가 말했다. "꽤 취한 대령은 목소리가 커졌지요. 다시 자신이 지구에서 무정하고도 음란하게 지냈다며 떠벌렸지. 그 순간 그는 누군가 자기 술잔 바닥에 개인 선실 열쇠를 넣어둔 걸 봤다오."

"대령은 즉시 파티장을 몰래 빠져나가 잠긴 선실로 들어간 다음 문을 닫았소." 럼포드가 말했다. "개인 선실은 어두웠지만 대령의 머릿속은 술로, 또 다음날 아침식사 자리에서 어떤 의기양양한 선언을 할지 생각하느라 환했다오."

"그가 어둠 속에서 여자를 취하는 건 어렵지 않았소. 여자가 두려움과 진정제로 약해져 있었거든." 럼포드가 말했다. "아무 기쁨 없는 결합이었소. 그 어느 때보다 냉담한 어머니 자연을 제외하면 누구에게도 만족스럽지 않았지."

"대령은 멋진 기분이 들지 않았소. 비참했소. 그는 바보처럼 조명을 켰소. 여자를 보며 자기가 한 잔혹 행위에 자긍심을 느낄 만한 이유를 찾고 싶었던 거요." 럼포드가 슬프게 말했다. "침상에 웅크리고 있는 건 서른 살을 한참 넘긴 평범한 여자였소. 여자는 눈이 붉었고, 얼굴은 절망에 흐느끼느라 부어 있었소."

"게다가 그녀는 대령이 아는 사람이었소. 어느 점쟁이가 언젠가 그의 아이를 갖게 될 거라고 장담했던 여자였지." 럼포드가 말했다. "지난번에 대령이 여자를 봤을 때는 너무도 도도하고 오만했는데, 지금은 너무도 무너져 있어서 무자비한 대령조차 마음이 움직일 수밖에 없었소.

대령은 대부분 사람들이 깨닫지 못하는 것을 난생처음으로 깨달았소. 자신이 터무니없는 운명의 희생자일 뿐 아니라, 터무니없는 운명이 동원하는 가장 잔인한 요원이기도 하다는 사실 말이오. 지난번 만났을 때 여자는 그를 돼지처럼 여겼소. 이제 그는 자신이 돼지라는 걸 의심의 여지 없이 입증한 셈이었소."

"선원들이 예측한 그대로," 럼포드가 말했다. "군인으로서의 대령은 영원히 망가졌다오. 그는 고통을 늘리기보다는 줄이는 복잡한 전략에 절망적으로 열중했소. 여자가 그를 용서하고 이해하는 것이 그가 성공했다는 증거가 되리라 생각하면서.

우주선이 화성에 도착하자 그는 화성군훈련소병원에서 들려오는 두서없는 이야기를 통해 자신이 기억을 빼앗기게 되리라는 사실을 알게 됐소. 그때 잊고 싶지 않은 것들을 열거하는 여러 통의 편지를 처음으로 쓰게 됐지. 첫번째 편지는 모두 자신이 망친 여자에 관한 것이었소.

그는 기억상실 치료를 받은 후 그 여자를 찾아다녔고, 그녀가 자신을 전혀 기억하지 못한다는 걸 알게 됐소. 뿐만 아니라 그 여자는 임신중이었소. 그의 아이를 배고 있었지요. 그때부터 그는 여자의 사랑을 얻고, 그녀를 통해 그녀가 낳은 아이의 사랑까지 얻는 일에 골몰했소."

"그는 그런 일을 하려 했던 것이오, 엉크." 럼포드가 말했다. "한 번이 아니라 여러 번. 그는 거듭 실패했소. 하지만 그 일은 그의 인생에서 중요한 문제로 남아 있었소. 아마 그 자신도 파탄난 가족 출신이었기 때문일 거요."

"엉크, 그가 실패한 이유는," 럼포드가 말했다. "여자의 선천적인 냉담함, 그리고 화성사회의 이상을 숭고한 상식으로 받아들이는 정신의학 시스템 때문이었소. 남자가 짝의 마음을 흔들 때마다 유머라고는 전혀 없는 정신과 치료가 여자의 혼란을 수습했지. 그렇게 그녀는 다시 능력 있는 시민이 되었소."

"남자와 그의 짝은 둘 다 각자의 정신병원의 단골이었소. 어쩌면 이게 생각거리가 될지도 모르겠는데," 럼포드가 말했다. "이토록 엄청난 좌절을 겪은 남자는 화성에서 유일하게 철학적인 글을 쓰는 남자이고, 이토록 엄청난 좌절을 자초한 여자는 화성에서 유일하게 시를 쓰는 여자라오."

• • •

보애즈는 피비 시내로 엉크를 찾으러 갔다가 중대 모선으로 돌아왔다. "빌어먹을……" 그가 럼포드에게 말했다. "우릴 놔두고 모두 떠난 겁니까?" 그는 자전거를 타고 있었다.

보애즈가 엉크를 보았다. "빌어먹을, 단짝." 그가 엉크에게 말했다. "인마…… 너 때문에 단짝이 엄청나게 고생했다고. 진짜야! 여긴 어떻게 왔어?"

"헌병대가 데려왔어." 엉크가 말했다.

"누구나 그렇지." 럼포드가 가볍게 말했다.

"함대를 따라잡아야 돼, 단짝." 보애즈가 말했다. "모선이 없으면 녀석들이 공격을 할 수 없어. 그런데 왜 싸우려는 거지?"

"대의를 위해 죽은 첫번째 군대가 되는 특권을 누리려는 거지." 럼포드가 말했다.

"그게 무슨 말이에요?" 보애즈가 말했다.

"신경쓰지 마시오." 럼포드가 말했다. "당신들은 그냥 우주선에 타고 에어로크를 닫은 다음 켜기 버튼을 누르시오. 당신들이 인식하지도 못하는 사이에 따라잡게 될 테니. 모든 것이 완전히 자동화되어 있으니까."

엉크와 보애즈는 우주선에 탔다.

럼포드가 에어로크의 열린 바깥 문을 붙들고 있었다. "보애즈……" 그가 말했다. "가운데 축에 있는 빨간색 버튼, 그게 켜기 버튼이오."

"알아요." 보애즈가 말했다.

"엉크……" 럼포드가 말했다.

"예?" 엉크가 멍하니 말했다.

"내가 해준 이야기 말이오. 사랑 이야기. 한 가지 빼먹은 게 있소."

"그렇습니까?" 엉크가 말했다.

"사랑 이야기에 나오는 그 여자 말이오. 남자의 아기를 가진 여자." 럼포드가 말했다. "화성의 유일한 시인이라는 그 여자."

"그 여자가 왜요?" 엉크가 말했다. 그는 그 여자에게 별 관심이 없었다. 럼포드의 이야기에 나오는 여자가 자신의 짝인 비라는 걸 눈치채지 못했다.

"그 여자는 화성에 도착하기 몇 년 전에 결혼했다오." 럼포드가 말했다. "하지만 화성행 우주선에서 그 거물 대령이 여자를 찾아갈 때까지 그녀는 경험이 없었소."

윈스턴 나일스 럼포드는 에어로크의 바깥 문을 닫기 전에 엉크에게 윙크했다. "그 여자의 남편을 상대로는 꽤 괜찮은 장난 아니오, 엉크?" 그가 말했다.

7. 승리

"선한 자들이 악한 자들만큼 자주 승리를 거두지 못할 이유는 없다. 누구의 승리든 승리는 조직력의 문제다. 천사 같은 존재가 있다면 나는 그들이 마피아의 계보를 따라 조직화되어 있기를 바란다."

—윈스턴 나일스 럼포드

흔히 말하기로 지구인의 문명은 지금까지 만 번의 전쟁을 만들어냈으나 전쟁에 관한 지적인 논평은 단 세 가지밖에 만들어내지 못했다. 그 논평이란 투키디데스, 율리우스 카이사르, 그리고 윈스턴 나일스 럼포드의 논평이다.

윈스턴 나일스 럼포드는 『초간단 화성 역사』에 들어갈 칠만 오천 개의 단어를 너무도 잘 골라냈다. 지구와 화성 간의 전쟁에 관해서는 더이상 말할 것도 없고, 그보다 더 잘 말할 방법도 없을 정도다. 역사가 진행되며 지구와 화성 간의 전쟁을 설명해야 할 의무를 지게 된 사람이라면 누구라도 그 이야기가 럼포드에 의해 훌륭하고도 완벽하게 전달되었다는 것을 깨닫고 겸손해진다.

그처럼 당혹한 역사가가 밟아가는 과정은 대개 그 전쟁을 가장 단순하고 무미건조하며 간결한 용어로 설명하고, 독자에게 즉시 럼포드의 걸작을 읽으라고 권하는 것이다.

이 책에서도 그와 같은 과정을 밟았다.

• • •

지구와 화성의 전쟁은 지구 날짜로 육십칠 일간 지속되었다.

지구의 모든 국가가 공격당했다.

지구의 사상자는 사망 461명, 부상 223명, 포로 0명, 실종 216명이었다.

화성의 사상자는 사망 14만 9315명, 부상 446명, 포로 11명, 실종 4만 6634명이었다.

전쟁이 끝날 때쯤 화성인은 모두 죽거나 부상당하거나 포로가 되거나 실종되었다.

화성에는 단 한 명도 남지 않았다. 화성에 멀쩡히 서 있는 건물 역시 없었다.

지구를 공격한 화성인들의 마지막 물결은, 그들에게 총알을 퍼부은 지구인들로서는 끔찍하게도 노인과 여성, 몇 명의 어린이였다.

• • •

화성인들은 태양계에서 알려진 것 중 가장 기발하게 만들어진 우주용 이동수단을 타고 도착했다. 무선으로 그들을 조종할 진짜 지휘관들이 있는 한 화성군은 확고부동하게, 자신을 잊고, 그들과 맞선 모든 사람이 감탄할 수밖에 없는 전투 의지를 품고서 싸웠다.

하지만 군대는 공중에서든 지상에서든 진짜 지휘관을 잃는 경우가 많았다. 그런 일이 벌어지면 군대는 즉시 느림보가 되었다.

그러나 이들의 가장 큰 문제는 대도시 경찰보다 그리 나을 것도 없는 무장을 갖추고 있었다는 점이다. 그들은 총기와 수류탄, 칼, 박격포, 소형 로켓탄 발사기를 가지고 싸웠다. 이들에게는 핵무기도, 탱크도, 중구경포나 중포도, 공중엄호장치도 없었고, 지상에 내려서는 순간부터는 이동수단도 없었다.

게다가 화성군은 우주선의 착륙 지점을 통제할 수 없었다. 이들의 우주선은 완전히 자동화된 항법장치로 통제되었다. 이 전기장치는 아래의 군사적 상황이 얼마나 끔찍한지와는 상관없이 우주선을 지구의 특정 지점에 착륙시켰다. 화성의 기술자들에 의해 설정된 것이었다.

우주선에 탑승한 사람들이 쓸 수 있는 유일한 통제수단은 선실 가운데 기둥에 있는 두 개의 버튼뿐으로 하나에는 켜기, 다른 하나에는 끄기라는 딱지가 붙어 있었다. 켜기 버튼은 단순히 화성에서 우주선이 이륙하도록 하는 버튼이었다. 끄기 버튼은 어디에도 연결되지 않았다. 그 버튼이 설치된 건 화성의 정신보건 전문가들이 인간이란 끌 수 있다고 생각하는 기계를 다룰 때 언제나 더 행복감을 느낀다고 고집을 부렸기 때문이었다.

지구와 화성의 전쟁은 오백 명의 화성제국 특공대가 4월 23일에 지구의 달을 점령하면서 시작되었다. 이들에게는 상대가 없었다. 당시 달에 있던 지구인은 제퍼슨관측소의 미국인 18명과 레닌관측소의 러시아인 53명, 그리고 '비의 바다'*로 파견된 덴마크인 지리학자 4명뿐이었다.

화성인들은 무전으로 자신들의 존재를 알리며 지구에 항복을 요구했다. 그리고 지구에 자칭 "지옥 맛"을 선사했다.

알고 보니 그 지옥 맛이란 지구로서는 상당히 재미있게도 고성능 폭약 12파운드씩을 실은 로켓 소나기를 아주 가볍게 내린다는 뜻이었다.

지구에게 이런 지옥 맛을 보여준 뒤 화성인들은 지구인들에게 지구의 상황이 절망적이라고 말했다.

지구인의 생각은 달랐다.

---

* 달 표면의 북동부에 있는 용암 지역.

이후 이십사 시간 동안 지구는 융합형 핵무기 617기를 달의 화성군 진지로 발사했다. 이중 276기가 명중했다. 이로써 진지가 증발했을 뿐 아니라, 그로 인해 달은 최소 천만 년 동안 인간이 점유하기에 부적절한 곳이 되었다.

그리고 전쟁의 광기 속에 빗나간 핵폭탄 한 기가 지구를 비껴나가, 1만 5671명의 화성제국 특공대를 싣고 접근중이던 우주선 편대를 명중했다. 이로써 존재하는 모든 화성제국 특공대가 처리됐다.

그들은 가시가 달린 무릎보호대와 번쩍이는 검은 제복을 입고, 군화에는 톱날이 달린 14인치짜리 칼을 차고 다녔다. 그들의 배지는 해골과 교차된 뼈였다.

그들의 신조는 페르 아스페라 아드 아스트라*로, 우리은하 태양계 지구 미합중국 캔자스주의 신조와 같았다.

그런 다음에는 삼십이 일간의 소강상태가 이어졌다. 삼십이 일은 화성의 주력 돌격군이 두 행성 사이의 허공을 가로지르는 데 걸린 기간이었다. 우주선 2311대에 나눠 탄 8만 1932명의 군대가 맹공격을 퍼부을 예정이었다. 화성제국 특공대를 제외한 모든 군부대가 여기에 포함되었다. 지구는 이 끔찍한 함대의 도착 시점에 대해 긴장하지 않아도 됐다. 달에 있던 화성 방송

* 라틴어로 '고난을 뚫고 별을 향해'라는 뜻.

사가, 증발해버리기 전에, 무적의 군대가 삼십이 일 후에 도착할 것이라고 예고했기 때문이다.

삼십이 일 네 시간 십오 분 후, 화성대함대는 레이더로 통제되는 융합형 핵무기 일제사격의 현장으로 날아들었다. 화성대함대를 향해 발사된 융합형 대공 핵무기의 수효는 공식적으로 254만 2670기로 추산된다. 실제로 발사된 로켓의 숫자에 관심을 가지는 사람은 거의 없다. 다른 방식으로, 우연하게도 시적인 동시에 진실한 방식으로 그 일제사격의 위력을 표현할 수 있었으니 말이다. 일제사격은 지구의 하늘을 천국 같은 파란색에서 지옥의 불길을 닮은 주황색으로 바꿔놓았다. 하늘은 일 년 반 동안 타오르는 주황색으로 남아 있었다.

위력적인 화성대함대 중에서는 2만 6635명의 군인을 실은 761대의 우주선만이 일제사격에서 살아남아 지구에 착륙했다.

우주선이 모두 한 지점에 착륙했다면 생존자들이 저항할 수 있었을지도 모른다. 하지만 우주선 전자항법장치의 생각은 달랐다. 항법장치는 대함대의 잔해를 지구 표면에 넓게 흩어놓았다. 분대, 소대, 중대가 사방의 우주선에서 나와 수백만 명이 사는 나라들에 항복을 요구했다.

심한 화상을 입은 크리슈나 가루라는 남자 단 한 명만이 인도 전역을 2연발 산탄총으로 공격했다. 그를 무선 통제한 사람은 아무도 없었으나 그는 총이 폭발하기 전까지 항복하지 않았다.

화성군이 거둔 유일한 성공은 스위스 바젤에 있는 육류 시장을 낙하산 스키 해병대 열일곱 명이 점거한 것이었다.

다른 모든 곳에서 화성인들은 공격을 시작하기도 전에 신속히 살육당했다.

아마추어들도 전문가만큼 많은 살육을 자행했다. 예컨대 미합중국 플로리다주 보카러톤 전투에서는 라이먼 R. 피터슨 여사가 화성 충격군 네 명을 아들의 22구경 소총으로 쏴죽였다. 그녀는 자기 뒤뜰에 착륙한 우주선에서 나오는 그들을 한 명씩 처리했다.

그녀는 사후에 하원명예훈장을 받았다.

보카러톤을 공격했던 화성인들은 우연히도 엉크와 보애즈의 중대에 속해 있던 남은 병사들이었다. 진짜 지휘관인 보애즈가 무선으로 통제하지 않았기에, 그들은 기껏해야 무기력하게 싸울 뿐이었다.

미군이 화성군과 싸우기 위해 보카러톤에 도착했을 때는 싸울 만한 상대가 남아 있지 않았다. 자랑스러움에 얼굴이 붉어진 민간인들이 모든 일을 멋지게 처리한 뒤였다. 화성인 스물세 명은 상업 구역의 가로등에 목매달렸고, 열한 명은 총살당했으며, 브래먼 병장이라는 사람은 중상을 입은 채 감옥에 갇혀 있었다.

화성군은 모두 서른다섯 명이었다.

"화성인 좀더 보내주시죠." 보카러톤 시장 로스 L. 맥스완이 말했다.

나중에 그는 미국 상원의원이 되었다.

사방에서 화성인들은 살해당하고 살해당하고 또 살해당한 끝에, 지구 표면에 살아 있는 화성인이라고는 스위스 바젤의 육류 시장에서 술을 진탕 마셔대는 낙하산 스키 해병대원 한 명뿐이게 되었다. 화성인들은 확성기를 통해 상황이 절망적이라는 말을 들었다. 폭격기가 머리 위에 떠 있고 모든 거리는 탱크와 일류 보병대로 막혀 있으며, 오십 문의 대포가 육류 시장을 겨누고 있다고. 두 손을 들고 나오지 않으면 육류 시장이 박살 날 거라고.

"멍청이들!" 낙하산 스키 해병대의 진짜 지휘관이 소리쳤다.

또 한번 소강상태가 이어졌다.

우주 저멀리에서 화성의 정찰용 우주선 한 대가 지구를 향해 또 한번의 공격이 이뤄질 것이며, 이번 공격은 전쟁의 역사를 통틀어 그 어떤 공격보다도 끔찍할 것이라고 방송했다.

지구는 웃으며 준비했다. 전 세계에서는 아마추어들이 소형 화기를 연습하며 즐겁게 펑펑 소리를 냈다.

융합형 핵무기들이 새로 발사대에 운반되었고, 아홉 기의 거대한 로켓이 화성으로 곧장 발사되었다. 화성에 떨어진 단 한 기의 로켓이 피비 시내와 병영을 행성 표면에서 쓸어냈다. 다른 두 기는 크로노-신클래스틱 인펀디뷸럼 속으로 사라졌다. 나머지 여섯 기는 '우주 방랑자'가 되었다.

화성이 명중당했다는 건 중요하지 않았다.

어차피 화성에는 아무도 없었다. 한 사람도.

마지막 화성인들은 지구로 오는 중이었다.

마지막 화성인들은 세 번에 나누어 밀려들었다.

첫번째 물결은 예비군이었다. 훈련받은 군대는 그들이 마지막이었다. 2만 6119명이 721대의 우주선에 나눠 타고 있었다.

그로부터 지구 시간으로 반일이 지난 뒤에는 최근에야 무장한 민간인 남성 8만 6912명이 1738대의 우주선에 타고 왔다. 그들은 제복을 입지 않았으며, 소총은 단 한 번밖에 쏘지 못했고, 다른 무기를 사용하는 훈련은 전혀 받지 못했다.

이 형편없는 비정규군의 뒤를 이어서 지구 시간으로 반일이 지난 뒤 46대의 우주선에 나눠 탄 비무장 여성 1391명과 아동 52명이 왔다.

당시 화성에 남은 건 그들과 그들이 탄 우주선밖에 없었다.

• • •

화성 자살 배후의 책략가는 윈스턴 나일스 럼포드였다.

화성의 의도된 자살에 댄 자금은 토지, 증권, 브로드웨이 공연, 발명품에 투자한 대가로 얻은 자본소득에서 나왔다. 럼포드는 미래를 볼 수 있었으므로 돈을 불리는 건 그에게 식은 죽 먹기나 마찬가지였다.

화성의 금고는 비밀번호를 입력해야 열 수 있는 스위스 은행 계좌에 보관되었다.

화성의 투자를 관리하고 화성의 조달 프로그램과 화성의 대지구 첩보부를 총괄한 사람, 럼포드에게서 직접 명령을 받아 움직인 사람은 아주 오랫동안 럼포드가에서 집사로 일해온 얼 몽크리프였다. 노예근성에 젖은 인생이 거의 끝나갈 때쯤 이런 기회를 얻은 몽크리프는 럼포드의 무자비하고도 효율적이며 뛰어나기까지 한 지구사무 특임장관이 되었다.

몽크리프의 겉모습은 바뀌지 않았다.

몽크리프는 전쟁이 끝나고 이 주 뒤 럼포드 저택의 하인관에 있는 침대에서 노령으로 죽었다.

• • •

화성의 자살을 가능하게 한 기술적 승리는 대체로 타이탄에 있는 럼포드의 친구 샐로 덕분이었다. 샐로는 소마젤란운의 트랄파마도어 행성에서 온 메시지 배달부였다. 샐로는 지구 나이로 백만 년은 된 문명의 기술적 노하우를 알고 있었다. 샐로는 망가진 우주선을 가지고 있었지만 그 우주선은 망가진 상태로도 태양계가 목격했던 것 중 가장 놀라운 우주선이었다. 호화 기능이 사라진 섀로의 망가진 우주선이 모든 화성 우주선의 원형이었다. 섀로 자신은 그리 뛰어난 엔지니어가 아니었지만, 그래도 자기 우주선의 모든 부분을 측정하고 화성에서 만들어질 후손 우주선의 설계도를 그릴 수는 있었다.

가장 중요한 건 섀로에게 UWTB, 즉 무언가가 되려는 우주적 의지가 상당히 많았다는 것이다. 이는 상상할 수 있는 가장 강력한 에너지원이었다. 섀로는 너그럽게도 자신이 가진 UWTB의 절반가량을 화성의 자살에 기부했다.

• • •

재무, 조달, 첩보 조직 결성을 위해 집사 얼 몽크리프는 현금의 가차없는 힘, 그리고 노예적인 가면을 쓰고 살아가는 영리하고 악의적이며 불만 가득한 사람들에 대한 심오한 이해를 활용했다.

화성의 돈과 명령을 기꺼이 받아들인 건 그런 사람들이었다. 그들은 아무 질문도 하지 않았다. 그들은 확립된 질서의 문틈에서 흰개미처럼 일할 기회를 고맙게 여겼다.

그들은 삶의 모든 길목에서 다가왔다.

섀로가 수정한 우주선 설계도는 부품 설계도로 해체되었다.

몽크리프의 요원들은 부품 설계도를 전 세계의 제조사로 가져갔다.

제조사들은 그 부품이 무엇에 쓰이는 것인지 전혀 몰랐다. 그저 그 부품을 만들면 꽤 괜찮은 이윤이 남는다는 것만 알았다.

화성의 우주선 중 처음 백 대는 다름 아닌 지구의 비밀기지에서 몽크리프의 요원들이 조립했다.

이 우주선들은 뉴포트에서 럼포드가 몽크리프에게 준 UWTB로 충전되었다. 이 우주선들은 즉시 활용되어, 장차 피비라는 도시가 솟아날 화성의 무쇠 평원으로 최초의 기계류와 징집자들을 실어날랐다.

피비가 실제로 솟아났을 때 모든 바퀴의 에너지원은 샐로의 UWTB에서 나왔다.

• • •

화성이 전쟁에서 패배한 것은 럼포드의 의지에 따른 일이었다. 그는 화성이 바보같이, 끔찍하게 패배해야 한다고 생각했다. 미래를 보는 자로서 럼포드는 바로 그런 일이 벌어지리라는 걸 알았으며, 만족했다.

그는 화성의 위대하고도 잊을 수 없는 자살을 통해 세상을 더 나은 곳으로 바꾸고 싶어했다.

그가 『초간단 화성 역사』에서 한 말은 이렇다. "의미 있는 방식으로 세상을 바꾸려는 사람에게는 쇼맨십과 다른 사람의 피를 보려는 다정한 의지, 유혈사태에 보통 뒤따르는 짧은 회한과 공포의 시기에 제시할 그럴싸한 새로운 종교가 있어야 한다."

"지구 리더십의 모든 실패를 거슬러올라가다보면," 럼포드는 말했다. "리더에게 이 셋 중 하나가 결여되어 있었음을 알 수 있다."

"수백만 명을 아무것도 아닌 이유로, 혹은 그보다 못한 이유로 죽게 만든 이런 흐리멍덩한 리더십은 이제 됐다!" 럼포드는 말한다. "이제는 바꿔보자. 위대한 거래를 위해 죽어갈, 훌륭한 지도자를 따르는 소수를 양성하자."

럼포드는 훌륭한 지도자를 따르는 소수를 화성에서 양성했다. 럼포드가 그들의 지도자였다.

그에게는 쇼맨십이 있었다.

그에게는 타인의 피를 보려는 다정한 의지가 있었다.

그에게는 전쟁이 끝나고 제시할 그럴싸한 새 종교가 있었다.

그리고 그에게는 전쟁에 뒤따르곤 하는 회한과 두려움의 시기를 연장할 방법이 있었다. 이런 방법은 지구가 화성을 상대로 거둔 영예로운 승리가 사실상 아무 무장도 하지 않은 성인聖人들, 지구 행성의 사람들을 인간의 형제애라는 하나의 거대한 기둥으로 결합시키기 위해 그 행성을 상대로 쓸모없는 전쟁을 일으킨 성인들을 저속하게 살육한 사건에 불과했다는 한 가지 주제를 이리저리 변주한 것이었다.

• • •

비라는 여자와 그녀의 아들 크로노는 지구에 접근하는 마지막 화성 우주선 물결에 속해 있었다. 그들이 속한 대열은 사실 겨우 마흔여섯 대의 우주선으로 이뤄진 잔물결이었다.

나머지 함대는 이미 파괴되어 스러졌다.

마지막으로 다가오는 이 물결 혹은 잔물결은 지구에서 탐지되었다. 그러나 융합형 핵무기는 발사되지 않았다. 발사할 융합형 핵무기가 더이상 남아 있지 않았다.

전부 써버렸다.

그래서 잔물결은 아무 피해도 입지 않고 도착했다. 그 잔물결은 지구 표면에 흩뿌려졌다.

이 마지막 물결에 속한 화성인들에게 총을 쏠 수 있었던 운좋은 소수의 사람들은 기꺼이 총을 쏘았다. 자신들의 표적이 무장하지 않은 여성과 아동이라는 것을 알게 될 때까지 기꺼이 총을 쏘았다.

영광스러운 전쟁은 끝났다.

럼포드가 계획한 대로 부끄러움이 자리잡기 시작했다.

• • •

비와 크로노와 다른 스물두 명의 여성이 타고 있던 우주선은 착륙할 때도 충격을 받지 않았다. 이 우주선은 문명화된 지역에 착륙하지 않았다.

브라질에 있는 아마존 우림에 처박혔다.

비와 크로노만 살아남았다.

크로노는 우주선에서 나와 행운의 조각에 입을 맞췄다.

• • •

엉크와 보애즈도 충격을 받지 않았다.

그들이 켜기 버튼을 누르고 화성을 떠난 이후로 아주 특이한 일이 벌어졌다. 그들은 중대를 따라잡을 거라고 생각했지만 그러지 못했다.

그들은 다른 우주선을 한 대도 보지 못했다.

설명을 해줄 사람은 아무도 없었지만 설명 자체는 간단했다. 엉크와 보애즈는 지구에 가지 않을 예정이었다. 당장은 말이다.

럼포드는 우주선이 엉크와 보애즈를 먼저 수성으로 데려가도록 항법장치를 설정해두었다. 그런 다음 수성에서 지구로 가도록.

럼포드는 엉크가 전쟁에서 살해당하기를 바라지 않았다.

럼포드는 엉크가 약 이 년간 안전한 곳에 머물기를 바랐다.

그런 다음, 럼포드는 엉크가 기적처럼 지구에 나타나기를 바랐다.

럼포드는 자신의 새로운 종교를 위해 가장행렬을 연출하고자 했고, 그 가장행렬에 써먹기 위해 엉크를 아껴두었다.

• • •

그곳 우주에서 엉크와 보애즈는 무척 외롭고 혼란스러웠다. 볼 것도, 할 것도 별로 없었다.

"빌어먹을, 엉크……" 보애즈가 말했다. "다른 패거리는 어디 갔는지 모르겠네."

그 순간에 대부분의 패거리는 보카러톤의 상업 구역 가로등에 매달려 있었다.

엉크와 보애즈의 자동항법장치는 무엇보다도 선실 조명을 통제하며 인공적으로 지구의 밤과 낮, 밤과 낮, 밤과 낮 주기를 만들어냈다.

우주선에서 읽을 만한 것은 부품 설비공들이 남겨두고 간 만화책 두 권뿐이었다. 고양이를 미치게 만드는 카나리아에 관한 이야기인 『트위티와 실베스터』, 그리고 자기에게 친절하게 대해준 사제에게서 무슨 황금 촛대를 훔친 남자에 관한 이야기인 『레 미제라블』이었다.

“촛대는 왜 가져갔을까, 엉크?” 보애즈가 말했다.

“제기랄, 몰라.” 엉크가 말했다. “빌어먹을 관심도 없고.”

항법장치가 방금 선실 조명을 끄며 우주선 내부가 밤이라고 선언한 터였다.

“넌 아무것에도 관심이 없지?” 어둠 속에서 보애즈가 말했다.

“그래.” 엉크가 말했다. “네가 주머니에 넣고 다니는 그 빌어먹을 것에도 관심이 없어.”

“내가 주머니에 뭘 넣고 다니는데?” 보애즈가 말했다.

“사람들을 해치는 것.” 엉크가 말했다. “사람들이 네가 원하는 일이면 뭐든 하게 만드는 것.”

엉크는 보애즈가 그곳 어둠 속에서 끙하며 조용히 신음하는 소리를 들었다. 그리고 보애즈가 방금 주머니 속 물건의 버튼을, 엉크를 기절시킬 버튼을 눌렀다는 걸 알았다.

엉크는 아무 소리도 내지 않았다.

“엉크……?” 보애즈가 말했다.

“응?” 엉크가 말했다.

“너 거기 있어, 단짝?” 보애즈가 놀라서 말했다.

“그럼 어딜 가?” 엉크가 말했다. “날 증발시키기라도 한 줄 알았어?"

"너 괜찮아, 단짝?" 보애즈가 말했다.

"안 괜찮을 이유가 뭐야, 단짝?" 엉크가 말했다. "어젯밤에, 네가 잠들어 있을 때, 단짝, 내가 그 멍청한 물건을 네 주머니에서 꺼내서, 단짝, 연 다음에, 단짝, 안에 들어 있는 걸 빼내고, 단짝, 휴지를 채워넣었어. 지금 나는 내 침상에 앉아 있고, 단짝, 소총을 장전해서, 단짝, 네 쪽을 조준하고 있어, 단짝. 대체 네가 뭘 할 수 있다고 생각하는 거야?"

• • •

화성과 지구의 전쟁이 벌어지는 동안 럼포드는 두 차례 지구, 뉴포트에서 물질화했다. 한 번은 전쟁이 시작된 직후였고 한 번은 전쟁이 끝난 날이었다. 당시 럼포드와 그의 개에게 별다른 종교적 의미는 없었다. 그들은 단지 관광명소일 뿐이었다.

럼포드 저택의 저당권자들은 말린 T. 랩이라는 대중오락 행사 기획자에게 저택을 임대했다. 랩은 물질화 관광 티켓을 한 장에 1달러씩 받고 판매했다.

럼포드와 그의 개가 나타났다가 사라지는 것 말고는 딱히 쇼라고 할 만한 것이 없었다. 럼포드는 오직 집사 몽크리프에게만 말을 걸었고, 그때조차 속삭였다. 그는 계단 밑의 방, 스킵의 박물관에 있는 윙체어에 구부정하게 앉아 생각에 잠겨 있곤 했다. 한 손으로는 눈을 가리고 다른 손의 손가락은 카작의 초크 체인에 감은 채로 말이다.

게시판 홍보물에는 럼포드와 카작이 유령이라고 설명되어 있었다.

작은 방 창밖에는 비계가 설치되고 복도로 통하는 문은 철거됐다. 관광객들은 두 줄로 서서 크로노-신클래스틱 인펀디뷸럼에 들어간 남자와 그의 개를 슬쩍 볼 수 있었다.

"오늘은 유령이 별로 말을 하고 싶지 않은가봅니다, 여러분." 말린 T. 랩은 그렇게 말하곤 했다. "저 사람에게는 생각할 거리가 아주 많다는 걸 아셔야 합니다. 저 사람은 여기에만 있는 게 아닙니다, 여러분. 저 사람과 개는 태양과 베텔게우스 사이에 흩어져 있습니다."

전쟁 마지막날까지 모든 행동과 소음은 말린 T. 랩이 제공했다. "세계사의 이 위대한 날, 여러분이 찾아와 문화적이고 교육적이며 과학적인 이 위대한 전시를 보게 된 것이 무척 경이롭다고 생각합니다." 랩은 전쟁 마지막날에 그렇게 말했다.

"이 유령이 입을 연다면," 랩이 말했다. "과거와 미래의 기적에 관해서, 아직 꿈조차 꾸지 못한 우주의 일에 관해서 말해주겠지요. 저는 단지 이 사람이 자기가 해줄 수 있는 모든 말을 할 때가 무르익었다고 생각하는 그때 여러분 중 일부가 이 자리에 있는 행운을 누리기를 바랄 뿐입니다."

"때가 무르익었소." 럼포드가 공허하게 말했다.

"썩을 만큼 무르익었지." 윈스턴 나일스 럼포드가 말했다.

"오늘 끝날 너무도 영예로운 이 전쟁은 전쟁에서 진 성인들에게만 영예로운 것이오. 그 성인들은 여러분과 똑같은 지구인이었소. 그들은 지구인들이 마침내 하나의 민족, 기뻐하며 형제애를 가지고 자랑스러워하는 민족이 될 수 있도록 화성으로 떠나 가망 없는 공격에 참여하고 기꺼이 죽었소."

"죽을 당시에 그들의 소원은," 럼포드가 말했다. "자신들만의 천국을 만드는 것이 아니라 지구에 있는 인류의 형제애가 지속되도록 하는 것이었소."

"독실한 마음으로 소망해야 할 그 목적을 위해," 럼포드가 말했다. "나는 모든 지구인이 온 마음으로 열정적으로 받아들일 수 있는 새로운 종교의 말씀을 가져왔소."

"국경은," 럼포드가 말했다. "사라질 것이오."

"전쟁을 위한 탐욕은," 럼포드가 말했다. "죽을 것이오.

"모든 시기와 두려움, 증오도 죽을 것이오." 럼포드가 말했다.

"새로운 종교의 이름은," 럼포드가 말했다. "'철저히 무관심한 하느님의 교회'요."

"그 교회의 깃발은 푸른색과 황금색이 될 거요." 럼포드가 말했다. "그 깃발에는 파란색 바탕에 다음과 같은 말이 황금빛 글씨로 쓰일 것이오. 사람들을 돌보라. 신의 일은 전능한 신이 알아서 할 것이다."

"이 종교의 주된 가르침 두 가지는 다음과 같소." 럼포드가 말했다. "보잘것없는 인간은 전능한 신을 돕거나 기쁘게 할 만한 일을 전혀 할 수 없고, 운은 신의 손에 주어진 것이 아니다."

"왜 다른 종교가 아니라 이 종교를 믿어야 할까?" 럼포드가 말했다. "여러분이 이 종교를 믿어야 하는 이유는, 이 종교의 수장인 내가 기적을 일으킬 수 있고 다른 종교의 수장은 그럴 수 없기 때문이오. 내가 어떤 기적을 일으킬 수 있느냐고요? 나는 미래에 닥칠 일을 절대적으로 정확하게 예측하는 기적을 일으킬 수 있소."

럼포드가 미래에 닥칠 오십 가지의 사건을 매우 상세히 예측했다.

현장에 있던 사람들은 그 예언들을 신중히 기록했다.

말할 필요도 없지만 그 사건들은 결국 현실이 되었다. 매우 상세하게.

"처음에는 이 종교의 가르침이 미묘하고 혼란스러운 것으로 보일 것이오." 럼포드가 말했다. "하지만 시간이 지나면 그 가르침이 아름답고 더없이 명료하게 느껴질 거요.

현재로서는 혼란스러운 출발이지만," 럼포드가 말했다. "내가 여러분에게 우화를 하나 말하겠소.

옛날 옛적에, 운은 맬러카이 콘스턴트라는 아기를 지구에서 가장 부유한 아이로 태어나게 했소. 같은 날, 운은 눈먼 할머니가 시멘트 층계 위에서 롤러스케이트를 밟도록 했고, 경찰관이 탄 말이 손풍금 연주자의 원숭이를 밟게 했으며, 가석방으로 풀려난 은행 강도가 자기 집 다락방에 있던 큰 가방 맨 아래에서 90달러 가치의 우표를 발견하게 했소. 내가 여러분에게 묻겠소. 운이 신의 손에 주어진 것이오?"

럼포드는 리모주 찻잔처럼 투명한 검지를 들어올렸다. "동료 신도들이여, 다음번에 방문할 때는," 그가 말했다. "전능한 신이 원하는 일이라며 어떤 일을 하는 사람들에 관한 우화를 들려주겠소. 그동안 여러분은 그 우화의 배경지식으로, 스페인 종교재판에 관해 손에 넣을 수 있는 모든 자료를 읽으면 좋겠소."

"다음번에 올 때는," 럼포드가 말했다. "여러분에게 현대에도 의미가 있도록 고쳐쓴 성경을 가져다주겠소. 또 화성에 관한 간략한 역사책도 가져오리다. 세상이 인간의 형제애로 단결된 곳이 될 수 있도록 죽어간 성인들에 관한 진짜 역사책이오. 이 역사책은 마음 아파할 수 있는 모든 인간의 마음을 무너뜨릴 것이오."

럼포드와 그의 개는 갑자기 비물질화했다.

• • •

화성을 떠나 수성으로 가는 우주선에서, 엉크와 보애즈를 실은 우주선에서, 자동항법장치는 선실이 다시 낮이 될 것이라고 선언했다.

엉크가 보애즈에게 보애즈의 주머니에 있는 물건이 더이상 누구도 해칠 수 없다고 말한 밤에서 이어진 새벽이었다.

엉크는 앉은 자세로 자기 침상에 잠들어 있었다. 장전해 공이치기까지 당겨놓은 마우저 소총이 그의 두 무릎에 가로놓여 있었다.

보애즈는 잠들지 않았다. 그는 엉크의 맞은편, 선실의 자기 침상에 누워 있었다. 보애즈는 한순간도 자지 않았다. 원한다면 지금 엉크를 쉽게 무장해제시키고 죽일 수 있었다.

하지만 보애즈는 사람들에게 자기가 원하는 일을 정확히 시킬 수단보다도 단짝이 필요하다고 생각한 터였다. 하긴, 밤 동안에 사람들에게 무슨 일을 시키면 좋을지가 매우 불분명해지기도 했다.

외로워지지 않는 것, 겁먹지 않는 것…… 보애즈는 그런 것이 인생에서 중요한 일이라고 판단했다. 다른 무엇보다 진짜 단짝이 도움이 될 터였다.

선실은 이상하게 부스럭거리는 기침소리로 가득했다. 웃음소리였다. 보애즈의 웃음. 그 소리가 그토록 이상하게 들린 이유는 보애즈가 전에는 그런 방식으로 웃은 적이 없었기 때문이었다. 보애즈는 지금 그가 비웃고 있는 것을 비웃어본 적이 한 번도 없었다.

그는 자신이 처한 굉장한 엉망진창을 비웃었다. 군생활 내내 마치 벌어지는 모든 일을 아는 것처럼 행세해왔던 것을. 벌어지는 모든 일이 괜찮은 일인 양 행세해왔던 것을.

그는 자신이 기꺼이 이용된 그 멍청한 방식을 비웃었다. 신을 걸고, 신이 무엇을 아는지 대체 누가 알까.

"이런, 단짝." 그가 큰 소리로 말했다. "우린 여기 우주에 나와서 대체 뭘 하는 걸까? 이런 옷을 입고 대체 뭘 하는 거야? 이 멍청한 건 누가 조종하고? 어째서 우리가 이런 깡통에 올라탄 거지? 어째서 우리가 가려는 곳에 도착하면 누군가를 쏴야 하는 거야? 어째서 그 사람이 우리를 쏴야 하는 거지? 어째서?" 보애즈가 말했다. "단짝," 그가 말했다. "어째서 그런지 네가 말해줄래?"

엉크는 깨어나 마우저 총구를 보애즈 쪽으로 홱 돌렸다.

보애즈는 곧바로 다시 웃었다. 그는 주머니에서 제어기를 꺼내더니 바닥에 내던졌다. "난 이걸 원하지 않아, 단짝." 그가 말했다. "네가 이 물건의 안쪽을 다 뜯어냈어도 괜찮아. 난 이걸 원하지 않아."

그러고 나서 그는 소리쳤다. “난 이 헛소리를 하나도 원하지 않아!”

8. 할리우드 나이트클럽에서

하모늄—수성에 존재하는 것으로 알려진 유일한 생명체.
하모늄은 동굴에 서식합니다.
이보다 우아한 생명체를 상상하기란 어렵지요.
—『기적과 해야 할 일에 관한 어린이 백과사전』

수성은 크리스털 잔처럼 노래한다.

늘 노래한다.

수성의 한쪽 면은 태양을 마주본다. 그쪽은 늘 태양을 마주본다. 그쪽은 희고 뜨거운 먼지의 바다다.

다른 면은 영원한 우주의 공백을 마주본다. 그쪽은 늘 영원한 우주의 공백을 마주본다. 그쪽은 시리도록 푸른 청백색 거대한 크리스털 숲이다.

수성이 노래하는 건 끝나지 않는 낮의 뜨거운 반구와 끝나지 않는 밤의 차가운 반구 사이의 긴장 때문이다.

수성에는 대기가 없으므로 수성이 부르는 노래는 촉감으로만 들을 수 있다.

노래는 느리다. 수성은 지구 시간으로 천 년 동안 단 하나의 음을 노래해왔다. 한때는 그 노래가 빠르고 거칠고 기발했다고, 고통스러울 정도로 다채로웠다고 생각하는 사람들도 있었다. 그랬을 수도 있다.

수성의 깊은 동굴에는 생명체가 있다.

그들에게는 행성이 부르는 노래가 중요하다. 그 생명체들은 진동을 양분으로 삼으니 말이다. 그들은 기계적 에너지를 먹고 산다.

생명체들은 노래하는 동굴 벽에 붙어 있다.

그렇게 하면 수성의 노래를 먹을 수 있다.

수성의 동굴 깊은 곳은 아늑할 정도로 따뜻하다.

깊은 동굴 벽은 형광빛으로 빛난다. 수선화처럼 노란빛을 뿜어낸다.

동굴의 생명체들은 투명하다. 그들이 벽에 달라붙으면 형광벽에서 나온 빛이 그들의 몸을 곧장 관통한다. 하지만 벽에서 나오는 노란빛은 생명체의 몸을 지나면서 생생한 에메랄드색으로 변한다.

자연이란 경이로운 존재다.

동굴의 생명체들은 뼈대 없는 작은 연처럼 생겼다. 완전히 자라면 가로 8인치, 세로 1피트의 다이아몬드 형태가 된다.

피부는 장식용 풍선만큼 얇다.

생명체의 네 모서리에는 저마다 연약한 빨판이 한 개씩 달려 있다. 이 빨판 덕분에 생명체는 자벌레처럼 기어가거나 매달리고, 수성의 노래가 가장 잘 들리는 곳을 감지할 수 있다.

멋진 식사가 기대되는 곳을 발견하면 생명체는 젖은 벽지처럼 벽에 들러붙는다.

이 생명체는 순환계가 필요하지 않다. 이들은 너무 얇아서 매개물 없이도 진동을 통해 모든 세포에 생명력을 전달할 수 있다.

이 생명체들은 배설하지 않는다.

이 생명체들의 번식 방법은 껍질을 벗는 것이다. 성체가 벗어버린 어린 개체는 비듬과 구분할 수 없다.

성별은 한 가지뿐이다.

모든 생명체는 자신과 똑같은 껍질을 벗어버릴 뿐이다. 그는 모두와 같다.

우리가 아는 어린 시절이란 없다. 떨어진 껍질은 떨어지고 지구 시간으로 세 시간 뒤에 껍질을 벗기 시작한다.

성체가 된 이들은 노쇠해져 죽지 않는다. 성체가 된 뒤에는 말하자면 수성이 노래를 부르고 싶어하는 한은 만개해 있다.

한 생명체가 다른 생명체를 해칠 방법은 없으며, 한 생명체가 다른 생명체를 해칠 동기도 없다.

굶주림, 시기, 야심, 두려움, 분노, 종교, 성욕은 중요하지도 않고 알려진 바도 없다.

생명체들에게는 단 한 가지 감각, 즉 촉각뿐이다.

이들에게는 약한 텔레파시 능력이 있다. 이들이 전달하고 전달받을 수 있는 메시지는 수성의 노래와 거의 마찬가지로 단조롭다. 이들이 주고받을 수 있는 메시지는 두 가지뿐이다. 첫번째 메시지는 두번째 메시지에 자동적으로 반응한 결과고, 두번째 메시지는 첫번째 메시지에 자동적으로 반응한 결과다.

첫번째 메시지는 "나 여기 있어, 나 여기 있어, 나 여기 있어"다.

두번째 메시지는 "네가 있어서 참 기뻐, 네가 있어서 참 기뻐, 네가 있어서 참 기뻐"다.

이 생명체에게는 공리주의적 근거로 설명되지 않는 마지막 한 가지 특징이 있다. 이 생명체들은 자기들끼리 자리를 배치하여 형광으로 빛나는 벽에 놀라운 무늬를 만들어내는 걸 즐기는 듯하다.

누가 보든 말든 인식하지도 못하고 관심도 없지만, 이 생명체들은 종종 수선화의 노란색과 생생한 에메랄드색 다이아몬드로 이뤄진 규칙적이고 현란한 무늬를 그리며 스스로 자리를 잡는다. 노란색은 아무것도 붙어 있지 않은 동굴 벽의 빛이다. 벽의 빛이 이 생명체를 투과하면 에메랄드색이 된다.

음악을 사랑하고 아름다움을 위해 자리를 배치하려는 의지가 있기에, 이 생명체에는 지구인들이 붙인 사랑스러운 이름이 있다.

이들은 하모늄*이라 불린다.

• • •

엉크와 보애즈는 화성을 떠난 지 지구 시간으로 칠십구 일이 지나 수성의 어두운 면에 착륙했다. 그들은 착륙한 행성이 수성인 걸 몰랐다.

그들은 태양이 무시무시할 정도로 크다고 생각했지만……

그렇다고 자신들이 지구에 착륙했다는 생각을 의심하진 않았다.

그들은 급격한 감속 과정에서 정신을 잃었다. 이제는 의식을 되찾고 있었다. 잔인하면서도 사랑스러운 환각을 대접받는 중이었다.

엉크와 보애즈가 보기에 우주선은 탐조등을 비추는 높은 빌딩들 사이로 천천히 내려가는 것 같았다.

"총을 쏘지 않네." 보애즈가 말했다. "전쟁이 끝났거나 아직 시작되지 않은 거야."

그들이 보고 있는 즐거운 광선은 탐조등에서 나오는 게 아니

* 오르간의 일종인 '하모늄'에서 차용한 표현.

었다. 광선은 수성의 밝은 반구와 어두운 반구 사이의 경계선에 있는 높다란 크리스털들에서 나왔다. 그 크리스털들이 태양에서 나오는 광선을 프리즘처럼 굴절시켜, 어두운 면을 향해 장난스럽게 드리우고 있었다. 어두운 면의 크리스털들이 그 광선을 다시 반사했다.

정말이지, 탐조등이 세련된 문명 위를 장난스럽게 비추고 있다고 믿기 십상이었다. 청백색의 거대하고 빽빽한 숲 또한 엄청나게 크고 아름다운 빌딩으로 오해하기 쉬웠다.

엉크는 현창 옆에 서서 조용히 흐느꼈다. 그는 사랑 때문에, 가족 때문에, 우정 때문에, 진실 때문에, 문명 때문에 흐느꼈다. 그가 흐느끼는 이유는 전부 추상적이었다. 그의 기억 속에는 상상력이 수난극의 재료로 쓸 만한 사람이나 물건이 거의 없었으니까. 이름들이 그의 머릿속에서 메마른 뼈처럼 덜그럭거렸다. 스토니 스티븐슨, 친구…… 비, 아내…… 크로노, 아들…… 엉크, 아빠……

맬러카이 콘스턴트라는 이름이 떠올랐지만 어떻게 해야 할지 알 수 없었다.

엉크는 멍하니 몽상에, 탐조등이 훑고 있는 웅장한 빌딩들을 만들어낸 멋진 사람들과 멋진 생명들에 대한 멍한 존경심에 빠져들었다. 여기에서라면 얼굴 없는 가족들과 얼굴 없는 친구들과 이름 없는 희망들도 틀림없이 번성할 수 있을 것이다.

마치……

번성에 걸맞은 이미지가 엉크의 손길을 교묘히 피해나갔다.

그는 놀라운 분수를, 점점 작아지는 돌 그릇들로 이뤄진 원뿔 모양 분수를 떠올렸다. 적절하지 않았다. 분수는 바짝 말라 있었고, 버려진 새 둥지로 가득했다. 엉크는 손가락 끝이 얼얼했다. 마치 메마른 그릇들을 기어오르느라 찰과상을 입은 것 같았다.

그 이미지는 적절하지 않았다.

엉크는 다시 마우저 소총의 기름 묻은 총구 저편에서 손짓하던 아름다운 여인 세 명을 상상했다.

"이런!" 보애즈가 말했다. "다들 잠들어 있네. 하지만 곧 깨어날 거야!" 그는 킥킥거리며 눈을 번뜩였다. "우리의 보애즈와 엉크가 뜨면," 그가 말했다. "모두가 잠에서 깨어나 몇 주씩 깨어 있을 거야!"

항법장치가 우주선을 능숙하게 조종하고 있었다. 장치가 긴장한 듯 혼잣말을 했다. 윙윙거리고 웅웅거리고 철컥거리고 진동하면서. 장치는 양옆의 위험을 감지해 피하며 아래의 이상적인 착륙 지점을 찾고 있었다.

항법장치의 설계자들은 일부러 장비가 한 가지 생각에 집착하도록 만들었다. 그 생각이란 그 우주선이 실어날랐어야 할 소중한 군대와 군량을 안전히 보관할 만한 장소를 찾는 것이었다. 항법장치는 찾을 수 있는 가장 깊은 구멍에 소중한 군대와 군량을 내려놓도록 되어 있었다. 적군의 포격이 이뤄지는 가운데 착륙하게 될 것이라는 가정 때문이었다.

지구 시간으로 이십 분 뒤에도 항법장치는 여전히 혼잣말을 하고 있었다. 그 어느 때보다도 할말이 많은 모양이었다.

게다가 우주선은 여전히 추락하고 있었다. 그것도 빠르게.

바깥에는 탐조등도, 높은 빌딩으로 보이던 것들도 더이상 보이지 않았다. 칠흑 같은 어둠뿐이었다.

우주선 안에 그 어둠만큼 묵직한 침묵이 흘렀다. 엉크와 보애즈는 자신들에게 무슨 일이 일어나고 있는지 느꼈다. 그 일이 차마 입에 담을 수도 없는 일이라는 걸 알았다.

그들은 자신들이 생매장당하고 있음을 정확히 느꼈다.

우주선이 갑자기 출렁하며 보애즈와 엉크를 바닥에 내팽개쳤다.

그 격렬함에 격렬한 안도감이 들었다.

"이제야 고향에 왔네." 보애즈가 소리쳤다. "고향에 오신 것을 환영합니다!"

그때 낙엽이 떨어지듯 낙하하는, 지독히도 기분 나쁜 느낌이 다시 시작됐다.

지구 시간으로 이십 분 뒤에도 우주선은 부드럽게 떨어지는 중이었다.

더 자주 출렁거렸다.

보애즈와 엉크는 출렁거림으로부터 몸을 보호하고자 침상으로 갔다. 엎드린 채 침상의 강철 파이프 기둥을 두 손으로 꽉 쥐고 있었다.

이들의 비참함을 완성하려는 것인지 항법장치는 선실에 밤이 찾아왔다고 선언했다.

우주선의 돔 위가 어딘가에 긁히는 소리에 엉크와 보애즈는 베개에서 현창으로 시선을 돌릴 수밖에 없었다. 이제 바깥으로 옅은 노란빛이 보였다.

엉크와 보애즈는 기뻐서 소리를 지르며 현창으로 달려갔다. 현창에 다다른 순간 우주선이 장애물에서 풀려나 다시 떨어지기 시작하면서, 그들은 또 한번 바닥에 내팽개쳐졌다.

지구 시간으로 한 시간 뒤, 추락은 멈췄다.

항법장치에서 작게 달칵 소리가 났다. 지시받은 대로 화성에서 수성까지 화물을 안전하게 운반한 항법장치가 알아서 꺼진 것이다.

항법장치는 수성 표면에서 116마일 아래에 있는 동굴 바닥으로 화물을 배달했다. 굴뚝들이 얽혀 있는 듯한 구불구불한 길을 따라 더 깊이 들어갈 수 없을 때까지 내려갔다.

보애즈가 먼저 현창에 이르러 밖을 내다보고 하모늄이 벽에 만들어둔, 노란색과 에메랄드색 다이아몬드들이 전하는 화사한 환영 인사를 받았다.

"엉크!" 보애즈가 말했다. "빌어먹을, 우주선이 우리를 할리우드 나이트클럽 한복판에 내려놨나봐!"

다음에 일어난 일을 완전히 이해하려면, 이쯤에서 슐리만 호흡법을 개괄적으로 정리해야 한다. 엉크와 보애즈는 여압상태의 선실에서 소장에 들어 있는 구프볼을 통해 산소를 얻고 있었다. 하지만 여압상태였기에 귓구멍과 콧구멍을 막고 입을 꽉 다물 필요는 없었다. 이런 차폐는 진공상태나 대기에 유독물질이 있을 경우에만 필요했다.

보애즈는 우주선 바깥이 그의 고향인 지구의 온전한 대기일 거라고 믿었다.

사실 바깥은 진공일 뿐 아무것도 없었다.

보애즈는 바깥의 우호적인 대기를 예상하며 굉장히 부주의하게도 에어로크의 안쪽과 바깥쪽 문을 둘 다 열었다.

그 결과는 얼마 되지 않는 선실의 공기가 바깥의 진공으로 폭발하듯 빨려나가는 사태였다.

보애즈는 안쪽 문을 쾅 닫았지만 엉크와 함께 기쁨의 함성을 지르다가 피를 쏟은 뒤였다.

그들은 호흡기에서 흥건하게 피를 흘리며 쓰러졌다.

그들이 죽지 않은 건 순전히 폭발에 다른 폭발로 대응하며 선실의 기압을 보통 수준으로 다시 끌어올린, 완전히 자동화된 비상 시스템 덕분이었다.

"엄마야." 보애즈가 정신을 차리고 말했다. "빌어먹을, 엄마야. 여긴 지구가 아니잖아."

엉크와 보애즈는 공황에 빠지지 않았다.

음식과 휴식, 음료, 구프볼로 힘을 되찾았다.

그런 다음 귓구멍과 콧구멍을 막고 입을 다문 뒤 우주선 근처를 탐사했다. 그들은 자신들의 무덤이 깊고도 구불구불하며 끝없는 곳이라고 판단했다. 공기도 없고, 조금이라도 인간을 닮은 생명체는 전혀 살지 않으며, 조금이라도 인간을 닮은 생명체조차 살 수 없는 곳이었다.

그들은 하모늄의 존재를 눈치챘지만 그 생명체들이 존재한다고 해서 기운이 나지는 않았다. 그 생명체들은 소름 끼치게 보였다.

엉크와 보애즈는 이런 곳에 왔다는 게 실감나지 않았다. 그래서 둘 다 공황에 빠지지 않을 수 있었다.

그들은 우주선으로 돌아왔다.

"그래." 보애즈가 침착하게 말했다. "무슨 실수가 있었던 거야. 땅속으로 너무 깊이 들어와버렸어. 아까 빌딩들이 있던 곳으로 다시 날아가야 해. 솔직히 말하는데, 엉크, 내가 보기에 여기는 지구도 아닌 것 같아. 말했듯이 무슨 실수가 있었어. 여기 빌딩에 사는 사람들한테 물어봐야 해."

"그래." 엉크가 말했다. 그는 입술을 핥았다.

"그냥 켜기 버튼을 눌러." 보애즈가 말했다. "그리고 새처럼 날아올라가는 거야."

"그래." 엉크가 말했다.

"내 말은," 보애즈가 말했다. "저 위쪽 빌딩에 사는 사람들은 이렇게까지 깊은 곳에 대해서는 아예 모를지도 모른다는 거야. 어쩌면 우린 그들이 경이로워할 만한 걸 발견한 건지도 몰라."

"그렇겠지." 엉크가 말했다. 머리 위 수 마일에 걸쳐 쌓여 있는 바위의 압력을 영혼으로 느낄 수 있었다. 둘이 처한 위기의 성격도 느껴졌다. 사방과 머리 위에는 갈라지고 갈라지고 또 갈라지는 길들이 있었다. 그 길들은 더 좁은 길들로 나뉘었고, 더 좁은 길들은 인간의 땀구멍 크기밖에 되지 않는 길들로 다시 나뉘었다.

표면까지 곧장 올라가는 길은 천 개 중 하나도 되지 않는다는 영혼의 느낌이 맞았다.

우주선은 기발하게 고안된 밑바닥의 감지장치 덕분에 아래로, 아래로, 아래로, 몇 안 되는 길 중 하나를 따라 쉽게 내려왔다. 지나갈 수 있는 몇 안 되는 길을 따라서 아래로, 아래로, 아래로.

엉크의 영혼이 아직 생각하지 못한 것은, 항법장치가 이륙하는 문제에 관해서는 선천적으로 멍청하다는 사실이었다. 설계자들은 우주선이 이륙시에 문제를 겪을 수 있다는 생각을 한 번도 해보지 않았다. 어쨌거나 화성의 모든 우주선은 아무 장애물이 없는 화성의 들판에서 이륙해, 지구에 착륙한 다음에는 버려지도록 되어 있었다. 그 결과 우주선에는 머리 위의 위험에 대항하는 감지장치가 사실상 전무했다.

"잘 있어라, 동굴이여." 보애즈가 말했다.

엉크는 태평하게 켜기 버튼을 눌렀다.

항법장치가 웅웅거렸다.

지구 시간으로 십 초 뒤, 항법장치가 예열되었다.

우주선은 속삭이듯 조용히, 손쉽게 동굴 바닥에서 떠올라 벽에 닿았다. 이윽고 무언가 갈리고 뜯겨나가는 듯한 비명을 지르며 옆면을 벽에 딱 붙인 채로 올라가다가, 위쪽의 돌출부에 돔을 쾅 들이받고 물러났다. 또다시 돌출부에 돔을 들이받고 물러났다가 돌출부를 긁으며 한번 더 속삭이듯 조용히 위로 올라갔다. 그런 뒤에 또 한번 갈려나가는 비명이 들렸다. 이번에는 사방에서 들리는 소리였다.

위로 올라가는 모든 움직임이 멈췄다.

우주선이 단단한 바위에 박혀버렸다.

항법장치가 신음했다.

선실 바닥 아래에서 겨자색 연기가 뿜어져나왔다.

항법장치가 신음을 멈췄다.

항법장치가 과열되었다. 과열이란 항법장치에게 우주선을

절망적인 상황에서 빼내라는 신호였다. 항법장치는 바로 그 일을 하기 시작했다. 갈려나가면서 말이다. 강철 부품들이 신음했다. 못이 탕탕 총소리와 함께 끊어졌다.

마침내 우주선은 풀려났다.

항법장치는 동굴이 우주선을 핥는 순간을 알아차렸다. 항법장치는 우주선을 다시 동굴 바닥으로 날려보내 입맞춤하듯 착륙시켰다.

항법장치는 알아서 꺼졌다.

엉크가 다시 켜기 버튼을 눌렀다.

이번에도 우주선은 허둥대며 아무것도 보이지 않는 통로로 올라갔다가 다시 물러나, 한번 더 바닥에 자리를 잡고 알아서 꺼졌다.

우주선이 부딪혀 박살날 뿐이라는 게 분명해질 때까지 이런 과정이 열두 번이나 반복되었다. 선체가 이미 심하게 찌그러져 있었다.

우주선이 열두번째로 동굴 바닥에 자리잡자 엉크와 보애즈가 무너졌다. 그들은 울음을 터뜨렸다.

"우린 죽었어, 엉크. 우린 죽었어!" 보애즈가 말했다.

"내 기억으로 난 살아 있었던 적이 없어." 엉크가 더듬더듬 말했다. "이제야 살게 될 줄 알았는데."

엉크는 현창으로 다가가 눈물이 흐르는 눈으로 밖을 내다보았다.

현창과 가장 가까운 곳의 생명체들이 에메랄드색 바탕에 연노란색으로 완벽한 '트'자를 그리고 있는 것이 보였다.

'트'의 형태만 봐서는 뇌가 없는 생명체들이 아무렇게나 배치되었을 가능성이 있었다. 하지만 이때 '트' 앞에 완벽한 '스' 자가 보였다. 그리고 '스' 앞에는 완벽한 '테'자가 있었다.

엉크는 머리를 비스듬하게 기울여 현창을 내다보았다. 그러자 100야드에 달하는 벽에 하모늄이 우글거리는 게 보였다.

엉크는 하모늄들이 현란한 글자로 메시지를 만들어낸 것을 보고 아연실색했다.

에메랄드색 바탕에 연노란색으로 적힌 메시지는 다음과 같았다.

지능 테스트!

9. 풀린 수수께끼

처음에 신은 하늘과 땅이 되었고…… 신은 이렇게 말했다.
"내가 빛이 되게 하라." 그렇게 신은 빛이 되었다.
—『윈스턴 나일스 럼포드 공인 개정 성경』

차에 곁들일 맛있는 간식으로는 금성산産
코티지치즈를 채운 어린 하모늄 롤을 먹어보세요.
—『비어트리스 럼포드의 은하 요리책』

영혼의 측면에서, 화성의 순교자들은 지구를 공격했을 때가
아니라 화성의 전쟁 기계로 징집되었을 때 죽었다.
—『윈스턴 나일스 럼포드 초간단 화성 역사』

난 아무런 해도 끼치지 않고 좋은 일을 할 수 있는 장소를 찾았어.
—세라 혼 캔비의 『수성의 동굴에 간 엉크와 보애즈』 중 '보애즈'

최근 가장 잘 팔리는 책은 『윈스턴 나일스 럼포드 공인 개정 성경』이다. 다음으로 인기가 많은 책은 흥미로운 위작인 『비어트리스 럼포드의 은하 요리책』이다. 세번째로 인기가 많은 책은 『윈스턴 나일스 럼포드 초간단 화성 역사』다. 네번째로 인기가 많은 책은 세라 혼 캔비가 쓴 어린이책 『수성의 동굴에 간 엉크와 보애즈』다.

캔비 여사의 책이 거둔 성공에 대한 출판사의 단조로운 분석은 겉표지에 적혀 있다. "햄버거, 핫도그, 케첩, 스포츠용품, 탄산음료가 실린 우주선을 타고 난파당하고 싶어하지 않는 아이가 있을까요?"

『어른들은 하모늄인가?』에서, 프랭크 마이놋 박사는 아이들이 이 책을 좋아하는 좀더 찝찝한 이유를 살핀다. "감히 생각해보자." 그는 요청한다. "사실상 지긋지긋할 정도로 무력하고 둔감하며 투박한 생명체들을 엄숙하고도 존경어린 태도로 대하려던 엉크와 보애즈의 경험은 아이들의 일상적 경험과 얼마나 닮아 있는가?" 마이놋은 인간 부모와 하모늄 사이의 평행관계를 그리면서 엉크와 보애즈가 하모늄을 대한 방식을 언급한다. 하모늄들은 엉크와 보애즈에게 지구 시간으로 십사 일에 한 번씩 새로운 희망의 메시지나 은밀한 조롱을 전달했다. 삼 년 동안 말이다.

물론 그 메시지는 십사 일마다 잠깐씩 수성에 나타났던 윈스턴 나일스 럼포드가 쓴 것이었다. 그는 여기서 하모늄을 벗겨내고 저기서는 꺾으며 정자체 글자를 만들어냈다.

캔비 여사의 이야기에서, 럼포드가 때때로 동굴 주변에 나타난다는 암시는 거의 결말 부분에 이르러서야 처음으로 등장한다. 엉크가 먼지 구덩이에서 커다란 개의 자취를 발견하는 장면이다.

만일 어른이 아이에게 이 이야기를 큰 소리로 읽어주고 있었다면, 이 시점에서 맛깔나게 쉰 목소리로 "어떤 개였게?"라고 묻는 것이 필수다.

카작이요. 윈스턴 나일스 럼포드의 어엄청나게 크고 심술궂은 크로노-신클래스틱 인펀디뷸럼 개요.

• • •

엉크가 동굴 통로 바닥의 먼지 구덩이에서 카작의 발자국을 찾았을 때 엉크와 보애즈는 지구 시간으로 삼 년째 수성에 있었다. 수성은 엉크와 보애즈를 싣고 태양 주위를 열두 번 반을 돌았다.

엉크는 우주선이 찌그러지고 흠이 난 채 바위에 끼어 있는 공간으로부터 6마일 위의 바닥에서 발자국을 찾았다. 엉크는 더이상 우주선에 살지 않았고 보애즈도 마찬가지였다. 우주선은 엉크와 보애즈가 지구 시간으로 약 한 달에 한 번씩 보급품을 가지러 돌아가는 공용 보급 창고 역할만 했다.

엉크와 보애즈는 거의 만나지 않았다. 그들은 아주 다른 범위에서 움직였다.

보애즈가 움직이는 범위는 작았다. 그가 지내는 곳은 고정되어 있었고 가구도 잘 갖춰져 있었다. 우주선과 같은 높이에, 겨우 4분의 1마일 떨어진 곳이었다.

엉크가 움직이는 범위는 광활하고 고정되어 있지 않았다. 그에게는 집이 없었다. 그는 가볍게, 멀리까지 움직였다. 추워서 더이상 나아갈 수 없을 때까지 올라갔다. 엉크가 한기 때문에 멈추는 곳에서는 하모늄들도 멈췄다. 엉크가 헤매고 다니는 위층에서는 하모늄들이 크기도 작고 수도 적었다.

보애즈가 사는 아늑한 아래층에서는 하모늄이 수도 많고 빠르게 자랐다.

보애즈와 엉크는 우주선에서 지구 시간으로 일 년을 함께 보낸 뒤 갈라섰다. 함께 보낸 첫해에 둘은 누군가 혹은 무언가가 와서 꺼내주지 않는 한 나갈 수 없다는 걸 분명히 깨달았다.

그 점만은 분명했다. 벽의 생명체들이야 엉크와 보애즈가 치르는 테스트의 공정함을, 그들이 조금만 더 열심히 생각하면, 조금만 더 복잡하게 생각하면 얼마나 쉽게 이곳을 탈출할 수 있는지를 강조하는 새로운 메시지들을 계속해서 적어댔지만 말이다.

"**생각해!**" 생명체들은 그렇게 말하곤 했다.

엉크가 일시적으로 정신을 놓은 뒤 엉크와 보애즈는 갈라섰다. 그때 엉크는 보애즈를 살해하려 했다. 보애즈가 다른 모든 하모늄과 똑같은 하모늄을 우주선으로 가져와 "귀여운 녀석이지, 엉크?"라고 말했을 때였다.

엉크는 보애즈의 목을 조르려 했다.

• • •

개의 흔적을 발견했을 때 엉크는 벌거벗고 있었다. 화성 돌격군의 이끼색 제복과 검은색 천 군화는 돌에 스치면서 닳고 닳아 실과 먼지가 되어버렸다.

엉크가 개의 흔적을 보고 흥분한 건 아니었다. 온혈동물의 흔적을 보았을 때, 인간의 가장 친한 친구가 남긴 흔적을 보았을 때 엉크의 영혼은 친목의 음악이나 희망의 빛으로 채워지지 않았다. 개의 흔적이 신발을 제대로 갖춰 신은 남자의 흔적과 합류했을 때도 그의 머릿속에는 거의 아무 말도 떠오르지 않았다.

엉크는 환경과 전쟁을 벌이고 있었다. 그는 환경을 악의적이거나 잔인할 정도로 잘못 관리된 존재로 여기게 되었다. 그는 즉시 써먹을 수 있는 유일한 무기—수동적인 저항과 노골적인 경멸의 표현—로 맞서 싸우는 것으로 반응했다.

엉크가 보기에 그 발자국은 환경이 또 한번 벌이고 싶어하는 바보 같은 게임의 첫번째 수 같았다. 그는 자취를 따라가더라도 흥분하지 않고 게으르게 따라갈 생각이었다. 따라가는 이유는 단지 당분간 예정된 일이 아무것도 없어서였다.

그는 따라갈 생각이었다.

발자국이 어디로 이어지는지 볼 생각이었다.

엉크의 걸음은 뒤뚱거렸고 금방이라도 무너질 것 같았다. 가엾은 엉크는 몸무게가 많이 줄었고, 머리도 많이 빠졌다. 그는 빠르게 늙어가고 있었다. 눈이 화끈거리고 뼈대는 곧 주저앉을 것 같았다.

엉크는 수성에서 면도를 한 번도 하지 않았다. 머리카락과 턱수염이 성가실 만큼 길어지면 고기 자르는 칼로 한 움큼씩 베어냈다.

보애즈는 매일 면도했다. 보애즈는 우주선의 이발 도구로 지구 시간으로 일주일에 두 번씩 머리도 깎았다.

엉크보다 열두 살 어린 보애즈는 살면서 이렇게 기분좋았던 적이 없었다. 그는 수성의 동굴에서 살이 쪘다. 평온도 얻었다.

보애즈가 집으로 삼은 지하 동굴에는 간이침대와 탁자, 의자 두 개, 샌드백, 거울, 아령, 녹음기, 천백 가지 곡이 담긴 음악 도서관 테이프가 있었다.

보애즈가 집으로 삼은 지하 동굴에는 문이 있었다. 그 문은 굴의 입구를 막을 수 있는 둥근 바위였다. 문이 꼭 있어야 했다. 하모늄에게는 보애즈가 전능한 신이었기 때문이다. 하모늄은 보애즈의 심장소리만 듣고도 그를 찾을 수 있었다.

문을 열어놓고 잤다면 보애즈는 눈을 떴을 때 수십만 마리의 추종자에게 꼼짝 못하고 붙들린 상태였을 것이다. 그들은 보애즈의 심장이 더이상 뛰지 않을 때에야 그가 일어나도록 내버려 두었을 것이다.

엉크처럼 보애즈도 벌거벗은 채였다. 하지만 신발은 아직 신고 있었다. 그의 진짜 가죽 신발은 멋지게 버텨주었다. 보애즈가 1마일을 걸을 때 엉크가 50마일을 걷긴 했지만, 보애즈의 신발은 버티기만 한 게 아니었다. 겉보기에 새것처럼 좋아 보였다.

보애즈는 규칙적으로 신발을 닦고, 왁스칠을 하고, 광을 냈다.

지금도 광을 내고 있었다.

그의 지하 동굴 문은 바위로 막혀 있었다. 그가 총애하는 하모늄 네 마리만이 함께 들어와 있었다. 둘은 그의 위팔에 감겨 있었다. 하나는 그의 허벅지에 붙어 있었다. 네번째는 겨우 3인치 길이의 어린 하모늄으로, 그의 왼쪽 손목 안쪽에 달라붙어 보애즈의 맥박을 먹고 있었다.

보애즈는 다른 어떤 하모늄보다도 마음에 드는 하모늄을 찾으면 그렇게, 그 생명체가 자기 맥박을 먹도록 했다.

"마음에 들어?" 그가 머릿속으로 운좋은 하모늄에게 말했다. "멋지지?"

보애즈는 신체적으로나 정신적으로나 영적으로나 지금처럼 기분이 좋았던 때가 없었다. 그는 엉크와 헤어진 것이 기뻤다. 엉크는 행복한 사람은 누구나 멍청하거나 미친 것처럼 보일 때까지 사태를 왜곡하기를 좋아했으니 말이다.

"어쩌다 그렇게 되는 걸까?" 보애즈가 머릿속으로 작은 하모늄에게 말했다. "뭘 얻겠다고 그렇게 다 버리는 거야? 그러니까 아파 보이는 것도 이상하지 않지."

보애즈는 고개를 저었다. "난 계속 엉크가 너희에게 관심을 두게 하려고 했어. 하지만 엉크는 점점 더 미쳐 날뛰기만 했어. 미쳐 날뛰어봐야 도움이 될 건 없는데."

"무슨 일이 벌어지는 건지 모르겠어." 보애즈가 머릿속으로 말했다. "누가 설명해준다 해도 난 아마 그 말을 이해할 만큼 똑똑하지 않을 거야. 내가 아는 건 우리가 어떤 식으로든 시험받고 있다는 것뿐이야. 우리보다 훨씬 더 똑똑한 누군가, 혹은 무언가한테 말이지. 그리고 내가 할 수 있는 일은 친절하게 살고 침착하게 지내며 다 끝날 때까지 좋은 시간을 보내려고 노력하는 것뿐이야."

보애즈는 고개를 끄덕였다. "그게 내 철학이야, 친구들." 그는 자기 몸에 붙어 있는 하모늄들에게 말했다. "내가 잘못 안 게 아니라면, 너희 철학이기도 하고. 내 생각엔 우리가 이렇게 잘 어울리는 건 그래서인 것 같아."

보애즈가 닦고 있는 진짜 가죽 신발의 발가락 부분이 루비처럼 빛났다.

"세상에…… 와 진짜, 이런, 이런, 이런." 보애즈가 루비를 들여다보며 혼잣말했다. 그는 신발에 광을 내며, 발가락 부분의 루비에서 많은 것이 보인다고 상상했다.

지금 이 순간 보애즈는 루비 속에서 엉크가 과거 화성의 무쇠 연병장 돌기둥에서 가엾은 스토니 스티븐슨을 목 졸라 죽이는 장면을 보고 있었다. 그 끔찍한 장면은 아무렇게나 떠오른 기억이 아니었다. 그건 보애즈와 엉크 관계의 핵심이었다.

"나한테 진실하지 마." 보애즈가 머릿속으로 말했다. "그럼 나도 너한테 진실하지 않을 테니까." 그건 보애즈가 엉크에게 몇 차례 했던 애원이었다.

보애즈는 이 애원을 발명해냈다. 그 의미는 다음과 같았다. 보애즈가 하모늄을 사랑하고, 엉크를 불행하게 만들 진실을 끄집어내지 않을 만큼 착하니까, 엉크는 보애즈에게 하모늄에 관한 진실을 더이상 말하지 말라는 것이었다.

엉크는 자기가 친구 스토니 스티븐슨을 목 졸라 죽였다는 걸 몰랐다. 엉크는 스토니가 우주 어딘가에 지금도 멋지게 살아 있다고 생각했다. 엉크는 스토니와 재결합하는 꿈 속에 살았다.

보애즈는 진실이라는 곤봉을 후려갈기고 싶어질 만큼 엉크가 아무리 심하게 도발해와도 그에게 진실을 말하지 않을 정도로 착했다.

루비 속 끔찍한 장면이 녹아내렸다.

"네, 주님." 보애즈가 머릿속으로 말했다.

보애즈의 왼쪽 위팔에 붙어 있던 하모늄 성체가 진동했다.

"보애즈더러 콘서트를 열어달라는 거야?" 보애즈는 머릿속으로 그 생명체에게 물었다. "그 말을 하려는 거야? '보애즈님, 저는 바로 여기, 당신 심장 근처에 있는 게 엄청난 영광이라는 걸 알아요. 은혜도 모르는 것처럼 말하긴 싫고요. 단지 바깥에 있는 내 모든 친구가 계속 생각날 뿐이에요. 저는 계속 그 녀석들에게도 무언가 좋은 게 있었으면 좋겠다는 생각이 들어요.' 그 말을 하려는 거야?" 보애즈가 머릿속으로 말했다. "'부탁이에요, 보애즈 아빠. 바깥에 있는 가엾은 친구들을 위해 콘서트를 열어주실래요?' 그 말을 하려는 거야?"

보애즈는 미소 지었다. "그렇게 아부하지 않아도 돼." 그가 하모늄에게 말했다.

손목에 붙어 있던 작은 하모늄이 몸을 웅크렸다가 다시 쭉 폈다. "넌 무슨 말을 하려는 거니?" 보애즈가 물었다. "'보애즈 삼촌, 삼촌의 맥박은 나처럼 작은 녀석한테는 너무 많아요. 보애즈 삼촌, 우리가 먹을 수 있는 멋지고 달콤하고 듣기 편한 음악을 좀 연주해주실래요?'라고 말하는 거니? 그 말을 하려는 거야?"

보애즈는 오른쪽 팔의 하모늄으로 관심을 돌렸다. 그 생명체는 움직이지 않았다. "넌 조용한 녀석이구나?" 보애즈가 머릿속으로 그 생명체에게 물었다. "말은 많지 않지만 늘 생각하고 있지. 넌 늘 음악을 연주하지 않는 보애즈가 꽤나 심술궂다고 생각할 거야. 그치?"

왼팔의 하모늄이 다시 진동했다. "뭐라고?" 보애즈가 머릿속으로 말했다. 그는 고개를 한쪽으로 기울이고 듣는 척했다. 그가 사는 진공에서는 어떤 소리도 전달될 수 없었지만 말이다. "'보애즈 왕이시여, 부디 저희에게 〈1812년 서곡〉을 연주해주소서'라고 했어?" 보애즈의 얼굴이 놀란 표정에서 엄한 표정으로 바뀌었다. "뭐가 더 좋게 느껴진다고 해서," 그는 머릿속으로 말했다. "그게 정말 너한테 좋은 건 아니야."

• • •

화성전쟁을 전공한 학자들은 럼포드의 전쟁 준비에서 나타난 기이한 불균형에 감탄하곤 한다. 어떤 부분에서 럼포드의 계획은 지독히도 허술했다. 예컨대 그가 일반 병사들에게 지급한 신발은 거의 날림으로 만들어진 화성사회, 목적이라고는 지구의 인간들을 단결시키기 위해 자멸하는 것뿐인 사회의 일시성을 풍자하는 것 같았다.

그러나 럼포드가 직접 선별해 중대 모선에 실은 음악 도서관을 보면 엄청난 문화가 저장되어 있음을 알 수 있다. 그 도서관은 지구 시간으로 천 년을 견딜 기념비적 문명을 위해 준비한 저장고 같았다. 럼포드는 쓸모없는 음악 도서관을 만드는 데 대포와 전쟁터의 위생을 위해 쓴 시간을 합친 것보다도 더 많은 시간을 썼다고 전해진다.

익명의 재담가가 한 말을 빌리자면, "화성의 군대는 삼백 시간 동안 이어질 음악을 싣고 도착했으나 〈강아지 왈츠〉를 끝까지 들을 만큼도 버티지 못했다."

럼포드가 화성의 모선에 실릴 음악을 기이할 정도로 강조한 이유는 간단하다. 럼포드가 좋은 음악에 미쳐 있었기 때문이다. 이런 열정은 그가 크로노-신클래스틱 인펀디뷸럼 때문에 시공간에 흩어진 다음에야 우연히 생겨났다.

수성의 동굴에 있는 하모늄들도 좋은 음악에 미쳐 있었다. 그들은 수백 년 동안 이어진 수성의 노래를 구성하는 단 하나의 음을 먹고 살아왔다. 보애즈가 그들에게 처음으로 음악을 맛보여주었을 때 일부 생명체는 실제로 황홀경에 빠져 죽었다. 우연히도 그 음악은 〈봄의 제전〉이었다.

죽은 하모늄은 쪼그라지고, 수성 동굴의 노란빛을 받아 주황색으로 보인다. 죽은 하모늄은 말린 살구처럼 생겼다.

그 첫번째 사건은 하모늄을 위한 콘서트로 계획된 것이 아니었다. 녹음기는 우주선 바닥에 놓여 있었고, 황홀경에 빠져 정말로 죽어버린 생명체들은 우주선의 금속 선체에 딱 달라붙어 있었다.

• • •

이 년 반이 지난 지금, 보애즈는 생명체들이 죽지 않도록 그들을 위한 콘서트를 여는 적절한 방법을 시연했다.

보애즈는 콘서트에 사용할 녹음기와 선별된 음악을 들고서 집으로 삼은 지하의 굴을 나섰다. 바깥 통로에는 알루미늄 다리미판 두 개가 있었다. 다리미판 다리에는 섬유 패드가 붙어 있었다. 두 다리미판은 6피트 거리를 두고 떨어져 있었으며, 그 사이에는 알루미늄 막대와 이끼색 섬유 캔버스로 만들어진 들것이 놓여 있었다.

보애즈는 녹음기를 들것 한가운데에 놓았다. 그 장치의 목적은 녹음기의 진동을 희석하고 희석하고 또 희석하는 것이었다. 진동은 들것의 축 처진 캔버스를 애써 헤치고 지나간 뒤 들것의 손잡이를 지나고 다리미판을 거쳐, 마침내 다리미판 다리에 달린 섬유 패드를 지나서야 돌바닥에 이르렀다.

이런 희석은 안전장치였다. 그렇게 하면 어떤 하모늄도 치명적인 음악 과용으로 죽지 않았다.

이제 보애즈는 테이프를 넣고 녹음기를 켰다. 그는 콘서트 내내 장치 옆을 지키고 서 있을 터였다. 그의 임무는 어떤 생명체도 장치에 너무 가까이 기어오지 못하도록 지켜보는 것이었다. 어떤 생명체가 너무 가까이 기어오면, 그의 임무는 그 생명체를 벽이나 바닥에서 떼어내 혼낸 뒤 100야드 이상 떨어진 곳에 다시 붙여두는 것이었다.

"이렇게 바보같이 굴면," 그는 무모한 하모늄에게 머릿속으로 말하곤 했다. "매번 영문도 모른 채 이리로 오게 될 거야. 잘 생각해."

사실 녹음기에서 100야드 떨어진 곳의 생명체에게도 일용할 음악은 충분했다.

사실 동굴 벽은 놀라울 정도로 전도력이 높아 수 마일 떨어진 동굴 벽의 하모늄들도 보애즈가 연 콘서트를 맛볼 수 있었다.

발자국을 따라 점점 더 깊은 동굴로 들어오던 엉크는 하모늄이 움직이는 모습을 보고 보애즈가 콘서트를 열고 있다는 걸 알았다. 그는 하모늄이 두껍게 쌓여 있는 따뜻한 층에 이르러 있었다. 노란색과 에메랄드색 다이아몬드가 번갈아 나타나는 규칙적 패턴이 깨졌다. 하모늄은 들쭉날쭉한 덩어리와 바람개비 모양, 번개무늬로 퇴화하고 있었다. 음악 때문이었다.

엉크는 꾸러미를 내려놓고 누워 쉬었다.

엉크는 노란색과 에메랄드색이 아닌 색을 꿈꿨다.

그러다가 좋은 친구 스토니 스티븐슨이 다음 모퉁이 너머에서 그를 기다리고 있는 꿈을 꾸었다. 엉크의 생각은 자신과 스토니가 만났을 때 서로 할말을 생각하며 생생해졌다. 여전히 엉크의 머릿속에는 스토니 스티븐슨이라는 이름에 붙일 얼굴이 없었지만 그건 별로 중요하지 않았다.

"대단한 한 쌍이야." 엉크는 혼잣말했다. 자신과 스토니가 함께한다면 못 이길 게 없다는 뜻이었다.

"분명히 말하지만," 엉크는 만족스럽게 혼잣말했다. "놈들은 무슨 대가를 치르더라도 우리를 떼어놓으려 들걸. 스토니와 엉크가 다시 함께하게 되면 조심해야 할 테니까. 스토니와 엉크가 함께하면 무슨 일이든 벌어질 수 있으니까. 보통은 실제로 그런 일이 벌어지고."

엉크는 낄낄거렸다.

엉크와 스토니가 함께하게 될 일을 두려워해야 할 존재는 저 위, 크고 아름다운 빌딩에 사는 사람들이었다. 엉크의 상상력은 빌딩으로 추정되는 것, 실제로는 단단하고 멍하니 차갑기만 한 무생물인 크리스털을 힐끔거리며 보낸 삼 년 동안 많은 일을 해냈다. 엉크의 상상력은 현재 모든 피조물의 주인이 그 빌딩에 산다고 확신했다. 그들이 엉크와 보애즈의 간수이자 어쩌면 스토니의 간수일지도 몰랐다. 그들은 동굴에서 엉크와 보애즈를 상대로 실험을 하고 있었다. 그들이 하모늄으로 메시지를 남기는 것이다. 하모늄 자체는 메시지와 아무 상관이 없었다.

엉크는 이 모든 일을 확실히 알았다.

엉크는 다른 많은 것도 확실히 알았다. 심지어 저 위의 빌딩에 어떤 가구가 있는지까지도 알았다. 가구에는 다리가 없었다.

자력磁力으로 그냥 공중에 떠 있었다.

그리고 그들은 전혀 일을 하지 않았으며 그 무엇도 걱정하지 않았다.

엉크는 그들을 증오했다.

그는 하모늄도 증오했다. 그는 벽에서 하모늄을 떼어내 둘로 찢었다. 하모늄은 즉시 쪼그라들며 주황색으로 변했다.

엉크는 두 조각이 된 시체를 천장으로 튕겼다. 그런 다음 천장을 올려다보다가 그곳에 적힌 새로운 메시지를 발견했다. 메시지는 음악 때문에 해체되는 중이었으나 아직 읽을 수 있었다.

메시지는 다섯 단어로 엉크에게 동굴에서 확실히, 쉽게, 빠르게 탈출하는 방법을 알려주었다. 엉크는 삼 년 동안 풀지 못한 수수께끼의 답이 주어지자 그 수수께끼가 단순하고도 공정한 것이었음을 인정할 수밖에 없었다.

엉크는 보애즈가 하모늄을 위한 콘서트를 여는 곳까지 허둥지둥 내려왔다. 엉크는 엄청난 소식에 흥분해 눈이 휘둥그레져 있었다. 진공상태에서는 말을 할 수 없었으므로 그는 보애즈를 우주선으로 끌어당겼다.

그곳, 선실의 비활성 공기 속에서 엉크는 보애즈에게 동굴에서의 탈출 방법이 담긴 메시지를 전했다.

이제는 보애즈가 멍한 반응을 보일 차례였다. 보애즈는 하모늄에게 지능이 있다는 아주 작은 환각만 보여도 전율하곤 했다.

하지만 이 감옥에서 해방되기 직전이라는 소식을 들은 지금, 보애즈는 이상하게도 주저했다.

"그럼…… 그럼 그 메시지가 설명되네." 보애즈가 조용히 말했다.

"무슨 메시지?" 엉크가 물었다.

보애즈는 지구 시간으로 나흘 전, 자기 집 바깥 벽에 나타났던 메시지를 두 손으로 가리켜 보였다. "'**보애즈, 가지 마!**'라고 했어." 보애즈가 말했다. 그는 수줍은 듯 시선을 내리깔았다. "'**우린 널 사랑해, 보애즈.**' 그렇게 적혀 있었어."

보애즈는 양옆으로 손을 툭 떨어뜨리더니 견딜 수 없는 아름다움에서 눈을 돌리듯 돌아섰다. "난 그걸 보고," 보애즈가 말했다. "미소 지을 수밖에 없었어. 나는 벽에 붙어 있는 상냥하고 온순한 녀석들을 보고 혼잣말을 했지. '이 녀석들, 보애즈가 어딜 갈 수 있겠어? 보애즈는 꽤 오랫동안 여기 처박혀 있어야 하는걸!'"

"함정이야!" 엉크가 말했다

"뭐라고?"

"함정이라고!" 엉크가 말했다. "우리를 여기에 붙잡아두려는 함정!"

『트위티와 실베스터』라는 만화책이 보애즈 앞 탁자에 펼쳐져 있었다. 보애즈는 엉크에게 바로 답하지 않았다. 대신 낡아빠진 책을 한 장씩 넘겼다. "그렇겠지." 그가 마침내 말했다.

엉크는 사랑이라는 이름의 미친 호소력에 관해 생각했다. 그는 오랫동안 하지 않았던 일을 했다. 웃은 것이다. 그는 이것이 악몽의 신경질적 결말이라고 생각했다. 벽에 붙어 있는 뇌 없는 세포막이 사랑에 관해 말하다니.

보애즈는 갑자기 엉크를 붙들더니 가엾은 엉크의 바짝 마른 뼈를 흔들어댔다. "엉크, 이렇게 해주면 고맙겠어." 보애즈가 긴장한 채 말했다. "저 녀석들이 나를 사랑한다는 메시지에 관해서 내가 무슨 생각을 하든 그냥 내버려둬. 내 말은……" 그가 말했다. "너도 알겠지만……" 그가 말했다. "꼭 너한테 말이 되어야 하는 건 아니잖아. 내 말은……" 그가 말했다. "너도 알겠지만……" 그가 말했다. "꼭 네가 무슨 말을 해야 하는 건 아니잖아. 내 말은," 그가 말했다. "너도 알겠지만……" 그가 말했다. "이 동물들이 꼭 네 취향에 맞을 필요는 없다는 거야. 네가 꼭 그 녀석들을 좋아해야 하는 것도 아니고, 이해해야 하는 것도 아니지. 그 녀석들에 대해 뭐든 말해야 하는 것도 아니고. 내 말은……" 보애즈가 말했다. "너도 알겠지만……" 보애즈가 말했다. "그 메시지는 너더러 보라고 적힌 게 아니었어. 그 녀석들이 사랑한다고 한 건 나야. 그러니까 너는 상관없어."

그는 엉크를 놔주고 다시 만화책으로 시선을 돌렸다. 엉크는 두툼하게 근육이 붙은 보애즈의 넓은 갈색 등을 보고 놀랐다.

보애즈와 떨어져 살다보니, 엉크는 자신이 보애즈와 신체적으로 필적할 만하다고 자찬하게 되었다. 이제 보니 그건 한심한 착각이었다.

보애즈의 등근육은 페이지를 넘기는 손가락의 빠른 움직임과 대조를 이루며 느린 패턴에 따라 미끄러지듯 움직였다. "넌 함정이니 뭐니 하는 것들을 아주 잘 아는 것 같은데." 보애즈가 말했다. "날아서 여기를 빠져나갔을 때 더 나쁜 함정이 기다리고 있지 않을 거라는 건 어떻게 확신해?"

엉크가 대답하기도 전에 보애즈는 녹음기를 틀어두고 자리를 비웠다는 걸 떠올렸다.

"아무도 그 녀석들을 지켜보지 않고 있잖아!" 그가 소리쳤다. 그는 엉크를 떠나 하모늄들을 구하러 달려갔다.

보애즈가 떠나 있는 동안 엉크는 우주선을 뒤집을 계획을 세웠다. 그것이 빠져나가는 방법에 관한 수수께끼의 해답이었다. 천장의 하모늄들이 한 말이 그것이었다.

엉크, 우주선을 뒤집어.

물론 우주선을 뒤집는다는 이론은 타당했다. 우주선의 감지 장치는 바닥에 있었다. 뒤집어놓으면 우주선은 동굴에 들어올 때와 같은 태평한 우아함과 지능으로 빠져나갈 수 있을 터였다.

보애즈가 돌아왔을 때 엉크는 전력권양기와 수성의 동굴에 있는 약한 중력을 이용해 우주선을 뒤집어놓은 상태였다. 밖으로 나가기 위해 남은 일은 켜기 버튼을 누르는 것뿐이었다. 그러면 뒤집힌 우주선이 우당탕하며 동굴 바닥에 부딪혔다가 포기하고, 바닥이 천장이라고 착각한 채 떠오를 것이다.

우주선은 하강한다는 착각 속에 굴뚝 같은 길들을 올라갈 것이다. 그리고 틀림없이, 최대한 깊은 구멍을 찾는다는 착각 속에 나가는 길을 찾을 것이다.

마침내 우주선이 들어가게 될 구멍은 바닥도 없고 벽도 없는 영원한 우주일 것이다.

보애즈는 양팔 가득 죽은 하모늄을 안고 뒤집힌 우주선에 들어왔다. 그는 말린 살구처럼 보이는 것들을 4쿼트 넘게 안고 있었다. 어쩔 수 없이 그는 일부를 떨어뜨렸다. 그리고 그것들을 경건하게 집어들려다가 더 많은 것을 떨어뜨렸다.

그의 얼굴에서 눈물이 흘러내렸다.

"보여?" 보애즈가 말했다. 그는 스스로에게 마음이 무너질 듯 화를 내고 있었다. "보여, 엉크?" 그가 말했다. "누군가 그냥 도망치고 잊어버리면 무슨 일이 벌어지는지 보이느냐고?"

보애즈는 고개를 저었다. "이게 죽은 하모늄 전부는 아니야." 그가 말했다. "죽은 하모늄 전부의 발끝에도 못 미쳐." 그는 한때 캔디가 들어 있던 빈 통을 찾았다. 그러고는 하모늄 시체를 그

통에 넣었다.

그는 두 손을 허리에 얹은 채 몸을 폈다. 엉크는 보애즈의 몸을 보고 놀랐듯, 이제 그의 위엄에도 놀랐다.

허리를 펴자 보애즈는 현명하고 품위를 갖췄으며 흐느끼고 있는, 갈색의 헤라클레스였다.

그에 비해 엉크는 비쩍 마르고 불안정하고 늘 투덜거리는 사람 같았다.

"나누는 건 어때, 엉크?" 보애즈가 말했다.

"나누다니?" 엉크가 말했다.

"구프볼, 음식, 탄산음료, 캔디 말이야." 보애즈가 말했다.

"그걸 전부 나누자고?" 엉크가 말했다. "세상에…… 전부 오백 년어치는 될걸." 물건을 나누자는 이야기가 나온 적은 한 번도 없었다. 부족함도, 뭐든 부족해질 거라는 위기감도 없었다.

"반은 네가 가져가고, 반은 나한테 남겨줘." 보애즈가 말했다.

"너한테 남겨달라고?" 엉크가 믿을 수 없다는 듯 말했다. "너…… 너도 나랑 같이 갈 거잖아?"

보애즈는 커다란 오른손을 들었다. 그건 조용히 하라는 부드러운 신호, 대단하고 위대한 인간의 손짓이었다. "나한테 진실하지 마, 엉크." 보애즈가 말했다. "그러면 나도 너한테 진실하지 않을게." 그는 주먹으로 눈물을 닦았다.

엉크는 진실하기에 관한 부탁을 한 번도 가벼이 넘길 수 없었다. 엉크는 그런 간청에 겁을 먹었다. 머릿속 어느 부분이 보애즈가 허풍을 떠는 게 아니라고, 보애즈는 정말로 엉크를 산산조각낼 수 있는 진실을 알고 있다고 경고했다.

엉크는 입을 열었다가 다시 다물었다.

"넌 나한테 와서 엄청난 소식을 전하지." 보애즈가 말했다. "'보애즈……'라고 말해. '우린 자유로워질 거야!'라고. 그러면 나는 완전히 흥분해서 내가 하던 모든 일을 그만둬버려. 그리고 자유로워질 준비를 하지."

"그러면서 나는 계속 나 자신에게 어떻게 자유로워질지 말해." 보애즈가 말했다. "그런 다음에는 자유로워진다는 건 어떤 걸지 생각해. 그때 보이는 건 사람들뿐이야. 사람들은 나를 이쪽저쪽으로 떠밀어. 그 무엇으로도 사람들을 기쁘게 할 수 없고, 사람들은 점점 더 미쳐 날뛰어. 그 무엇으로도 행복해지지 않는다면서. 그리고 내가 자기들을 행복하게 만들어주지 못했다며 나한테 소리치지. 그렇게 모두가 조금 더 밀고 당기는 거야."

"그러다가 갑자기," 보애즈가 말했다. "난 음악만으로 너무도 쉽게, 너무도 행복하게 만들어줄 수 있는 말도 안 되는 작은 동물을 떠올릴 거야. 그리고 보애즈가 그 녀석들을 깡그리 잊어버렸기 때문에, 자유로워진다는 사실에 너무 신이 났기 때문에 그 녀석들이 수천 마리나 죽어 나자빠진 걸 보게 되겠지. 그 녀석들 하나하나가, 내가 하던 일에 계속 마음을 두기만 했더라면 살릴 수 있었을 생명들이 목숨을 잃는 거야."

"그럼 나는 나 자신에게 말하겠지." 보애즈가 말했다. "'난 사람들한테 한 번도 좋은 존재가 아니었어. 사람들도 나한테 한 번도 좋은 존재가 아니었고. 그럼 왜 떼거리로 모여 있는 사람들 사이에서 자유로워지고 싶어하는 거야?'"

"그 순간 나는 여기로 돌아와서 너한테 무슨 말을 해야 할지 깨달았어, 엉크." 보애즈가 말했다.

이제 보애즈는 그 말을 했다.

"난 아무런 해도 끼치지 않고 좋은 일을 할 수 있는 곳을 찾았어. 난 내가 잘하고 있다는 걸 알고, 내가 착한 일을 해주는 녀석들도 내가 그런다는 걸 알아. 그리고 그 녀석들은 날 사랑해, 엉크. 녀석들이 할 수 있는 한 최선을 다하지. 난 집을 찾았어."

"언젠가 이 아래에서 죽게 되면," 보애즈가 말했다. "나 자신에게 말할 수 있겠지. '보애즈…… 넌 살아갈 가치가 있는 목숨 수백만 개를 만들어냈어. 그렇게 큰 기쁨을 퍼뜨린 사람은 아무도 없어. 이 우주에 네 적은 하나도 없어.'" 보애즈는 자신에게, 한 번도 가져본 적이 없던 사랑 넘치는 엄마와 아빠가 되어주었다. "이제 자렴." 그는 동굴 속의 돌침대에서 임종을 맞은 자신을 상상하며 혼잣말했다. "너는 착한 아이야, 보애즈." 그가 말했다. "잘 자렴."

10. 기적의 시대

"오 가장 높으신 주님, 우주의 창조자이자 은하수를 자아내신 분, 전자기파의 영혼이자 불가지의 진공을 들이쉬고 내쉬는 분이시여, 불과 바위를 내뿜는 분이자 천년왕국으로 농담을 하는 분이시여…… 저희가 당신을 위해 할 수 있는 일 가운데 당신께서 스스로 1000의 9제곱 배는 더 잘하실 수 없는 일이 있나이까? 없나이다. 저희가 당신의 관심을 끌 만한 행동이나 말을 할 수 있나이까? 없나이다. 오, 인류여. 우리 창조주의 무관심을 기뻐할지니, 그 무관심이야말로 끝내 우리를 자유롭고 참되며 존엄하게 만들 것이기 때문이니라. 더는 맬러카이 콘스턴트 같은 바보가 행운이라는 터무니없는 우연을 가리키며 '저 위의 누군가가 날 좋아하나보죠'라고 말할 수 없을지니. 더는 폭군이 '신께서 이런저런 일이 일어나기를 바라시며, 이런저런 일이 일어나도록 돕지 않는 사람은 누구나 신에게 반대하는 것이다'라고 말할 수 없을지니라. 오 가장 높으신 주님, 당신의 무관심은 어찌나 영예로운 무기인지요? 우리는 그 무기를 칼집에서 꺼내 힘차게 휘두르고 베었으며, 너무도 자주 우리를 노예로 삼거나 정신병원으로 몰아넣었던 허풍 가득한 거짓말을 죽였나이다!"

—C. 호너 레드와인 목사

화요일 오후였다. 지구의 북반구는 봄이었다.

지구는 푸르고 촉촉했다. 지구의 공기는 숨쉬기에 적합했고, 그 공기를 들이마시다보면 크림을 먹는 것처럼 살이 올랐다.

지구에 떨어지는 비에서는 순수함을 맛볼 수 있었다. 순수함의 맛은 우아하게 새콤했다.

지구는 따뜻했다.

지구의 표면은 쉬지 않는 비옥함 속에서 들썩이며 끓어올랐다. 지구에서 죽음이 가장 많은 곳이 가장 기름졌다.

• • •

우아하게 새콤한 비가 엄청난 죽음이 서린 곳에 떨어졌다. 비는 뉴월드 지역 교회에 딸린 묘지에 떨어졌다. 교회 묘지는 미국 매사추세츠주 케이프코드 웨스트반스터블에 있었다. 교회 묘지는 가득차 있었다. 자연사한 사람들 사이의 공간은 영예로운 전사자들의 시신으로 빽빽하게 채워져 있었다. 화성인들과 지구인들이 나란히 누워 있었다.

지구인과 화성인이 나란히 누워 있는 묘지가 한 군데도 없는 나라는 세상에 없었다. 지구 전체와 화성에서 온 침략자들의 전쟁에서 한 번도 싸우지 않은 나라는 세상에 없었다.

모든 것이 용서되었다.

살아 있는 모든 존재가 형제였고, 죽은 모든 존재는 더욱 그랬다.

젖은 어미 도도새처럼 묘비들 사이에 쭈그리고 앉은 교회는 다양한 시대에 걸쳐 장로교회, 조합교회, 유니테어리언교회, 만국종말론교회였다. 지금은 철저히 무관심한 하느님의 교회였다.

미친 것처럼 보이는 한 남자가 교회 묘지에 서서 크림 같은 공기에, 신록과 습기에 의아해하고 있었다. 그는 거의 벌거벗은 채였고, 짙은 남빛 턱수염과 흰머리가 섞인 머리카락은 길고 엉켜 있었다. 그가 입은 유일한 옷은 렌치와 구리선으로 만들어 허리에 두른 일종의 치마뿐이었다.

그 옷이 그의 부끄러운 부분을 가려주었다.

빗물이 거친 뺨 위로 흘러내렸다. 그는 고개를 젖히고 빗물을 마셨다. 그는 머리를 묘비에 얹었다. 몸을 지탱하기 위해서라기보다는 촉감 때문이었다. 그는 돌의 감촉에 익숙했다. 거칠고 건조한 돌의 감촉에는 죽을 만큼 익숙했다. 하지만 젖은 돌, 이끼가 낀 돌, 인간이 네모나게 다듬고 글을 새긴 돌은…… 그런 돌은 아주 오랫동안 만져보지 못했다.

그가 만진 돌에는 프로 파트리아*라고 적혀 있었다.

그 남자는 엉크였다.

그는 화성과 수성을 거쳐 집에 왔다. 그의 우주선이 교회 묘지 옆 숲에 알아서 착륙했다. 그는 인생을 잔인하게 낭비해버린 남자의 부주의하고도 나약한 폭력으로 가득차 있었다.

엉크는 마흔세 살이었다.

그에게는 시들어 죽을 온갖 이유가 있었다.

* 라틴어로 '조국을 위하여'라는 뜻.

그가 계속 나아가는 이유는 감정적이라기보다는 단지 기계적인 소원 때문이었다. 그는 짝인 비와 아들인 크로노, 유일하고도 가장 친한 친구인 스토니 스티븐슨과 재결합하고 싶었다.

• • •

비 오는 화요일 오후, C. 호너 레드와인 목사는 교회 강단에서 있었다. 교회에 다른 사람은 없었다. 레드와인은 그저 최대한 행복해지기 위해 강단에 올랐다. 부정적인 상황에서 최대한 행복해지려는 것이 아니었다. 특별히 행복한 상황에서 최대한 행복해지려는 것이었다. 그는 기적을 약속할 뿐 아니라 실현하는 종교의 목사로서 많은 사랑을 받고 있었으니까.

그가 목사로 있는 '철저히 무관심한 하느님의 반스터블 제1교회'에는 다른 이름이 있었다. '지친 우주 방랑자의 교회'였다. 그 별칭이 붙은 건 화성군의 외로운 낙오자가 언젠가 레드와인의 교회에 도착하리라는 예언 때문이었다.

교회는 기적을 받아들일 준비가 되어 있었다. 강단 뒤의 거친 떡갈나무 기둥에는 손으로 주조한 쇠못이 박혀 있었다. 기둥에는 마룻대로 쓰는 튼튼한 서까래가 달려 있었고, 못에는 반보석이 박힌 옷걸이가 걸려 있었다. 옷걸이에는 투명한 비닐 커버를 씌운 옷 한 벌이 걸려 있었다.

예언은 지친 우주 방랑자가 벌거벗고 있을 것이며, 그 옷이 방랑자에게 장갑처럼 꼭 맞으리라는 것이었다. 그 옷은 다른 누구도 아닌 한 사람에게만 잘 맞는 디자인이었다. 위아래가 붙어 있었으며 레몬처럼 노란색이었고, 스판덱스 소재였으며 지퍼가 달려 이상적으로 몸에 꼭 맞았다.

그 옷은 일상적으로 입을 만한 옷이 아니었다. 기적에 매력을 더할 독특한 작품이었다.

옷의 앞과 뒤에는 1피트 길이의 주황색 물음표 자수가 놓여 있었다. 우주 방랑자가 자신이 누군지 모르리라는 뜻이었다.

철저히 무관심한 하느님의 교회의 총 수장인 윈스턴 나일스 럼포드가 세상에 우주 방랑자의 이름을 알려줄 때까지는 아무도 그가 누군지 모를 터였다.

우주 방랑자의 도착을 알리는 신호는 레드와인이 미친듯 교회 종을 울리는 것이었다.

종이 미친듯이 울리면 교구 신자들이 황홀경을 느끼며 뭐든 하던 일을 멈추고 웃고 흐느끼며 다가올 터였다.

웨스트반스터블 의용소방대는 레드와인의 교회 신도들이 주도하고 있었기에, 우주 방랑자에게 조금이라도 걸맞은 유일한 탈것으로 소방차가 도착하기로 되어 있었다.

소방서 꼭대기에서 화재경보기가 지르는 비명이 미친듯 기쁘게 울리는 종소리에 더해질 예정이었다. 화재경보기가 비명을 한 번 지르면 풀밭이나 숲에 불이 났다는 뜻이었다. 비명을 두 번 지르면 집에 불이 났다는 뜻이었다. 비명을 세 번 지르면 구조할 사람이 있다는 뜻이었다. 비명을 열 번 지르면 우주 방랑자가 도착했다는 뜻이었다.

• • •

아귀가 맞지 않는 창틀로 물이 스며들었다. 지붕의 느슨한 널빤지 아래로 기어든 물은 갈라진 틈 사이로 똑똑 떨어지다가, 레드와인의 머리 위 서까래에 반짝이는 구슬이 되어 매달렸다. 선량한 비가 첨탑의 낡은 폴 리비어* 종을 적시고, 설렁줄을 따라 흘러 그 끝에 달린 나무 인형을 적신 뒤, 인형의 발밑으로 뚝뚝 떨어지며 첨탑의 판석 바닥에 고였다.

인형에는 종교적 의미가 있었다. 그 인형은 더이상 존재하지 않는 불쾌한 삶의 방식을 나타냈다. 인형은 맬러카이라고 불렸다. 레드와인의 교회에 다니는 사람의 집이나 사업장 어디에나 맬러카이가 매달려 있었다.

맬러카이를 매다는 적절한 방법은 하나였다. 목을 매다는 것이었다. 적절한 매듭법도 하나였다. 교수형 매듭이었다.

* 미국의 은세공업자로 미국독립혁명 당시 전령 역할을 했다.

그렇게 빗물은 설렁줄 끝에 매달린, 레드와인의 맬러카이의 발에서 뚝뚝 떨어졌다……

크로커스가 피는 차갑고 마귀 같은 봄은 지났다.

민들레가 피는 허약하고 싸늘한, 요정 같은 봄도 지났다.

인류를 위한 봄이 왔다. 레드와인의 교회 바깥에서는 라일락이 나무 그늘 아래로 콩코드포도처럼 묵직하고 통통하게 늘어져 있었다.

레드와인은 빗소리를 들으며 비가 초서 시대의 영어를 쓴다고 상상했다. 그는 상상 속에서 비가 하고 있는 말을 큰 소리로, 조화롭게, 비의 소음에 걸맞게 말했다.

4월에 달콤한 소나기가 내려
3월의 가뭄을 뿌리까지 꿰뚫고,
꽃을 피어나게 하는 술기운으로
모든 덩굴이 젖어들 때……

머리 위 서까래에서 반짝이는 빗방울이 떨어져 레드와인의 왼쪽 안경알과 사과처럼 붉은 뺨을 적셨다.

세월은 레드와인에게 친절했다. 강당에 서 있는 그는 마흔아홉 살이었지만, 혈색 좋고 안경을 쓴 시골의 신문 파는 아이처럼 보였다. 그는 손을 들어 축축한 뺨을 닦았다. 손목에 감긴 캔버스 천 자루 속의 납 총알이 덜그럭거렸다.

그의 발목과 다른 손목에도 비슷한 총알 자루가 감겨 있었다. 어깨에는 묵직한 철판 두 개도 끈으로 매달려 있었다. 한 철판은 가슴에, 한 철판은 등에 걸린 모습이었다.

이것이 인생이라는 경주에서 그가 짊어질 핸디캡이었다.

그는 48파운드를 짊어지고 다녔다. 기꺼이. 더 힘이 센 사람은 더 많은 무게를, 더 약한 사람은 더 적은 무게를 지고 다녔다. 레드와인의 신도 중 힘이 센 사람은 누구나 기꺼이 핸디캡을 받아들이고, 어디에나 그것을 자랑스럽게 차고 다녔다.

이제야 가장 나약하고 미약한 자들도 인생이라는 경주가 공정하다는 걸 받아들일 수밖에 없었다.

비가 만들어내는 촉촉한 멜로디는 텅 빈 교회에서 낭송할 어떤 말에도 너무나 사랑스럽게 어울리는 배경음이 되어주었기에, 레드와인은 더 많은 시를 읊었다. 이번에는 뉴포트의 주인인 윈스턴 나일스 럼포드가 쓴 글을 암송했다.

레드와인이 비의 합창에 맞춰 암송하려던 것은 뉴포트의 주인이 목사들과의 관계에서 자신의 지위를, 회중과의 관계에서 목사들의 지위를, 신과의 관계에서 모두의 지위를 정의한 글이었다. 레드와인은 매달 첫 일요일에 신도들에게 그 글을 읽어주었다.

"나는 여러분의 아버지가 아닙니다." 레드와인이 말했다. "차라리 나를 형제라고 부르십시오. 하지만 나는 여러분의 형제가 아닙니다. 차라리 나를 아들이라고 부르십시오. 하지만 나는 여러분의 아들이 아닙니다. 차라리 나를 개라고 부르십시오. 하지만 나는 여러분의 개가 아닙니다. 차라리 나를 여러분의 개에 붙은 벼룩이라고 부르십시오. 하지만 나는 벼룩이 아닙니다. 차라리 나를 여러분의 개에 붙은 벼룩에 붙은 균이라고 부르십시오. 여러분의 개에 붙은 벼룩에 붙은 균으로서, 나는 내가 할 수 있는 모든 방법으로 기꺼이 여러분에게 봉사하겠습니다. 여러분이 우주의 창조주이신 전능한 하느님께 기꺼이 봉사하듯이 말입니다."

레드와인은 두 손을 짝 부딪치며 병균이 득실거리는 상상 속 벼룩을 죽여버렸다. 일요일마다 회중 전체가 일제히 벼룩을 짝 쳐서 죽였다.

서까래에서 떨고 있던 빗방울 하나가 떨어져 레드와인의 뺨을 다시 적셨다. 레드와인은 고개를 끄덕이며 그 빗방울에, 교회에, 평화에, 뉴포트의 주인에게, 지구에, 신경쓰지 않는 하느님에게, 모든 것에게 달콤한 감사인사를 전했다.

그는 강단에서 내려오며 핸디캡 자루에 들어 있는 납덩이들이 앞뒤로 움직이도록 위풍당당하게 팔다리를 휘저었다.

그는 중앙 통로를 지나 첨탑 아래의 아치를 지나갔다. 그는 설렁줄 아래의 물웅덩이에 잠시 멈춰 서서, 빗물이 흘러 지나온 신성한 길을 올려다보았다. 봄비에 어울리는 사랑스러운 길이었다. 교회 리모델링 작업을 맡게 된다면 적극적인 빗방울이 계속 그 길로 들어올 수 있도록 해야겠다고 마음먹었다.

첨탑 아래의 아치 바로 너머에는 또하나의 아치가 있었다. 라일락 나뭇잎으로 뒤덮인 아치였다.

레드와인은 이제 그 두번째 아치 밑으로 발걸음을 내디디며 숲에 거대한 물집처럼 자리잡은 우주선을, 그의 교회 묘지에 들어와 있는 벌거벗고 턱수염 난 우주 방랑자를 보았다.

레드와인은 기뻐 소리를 질렀다. 그는 다시 교회로 달려가 술 취한 침팬지처럼 설렁줄을 확 잡아당기고 흔들어댔다. 미친듯이 딸랑거리는 종소리 속에서, 레드와인은 뉴포트의 주인이 종소리가 전하리라 예언했던 말을 들었다.

"노 헬!"* 종이 뎅그렁거렸다.

"노 헬,

노 헬,

노 헬!"

• • •

엉크는 종소리를 듣고서 겁에 질렸다. 엉크가 듣기에는 화가

* No hell. '지옥이 없다'는 뜻이기도 하고 '말도 안 돼'라는 뜻의 감탄사이기도 하다. 크리스마스의 별칭인 '노엘'과 발음이 비슷하다.

나고 겁에 질린 소리 같았다. 그는 우주선으로 되돌아 달려가며 돌벽을 허둥지둥 넘다가 정강이를 심하게 긁혔다. 에어로크를 닫는데 사이렌이 종소리에 화답하며 울부짖는 소리가 들려왔다.

엉크는 지구가 여전히 화성과 전쟁중이며 사이렌과 종은 그에게 닥칠 갑작스러운 죽음을 부르고 있다고 생각했다. 그는 켜기 버튼을 눌렀다.

자동항법장치는 즉시 반응하지 않고 웅웅대며 자신과 헛된 싸움을 벌였다. 그 싸움은 항법장치가 알아서 꺼지며 끝났다.

엉크는 켜기 버튼을 다시 눌렀다. 이번에는 손바닥 아랫부분으로 버튼을 계속 누르고 있었다.

이번에도 항법장치는 자신과 멍청하게 말다툼을 벌이다 알아서 꺼지려 했다. 알아서 꺼질 수 없다는 걸 알게 되자 항법장치는 지저분한 노란 연기를 피웠다.

연기가 너무 짙고 유독해져 엉크는 구프볼을 하나 삼키고 다시 슐리만 호흡법을 써야 했다.

그때 항법장치가 낮게 떨리는 오르간 음을 뱉어내더니 영원히 죽어버렸다.

이제는 이륙할 수 없었다. 항법장치가 죽자 우주선 전체가 죽어버렸다.

엉크는 연기를 헤치고 현창으로 다가가…… 밖을 보았다.

소방차가 한 대 보였다. 소방차는 덤불을 헤치며 우주선으로 다가오고 있었다. 남자와 여자, 아이들이 소방차에 매달려 있었다. 그들은 비에 쫄딱 젖은 채 황홀경을 표현하는 중이었다.

소방차보다 앞장서 오는 사람은 C. 호너 레드와인 목사였다. 그의 한 손에는 투명한 비닐을 씌운 레몬색 옷이 들려 있었다. 다른 손에는 방금 꺾은 라일락 꽃다발이 들려 있었다.

여자들은 현창 너머로 엉크에게 키스를 날리고, 아이들을 들어올려 안에 있는 사랑스러운 남자를 보게 했다. 남자들은 소방차 곁에 머물며 엉크에게 환호하고 서로에게 환호하고 모든 것에 환호했다. 소방차 운전사는 웅장한 엔진음을 내고 사이렌을 울리고 종을 쳐댔다.

모두가 핸디캡을 달고 있었다. 대부분의 핸디캡은 추나 총알이 담긴 자루, 오래된 보일러 쇠살대 등 뻔한 것으로, 신체적인 이점을 떨어뜨리기 위한 것이었다. 하지만 레드와인의 교구 신도들 중에는 보다 미묘하고 의미심장한 종류의 핸디캡을 선택한 진정한 신자들도 있었다.

세상에는 멍청한 운이 휘두른 주먹에 맞아 아름다움이라는 엄청난 장점을 갖게 된 여자들이 있었다. 그들은 이처럼 불공평한 이점을 지저분한 옷과 나쁜 자세, 껌 씹기, 귀신처럼 화장하기 등의 방법으로 없애버렸다.

장점이라고는 훌륭한 시력밖에 없는 한 늙은 남자는 아내의 안경을 씀으로써 그 시력을 망가뜨렸다.

유연하고 위험한 성적 매력을 가진 검은 피부의 젊은 남자는 못난 옷이나 태도로도 그 매력을 망가뜨릴 수 없었다. 그래서 섹스에 역겨움을 느끼는 아내를 두는 핸디캡을 자처했다.

검은 피부의 젊은 남자와 결혼한 여자는 파이베타카파*의 열쇠를 가지고 다니는 걸 자랑으로 여기는 사람이었으나 만화책만 읽는 남편을 두는 핸디캡을 자처했다.

레드와인의 신도들이 특별한 건 아니었다. 딱히 광신도도 아니었다. 지구에는 기꺼이 핸디캡을 자처한 사람들이 말 그대로 수십억 명 있었다.

그들 모두를 그토록 행복하게 만든 것은 더이상 누구도 다른 사람을 이용하지 않는다는 사실이었다.

이제 소방관들은 기쁨을 표현할 다른 방법을 떠올렸다. 소방차 가운데에는 호스가 실려 있었다. 선회포처럼 물을 쏠 수 있는 호스였다. 소방관들은 호스를 곧장 위로 겨누고 물을 틀었다. 머뭇머뭇 떨리는 분수가 하늘로 기어올라가다가, 더이상 올라갈 수 없게 되자 바람에 여러 갈래로 찢겼다. 그 갈래들이 사방으로 떨어져 이제는 철퍼덕철퍼덕 물을 튀기며 우주선에 떨어졌다. 이제는 소방관들도 젖어버렸다. 여자와 아이들도 젖

* 미국 대학 우등생 단체.

어버렸다. 그들은 놀라면서 그 어느 때보다 기쁨으로 충만해졌다.

엉크를 환영할 때 물이 그토록 중요한 역할을 하게 된 건 매력적인 우연이었다. 아무도 그 일을 계획하지 않았다. 하지만 모두가 젖은 채 자신을 잊어버리다니 완벽한 축제였다.

C. 호너 레드와인 목사는 젖어서 달라붙는 옷을 입고 이교도 숲의 정령처럼 벌거벗은 기분을 느끼며 라일락 꽃다발을 현창 유리 앞에서 흔들어댄 뒤, 흠모로 가득한 얼굴을 바싹 갖다댔다.

레드와인을 마주보는 얼굴의 표정은 동물원에 사는 똑똑한 유인원의 표정과 놀랄 만큼 비슷했다. 엉크의 이마에는 깊은 주름이 파여 있었고, 그의 눈은 무슨 일인지 알고 싶다는 절박한 소망으로 촉촉했다.

엉크는 겁먹지 않기로 했었다.

레드와인을 서둘러 들어오게 할 생각도 없었다.

마침내 그는 에어로크로 가서 안쪽과 바깥쪽 문의 걸쇠를 모두 풀었다. 그는 다른 누군가가 문을 밀어 열기를 기다리며 물러섰다.

"일단 내가 들어가서 옷을 입히겠소!" 레드와인이 신도들에게 말했다. "그런 뒤에는 여러분이 저 사람을 차지할 수 있을 겁니다!"

•••

우주선 안에서, 레몬처럼 노란 옷은 엉크에게 페인트를 칠한 것처럼 잘 맞았다. 가슴과 등의 주황색 물음표는 주름 하나 없이 딱 달라붙었다.

엉크는 아직 세상에 그와 비슷한 옷을 입은 사람이 아무도 없다는 걸 몰랐다. 많은 사람이 이런 옷을 입는다고 생각했다. 물음표도 그렇고, 전부 다.

"여기가…… 여기가 지구인가요?" 엉크가 레드와인에게 말했다.

"네." 레드와인이 말했다. "세계동포의 미합중국 매사추세츠주 케이프코드입니다."

"하느님 감사합니다!" 엉크가 말했다.

레드와인은 아리송하다는 듯 눈썹을 치켜올렸다. "왜요?" 그가 말했다.

"예?" 엉크가 말했다.

"왜 하느님에게 감사합니까?" 레드와인이 말했다. "하느님은 당신에게 무슨 일이 일어나든 신경쓰지 않아요. 하느님은 당신을 안전하고 멀쩡하게 여기까지 데려오느라 수고하지 않았습니다. 당신을 죽이기 위해 수고하지 않은 것과 마찬가지로요." 그는 양팔을 들어올리며 강건한 신앙심을 드러내 보였다. 그가 양쪽 손목에 차고 있는 핸디캡 자루 속 총알이 덜그럭덜그럭 움직이며 엉크의 관심을 끌었다. 엉크의 관심은 핸디캡 자루에서 레드와인의 가슴에 걸려 있는 묵직한 철판으로 금세 건너갔다. 레드와인은 엉크의 시선을 좇으며 가슴의 철판을 들어올렸다. "무겁지요." 그가 말했다.

"어……" 엉크가 말했다.

"내 생각에 당신은 50파운드짜리를 들고 다녀야 할 것 같습니다. 몸을 회복한 다음에 말이에요." 레드와인이 말했다.

"50파운드요?" 엉크가 말했다.

"그런 핸디캡을 지게 된다니 유감스러워할 게 아니라 기뻐해야지요." 레드와인이 말했다. "그러면 아무도 당신이 운이라는 무작위적인 방식을 이용했다고 당신을 책망하지 못할 겁니다." 이때 그의 목소리에 더없이 행복하면서도 위협적인 어조가 끼어들었다. 철저히 무관심한 하느님의 교회 초창기에는 쓰였지만 화성과의 전쟁 이후 대규모 개종이 이어지면서 별로 쓰이지 않게 된 말투였다. 당시에 레드와인을 포함한 모든 젊은 전도사는 그전까지는 존재하지 않던, 지당한 불쾌감을 느끼는 군중에 대한 지당한 불쾌감으로 불신자들을 위협했다.

현재는 세계 모든 곳에 지당한 불쾌감을 느끼는 군중이 존재했다. 철저히 무관심한 하느님의 교회에 소속된 인원은 모두 삼십억 명이 넘었다. 처음에 교리를 가르치던 젊은 사자들은 이제

어린양이 되어 설렁줄을 따라 똑똑 떨어지는 일 등 동방의 신비를 숙고할 여유가 생겼다. 교회에서 훈육을 담당하는 자들은 사방의 군중 사이에 있었다.

"경고하는데," 레드와인이 엉크에게 말했다. "저 많은 사람 사이로 나아갈 때는 하느님이 당신에게 특별한 관심을 둔다거나, 당신이 어떤 식으로든 하느님께 도움이 된다는 의미의 말을 한마디도 하면 안 돼요. 예컨대 당신이 할 수 있는 최악의 말은 '저를 모든 시련에서 구해주신 하느님께 감사드립니다. 어떤 이유에서인지 하느님께서는 저를 선택하셨고, 이제 저의 유일한 소망은 하느님께 봉사하는 것뿐입니다' 같은 말입니다."

"밖에 있는 우호적인 군중은," 레드와인이 말을 이었다. "당신이 대단히 상서롭게 도착했음에도 상당히 빠르게 불쾌해질 수 있습니다."

엉크는 레드와인이 하지 말라고 경고한 말과 거의 똑같은 말을 할 생각이었다. 그가 할 만한 연설은 그것뿐일 것 같았다.

"그럼 무슨…… 무슨 말을 해야 하죠?" 엉크가 말했다.

"당신이 할 말은 예언되어 있습니다." 레드와인이 말했다. "한마디, 한 마디 전부 말입니다. 난 당신이 할 말을 오랫동안 고민해왔고, 그 말을 더 개선할 수는 없을 거라고 확신합니다."

"하지만 아무 말도 생각나지 않는데요. 안녕하세요라든가…… 감사합니다 같은 말을 빼면요." 엉크가 말했다. "내가 무슨 말을 하면 좋겠어요?"

"당신이 할 말을 하면 됩니다." 레드와인이 말했다. "밖에 있는 저 선량한 사람들은 오랫동안 이 순간을 연습해왔죠. 그들이 당신에게 두 가지 질문을 던질 테고, 당신은 능력껏 최선을 다해 그 질문에 대답하게 될 거예요."

그는 엉크를 데리고 에어로크를 지나 밖으로 나갔다. 소방차의 분수가 꺼져 있었다. 함성과 춤도 멈췄다.

레드와인의 신도들은 이제 엉크와 레드와인 주변에 반원을 그리며 모여들었다. 회중은 입을 꽉 다물고 숨죽이고 있었다.

레드와인이 성스러운 신호를 보냈다.

신도들이 합창했다. "당신은 누구입니까?" 그들이 말했다.

"전…… 저의 진짜 이름을 모르겠어요." 엉크가 말했다. "사람들은 저를 엉크라고 불렀습니다."

"당신에게 무슨 일이 있었습니까?" 신도들이 말했다.

엉크는 애매하게 고개를 저었다. 뻔한 의례적인 분위기에 맞춰 자신의 모험담을 적절히 요약할 방법이 생각나지 않았다. 사람들은 그에게 무언가 위대한 것을 기대하는 게 분명했다. 그는 위대한 일을 할 생각이 없었다. 그는 큰 소리로 숨을 내쉬며, 신도들에게 단조로운 이야기로 실망감을 안겨줘서 미안하다는 뜻을 전했다. "나는 일련의 우연에 희생당한 사람입니다." 그가 말했다. 그러고는 어깨를 으쓱했다. "우리 모두가 그렇듯이." 그가 말했다.

환호와 춤이 다시 시작되었다.

엉크는 사람들에게 떠밀려 소방차에 다다랐고 그 차를 타고 교회 문 앞까지 갔다.

레드와인은 문 위에 걸려 있는 펼친 나무 두루마리 형태의 현판을 상냥하게 가리켰다. 금박으로 새겨진 말은 다음과 같았다.

나는 일련의 우연에 희생당한 사람입니다.
우리 모두가 그렇듯이.

엉크는 소방차를 타고 교회에서 곧장 로드아일랜드주 뉴포트로 옮겨졌다. 그곳에서 물질화가 일어날 예정이었다.

몇 년 전에 세워진 계획에 따라 케이프코드의 다른 소방차가 잠시 소방차 없이 지내게 될 웨스트반스터블 보호를 위해 이동 배치되었다.

우주 방랑자가 왔다는 소식은 지구 전체에 들불처럼 번져나갔다. 소방차가 지나간 모든 마을과 읍내, 도시에서 사람들은 엉크에게 꽃을 던져댔다.

엉크는 소방차 앞좌석 한가운데 가로놓인 가로 6피트, 세로 2피트짜리 높다란 전나무 목재 위에 앉았다. C. 호너 레드와인 목사도 앞좌석에 함께였다.

소방차의 종을 통제하는 사람은 레드와인이었다. 그는 부지런히 종을 울렸다. 종의 추에는 고강도 플라스틱으로 만든 맬러카이가 매달려 있었다. 그 인형은 뉴포트에서만 살 수 있는 특별한 물건이었다. 그 맬러카이를 보여준다는 건 뉴포트까지 순례한 적이 있다고 선언하는 것과 마찬가지였다.

웨스트반스터블 의용소방대는 교회를 따르지 않는 두 사람을 제외하고 전원이 뉴포트를 순례한 적이 있었다. 소방차의 맬러카이는 소방대 예산으로 산 것이었다.

뉴포트의 기념품 장사꾼들의 말을 빌리자면, 소방대의 고강도 플라스틱 맬러카이는 "진실한, 공식 인증 맬러카이"였다.

엉크는 행복했다. 다시 사람들 사이에 있게 된 것이, 다시 공기로 호흡하게 된 것이 너무도 좋았다. 그리고 모두가 그를 무척 사랑하는 것처럼 보였다.

좋은 소음이 무척 많았다. 모든 좋은 것이 무척 많았다. 엉크는 모든 좋은 것이 영원히 이어지기를 바랐다.

"당신에게 무슨 일이 있었습니까?" 모든 사람이 그에게 소리쳤고 웃었다.

대중과의 소통이라는 목적에 맞게 엉크는 우주방랑자교회의 소규모 군중을 무척 즐겁게 해주었던 대답을 짧게 줄였다. "우연이요!" 그가 소리쳤다.

그는 웃었다.

아 세상에.

될 대로 되라지. 그는 웃었다.

• • •

뉴포트의 럼포드 저택은 여덟 시간째 한쪽 담장부터 반대쪽 담장까지 꽉 차 있었다. 경비원들이 담장에 난 작은 문에서 수천 명을 돌려보냈다. 경비원들은 거의 필요하지 않았다. 안쪽의 군중이 단일체를 이루고 있었으니 말이다.

미끌거리는 장어라도 그 안으로 비집고 들어갈 수는 없었다.

담장 밖의 순례자 수천 명은 이제 담장 모퉁이마다 설치된 확성기와 가까운 자리를 차지하기 위해 경건하게 서로를 떠밀고 있었다.

확성기에서 럼포드의 목소리가 나올 터였다.

군중은 그 어느 때보다 규모가 컸고 흥분해 있었다. 그날은 오래전에 약속된 위대한 우주 방랑자의 날이었으니까.

가장 창의력 넘치고 능력 있는 사람들의 핸디캡이 사방에서 드러났다. 군중은 놀라울 정도로 단조로운 동시에 속박된 모습이었다.

화성에서 엉크의 짝이었던 비도 뉴포트에 있었다. 비와 엉크의 아들 크로노도 마찬가지였다.

• • •

“자아! 권실한 공식 인증 맬러카이를 가져가세요!” 비가 쉰 목소리로 말했다. “자아! 여기 맬러카이가 있습니다. 우주 방랑자에게 흔들어줄 맬러카이가 있어야지요.” 비가 말했다. “맬러카이 사세요. 우주 방랑자가 왔을 때 축복받을 수 있도록!”

그녀의 부스는 뉴포트의 럼포드 저택 담장에 난 작은 무쇠문을 마주보고 있었다. 비의 부스는 문을 마주보며 늘어선 스무 개의 부스 중 첫번째였다. 스무 개의 부스는 하나로 이어진 창고 지붕 밑에 있었고, 허리 높이의 칸막이로 나뉘어 있었다.

그녀가 파는 맬러카이는 움직일 수 있는 관절에 인조 다이아몬드 눈이 박힌 플라스틱 인형이었다. 비는 그것들을 종교 물품 도매상으로부터 개당 27센트에 사서 3달러에 팔았다. 훌륭한 사업가였다.

비는 세상에 능력 있으며 화려한 겉모습을 보여주었으나 그녀의 상품이 팔리는 건 무엇보다도 그녀 내면의 위엄 때문이었다. 축제에서나 볼 법한 비의 화려함은 순례자들의 눈길을 끌었다. 하지만 순례자들을 그녀의 부스로 데리고 와 물건을 사게 만드는 건 그녀의 후광이었다. 그 후광은 비가 훨씬 더 고귀한 자리에서 살아야 했음을, 현재 자리에 틀어박히게 된 상황에 그녀가 끔찍할 정도로 잘 대처하고 있음을 분명히 보여주었다.

"자아! 아직 시간이 있을 때 맬러카이를 가져가세요." 비가 말했다. "물질화가 진행되는 동안에는 살 수 없습니다!"

그건 사실이었다. 규칙상 판매상들은 윈스턴 나일스 럼포드와 그의 개가 물질화되기 오 분 전에 셔터를 내려야했다. 럼포드와 카작의 마지막 흔적이 사라지고 십 분이 지날 때까지 셔터를 닫고 있어야 했다.

비는 아들 크로노를 돌아보았다. 크로노는 맬러카이들이 들어 있는 새 상자를 열고 있었다. "경적이 울릴 때까지 얼마나 남았지?" 비가 말했다. 경적은 저택 안에 있는 거대한 증기 경적을 말했다. 경적은 물질화 오 분 전에 울렸다.

물질화는 3인치 구경 대포를 발사해 알렸다.

비물질화는 장식용 풍선 천 개를 풀어놓아 알렸다.

"팔 분이요." 크로노가 손목시계를 보며 말했다. 그는 현재 지구 나이로 열한 살이었다. 피부는 어두웠고 마음속에는 분노가 들끓고 있었다. 그는 거스름돈 덜 주기 전문가였으며 카드게임에도 능했다. 입이 더러웠고 6인치 날이 달린 잭나이프를 가지고 다녔다. 크로노는 다른 아이들과 잘 어울리지 않았으며, 용감하고 저돌적으로 산다는 평판이 너무 강해 무척 어리석고 대단히 예쁜 소녀 몇 명만이 그에게 끌렸다.

뉴포트 경찰과 로드아일랜드주 경찰은 크로노를 비행청소년으로 분류했다. 그는 최소 오십 명의 경찰관과 이름을 알고 지내는 사이였으며 거짓말탐지기 검사를 열네 번 받은 베테랑이었다.

크로노가 시설에 수감되지 않은 건 단지 지구에서 가장 훌륭한 법무팀, 즉 철저히 무관심한 하느님의 교회의 법무팀 때문이었다. 럼포드의 지휘하에 법무팀은 크로노의 모든 혐의를 변호했다.

크로노에게 제기된 가장 흔한 혐의는 눈속임을 이용한 도둑질, 공공장소에서의 은밀한 무기 휴대, 미등록 권총 소지, 시 경계선 내에서의 권총 발사, 음란 인쇄물 및 물품 판매, 다루기 힘든 아이가 된 것 등이었다.

당국에서는 아이의 큰 문제가 어머니라며 이를 갈았다. 아이 엄마가 아이를 있는 그대로 사랑한다는 것이었다.

"맬러카이가 딱 여덟 개 남았어요, 여러분." 비가 말했다. "서두르세요, 서두르세요, 서두르세요."

비의 위쪽 앞니는 금니였고, 그녀의 피부는 아들의 피부처럼 황금색 떡갈나무 빛깔이었다.

비는 그녀와 크로노가 화성에서 타고 온 우주선이 아마존 우림의 검보 지역에 불시착했을 때 위쪽 앞니를 잃었다. 그녀와 크로노는 이 사고의 유일한 생존자였으며 일 년 동안 정글을 헤매고 다녔다.

비와 크로노의 피부색은 간병변 탓으로 영구적이었다. 물과 살파살파 혹은 아마존 푸른 포플러나무의 뿌리로만 이뤄진 식단을 삼 개월간 유지한 결과 그들의 간이 변형된 것이다. 이 식단은 비와 크로노가 검보족에 들어갈 때 치른 입문 의식의 일부였다.

입문 의식 때 어머니와 아들은 마을 한가운데에 있는 말뚝 양쪽에 끈으로 묶였다. 크로노가 태양을, 비가 달을 상징했다. 검보 사람들은 태양과 달을 그런 식으로 이해했다.

이 경험의 결과로 비와 크로노는 대부분의 모자 관계보다 더 긴밀해졌다.

마침내 그들은 헬리콥터로 구조되었다. 윈스턴 나일스 럼포드가 딱 맞는 시간에, 딱 맞는 장소로 헬리콥터를 보냈다.

윈스턴 나일스 럼포드는 비와 크로노에게 이상한 나라의 앨리스 문 바로 앞에 있어 수익성이 좋은 맬러카이 판매점을 내주었다. 그는 비의 치과 치료 비용도 지불했으며, 가짜 앞니를 금니로 하라고 제안하기도 했다.

• • •

옆 부스의 남자는 해리 브랙먼이었다. 과거 화성에서 그는 엉크의 소대 병장이었다. 브랙먼은 이제 약간 뚱뚱해지고 머리가 벗어져가고 있었다. 다리는 코르크, 오른손은 스테인리스 강철이었다. 그는 보카러톤 전투에서 다리와 손을 잃었다. 그는 그 전투의 유일한 생존자였고 그렇게 끔찍한 부상을 입지만 않았다면 자기 분대의 다른 생존자들과 함께 집단 린치를 당했을 게 확실했다.

브랙먼은 담벼락 안의 분수를 본뜬 플라스틱 모형을 팔았다. 모형은 높이가 1피트였다. 모형의 아랫부분에는 스프링으로 작동하는 펌프가 있었다. 그 펌프가 맨 밑의 큰 그릇에서 꼭대기의 작은 그릇으로 물을 퍼올렸다. 그러면 물이 작은 그릇들에서 아래의 점점 더 큰 그릇들로 흘러넘쳤고……

브랙먼은 앞의 카운터에 모형 세 개를 동시에 작동시켜놓았다. "안에 있는 것과 똑같습니다, 여러분." 그가 말했다. "그런데 이건 집으로 가져갈 수 있지요. 여러분이 뉴포트에 다녀왔다는 걸 모든 이웃이 알 수 있도록 전망창에 놓으세요. 아이들 파티용으로 주방 식탁 가운데에 놓고, 분홍색 레모네이드를 채울 수도 있습니다."

"얼마예요?" 한 시골뜨기가 말했다.

"17달러요." 브랙먼이 말했다.

"와!" 시골뜨기가 말했다.

"이건 신성한 성물이라고요, 형제." 브랙먼은 차분하게 시골뜨기를 바라보며 말했다. "장난감이 아니에요." 그는 카운터 밑으로 손을 뻗어 화성 우주선 모형을 꺼냈다. "장난감을 원하세요? 이게 장난감입니다. 49센트죠. 팔아봐야 나한텐 2센트밖에 안 남아요."

시골뜨기는 까다로운 소비자인 척했다. 그는 장난감을 그 장난감이 나타낸다는 진짜와 비교했다. 진짜는 98피트 높이의 기둥 꼭대기에 놓여 있는 화성 우주선이었다. 기둥과 우주선은 럼포드 저택 담벼락 안에, 한때 테니스장이 있던 부지 구석에 있었다.

럼포드는 전 세계 학생들에게서 코 묻은 돈을 걷어 기둥을 만들고 그 기둥 위에 우주선을 올려놓았으나 우주선의 목적은 아직 설명하지 않았다. 우주선은 언제든 사용할 수 있게 지속적으로 관리되었다. 기둥에 기댄 사다리가 우주선 문까지 아찔하게 이어졌다. 역사상 가장 길고 스스로 서 있는 사다리로 알려져 있었다.

우주선의 연료통에는 무언가가 되려는 우주적 의지를 공급하고자 했던 화성군의 전쟁 노력의 마지막 흔적이 들어 있었다.

"으흠." 시골뜨기가 말했다. 그는 모형을 다시 카운터에 올려놓았다. "괜찮다면 좀더 둘러보고 올게요." 지금까지 그가 산 것은 한쪽에 럼포드의 사진이 붙어 있고 다른 쪽에는 돛단배 사진이 붙어 있으며 깃털 장식에 그의 이름이 박음질된 로빈후드 모자뿐이었다. 그 깃털 장식에 따르면 시골뜨기의 이름은 델버트였다. "아무튼 감사합니다." 델버트가 말했다. "다시 오게 될 것 같아요."

"그럼요, 델버트." 브래먼이 말했다.

"내 이름이 델버트인 건 어떻게 알았어요?" 델버트는 즐거워하는 동시에 의심스러워하며 말했다.

"여기에 초자연적 능력을 가진 사람이 윈스턴 나일스 럼포드뿐인 줄 알아요?" 브래먼이 말했다.

담벼락 안에서 증기 한줄기가 쏘아져 올라갔다. 잠시 후 우렁찬 증기 경적소리가 가판대들을 휩쓸었다. 강력하면서도 슬픔에 차 있고 의기양양한 소리였다. 럼포드와 그의 개가 오 분 뒤에 물질화한다는 신호였다.

판매상들에게는 싸구려 상품을 팔기 위해 불경하게 소리를 질러대는 일을 그만두라는 신호이자 가게 셔터를 내리라는 신호였다.

셔터는 일시에 쾅 닫혔다.

셔터를 내리자 가판대 안에 늘어선 판매점들은 땅거미가 진 터널로 바뀌었다.

터널 안에 고립된 판매점들은 한 차원 더 으스스해 보였다. 터널에는 오직 화성 출신 생존자들밖에 없었기 때문이다. 럼포드가 그렇게 해야 한다고 고집을 부렸다. 화성인들이 뉴포트의 판매점 중 가장 좋은 가게들을 가져야 한다고 말이다. 그게 럼포드 나름대로 "고마워"라고 말하는 방식이었다.

생존자가 많지는 않았다. 미국의 생존자는 겨우 58명이었고, 전 세계의 생존자를 다 더해도 겨우 316명이었다.

미국에 있는 58명 중 21명이 뉴포트의 판매상이었다.

"또 시작이다, 얘들아." 늘어선 가판대 저멀리에서 누군가가 말했다. 한쪽에는 럼포드의 사진이 붙어 있고 다른 쪽에는 돛단배 사진이 붙어 있는 로빈후드 모자를 파는 맹인의 목소리였다.

브랙먼 병장은 팔짱을 낀 채 자신과 비의 가판대 사이에 놓인 허리 높이 칸막이에 팔꿈치를 괴었다. 그는 개봉하지 않은 맬러카이 상자 위에 누워 있는 어린 크로노에게 윙크했다.

"지옥에나 가라고 할 생각이지, 꼬마?" 브랙먼이 크로노에게 말했다.

"지옥에나 가요." 크로노가 동의했다. 그는 소용돌이 모양으로 기이하게 구부러진, 화성에서 그의 행운의 조각이었던 훔친 금속 조각을 손톱으로 청소하고 있었다. 지구에서도 크로노에게 그건 여전히 행운의 조각이었다.

아마 그 행운의 조각이 정글에서 크로노와 비의 목숨을 살려줬을 것이다. 검보족 사람들은 그 금속 조각을 어마어마한 힘이 담긴 물건으로 생각했다. 그들은 그 물건을 존중했기에 물건 주인을 먹는 대신 그들에게 입문 의식을 치르도록 했다.

브랙먼이 애정을 담아 웃었다. "예, 알겠습니다…… 네가 만

나볼 화성인이 하나 있는데." 그가 말했다. "우주 방랑자를 볼 수 있는데 맬러카이 상자에서 내려오지도 않네."

우주 방랑자에게 무관심한 건 크로노만이 아니었다. 의례와 거리를 두는 것, 럼포드와 그의 개가 나타났다가 사라질 때까지 가판대들이 늘어선 땅거미 진 터널에 머무는 것은 모든 판매상의 오만하고도 무례한 관습이었다.

판매상들이 럼포드의 종교를 진심으로 경멸하는 건 아니었다. 사실 그들 대부분은 새 종교가 좋은 것이리라 생각했다. 셔터를 내린 부스 안에서 그들이 극적으로 표현한 것은 그들이 화성군 베테랑으로서 이미 철저히 무관심한 하느님의 교회를 세우는 데 충분한 기여를 했다는 사실이었다.

그들 모두는 이미 이용되었다는 사실을 극적으로 표현하고 있었다.

럼포드는 이런 태도를 부추겼다. 애정을 담아 그들을 자신의 "……작은 문 밖의 군인 성인들"이라고 불렀다. 럼포드는 한때 "그들의 무관심은 우리가 더 생기 있고 민감하게, 더 자유롭게 살아갈 수 있도록 대신 겪고 얻은 위대한 상처"라고 말했다.

우주 방랑자를 한 번만이라도 보고 싶다는 화성인 판매상들의 충동은 어마어마했다. 럼포드 저택의 담벼락에는 확성기가 달려 있었고, 안에서 럼포드가 하는 모든 말은 4분의 1마일 반경에 있는 모두의 귀에 시끄럽게 울려댔다. 럼포드는 우주 방랑자가 왔을 때 다가올 영광스러운 진실의 순간에 대해 거듭 이야기해왔다.

진정한 신도들은 그 순간을 떠올릴 때마다 흥분했다. 그때마다 그들은 자신의 신앙이 열 배쯤 증폭되고 명료해지고 생생해졌음을 깨달았다.

그리고 지금이 그 순간이었다.

케이프코드의 우주방랑자교회에서 우주 방랑자를 데려온 소방차가 가판대 밖에서 뎅그렁거리며 비명을 질러댔다.

땅거미 진 가판대 안의 트롤들은 내다보기를 거부했다.

담장 안에서 대포가 터졌다.

그런 뒤 럼포드와 그의 개가 물질화했다. 그리고 우주 방랑자는 이상한 나라의 앨리스 문을 지나고 있었다.

"아마 그 사람은 뉴욕에서 고용한 엉터리 배우일 거야." 브랙먼이 말했다.

이 말에 대답한 사람은 아무도 없었다. 자기가 가판대의 주요 냉소주의자라고 공상하는 크로노조차 말이다. 브랙먼도 자기가 한 말을, 우주 방랑자가 사기극이라는 말을 진지하게 받아들이지 않았다. 판매상들은 럼포드가 리얼리즘을 선호한다는 걸 너무도 잘 알았다. 럼포드는 진짜 사람들만을 이용해 수난극을 연출했다.

• • •

이쯤에서 럼포드가 위대한 광경을 열정적으로 좋아한 것은 사실이지만, 자신을 신이나 신과 아주 비슷한 무언가라고 선언하고 싶은 충동에 굴한 적은 없다는 점을 강조해둬야겠다.

그와 가장 사이가 나쁜 적조차도 그 점만은 인정한다. 모리스 로즈노 박사는 『은하계의 대사기 혹은 삼십억 명의 사기 피해자』에서 이렇게 말한다.

> 성간 우주의 바리새인*이자 타르튀프**이며 칼리오스트로***인 윈스턴 나일스 럼포드는 자신이 전능한 신이 아니라고, 자신은 전능한 신의 친척이 아니며, 전능한 신으로부터 명백한 지시를 받은 적이 없다고 공들여 선언했다. 뉴포트의 주인이 한 이런 말에 대해서는 아멘이라고 외쳐주고 싶다! 게다가 럼포드는 전능한 신의 친척이나 대리자와는 너무도 거리가 멀어 그가 근처에 있는 한 전능한 신과의 모든 직접 소통은 불가능해진다는 점도 덧붙이고 싶다!

---

* 3대 유대교 분파인 바리새교의 교인. '위선자'를 비유하는 표현이기도 하다.

** 프랑스 극작가 몰리에르의 희곡 『타르튀프』에 나오는 위선적인 신앙인.

*** 이탈리아의 악명 높은 사기꾼 알레산드로 디 칼리오스트로.

셔터가 닫힌 가판대 안에서 화성인 베테랑들이 하는 대화는 대개 활기가 넘친다. 불경한 장난감과 쓰레기 같은 종교 물품을 멍청이들에게 판매하는 팁이 불쑥불쑥 들려온다.

럼포드와 우주 방랑자가 만나기 직전인 지금, 판매상들은 그 문제에 관심을 두지 않기가 매우 어렵다고 느꼈다.

브랙먼 병장의 멀쩡한 손이 정수리로 올라갔다. 화성군 베테랑 특유의 동작이었다. 그는 안테나가 있던 자리를, 한때 그를 대신해 모든 생각을 해주던 안테나가 있던 자리를 만지고 있었다. 그는 신호가 그리웠다.

"우주 방랑자를 이리로 데려오시오!" 럼포드의 목소리가 담벼락에 달린 가브리엘 천사의 나팔에서 떠들어댔다.

"어쩌면…… 어쩌면 가봐야 할지도 모르겠어요." 브랙먼이 비에게 말했다.

"뭐라고 했어요?" 비가 웅얼거렸다. 그녀는 닫힌 셔터를 등지고 서 있었다. 눈은 감은 채였고 고개를 숙이고 있었다. 그녀는 추워 보였다.

그녀는 물질화가 일어날 때면 늘 몸을 떨었다.

크로노는 엄지손가락으로 행운의 조각을 문지르며 엄지 주변에 생기는 후광을, 차가운 금속에 어린 촉촉한 후광을 바라보고 있었다.

"지옥에나 떨어지라지. 안 그래, 크로노?" 브랙먼이 말했다.

지저귀는 기계 새를 파는 남자가 무기력하게 머리 위로 상품을 이리저리 휘둘러댔다. 과거 영국에서 벌어진 토딩턴 전투에서 어떤 농부의 아내에 의해 쇠스랑으로 찔리고, 죽도록 방치된 적이 있는 사내였다.

'화성인의 신원 확인과 재활을 위한 국제위원회'에서는 지문을 활용해 그의 신원을 확인해주었다. 그는 런던병원의 알코올의존자 병동에서 실종되었던 떠돌이 병아리 감별사 버나드 K. 윈슬로였다.

"알려주셔서 무척 감사합니다." 윈슬로가 위원회에 말했다. "더는 길을 잃은 느낌이 들지 않네요."

위원회에 따르면 브랙먼 병장은 미국 노스캐롤라이나주 포트브래그 수송부 주차장의 외떨어진 경비초소 근처를 걷다가 한밤중에 실종된 프랜시스 J. 톰프슨 이병으로 확인되었다.

비의 신원에 대해서는 오리무중이었다. 기록에는 그녀의 지문이 없었다. 위원회는 그녀가 뉴욕주 코호스의 증기 세탁소에서 실종된 평범한 외톨이 소녀인 플로렌스 화이트이거나, 텍사스주 브라운스빌에서 가무잡잡한 낯모를 사람이 차를 태워주겠다고 하자 그 제안을 받아들이는 모습이 마지막으로 목격된 평범한 외톨이 소녀 달린 심킨스라고 믿었다.

그리고 브랙먼과 크로노와 비가 있는 곳에서 가판대를 따라 죽 내려가면, 뉴어크공항의 세탁실 직원으로 일하다가 실종된 알코올의존자 마이런 S. 왓슨, 오하이오주 데이턴의 스티버스 고등학교 급식실 보조 영양사였던 샬린 헬러, 인도 캘커타의 식자공으로서 엄밀히 따지면 지금도 중혼, 성매매 알선, 부양의무 불이행 혐의로 수배되어 있는 크리슈나 가루, 마찬가지로 알코올의존자이면서 독일 브레멘의 망해가는 여행사 관리자였던 쿠르트 슈나이더 등으로 신원이 확인된 화성인 껍데기들이 있었다.

"그 대단한 럼포드가……" 비가 말했다.

"예?" 브랙먼이 말했다.

"그 사람이 각자의 삶을 살던 우리를 납치했어요." 비가 말했다. "우리를 잠재웠죠. 잭오랜턴 호박 속에서 씨를 파내듯이 우리의 머릿속을 청소했어요. 우리를 로봇처럼 연결하고, 훈련시키고, 노렸어요. 대의명분을 내세워 우리를 태워버렸어요." 그녀는 어깨를 으쓱했다.

"만일 럼포드가 우리에게 직접 인생을 책임지도록 했다면 우린 조금이라도 더 나아졌을까요?" 비가 말했다. "우리는 이 이상의 존재가 됐을까요, 아니면 이보다 못해졌을까요? 내 생각엔, 그 사람이 날 이용한 게 다행이에요. 난 플로렌스 화이트든, 달린 심킨스든 누구든 간에 럼포드보다 내가 해야 할 일에 대해 더 잘 알진 못했을 거라고 생각해요."

"하지만 그래도 그 사람이 싫어요." 비가 말했다.

"그건 당신 특권이죠." 브랙먼이 말했다. "럼포드가 그게 모든 화성인의 특권이라고 했으니까요."

"한 가지 위로가 된다면," 비가 말했다. "우리는 그 쓰임을 다 했다는 거예요. 그 사람에게 우린 더이상 쓸모없어졌어요."

• • •

"어서 오시오, 우주 방랑자여." 담벼락에 달린 가브리엘 천사의 나팔에서 동물성 마가린을 바른 듯한 럼포드의 목소리가 떠들어댔다. "의용소방대의 선명한 빨간색 소방차를 타고 우리에게 오다니 얼마나 적절한 일이오? 나는 인간의 인간에 대한 인류애의 상징으로 소방차보다 감동적인 걸 떠올릴 수 없소. 말해보시오, 우주 방랑자여. 당신은 여기에서 무언가, 예전에 여기 왔을지도 모르겠다는 생각이 들 만한 무언가가 보이시오?"

우주 방랑자는 알아들을 수 없는 말을 웅얼거렸다.

"더 크게 말해주시오." 럼포드가 말했다.

"분수요…… 저 분수가 기억나요." 우주 방랑자가 더듬더듬 말했다. "단지…… 다만……"

"다만?" 럼포드가 말했다.

"그때는 분수가 말라 있었어요. 그게 언제인지는 모르겠지만요. 지금은 물이 넘치네요." 우주 방랑자가 말했다.

. 실제로 조잘거리고 철벅거리며 탁탁 튀는 분수 소리가 분수 근처의 마이크를 통해 확성기로 흘러나와 '우주 방랑자'의 말을 강조했다.

"다른 익숙한 게 있소, 우주 방랑자여?" 럼포드가 말했다.

"네." 우주 방랑자가 수줍게 말했다. "당신이요."

"내가 익숙하시오?" 럼포드가 능글맞게 말했다. "내가 이전에 당신 인생에서 작은 역할을 했을 가능성이 있다는 뜻이오?"

"화성에서 당신을 본 게 기억납니다." 우주 방랑자가 말했다. "당신은 개를 데리고 있었죠. 우리가 이륙하기 직전에요."

"이륙한 다음에는 무슨 일이 있었소?" 럼포드가 말했다.

"무언가 잘못됐습니다." 우주 방랑자가 말했다. 잇따라 일어난 불행이 어떤 이유에서인지 자기 잘못이라는 듯 미안해하는 목소리였다. "아주 많은 것들이 잘못됐어요."

"혹시 이런 가능성은 생각해봤소?" 럼포드가 말했다. "모든 것이 절대적으로 올바르게 진행됐을 가능성 말이오."

"아뇨." 우주 방랑자가 짧게 대답했다. 그는 이런 생각에 놀라지 않았다. 결코 놀랄 수가 없었다. 럼포드가 제시한 생각은 우주 방랑자가 부실하게 쌓아올린 철학의 범위를 심히 벗어났으니 말이다.

"당신의 짝과 아이를 알아보겠소?" 럼포드가 말했다.

"어…… 모르겠어요." 우주 방랑자가 말했다.

"작은 쇠문 앞에서 맬러카이를 파는 여자와 아이를 데려오시오." 럼포드가 말했다. "비와 크로노를 데려오시오."

• • •

우주 방랑자와 윈스턴 나일스 럼포드와 카작은 저택 앞 조립식 무대에 올라가 있었다. 조립식 무대의 높이는 서 있는 군중의 눈높이와 맞았다. 저택 앞 조립식 무대는 전체 무대 체계의 일부였다. 저택 부지 구석구석으로 이어지는 인도와 경사로, 사다리, 강단, 계단도 그 체계에 포함되어 있었다.

이 체계 덕분에 럼포드는 군중의 방해를 받지 않고 저택 부지를 자유롭게 뻐기며 돌아다닐 수 있었다. 또한 이 체계는 부지의 모든 사람에게 럼포드를 힐끗 볼 수 있는 기회를 제공하기도 했다.

이 체계는 기적처럼 공중에 떠 있는 것같이 보였으나 자력으로 떠 있는 건 아니었다. 기적 같은 모습은 페인트칠을 교묘하게 활용해 이뤄낸 효과였다. 받침대는 검은색 단색으로, 상부 구조물은 번쩍이는 금색으로 칠해져 있었다.

TV 카메라와 확성기에 연결된 마이크는 이 체계 어디든 따라갈 수 있었다.

럼포드가 심야에 물질화하는 경우에 대비해 이 체계의 상부 구조물 외곽선을 따라 살구색 전등이 밝혀져 있었다.

• • •

우주 방랑자는 럼포드와 함께 공중 무대에 오른 겨우 서른한 번째 초대 손님이었다.

지금은 조수 한 명이 고지를 나눠 쓸 서른두번째와 서른세번째 사람을 데려오느라 담장 밖의 맬러카이 가판대로 파견되었다.

럼포드는 좋아 보이지 않았다. 안색이 나빴다. 게다가 늘 그러듯 미소 짓고 있었음에도 미소 뒤로 이를 가는 것처럼 보였다. 그의 자기만족적이고 신나는 기분은 우스꽝스럽게 과장되어, 어느 모로 보나 모든 것이 괜찮지 않다는 사실을 드러냈다.

하지만 그 유명한 미소는 이어지고 또 이어졌다. 군중을 기쁘게 해주려 안달난 어마어마한 속물은 개 카작의 초크 체인을 잡고 있었다. 뒤틀린 체인이 개의 목을 위협적으로 파고들었다. 개는 우주 방랑자를 싫어하는 게 분명했으므로 이런 경고가 필수적이었다.

럼포드의 미소가 잠시 흔들렸다. 군중은 럼포드가 자신들을 대신해서 지고 있는 짐이 무엇인지 다시 떠올렸다. 럼포드가 그 짐을 영원히 질 수 없을지도 모른다는 위기감이 감돌았다.

럼포드는 마이크와 동전 크기의 전송기를 쥐고 있었다. 자기 목소리가 군중에게 전달되는 것을 바라지 않을 때면, 그냥 주먹 속에 동전을 완전히 감춰버렸다.

지금 동전은 그의 주먹에 완전히 감춰져 있었다. 그리고 럼포드는 군중이 들을 수 있었다면 당황했을 만한 짧은 역설을 우주 방랑자에게 들려주었다.

"오늘은 분명 당신의 날이오. 안 그렇소?" 럼포드가 말했다. "당신이 도착한 순간부터 완벽한 사랑의 파티였지. 군중은 당신을 더없이 흠모한다오. 당신도 군중을 흠모하시오?"

그날의 충격적인 기쁨이 우주 방랑자를 유치한 상태로 퇴보시켰다. 역설은 물론 비웃음까지도 알아듣지 못하는 상태로. 어려웠던 과거에 그는 수많은 것에 사로잡혀 있었다. 지금은 그를 기적이라고 생각하는 군중에게 사로잡혀 있었다. "그분들은 확실히 멋지더군요." 그가 럼포드의 마지막 질문에 답했다. "웅장했습니다."

"아, 웅장한 다수지." 럼포드가 말했다. "그건 틀림없소. 안 그래도 그들을 묘사할 만한 적절한 단어를 찾아 머릿속을 뒤지고 있었는데, 당신이 저 바깥 우주에서 그 단어를 가져다주는군. 웅장함이야말로 그들에게 어울리는 말이오." 럼포드가 딴생각을 하고 있는 건 분명했다. 그는 인간으로서의 우주 방랑자에게 별 관심이 없었다. 거의 그를 쳐다보지도 않았다. 우주 방랑자의 아내와 아이가 다가오는 것에도 별로 흥분하지 않는 듯했다.

"어디 있나, 어디 있어?" 럼포드가 무대 아래의 조수에게 말했다. "계속하지. 끝내버리자고."

우주 방랑자는 자신의 모험이 너무도 만족스럽고 자극적이라고, 너무도 멋지게 연출되었다고 느꼈기에 질문을 던지기가 겁났다. 질문을 던지면 은혜를 모르는 사람처럼 보일까봐 두려웠다.

그는 자신에게 엄청난 의례적 책임이 있으며 그가 할 수 있는 최선은 입을 다물고 누가 말을 걸 때만 말하며 모든 질문에 짧고 꾸밈없이 대답하는 것임을 깨달았다.

우주 방랑자의 머릿속은 질문으로 버글거리지 않았다. 그가 처한 의례적 상황의 골자는 뻔했다. 우유를 짤 때 쓰는 다리 세 개짜리 의자처럼 깔끔하고 기능적이었다. 그는 엄청난 고난을 겪었고 그래서 이제 이 엄청난 보상을 받고 있었다.

갑작스러운 운의 변화는 훌륭한 쇼가 되었다. 그는 군중의 기쁨을 이해하고 미소 지었다. 그 자신도 군중이 된 양 군중의 기쁨을 나누었다.

럼포드는 우주 방랑자의 생각을 읽었다. "저들은 그 반대도 똑같이 좋아할 거요, 당신도 알겠지만." 그가 말했다.

"그 반대라뇨?" 우주 방랑자가 말했다.

"커다란 보상이 먼저 나오고 엄청난 고통이 뒤따르는 경우 말이오." 럼포드가 말했다. "저들이 좋아하는 건 대비예요. 사건의 순서는 저들에게 아무 의미도 없지요. 중요한 건 빠른 역전이 주는 짜릿함이니까……"

럼포드는 주먹을 펴고 마이크를 드러내며 다른 손으로 주교처럼 손짓했다. 인도와 경사로, 사다리, 강단, 계단, 무대로 이뤄진 금빛 무대 체계의 한 갈래에 올라온 비와 크로노에게 손짓한 것이었다. "이쪽으로 오시오. 알겠지만, 시간이 많은 건 아니니." 럼포드가 잔소리 심하고 엄격한 선생처럼 말했다.

잠시 주위가 조용해졌을 때 우주 방랑자는 처음으로 지구에서의 괜찮은 미래를 계획하며 진심으로 마음이 살랑거렸다. 모두가 이토록 친절하고 열정적이며 평화로우니 지구에서는 괜찮은 인생이 아니라 완벽한 인생을 살 수 있을 것 같았다.

우주 방랑자는 이미 멋진 새 옷과 영광스러운 삶의 지위를 받았고, 몇 분 뒤면 짝과 아들을 돌려받을 수 있었다.

부족한 건 좋은 친구뿐이었다. 우주 방랑자는 떨기 시작했다. 마음속에서 그의 가장 친한 친구 스토니 스티븐슨이 저택 부지 어딘가에 몸을 숨긴 채 등장하라는 신호를 기다리고 있다는 생각이 들었기 때문이었다.

우주 방랑자는 스토니가 다가오는 모습을 상상하며 미소 지었다. 스토니는 약간 취한 채 웃으면서 경사로를 달려내려올 것이다. "엉크, 이 빌어먹을 개자식……" 스토니는 확성기에 대고 곧장 소리칠 터였다. "하느님을 걸고, 나는 널 찾으려고 이 빌어먹을 지구의 온갖 지독한 선술집을 죄다 갔었어. 그런데 넌 그 빌어먹을 시간 동안 수성에 매달려 있었다니!"

비와 크로노가 럼포드와 우주 방랑자에게 가까워질수록 럼포드는 멀어져갔다. 그가 비와 크로노, 우주 방랑자와 한 팔 거리만큼만 멀어졌다면 그 거리 두기를 이해할 수 있었을지 모른다. 하지만 금빛 무대 체계 덕분에 럼포드는 세 사람과 꽤나 멀찍이 떨어지게 되었다. 그들 사이의 거리는 다양한 상징적 위험을 띤 로코코 장식 때문에 구불구불하기까지 했다.

모리스 로즈노 박사가 트집을 잡긴 했지만 그건 부정할 수 없는 훌륭한 연출이었다. 앞서 언급한 책에서 그는 이렇게 말했다. "윈스턴 나일스 럼포드가 뉴포트에 있는 그의 황금 정글짐을 춤추고 돌아다니는 모습을 경건하게 지켜보는 자들은 장난감가게에 가면 볼 수 있는, 입을 떡 벌린 채 기차가 칙칙폭폭 칙칙폭폭 칙칙폭폭 하며 종이 반죽으로 만든 터널을 들락거리고 이쑤시개로 만든 다리를 지나며 카드보드로 만든 도시를 통과해 다시 종이 반죽으로 만든 터널로 들어가는 모습을 경건하게 지켜보는 자들과 똑같은 머저리들이다. 작은 기차 혹은 윈스턴 나일스 럼포드가 칙칙폭폭 칙칙폭폭 칙칙폭폭 다시 모습을 나타낼까? 아, 미라빌레 딕투*! ……당연히 나타나겠지!"

* 라틴어로 '이상한 얘기지만'이라는 뜻.

럼포드는 저택 건물 앞 조립식 무대에서 회양목 덤불 꼭대기 위로 아치를 드리우고 있는 출입구로 갔다. 출입구 너머에는 구릿빛 너도밤나무 둥치까지 10피트쯤 이어지는 보행자용 통로가 있었다. 나무둥치는 지름이 4피트였다. 금빛 가로대가 나무나사로 둥치에 고정되어 있었다.

럼포드는 카작을 맨 아래 가로대에 매더니 『잭과 콩나무』의 잭처럼 보이지 않는 곳까지 기어올라갔다.

그는 나무 위 어딘가에서 말했다.

그의 목소리는 나무가 아니라 벽에 달린 가브리엘 천사의 나팔에서 들려왔다.

군중은 잎이 무성한 나무 꼭대기에서 시선을 떼고 가장 가까운 확성기를 돌아보았다.

비와 크로노, 우주 방랑자는 계속해서 위를, 럼포드가 실제로 있는 곳을 보았다. 사실을 중시해서라기보다는 당황해서 그랬던 것이다. 핵가족 구성원들은 서로를 보지 않으려고 위를 봤다.

셋 중 누구도 이 재결합을 기뻐할 이유는 없었다.

비는 몸 전체를 덮는 레몬색 내복을 입은, 비쩍 마르고 턱수염을 길렀으며 행복해하는 멍청이에게 끌리지 않았다. 그녀는 덩치 크고 분노에 차 있으며 오만하고 자유로운 사상가를 꿈꿔왔다.

어린 크로노는 어머니와의 숭고한 관계에 침입한 턱수염 달린 인간이 증오스러웠다. 크로노는 행운의 조각에 입을 맞추며 아버지가, 정말로 이자가 아버지라면 말이지만, 쓰러져 죽기를 바랐다.

우주 방랑자도 자기가 어둡고 심술궂은 아내와 아들을 자유의지로 선택했을 만한 이유를 찾지 못했다. 진심으로 그 이유를 열심히 찾아보았는데도 말이다.

우연히 우주 방랑자의 시선이 비의 멀쩡한 한쪽 눈에 닿았다. 무슨 말을 해야 했다.

"좀 어때요?" 우주 방랑자가 말했다.

"당신은 좀 어때요?" 비가 말했다.

그들은 다시 나무를 올려다보았다.

"오오, 나의 행복하고 핸디캡을 짊어진 형제들이여," 럼포드의 목소리가 들려왔다. "하느님께 감사합시다. 거대한 미시시피강이 빗물을 생각하듯 우리의 감사를 생각하는 하느님께, 우리가 맬러카이 콘스턴트와 다르다는 점에 감사드립시다."

우주 방랑자는 목뒤가 약간 아팠다. 그는 시선을 내렸다. 적당히 떨어진 거리의 곧은 황금 통로가 눈길을 사로잡았다. 그는 눈으로 그 길을 따라갔다.

통로는 지구에서 가장 긴, 스스로 서 있는 사다리에서 끝났다. 사다리도 황금색으로 칠해져 있었다.

우주 방랑자의 시선이 사다리를 타고 기둥 꼭대기의 우주선에 달린 조그마한 문으로 이어졌다. 그토록 무시무시한 사다리를 타고 그토록 조그마한 문에 들어갈 정도의 배짱이나 이유가 있을 만한 사람이 누구일지 궁금해졌다.

우주 방랑자는 다시 군중을 보았다. 어쩌면 스토니 스티븐슨이 군중 속 어딘가에 있을지 몰랐다. 어쩌면 모든 쇼가 끝나기를 기다렸다가, 화성에서 온 가장 친하고 유일한 친구 앞에 모습을 드러낼지도 몰랐다.

11. 우리가 맬러카이 콘스턴트를 싫어하는 이유는……

"살면서 행한 좋은 일을 딱 하나만 말해보시오."

—윈스턴 나일스 럼포드

설교는 이렇게 이어졌다.

"우리는 맬러카이 콘스턴트에게 역겨움을 느끼오." 윈스턴 나일스 럼포드가 나무 꼭대기에서 말했다. "그는 환상적인 행운 덕에 환상적인 결과를 얻었으나, 그 모든 결과를 인간이 돼지라고 끝없이 증명하는 데 탕진했기 때문이오. 그는 아첨 속에 뒹굴었소. 쓸모없는 여자들 사이에서 뒹굴었소. 음탕한 즐거움과 술, 마약 속에서 뒹굴었소. 그는 알려진 모든 형태의 관능적이고 부도덕한 행위 속에 뒹굴었소.

운이 정점에 이르렀을 때 맬러카이 콘스턴트 소유의 자산은 유타주와 노스다코타주를 합친 것보다 많았소. 그러나 감히 말하건대 그의 도덕적 자산은 유타주와 노스다코타주에서 가장 부패한 들쥐만큼도 없었소."

"우리는 맬러카이 콘스턴트에게 분노하오." 럼포드가 나무 꼭대기에서 말했다. "그는 소유하고 있던 수십억 달러에 걸맞은 일을 아무것도 하지 않았고, 그 수십억 달러로 이타적이고 창의적인 일을 하나도 하지 않았기 때문이오. 그가 자애로웠다 한들 마리 앙투아네트 정도였고, 창의적이었다 한들 장의사 학교의 화장술 교수 정도였소."

"우리는 맬러카이 콘스턴트를 증오하오." 럼포드가 나무 꼭대기에서 말했다. "그는 환상적인 행운의 환상적인 결과를 아무 거리낌 없이, 운이 신의 손길인 양 받아들였기 때문이오. 철저히 무관심한 하느님의 교회에 속한 우리에게, 인간이 할 수 있는 일 중 그런 생각을 품는 것만큼 잔인하고 위험하며 신성모독적인 것은 없소. 행운이든 불운이든, 운이 신의 손길이라는 생각 말이오!"

"운이란, 행운이든 불운이든," 럼포드가 나무 꼭대기에서 말했다. "신의 손길이 아니오."

"운은," 럼포드가 나무 꼭대기에서 말했다. "신이 지나가고 영겁의 세월이 흐른 뒤 바람이 소용돌이치고 먼지가 내려앉는 방식이라오."

"우주 방랑자여!" 럼포드가 나무 꼭대기에서 외쳤다.

우주 방랑자는 온전히 관심을 기울이고 있지는 않았다. 그는 집중력이 약했다. 동굴에 너무 오래 있었기 때문일지도, 구프볼을 너무 오래 먹었기 때문일지도, 화성군에 너무 오래 있었기 때문일지도 몰랐다.

그는 구름을 보고 있었다. 색채에 굶주린 우주 방랑자의 눈에 사랑스러운 구름이 떠다니는 짜릿한 푸른색의 하늘이 들어왔다.

"우주 방랑자여!" 럼포드가 다시 외쳤다.

"거기, 노란 옷 입은 아저씨," 비가 말했다. 그녀가 우주 방랑자의 옆구리를 쿡 찔렀다. "정신 차려요."

"예?" 우주 방랑자가 말했다.

"우주 방랑자여!" 럼포드가 외쳤다.

우주 방랑자는 정신을 퍼뜩 차렸다. "부르셨나요?" 그는 무성한 나무 그늘을 올려다보며 외쳤다. 그의 인사는 천진하고 쾌활하고 매력적이었다. 확성기에 연결된 마이크가 휙 내려와 그의 앞에 대롱대롱 매달렸다.

"우주 방랑자여!" 럼포드가 외쳤다. 지금 그는 의식儀式의 흐름이 끊겨 약이 올라 있었다.

"여기 있습니다, 선생님!" 우주 방랑자가 외쳤다. 그의 대답이 확성기에서 귀를 찢을 듯이 울렸다.

"당신은 누구요?" 럼포드가 말했다. "당신의 진짜 이름은 무엇이오?"

"저는 제 진짜 이름을 모릅니다." 우주 방랑자가 말했다. "사람들은 저를 엉크라고 불렀습니다."

"지구에 돌아오기 전에 당신에게는 무슨 일이 일어났소, 엉크?" 럼포드가 말했다.

우주 방랑자는 활짝 웃었다. 럼포드는 그에게 케이프코드에서 너무도 많은 웃음과 춤과 노래를 유발했던 단순한 진술을 반복하도록 유도하고 있었다. "저는 일련의 우연에 희생당한 사람입니다, 우리 모두가 그렇듯이." 그가 말했다.

이번에는 웃음도 춤도 노래도 없었다. 그러나 군중은 우주 방랑자가 한 말을 좋아하는 게 확실했다. 그들은 고개를 들었고 눈을 휘둥그렇게 떴으며 콧구멍을 벌름거렸다. 격렬한 반응은 없었다. 군중은 럼포드와 우주 방랑자가 꼭 해야 할 말을 끝까지 듣고 싶어했다.

"일련의 우연에 희생당한 사람이라, 정말 그렇소?" 럼포드가 나무 꼭대기에서 말했다. "모든 우연 가운데," 그가 말했다. "당신은 어떤 우연이 가장 중요하다고 생각하시오?"

우주 방랑자는 고개를 갸웃했다. "생각해봐야 할 것 같은데……" 그가 말했다.

"수고는 내가 아껴주겠소." 럼포드가 말했다. "당신에게 일어난 가장 중요한 우연은 출생이오. 당신이 태어나 받은 이름이 무엇인지 말해도 되겠소?"

우주 방랑자는 아주 잠깐 망설였다. 그가 망설인 이유는 엉뚱한 말을 해서 매우 흐뭇하게 진행중인 의식을 망칠까봐 두려워서였다. "부탁드립니다." 그가 말했다.

"사람들은 당신을 맬러카이 콘스턴트라고 불렀소." 럼포드가 나무 위에서 말했다.

• • •

군중이 착한 존재일 수 있다면, 윈스턴 나일스 럼포드가 뉴포트로 끌어들인 군중도 착한 존재였다. 그들에게는 군중심리가 없었다. 구성원들은 각자의 양심을 유지했으며, 럼포드는 한 번도 그들에게 하나가 되어 갈채나 야유를 비롯한 어떤 행동에 참여하라고 권하지 않았다.

우주 방랑자가 역겹고 짜증나며 증오스러운 맬러카이 콘스턴트라는 사실이 밝혀지자, 군중의 구성원들은 각자 조용히 한숨을 쉬는 것으로 반응했다. 대체로 연민어린 반응이었다. 어쨌거나 그들은 대개 양심적이었고, 콘스턴트를 인형으로 만들어 각자의 집과 직장에 매달아두었다는 사실을 양심에 걸려했다. 게다가 아무리 인형을 쾌활하게 매달았어도 육신을 가진 콘스턴트가 실제로 목매달려 마땅하다고 생각하는 사람은 거의 없었다. 맬러카이 콘스턴트 인형을 목매다는 것은 크리스마스트리의 가지를 치거나 부활절달걀을 숨기는 것과 비슷한 폭력적인 행위였다.

그리고 나무 꼭대기의 럼포드는 그들의 연민을 잦아들게 할 만한 말을 전혀 하지 않았다. "콘스턴트 씨, 당신은 특이한 우연에 맞닥뜨렸소." 연민에 찬 그가 말했다. "대단히 거대한 종교 분파에서 잘못된 생각을 나타내는 주요 상징물이 되는 우연 말이오."

"콘스턴트 씨, 당신은 우리에게 상징으로서 그다지 매력적이지 않았을 거요." 그가 말했다. "우리의 마음이 어느 정도 당신에게 뻗어나가지 않았다면 말이오. 우리의 마음은 당신에게 실제로 뻗어나갔소. 당신만의 이색적 실수, 그리고 시간이 시작된 이래로 인간이 늘 저질러왔으며 당신도 저지른 실수 때문이오."

"콘스턴트 씨, 몇 분 뒤면," 럼포드가 나무 꼭대기에서 말했다. "당신은 인도와 경사로를 지나 저 높다란 황금 사다리로 가게 될 거요. 그리고 사다리를 올라 저 우주선에 탄 다음 타이탄으로, 토성의 따뜻하고 비옥한 위성으로 날아갈 거요. 당신은 그곳에서 안전하고 편안하게 살게 될 테지만, 당신이 태어난 이 지구에서는 추방당하게 될 거요.

콘스턴트 씨, 당신은 이 일을 자발적으로 하게 될 거요. 철저히 무관심한 하느님의 교회가 언제까지나 기억하고 숙고할 만한, 위엄 있는 자기희생의 연극을 누릴 수 있도록 말이오."

"우리는 영적 만족감을 누리리라고," 럼포드가 나무 위에서 말했다. "당신이 운의 의미에 관한 모든 생각과 잘못 쓰인 모든 부와 권력, 모든 역겨운 취미를 함께 가져가리라고 기대할 거요."

맬러카이 콘스턴트였고 엉크였으며 우주 방랑자였던 남자, 다시 맬러카이 콘스턴트가 된 그 남자는 다시 맬러카이 콘스턴트로 선포되었음에도 거의 아무것도 느끼지 못했다. 럼포드가 다른 타이밍을 노렸다면 흥미로운 것들을 어느 정도 느낄 수 있었을지 모른다. 하지만 럼포드는 그가 맬러카이 콘스턴트라고 말하고 겨우 몇 초 뒤에 그가 겪을 시련에 대해 말했고, 그 시련은 콘스턴트의 관심을 온전히 앗아갈 만큼 소름 끼쳤다.

그 시련은 몇 년, 몇 달, 며칠 후가 아니라 몇 분 후로 예정되어 있었다. 사형 판결을 받은 모든 범죄자가 그렇듯, 맬러카이 콘스턴트는 다른 모든 것을 배제하고 자신이 앞으로 오르게 될 장치를 골똘히 살펴보게 되었다.

이상한 일이지만 그가 처음으로 한 걱정은 발을 헛디딜지도 모른다는 것, 걷는다는 단순한 문제에 관해 너무 열심히 생각하다가 발이 자연스럽게 움직이지 않게 되고, 나무처럼 딱딱해진 그 발을 헛디딜지도 모른다는 것이었다.

"콘스턴트 씨, 당신은 발을 헛디디지 않을 것이오." 럼포드가 나무 꼭대기에서 콘스턴트의 생각을 읽고서 말했다. "당신에게는 달리 갈 곳이 없고 달리 할일도 없소. 당신은 우리가 조용히 지켜보는 가운데 양발을 번갈아 내디딤으로써 현대에 이르러 가장 기억에 남고 아름다우며 의미 있는 인간이 될 것이오."

콘스턴트는 어두운 피부의 짝과 아이를 돌아보았다. 그들의 시선은 노골적이었다. 콘스턴트는 그들의 시선을 보고 럼포드가 한 말이 진실임을, 우주선으로 향하는 길 말고는 그에게 어떤 길도 열려 있지 않음을 깨달았다. 비어트리스와 어린 크로노는 축제 분위기 앞에서 극도로 냉소적이었다. 그러나 그 분위기 속 용감한 행동에 대해서는 냉소적이지 않았다.

그들은 어디 한번 똑바로 행동해보라며 맬러카이 콘스턴트를 도발했다.

콘스턴트는 왼쪽 엄지와 검지를 조심히 둥글게 문질렀다. 그는 이 의미 없는 행동을 십 초 정도 응시했다.

그런 다음 그는 손을 양옆으로 툭 떨어뜨리고 고개를 든 뒤 우주선을 향해 단호하게 발걸음을 내디뎠다.

왼발이 경사로에 닿자 머릿속이 지구 시간으로 삼 년 동안 들은 적 없는 소리로 가득찼다. 두개골 속 안테나에서 흘러나오는 소리였다. 나무 꼭대기의 럼포드가 주머니에 들어 있는 작은 제어기로 콘스턴트의 안테나에 신호를 보내고 있었다.

그는 콘스턴트의 머리를 작은북소리로 가득 채움으로써 그가 걷는 길고도 외로운 길을 조금이나마 견딜 수 있게 만들어주었다.

작은북이 한 말은 이랬다.

타더라 타, 타, 타,

타더라 타, 타, 타.

텐트가 타!

텐트가 타!

텐트가, 텐트가, 타.

맬러카이 콘스턴트의 손이 처음으로 세계에서 가장 높은, 스스로 서 있는 사다리의 금빛 가로대에 닿자 작은북소리가 조용해졌다. 그는 고개를 들었다. 시점 때문에 사다리 꼭대기가 바늘 끝처럼 보였다. 콘스턴트는 쥐고 있던 가로대에 잠시 이마를 기댔다.

"콘스턴트 씨, 사다리를 오르기 전에 하고 싶은 말이 있소?" 럼포드가 나무 꼭대기에서 말했다.

확성기에 연결된 마이크가 다시 콘스턴트 앞에서 달랑거렸다. 콘스턴트는 입술을 핥았다.

"콘스턴트 씨, 무슨 말을 할 생각이오?" 럼포드가 말했다.

"말을 할 거라면," 마이크 담당 기술자가 콘스턴트에게 말했다. "아주 평범한 말투로 말하세요. 입술은 마이크에서 6인치 정도 떨어뜨린 상태에서요."

"콘스턴트 씨, 우리에게 무언가 말할 생각이오?" 럼포드가 말했다.

"그게…… 아마 아무 가치도 없는 말일 겁니다." 콘스턴트가 조용히 말했다. "그래도 지구에 도착한 다음에 일어난 일을 전혀 이해하지 못했다는 말은 하고 싶어요."

"참여하는 기분이 안 든다는 것이군?" 럼포드가 나무 꼭대기에서 말했다. "그런 거요?"

"상관없습니다." 콘스턴트가 말했다. "어쨌든 사다리를 올라갈 테니까요."

"글쎄," 럼포드가 나무 꼭대기에서 말했다. "우리가 지금 당신에게 어떤 부당함을 행사하고 있다고 느낀다면, 당신이 사는 동안 행한 진정 좋은 행동을 이야기해보시오. 그런 좋은 행동이 우리가 당신을 위해 계획한 이 일을 면하게 해줄 핑계가 될지 판단해보겠소."

"좋은 행동이라고요?" 콘스턴트가 말했다.

"그렇소." 럼포드가 대범하게 말했다. "살면서 행한 좋은 일을 딱 하나만 말해보시오. 당신이 기억할 수 있는 일 말이오."

콘스턴트는 열심히 생각했다. 대부분의 기억은 동굴의 끝없는 통로를 허둥지둥 돌아다니던 기억이었다. 보애즈와 하모늄에게 좋은 행동이라고 할 만한 것을 행할 기회는 몇 번 있었다.

하지만 솔직히 말해 콘스턴트는 자기가 그런 기회에 동원될 가능성을 남겨두지 않았다.

그래서 그는 화성에 관해, 자신에게 쓴 편지에 담겨 있던 모든 것에 관해 생각했다. 당연히 그중에는 그 자신의 좋은 성품에 관한 내용이 있을 터였다.

그때 친구 스토니 스티븐슨이 떠올랐다. 그에게는 친구가 있었다. 그건 확실히 좋은 일이었다. "제게는 친구가 있었습니다." 맬러카이 콘스턴트가 마이크에 대고 말했다.

"그 사람 이름이 뭐였소?" 럼포드가 말했다.

"스토니 스티븐슨이요." 콘스턴트가 말했다.

"친구가 딱 한 명이오?" 럼포드가 나무 꼭대기에서 말했다.

"딱 한 명입니다." 콘스턴트가 말했다. 그의 가엾은 영혼은, 단 한 명의 친구만으로도 인간은 충분한 우정을 누릴 수 있음을 깨닫고 기쁨으로 넘쳐흘렀다.

"그럼 당신의 좋은 성품에 대한 주장은 사실상," 럼포드가 나무 꼭대기에서 말했다. "당신이 그 스토니 스티븐슨이라는 사람에게 실제로 얼마나 좋은 친구가 되어주었는지에 따라 성립될 수도, 무너질 수도 있겠구려."

"네." 콘스턴트가 말했다.

"콘스턴트 씨, 화성에서의 처형이 기억나시오?" 럼포드가 나무 꼭대기에서 말했다. "당신이 집행한 처형 말이오. 당신은 화성군 세 연대가 보는 앞에서 돌기둥에 묶인 남자를 목 졸라 죽였소."

그건 콘스턴트가 최선을 다해 제거하려던 한 가지 기억이었다. 콘스턴트는 그런 기억 제거에 대체로 성공했다. 그는 진심을 다해 머릿속을 뒤졌다. 처형이 실제로 일어났는지 확신할 수 없었다. "그게…… 기억나는 것 같습니다." 콘스턴트가 말했다.

"음…… 당신이 목 졸라 죽인 남자가 당신의 훌륭하고 착한 친구 스토니 스티븐슨이었소." 윈스턴 나일스 럼포드가 말했다.

맬러카이 콘스턴트는 금빛 사다리를 올라가며 흐느꼈다. 그는 반쯤 올라가다가 잠시 멈췄고, 럼포드가 확성기를 통해 다시 그에게 외쳤다.

"콘스턴트 씨, 이제는 좀더 적극적인 참여자가 된 기분이 드시오?" 럼포드가 외쳤다.

콘스턴트 씨는 그런 기분이 들었다. 이제 그는 자신의 무가치함을 완전히 이해했으며, 그를 거칠게 다루는 게 좋은 일이라고 생각하는 모든 사람의 의견에 씁쓸하게 공감했다.

그리고 꼭대기에 올랐을 때, 그는 럼포드로부터 아직 에어로크를 닫지 말라는 말을 들었다. 그의 짝과 아이도 곧 올라갈 것이기 때문이었다.

콘스턴트는 사다리 꼭대기의 우주선 문간에 앉아 럼포드가 갈색 피부를 가진 콘스턴트의 짝에 대해, 외눈박이에 황금 치아를 가진 비라는 여자에 대해 얘기하는 짧은 설교를 들었다. 콘스턴트는 그 설교에 자세히 귀기울이지 않았다. 그의 눈은 저멀리 아래에 펼쳐진 마을과 물굽이, 섬의 파노라마를 보고 있었다. 그는 그 풍경이 전하는 좀더 관대한 설교에 위안을 얻었다.

그 설교는, 우주에 친구 한 명 없는 인간조차 자신의 고향 행성을 신비롭고도 마음이 저릴 만큼 아름답다고 느낄 수 있다는 것이었다.

"이제 나는 여러분에게 말해야 하오." 윈스턴 나일스 럼포드가 맬러카이 콘스턴트의 발밑, 까마득한 나무 꼭대기에서 말했다. "비에 관해, 대문 밖에서 맬러카이를 파는 여자에 관해, 지금 자신의 아들과 함께 우리 모두를 노려보는 여자에 관해서 말이오.

비가 아주 오래전, 화성으로 가던 중에 맬러카이 콘스턴트는 자신의 관심을 그녀에게 강요했고, 그녀는 맬러카이 콘스턴트의 아들을 낳았소. 그전에 그녀는 내 아내이자 이 저택의 안주인이었소. 그녀의 진짜 이름은 비어트리스 럼포드요."

군중 사이에서 탄식하는 소리가 피어올랐다. 다른 종교의 먼지 낀 인형들이 사람들의 관심에서 밀려난 것, 모두의 시선이 뉴포트로 향한 것이 과연 놀라운 일이었을까? 철저히 무관심한 하느님의 교회 수장은 미래를 예언했고, 모든 불평등 가운데서도 가장 잔인한 불평등인 운의 불평등과 맞서 싸웠으며, 새로운 감각을 마비시킬 정도로 놀라운 사실을 제공하는 그의 능력은 마르지 않았다.

훌륭한 소재가 워낙 풍족했던 터라 그는 외눈에 금니를 가진 여자가 자기 아내라고, 맬러카이 콘스턴트 때문에 오쟁이 진 남편이 되었다고 선언하며 실제로 말끝을 흐릴 수 있었다.

"이제 나는 여러분이 오래도록 맬러카이 콘스턴트가 보여준 삶의 예시를 경멸했듯, 그 여자가 보여준 삶의 예시도 경멸할 것을 청하오." 럼포드가 부드러운 목소리로 나무 꼭대기에서 말했다. "원한다면 저 여자도 맬러카이 콘스턴트와 함께 여러분의 창문 블라인드와 조명에 매달아두시오."

"비어트리스의 무절제는 머뭇거림의 무절제였소." 럼포드가 말했다. "지금보다 젊었을 때 그녀는 오염이 두려워 아무것도 하지 않을 만큼, 자신에게 어떤 일이 벌어지는 것도 허락하지 않을 만큼 우아한 어린 시절을 보냈다고 느꼈소. 지금보다 젊은 비어트리스에게 삶이란 그야말로 참을 수 없는, 병균과 천박함으로 가득한 존재였소.

철저히 무관심한 하느님의 교회에 속한 우리는 오물 속을 뒹굴었던 맬러카이 콘스턴트를 저주하듯, 그녀가 살아가면서 상상 속 순수함을 절대 위험에 빠뜨리지 않으려 했던 것 역시 가차없이 저주하오.

비어트리스의 태도 하나하나에서 그녀가 자신을 지적으로나

도덕적으로나 신체적으로나 하느님이 생각했던 완벽한 존재로 여기고 있으며 나머지 인류가 자신을 따라잡으려면 천 년도 더 걸릴 거라고 느꼈음이 은연중에 드러났소. 이 또한 평범하고도 창의력 없는 인간이 감히 전능한 신이 얼굴을 붉힐 만큼 그분을 간지럽힌 한 가지 사례요. 자기에게 손도 대지 말라는 비어트리스의 혈통에 전능하신 신이 감탄한다는 주장은, 최소한 전능하신 신이 맬러카이 콘스턴트가 부유해지기를 바랐다는 주장만큼이나 수상하오."

"럼포드 부인," 윈스턴 나일스 럼포드가 나무 꼭대기에서 말했다. "이제 나는 당신과 당신 아들이 맬러카이 콘스턴트를 따라 타이탄으로 가는 우주선에 오를 것을 요구하오. 떠나기 전에 하고 싶은 말이 있소?"

어머니와 아들은 서로 어깨를 맞댄 채 붙어 서서 세상을 바라보았다. 세상은 그날의 소식으로 많이 변해 있었다. 긴 침묵이 흘렀다.

"럼포드 부인, 우리에게 연설할 생각이 있소?" 럼포드가 나무 꼭대기에서 말했다.

"네." 비어트리스가 말했다. "하지만 오래 걸리지는 않을 거예요. 난 당신이 나에 대해서 한 말이 모두 사실이라고 믿어요. 당신은 거짓말을 거의 하지 않으니까요. 하지만 내 아들과 내가 함께 저 사다리를 오른다 해도 당신을 위해서나 당신의 어리석은 군중을 위해서가 아니라 우리 자신을 위해서예요. 우린 우리 자신과 모든 구경꾼에게 우리가 무엇도 두려워하지 않는다는 걸 증명할 거예요. 이 행성을 떠날 때도 우리 마음은 무너지지 않을 거예요. 최소한 당신의 지도 덕에 이 행성이 우리를 역겨워하는 만큼 우리도 이 행성이 역겨우니까요."

"난 옛 시절이 생각나지 않아요." 비어트리스가 말했다. "내가 이 저택의 주인이었을 때, 내가 무언가 하는 것도, 당하는 것도 견디지 못했던 시절 말이에요. 하지만 당신한테서 내가 그런 사람이었다는 말을 들은 순간부터 나 자신을 사랑하게 됐어요. 인류는 하찮은 존재고, 지구도, 당신도 마찬가지예요."

비어트리스와 크로노는 재빨리 인도와 경사로를 지나 사다리를 기어올랐다. 그들은 인사 한마디 없이 우주선 문 앞의 맬러카이 콘스턴트를 지나쳤다. 그들은 안으로 모습을 감췄다.

콘스턴트는 그들을 따라 우주선으로 들어가 숙소를 살펴보던 그들과 합류했다.

숙소의 상태는 놀라웠다. 저택 관리자들에게는 특히 놀라웠을 것이다. 우주선은 경비원이 순찰하는 성스러운 구역의 기둥 꼭대기에 있어 누구도 침입할 수 없을 것처럼 보였지만, 정신 나간 파티가 한 번 혹은 여러 번 벌어진 현장이 분명했다.

침상의 이불은 모두 흐트러져 있었다. 침구가 구겨지고 꼬이고 뭉쳐 있었다. 시트는 립스틱과 구두약으로 얼룩져 있었다.

튀긴 대합조개가 발밑에서 으스러지며 기름을 뱉어냈다.

마운틴문라이트 와인 2쿼트짜리 두 병과 서던컴퍼트 위스키 1파인트짜리 한 병, 내러갠싯라거 맥주 열두 캔이 전부 비워진 채 우주선 여기저기에 흩어져 있었다.

문 옆의 흰 벽에는 립스틱으로 이름 두 개가 적혀 있었다. 버드와 실비아였다. 선실 중앙 기둥 가장자리에는 검은색 브래지어가 걸려 있었다.

비어트리스는 유리병과 맥주캔을 모아 문밖으로 떨어트렸다. 브래지어를 내려 입구에서 펄럭이며 좋은 바람이 불어오기를 기다렸다.

맬러카이 콘스턴트는 한숨을 쉬고 고개를 젓고 스토니 스티븐슨을 애도했다. 그는 자신의 발이 빗자루인 양 튀긴 대합조개를 문 쪽으로 쓸어냈다.

어린 크로노는 침상에 앉아 행운의 조각를 문질렀다. "가요, 엄마." 그가 긴장한 목소리로 말했다. "제발 가요."

비어트리스는 브래지어를 놨다. 돌풍이 브래지어를 낚아채 군중에게 보냈다가 럼포드가 앉아 있는 나무 옆 나무에 걸었다.

"안녕, 깨끗하고 현명하고 사랑스러운 여러분 모두." 비어트리스가 말했다.

12. 트랄파마도어에서 온 신사

"특정 시간대의 관점에서 말하자면, 안녕."

—윈스턴 나일스 럼포드

토성에는 위성이 아홉 개 있는데, 그중 가장 큰 위성이 타이탄이다.

타이탄은 화성보다 아주 조금 작다.

타이탄은 태양계에서 유일하게 대기가 있는 위성이다. 타이탄에는 호흡하기에 충분한 산소가 있다.

타이탄의 공기는 봄날 아침 지구의 빵집 뒷문 앞 공기와 비슷하다.

타이탄의 핵에는 천연 화학 용광로가 있어, 그곳의 기온은 화씨 67도를 일정하게 유지한다.

타이탄에는 바다가 세 개 있는데, 모두 지구의 미시간호와 비슷한 크기다. 세 바다의 물은 모두 담수이며 에메랄드빛으로 맑다. 세 바다의 이름은 윈스턴해, 나일스해, 럼포드해다.

원래는 네번째 바다였던, 아흔세 개의 연못과 호수 군집도 있다. 그 군집은 카작호수군으로 알려져 있다.

윈스턴해, 나일스해, 럼포드해와 카작호수군은 세 줄기의 커다란 강으로 연결된다. 지류들이 있는 이 강은 변덕이 심해, 우르릉대거나 무기력하거나 찢겨나가는 다양한 모습을 보인다. 이들의 기분을 좌우하는 건 동료 위성 여덟 개의 변동이 심한 인력과 지구 질량의 아흔다섯 배인 토성의 엄청난 인력이다. 세 줄기의 강은 윈스턴강, 나일스강, 럼포드강으로 알려져 있다.

숲과 초원과 산도 있다.

가장 큰 산은 럼포드산으로 높이는 9571피트다.

타이탄은 태양계에서 가장 경악스러울 정도로 아름다운 존재인 토성의 고리를 볼 수 있는, 비교 불가능한 전망을 제공한다. 그 아찔한 띠는 폭이 400마일인데 두께는 면도날 정도다.

타이탄에서 그 고리는 '럼포드의 무지개'라고 불린다.

토성은 태양 주위로 원을 그리며 움직인다.

지구 시간으로 이십구 년 반마다 한 번씩 그렇게 공전한다.

타이탄은 토성 주위로 원을 그리며 움직인다.

그 결과 타이탄은 태양 주위로 소용돌이를 그리며 움직인다.

윈스턴 나일스 럼포드와 그의 개 카작은 파동현상으로서, 태양과 베텔게우스 사이의 뒤틀린 소용돌이를 따라 맥동한다. 천체가 그 소용돌이에 간섭할 때마다 럼포드와 그의 개는 그 천체에서 물질화한다.

아직 알려지지 않은 이유에 따라 럼포드와 카작, 타이탄의 소용돌이는 우연히도 정확히 일치했다.

그래서 럼포드와 그의 개는 영원히 타이탄에서 물질화했다.

럼포드와 카작은 윈스턴해 바닷가에서 1마일 떨어진 섬에 살았다. 그들의 집은 지구의 인도에 있는 타지마할을 정확히 복제한 것이었다.

그 집은 화성인들의 노동력으로 지어졌다.

타이탄의 집을 '던 로민'*이라고 부른 것은 럼포드의 풍자적 상상력 때문이었다.

• • •

맬러카이 콘스턴트와 비어트리스 럼포드, 크로노가 도착하기 전에 타이탄에는 단 한 명의 사람만 살고 있었다. 그 사람의 이름은 샐로였다. 샐로는 늙었다. 샐로는 지구 나이로 천백만 살이었다.

샐로는 다른 은하에서, 소마젤란성운에서 왔다. 그의 키는

* Dun Roamin. '오두막' 혹은 '손님용 별채'를 가리키는 말.

140센티미터였다.

샐로의 피부는 지구의 감귤 껍질과 질감이나 색깔이 비슷했다.

샐로에게는 사슴 다리와 비슷한 가느다란 다리가 세 개 있었다. 샐로의 발은 특히나 흥미롭게 설계되어 있었는데, 하나하나가 공기를 주입해 부풀릴 수 있는 구체였다. 이 구체를 저면 배트볼 공 크기로 부풀리면 샐로는 물위를 걸을 수 있었다. 골프공 크기로 줄이면 단단한 표면을 빠르게 뛰어다닐 수 있었다. 공기를 완전히 빼면 빨판이 됐다. 그러면 샐로는 벽을 기어오를 수 있었다.

샐로에게는 팔이 없었다. 샐로에게는 눈 세 개가 있었으며, 그의 눈은 소위 가시광선뿐 아니라 적외선과 자외선과 엑스레이도 감지할 수 있었다. 샐로는 특정 시간대에 속한 존재였다. 즉 그는 한 번에 한 순간만을 살았다. 그리고 그는 럼포드에게 과거나 미래보다는 파장의 저쪽 끝에서 나타나는 놀라운 색채를 보고 싶다고 말하곤 했다.

이건 상당히 교묘한 말이었다. 샐로는 한 번에 한 순간만을 살면서도 럼포드보다 훨씬 더 먼 과거와 훨씬 더 먼 우주를 보았기 때문이다. 직접 본 것에 대한 기억도 더 많았다.

샐로의 머리는 둥글었고 짐벌* 안에 매달려 있었다.

* 물이나 공기, 우주 공간에 떠 있는 물체의 수평을 유지하는 장치의 지지틀.

그의 목소리는 자전거 경적과 같은 소음을 발생하는 전기장치였다. 그는 오천 가지 언어를 사용했는데 그중 오십 개는 지구의 언어였고 서른한 개는 지구의 죽은 언어였다.

럼포드가 궁전을 하나 지어주겠다고 제안했지만 샐로는 궁전에서 살지 않았다. 샐로는 탁 트인 곳에, 이십만 년 전 그를 타이탄으로 데려온 우주선 근처에 살았다. 그의 우주선은 비행접시로, 화성군 침공 함대의 원형이었다.

샐로에게는 흥미로운 역사가 있었다.

지구 시간으로 기원전 48만 3441년에, 그는 대중의 열정어린 텔레파시를 통해 그들 종족 가운데 가장 잘생기고 건강하며 마음이 깨끗한 표본으로 선택되었다. 때는 소마젤란성운에 있는 그의 고향 별 정부 수립 십만 년 기념일이었다. 그의 고향 행성 이름은 트랄파마도어였다. 언젠가 늙은 샐로는 럼포드에게 행성의 이름은 우리 모두와 숫자 541을 둘 다 뜻한다고 번역해주었다.

샐로의 고향 행성에서 일 년의 길이는, 샐로가 직접 계산한 바에 따르면, 지구의 3.6162배였다. 그러니까 그가 참여한 기념식은 사실 지구 나이로 3억 6162만 년 된 정부를 기리는 것이었다. 언젠가 샐로는 럼포드에게 이처럼 견고한 형태의 정부는 최면에 의한 무정부주의 정부라고 설명해주었으나 그 작동 방식을 설명하기는 거부했다. "네가 단번에 이해하지 못하면," 그가 럼포드에게 말했다. "설명해봐야 아무 의미가 없어, 스킵."

트랄파마도어 대표 표본으로 선출되었을 때 그가 받은 임무는 봉인된 메시지를 "우주의 한쪽 가장자리에서 다른 가장자리로" 배달하는 것이었다. 기념식 기획자들이 샐로의 예상 여행 경로가 우주 전체에 뻗어 있으리라고 생각할 만큼 망상에 빠져 있지는 않았다. 그 이미지는 시적인 것이었다. 샐로의 탐험이 그랬듯이. 샐로는 그저 트랄파마도어의 기술력이 허락하는 대로 최대한 빠르게 메시지를 가져갈 터였다.

메시지 내용 자체는 샐로도 알지 못했다. 샐로가 럼포드에게 한 말에 따르면, 그 메시지는 "일종의 대학교이지만, 아무도 다니지 않는 대학교"에서 준비한 것이었다. "그 대학교에는 건물이 하나도 없고, 교수진도 없어. 모두가 그 대학교에 다니고, 아무도 그 대학교에 다니지 않아. 그 대학교는 모든 이의 숨 한 모금을 더해 만든 구름이야. 구름이 모두를 위해서 모든 복잡한 생각을 대신하는 거지. 진짜 구름이 있다는 얘기는 아니야. 그냥 그거랑 비슷하다는 얘기야. 내가 무슨 말을 하는 건지 모르겠다면, 스킵, 너한테 설명해봐야 아무 의미가 없어. 내가 할 수 있는 말은 만나서 의논하는 일은 없다는 거야."

메시지는 가로세로 2인치에 높이 8분의 3인치의 봉인된 납 통에 들어 있었다. 통은 황금 그물 가방에 들어 있었으며, 그 가방은 스테인리스강 철사에 매달려 있었고, 그 철사는 샐로의 목이라고 할 만한 기둥에 쥠쇠로 연결되어 있었다.

샐로는 목적지에 도착할 때까지 가방과 통을 열지 말라는 명령을 받았다. 그의 목적지는 타이탄이 아니었다. 타이탄을 지나 천팔백만 광년 떨어진 곳에서 시작되는 은하였다. 샐로가 참석한 기념식의 기획자들은 샐로가 그 은하에서 무엇을 발견하게 될지 몰랐다. 그가 받은 지시는 그 은하 어딘가에서 생명체를 찾아, 그들의 언어를 완벽히 익힌 뒤 메시지를 열어 그들에게 번역해주라는 것이었다.

샐로는 자기에게 맡겨진 허드렛일이 합당한 것이라고 믿어 의심치 않았다. 그는 모든 트랄파마도어의 존재들이 그렇듯 기계였기 때문이다. 기계로서 그는 하기로 되어 있는 일을 해야만 했다.

샐로가 트랄파마도어를 떠나기 전에 받은 모든 명령 중에서 아마도 가장 중요한 명령은 어떤 상황에서도 도중에 메시지를 열어 보아서는 안 된다는 것이었다.

이 명령은 작은 트랄파마도어의 메시지 배달부라는 존재의 핵심이 될 만큼 강조되었다.

지구 연도로 기원전 20만 3117년에 샐로는 기계적 결함으로 어쩔 수 없이 태양계에 착륙했다. 우주선 전력공급장치의 작은 부품이 완전히 해체되는 바람에 도리가 없었다. 그 부품은 지구의 맥주캔 따개 크기 정도의 부품이었다. 샐로는 정비공으로서의 기질이 없었으므로 빠진 부품이 어떻게 생겼는지, 어떻게 작동하는지에 관해서는 어렴풋하게만 알고 있었다. 샐로의 우주선은 무언가가 되려는 우주적 의지, 즉 UWTB로 작동했으므로, 전력공급장치는 아마추어 정비공이 만지작거릴 만한 것이 아니었다.

샐로의 우주선이 완전히 작동 불능 상태에 빠진 건 아니었다. 우주선은 계속 운행되었지만, 겨우 시속 약 6만 8000마일로 느리게 움직였다. 망가진 상태로도 태양계를 이리저리 짧게 옮겨다니기에는 충분했고, 망가진 우주선의 복제품들이 화성의 전쟁 노력에 충실히 봉사한 것도 사실이었다. 그러나 망가진 우주선은 은하를 오가는 심부름이라는 샐로의 목적을 수행하기에는 말도 안 되게 느렸다.

그래서 늙은 샐로는 타이탄에 몸을 맡기고 고향인 트랄파마도어에 자기가 처한 곤경을 전했다. 그는 광속으로 고향에 메시지를 보냈는데, 그 말은 메시지가 트랄파마도어에 도착할 때까지 지구 세월로 십오만 년이 걸린다는 뜻이었다.

샐로는 시간을 보내는 데 도움이 되는 몇 가지 취미를 갖게 되었다. 그런 취미 중 가장 중요한 것은 조각과 타이탄 데이지 키우기, 그리고 지구의 다양한 활동 지켜보기였다. 그는 우주선의 조종간에 달린 뷰어로 지구에서 벌어지는 활동을 지켜볼 수 있었다. 그 뷰어는 샐로가 원한다면 지구 개미들의 활동을 추적

할 수 있을 정도로 강력했다.

그가 트랄파마도어에서 처음으로 답장을 받은 건 바로 이 뷰어를 통해서였다. 답장은 지구의 여러 구역 중 현재 영국인 평원에 거대한 돌로 쓰였다. 답장이 남긴 폐허는 스톤헨지로 알려진 채 지금까지 사라지지 않았다. 위에서 봤을 때 트랄파마도어 언어로 스톤헨지의 의미는 "교체 부품을 최대한 빨리 배달하고 있습니다"였다.

스톤헨지는 늙은 샐로가 받은 유일한 메시지가 아니었다.

메시지는 네 개가 더 있었는데, 전부 지구에 적혀 있었다.

위에서 봤을 때 중국 만리장성의 의미는 트랄파마도어 언어로 "기다려주세요. 우린 당신을 잊지 않았습니다"였다.

로마 황제 네로의 별장 도무스 아우레아는 "최선을 다하고 있습니다"였다.

처음 성벽을 세웠을 때 모스크바 크렘린궁의 의미는 "눈 깜짝할 사이에 길을 떠나시게 될 겁니다"였다.

스위스 제네바에 있는 국제연맹 본부의 의미는 "언제든 출발할 수 있도록 짐을 챙기세요"였다.

간단한 계산만 해봐도 이 메시지가 전부 광속을 상당히 능가하는 속도로 도착했음을 알 수 있다. 샐로가 자신이 겪는 고통에 관한 메시지를 고향에 보낸 것 또한 광속을 통해서였는데, 그 메시지가 트랄파마도어에 도착하기까지는 십오만 년이 걸렸다. 하지만 그는 오만 년도 되지 않아 트랄파마도어에서 답장을 받았다.

지구인처럼 원시적인 존재에게는 이처럼 신속한 의사소통의 원리가 기괴하게 느껴질 것이다. 그토록 원시적인 존재와 함께 있을 때는, 트랄파마도어의 존재들이 광속의 세 배쯤 되는 속도로, 우주의 텅 빈 공간을 통해 무언가가 되려는 우주적 의지를 메아리치게 함으로써 특정한 충동을 만들어낼 수 있다고 말하는 것으로 충분하다. 그리고 트랄파마도어의 존재들은 저멀리 떨어진 생명체들에게 영향을 끼치도록 이런 충동을 집중적으로 수정함으로써 그들이 트랄파마도어인의 목표에 도움이 되는 영감을 품게 할 수 있다.

그건 트랄파마도어에서 저멀리 떨어진 곳에서 일이 이루어지게 하는 경이로운 방법이었다. 단연코 가장 빠른 방법이기도 했다.

하지만 저렴한 방법은 아니었다.

늙은 샐로에게는 아무리 짧은 거리에서라도 이런 의사소통 방식으로 일을 성사시킬 장비가 없었다. 이 과정에서 사용되는 장치와 무언가가 되려는 우주적 의지의 양은 어마어마했다. 기술자 수천 명의 도움이 필요하기도 했다.

게다가 엄청난 전력과 인력이 들어가는 트랄파마도어의 중장비조차 딱히 정확한 건 아니었다. 늙은 샐로는 지구에서 일어나는 수많은 의사소통 실패를 지켜보았다. 여러 문명이 지구에서 피어나기 시작했고, 그 참여자들은 트랄파마도어 언어로 된 메시지가 분명한 어마어마한 구조물들을 세우기 시작했다. 그런 다음 문명들은 메시지를 완성하기도 전에 포기했다.

늙은 샐로는 이런 일이 벌어지는 걸 수백 번이나 보았다.

늙은 샐로는 친구 럼포드에게 트랄파마도어 문명에 관한 흥미로운 사실들을 아주 많이 이야기해줬지만, 메시지나 그 메시지를 전달하는 기술에 관해서는 한 번도 이야기하지 않았다.

그가 럼포드에게 해준 얘기는 자신이 곤경에 처했다는 메시지를 고향으로 보냈으며, 교체용 부품이 곧 도착할 거라 예상한다는 것뿐이었다. 늙은 샐로의 마음은 럼포드의 마음과 너무 달랐기에 럼포드는 샐로의 마음을 읽을 수 없었다.

샐로는 둘의 생각을 가로막은 장벽이 고마웠다. 샐로의 종족이 지구의 역사를 거덜내는 데 그토록 많이 개입했다는 걸 알게 되면 럼포드가 무슨 말을 할지 죽을 만큼 두려웠기 때문이다. 럼포드는 크로노-신클래스틱 인펀디뷸럼화한 존재였고 보다 넓은 시각으로 사물을 볼 수 있는 듯했지만, 샐로는 럼포드가 마음속 깊은 곳에서는 여전히 놀랄 정도로 편협한 지구인이라는 사실을 이미 알아채고 말았다.

늙은 샐로는 럼포드가 트랄파마도어인들이 지구에 저지른 짓을 알아내는 걸 원하지 않았다. 럼포드가 불쾌해할 게 분명했기 때문이다. 럼포드는 틀림없이 샐로와 모든 트랄파마도어인에게서 등을 돌릴 터였다. 샐로는 그런 일은 견딜 수 없으리라 생각했다. 그는 윈스턴 나일스 럼포드를 사랑했기 때문이다.

이런 사랑에 눈을 흘길 건 없다. 그러니까, 이 사랑이 동성애는 아니었다는 것이다. 그럴 수가 없었다. 샐로에게는 성별이 없었으니까.

그는 모든 트랄파마도어인이 그렇듯 기계였다.

그는 코터핀과 호스클램프, 너트, 볼트, 자석으로 조립되어 있었다. 감정적으로 혼란을 느끼면 샐로는 그 감정을 무척 잘 표현해주는 감귤색 피부를 지구인들의 바람막이처럼 입거나 벗을 수 있었다. 그 바람막이는 자석 지퍼로 잠겨 있었다.

샐로에 따르면 트랄파마도어인들은 서로를 제조했다. 첫번째 기계가 어떻게 존재하게 되었는지 확실히 아는 존재는 아무도 없었다.

다만 전설은 다음과 같았다.

옛날옛적에 트랄파마도어에는 기계와 전혀 다른 생명체들이 있었다. 그들은 신뢰할 수 없는 존재였다. 그들은 효율적이지 않았다. 그들은 예측할 수 없었다. 그들은 내구력이 없었다. 그리고 이 가엾은 생명체들은 존재하는 모든 것에 목적이 있어야 하며, 목적 중에는 좀더 고귀한 목적이 있다는 생각에 집착했다.

이 생명체들은 대부분의 시간을 자신의 목적이 무엇인지 알아내는 데 보냈다. 그리고 자신들의 목적처럼 보이는 것을 찾아낼 때마다, 그 목적이 너무 저열하게 보이는 바람에 역겨움과 수치심으로 가득찼다.

그토록 저열한 목적에 따라 사는 대신 이 생명체들은 그 목적을 이루는 데 도움을 줄 기계를 만들어내곤 했다. 이로써 그 생명체들은 더 높은 목적에 봉사할 자유를 얻게 되었다. 하지만 아무리 고귀한 목적을 발견해도 그 목적 또한 충분히 고귀하다고 생각되지는 않았다.

그래서 비교적 고귀한 목표에 봉사할 기계들이 다시 만들어졌다.

그 기계들은 모든 것을 너무도 전문적으로 해냈기에 결국 생명체들의 가장 고귀한 목표가 무엇일지 알아내는 일을 맡게 되었다.

기계들은 대단히 정직하게도 그 생명체들에게는 사실 뭐든 목적이 있다고 할 수는 없다고 보고했다.

그러자 생명체들은 서로를 죽이기 시작했다. 그들은 다른 무엇보다도 목적 없음을 증오했기 때문이다.

그리고 그들은 자신들이 죽이는 일조차 그리 잘하지 못한다는 걸 알게 되었다. 그래서 그들은 그 일도 기계에게 맡겼다. 기계들은 "트랄파마도어"라고 말하는 데 걸리는 것보다도 짧은 시간에 그 일을 끝내버렸다.

늙은 샐로는 지금 우주선의 조종간 뷰어를 사용해 맬러카이 콘스턴트와 비어트리스 럼포드, 그리고 그들의 아들 크로노를 실은 우주선이 타이탄으로 다가오는 모습을 지켜보고 있었다. 그들의 우주선은 윈스턴해 바닷가에 자동으로 착륙하도록 설정되어 있었다.

우주선은 인간의 실물 크기 조각상 이백만 개 가운데에 착륙하도록 설정되어 있었다. 샐로는 지구 시간으로 일 년에 약 열 개씩 그 조각상들을 만들어왔다.

조각상들은 윈스턴해 지역에 집중적으로 세워져 있었는데, 그 까닭은 조각상이 타이탄의 이탄으로 만들어졌기 때문이다. 타이탄의 이탄은 윈스턴해 근처에, 표토 밑 겨우 2피트 깊이에 많이 분포해 있었다.

타이탄의 이탄은 신기한 물질이었다. 솜씨 좋고 진정성 있는 조각가에게는 매력적인 물질이기도 했다.

처음 파냈을 때 타이탄의 이탄은 지구의 퍼티와 비슷한 점도를 띤다.

타이탄의 빛과 공기에 한 시간 노출되고 나면 파리의 석고 같은 강도와 경도를 띤다.

두 시간 노출되고 나면 화강암처럼 내구성이 강해지며 차가운 정으로 쪼아 작업해야 한다.

세 시간 노출되고 나면 오직 다이아몬드로만 타이탄 이탄에 흠집을 낼 수 있다.

샐로는 지구인들의 뽐내는 태도를 보고 수많은 조각상의 영감을 얻었다. 샐로에게 영감을 불어넣은 것은 지구인들이 어떤 일을 했느냐보다는 그 일을 해낸 방식이었다.

지구인들은 어느 때건 하늘에 커다란 눈이 있는 것처럼 행동했다. 그 커다란 눈이 오락거리에 굶주려 있다는 듯 말이다.

그 커다란 눈은 위대한 연극을 좋아하는 대식가였다. 그 커다란 눈은 지구인의 쇼가 희극이든, 비극이든, 익살극이든, 풍자극이든, 운동경기든, 보드빌이든 상관하지 않았다. 그 눈의 요구는 쇼가 거창해야 한다는 것이었다. 지구인들은 그 요구를 중력처럼 저항할 수 없는 것으로 여기는 듯했다.

그 요구가 너무도 강력해 지구인들은 밤낮으로, 심지어 꿈을 꾸는 동안에도 그런 쇼를 하는 것 말고는 거의 아무 일도 하지 않았다.

그 커다란 눈은 지구인들이 실제로 신경쓰는 유일한 관객이었다. 샐로가 본 가장 화려한 공연은 끔찍할 정도로 외로운 지구인들에 의해 펼쳐졌다. 상상 속의 커다란 눈만이 그들의 관객이었다.

샐로는 상상 속 커다란 눈을 위해 가장 흥미로운 쇼를 펼친 지구인들의 정신 상태 일부를 다이아몬드처럼 단단한 조각상으로 보존하고자 했다.

그 조각상들만큼 놀라웠던 것은 윈스턴해 근처에 많이 피어 있는 타이탄 데이지였다. 샐로가 기원전 20만 3117년에 타이탄에 도착했을 때 타이탄 데이지는 작고 별을 닮은, 폭이 겨우 4분의 1인치를 넘을락 말락 한 노란 꽃이었다.

그때 샐로는 그 꽃들을 선택적으로 개량하기 시작했다.

맬러카이 콘스턴트와 비어트리스 럼포드, 그들의 아들 크로노가 타이탄에 도착했을 때 대부분의 타이탄 데이지는 줄기의 지름이 4피트였으며, 분홍빛이 도는 라벤더색 꽃이 피었고, 질량은 1톤이 넘었다.

• • •

샐로는 맬러카이 콘스턴트와 비어트리스 럼포드, 그들의 아들 크로노가 탄 우주선이 다가오는 것을 보고 발을 저먼 배트볼 크기로 부풀렸다. 그는 윈스턴해의 에메랄드빛 맑은 물에 올라서서, 수면을 가로질러 윈스턴 나일스 럼포드의 타지마할로 갔다.

그는 담장으로 둘러싸인 궁전 뜰로 들어가 발에서 공기를 내보냈다. 쉭 소리와 함께 공기가 빠졌다. 그 쉭 소리가 벽에 메아리쳤다.

수영장 옆, 윈스턴 나일스 럼포드의 연보라색 라운지체어는 비어 있었다.

"스킵?" 샐로가 외쳤다. 그는 럼포드의 모든 이름 중 가장 친근한 이름인 어린 시절 이름을 불렀다. 럼포드가 화를 내도 그랬다. 럼포드를 놀리기 위해서가 아니었다. 그는 자신이 럼포드에게 느끼는 우정을 주장하기 위해 그 이름으로 불렀다. 우정을 살짝 시험하고, 그 우정이 멋지게 시험에 견뎌내는 모습을 지켜보려고.

샐로가 이렇게 미숙한 방식으로 우정을 시험한 데는 이유가 있었다. 태양계에 도착하기 전에는 우정이라는 것을 본 적도, 그것에 관해 들어본 적도 없었다. 샐로에게는 우정이 매력적이고 신선했다. 샐로는 우정을 가지고 놀아야만 했다.

"스킵?" 샐로가 다시 외쳤다.

공기에 특이하게 톡 쏘는 맛이 있었다. 샐로는 머뭇거리며 그 맛을 오존의 맛이라고 식별해냈다. 왜 그런 맛이 나는지는 설명할 수 없었다.

럼포드의 라운지체어 옆 재떨이에서 여전히 담배가 타고 있었으니 럼포드가 의자를 떠난 게 오래전은 아닐 터였다.

"스킵? 카작?" 샐로가 외쳤다. 럼포드가 의자에 앉아 졸지 않는 것이나 카작이 그 옆에서 졸지 않는 것은 특이한 일이었다. 인간과 개는 대부분의 시간을 수영장 옆에서, 시공간 전체에 걸쳐 있는 그들의 다른 자아로부터 오는 신호를 지켜보며 보냈다. 럼포드는 보통 자기 의자에 꼼짝없이 앉아서, 기운 없이 달랑거리는 한 손 손가락을 카작의 털에 묻고 있었다. 카작은 보통 꿈을 꾸며 낑낑거리고 움찔거렸다.

샐로는 직사각형 수영장의 물을 들여다보았다. 수영장 밑바닥, 8피트 깊이의 물속에 타이탄의 세이렌 세 명이 있었다. 그들은 럼포드가 아주 오래전 호색한 맬러카이 콘스턴트에게 보여준 아름다운 인간 여자 세 명이었다.

그들은 샐로가 타이탄의 이탄으로 만든 조각상이었다. 샐로가 만든 수백만 개의 조각상 중 이 세 개만이 실물처럼 채색되었다. 럼포드의 궁전에 호화롭게 배치된 동양풍 가구들 사이에서 두드러져 보이려면 채색이 반드시 필요했다.

"스킵?" 샐로가 다시 외쳤다.

우주 사냥개 카작이 그 부름에 대답했다. 수영장 물에 비친 건물에서, 돔과 첨탑이 있는 건물에서 카작이 뻣뻣하게 걸어나왔다. 건물 안 거대한 팔각형 방의 레이스 모양 그림자로부터.

카작은 중독된 것처럼 보였다.

카작은 몸을 떨며 샐로의 옆 어느 지점에서 시선을 떼지 않았다. 그곳에는 아무것도 없었다.

카작은 한 발짝 더 떼는 대가로 찾아올 끔찍한 고통에 대비하는 양 멈춰 섰다.

카작은 세인트엘모의 불로 타오르며 지직거렸다.

세인트엘모의 불은 전기적 발광 현상으로, 그 불길을 내뿜는 생명체가 느끼는 불편함은 깃털로 간질이는 느낌 정도였다. 그러나 보기에는 불이 붙은 것처럼 보였다. 당사자가 놀랄 만했다.

카작의 몸에서 보이는 발광 현상은 차마 눈 뜨고 볼 수 없었다. 게다가 전에 없던 오존의 악취도 풍겼다.

카작은 움직이지 않았다. 놀라운 광경을 보고 놀라는 카작의 능력은 오래전에 고갈되었다. 그는 지친 비탄에 젖은 채 그 불길을 견뎌냈다.

불길은 잦아들었다.

럼포드가 건물 아치 밑에 나타났다. 그 역시 지저분하고 마비된 것처럼 보였다. 비물질화의 띠가, 폭이 약 1피트인 무無의 띠가 럼포드의 머리부터 발끝까지를 스치고 지나갔다. 좁다란 띠 두 개가 1인치 간격으로 그 뒤를 따랐다.

럼포드는 두 손을 높이 들었다. 손가락을 쫙 펴고 있었다. 분홍색, 보라색, 연녹색으로 이뤄진 세인트엘모의 불줄기가 손가락 끝에서 흘러나왔다. 연한 황금색 짧은 줄기들이 그의 머리카락에서 탁탁 튕기며, 합심하여 그에게 황금빛 후광을 드리웠다.

"평화를 비네." 럼포드가 힘없이 말했다.

럼포드의 세인트엘모의 불이 잦아들었다.

샐로는 혼비백산했다. "스킵……" 그가 말했다. "무슨……

왜 그래, 스킵?"

"태양흑점일세." 럼포드가 말했다. 그는 발을 질질 끌며 연보라색 라운지체어로 가더니 거대한 몸체를 그 위에 눕히고 젖은 손수건처럼 축 늘어진 흰 손으로 눈을 가렸다.

카작이 그 옆에 누웠다. 카작은 떨고 있었다.

"난…… 난 네가 이러는 걸 한 번도 본 적이 없는데." 샐로가 말했다.

"태양에 이런 폭풍이 불어닥친 적은 한 번도 없으니까." 럼포드가 말했다.

샐로는 크로노-신클래스틱 인펀디뷸럼화된 친구들에게 태양흑점이 영향을 준다는 걸 알고도 놀라지 않았다. 그는 럼포드와 카작이 흑점 때문에 아픈 것을 전에도 여러 번 본 적 있었다. 하지만 지금까지 본 가장 심각한 증상은 잠깐 스치는 구역질이었다. 불꽃과 비물질화의 띠는 새로웠다.

순간 샐로의 눈에 럼포드와 카작이 잠시 펄럭이는 현수막에 그려진 형체처럼 2차원으로 보였다.

그러고는 이내 진정되어 다시 입체적인 형태를 갖췄다.

"내가 해줄 수 있는 일이 있을까, 스킵?" 샐로가 말했다.

럼포드가 끙 소리를 냈다. "사람들이 그 끔찍한 질문을 더이상 던지지 않는 날이 과연 올까?" 그가 말했다.

"미안해." 샐로가 말했다. 지금 그의 발은 바람이 빠져 오목한 빨판이 되어 있었다. 발이 반들하게 포장된 바닥에 흡착하는 소리가 들려왔다.

"꼭 그 소리를 내야겠나?" 럼포드가 성을 내며 말했다.

늙은 샐로는 죽고 싶었다. 친구 윈스턴 나일스 럼포드가 그에게 심한 말을 한 건 그때가 처음이었다. 샐로는 그 말을 견딜 수 없었다.

늙은 샐로는 세 개의 눈 중 두 개를 감았다. 세번째 눈으로는 하늘을 훑었다. 그 눈은 하늘의 두 개의 푸른 점과 그 뒤로 이어지는 줄무늬에 사로잡혔다. 그 점들은 높이 나는 타이탄의 파랑새였다.

파랑새 한 쌍은 상승기류를 탔다.

거대한 새 두 마리는 날개 하나 퍼덕이지 않았다.

솜털조차 움직이지 않은 채 조화를 이뤘다. 삶이란 그저 날아오르는 꿈이었다.

"까악." 타이탄 파랑새 한 마리가 친근하게 말했다.

"까악." 다른 새도 동의했다.

정점에 이른 순간 새들은 동시에 날개를 접고 돌멩이처럼 떨어져내렸다.

그들은 럼포드의 담장 바깥에서 확실한 죽음으로 곤두박질치는 것 같았다. 하지만 다시 날아올라 또 한번 한참을 수월하게 비상했다.

이번에 그들은 맬러카이 콘스턴트와 비어트리스 럼포드, 그들의 아들 크로노가 탄 우주선의 비행운이 줄무늬처럼 남아 있는 하늘로 날아올랐다. 우주선은 착륙하기 직전이었다.

"스킵……?" 샐로가 말했다.

"꼭 그렇게 불러야겠나?" 럼포드가 말했다.

"아니." 샐로가 말했다.

"그럼 하지 말게." 럼포드가 말했다. "난 그 이름을 싫어한다네. 내가 어린 시절을 함께 보낸 사람이 우연히 그 이름을 부를 때가 아니면."

"난…… 네 친구니까……" 샐로가 말했다. "나한테 그럴 자격이 있을지도 모른다고 생각해서……"

"이런 우정의 허식 따위는 그냥 집어치우면 안 되겠나?" 럼포드가 퉁명스럽게 말했다.

샐로는 세번째 눈을 감았다. 상체 피부가 팽팽히 당겨졌다. "허식이라고?" 그가 말했다.

"발에서 또 그 소리가 나잖는가!" 럼포드가 말했다.

"스킵!" 샐로가 소리쳤다. 그는 견딜 수 없이 익숙한 그 이름을 고쳐 말했다. "윈스턴…… 네가 나한테 이런 식으로 말하다니 악몽 같아. 난 우리가 친구라고 생각했어."

"우리가 어찌어찌 서로에게 쓸모가 있었다고 해두지. 그쯤 해두자고." 럼포드가 말했다.

샐로의 머리가 짐벌에서 가만히 흔들렸다. "난 그 이상의 무언가가 있다고 생각했어." 한참 만에 그가 말했다.

"이렇게 하세." 럼포드가 신랄하게 말했다. "우리가 서로에게서 각자의 목표에 맞는 수단을 발견했다고 말일세."

"난…… 난 너를 돕는 게 기뻤어. 그리고 내가 너한테 정말로 도움이 되었기를 바라." 샐로가 말했다. 눈을 떴다. 럼포드의 반응을 살펴야만 했다. 당연히 럼포드는 다시 친절해질 것이다. 샐로는 실제로, 이타적으로 그를 도왔으니까.

"너한테 내 UWTB 절반을 줬잖아?" 샐로가 말했다. "내 우주선을 복제해 화성에서 쓸 수 있게 해줬잖아? 화성인들을 징집하러 갈 때 처음 몇 번 비행을 맡아주기도 했잖아? 화성인들이 문제를 일으키지 않도록 화성인들을 통제하는 방법을 생각해내는 걸 도와줬잖아? 네가 새로운 종교를 고안할 수 있게 매일매일 너를 도왔잖아?"

"그렇지." 럼포드가 말했다. "하지만 최근에는 뭘 해줬지?"

"뭐라고?" 샐로가 말했다.

"됐네." 럼포드가 퉁명스럽게 말했다. "오래된 지구인 농담의 마지막 대사일세. 상황상 별로 웃기지는 않지만."

"아." 샐로가 말했다. 그는 지구인 농담을 아주 많이 알았지만 그 농담은 몰랐다.

"발 좀!" 럼포드가 소리쳤다.

"미안해!" 샐로가 소리쳤다. "지구인처럼 울 수 있다면 그랬을 거야!" 슬픔에 빠진 샐로의 발이 통제를 벗어나버렸다. 발에서 계속 럼포드가 별안간 너무도 싫어하게 된 소리가 났다. "전부 다 미안해! 내가 아는 건, 진정한 친구가 되기 위해서 내가 아는 모든 방법을 동원했다는 거야. 난 그 대가로 아무것도 요구하지 않았어."

"요구할 필요가 없었지!" 럼포드가 말했다. "자네는 아무것도 요구할 필요가 없었네. 자네가 해야 할 일이라고는 물러나 앉아서 그게 무릎에 떨어지기를 기다리는 것뿐이었으니까."

"뭐가 무릎에 떨어지기를 바랐다는 거야?" 샐로가 믿을 수 없다는 듯 말했다.

"자네 우주선의 교체용 부품." 럼포드가 말했다. "거의 다 왔습니다. 오고 있다고요, 폐하. 콘스턴트의 아들이 그걸 가지고 있네. 그애는 그걸 자신의 행운의 조각이라고 부르지. 모르는 척하지 말게."

럼포드는 일어나 앉아 퍼렇게 질린 얼굴로 조용히 하라고 손짓했다. "실례하겠네." 그가 말했다. "또 구역질이 올라오는군."

윈스턴 나일스 럼포드와 그의 개 카작은 실제로 다시 구역질을 했다. 전보다 더 격렬하게 구역질했다. 가엾은 늙은 샐로가 보기에 이번만큼은 그들이 지글거리다가 사라지거나 폭발할 게 확실해 보였다.

카작이 세인트엘모의 불덩이 속에서 울부짖었다.

럼포드가 벌떡 일어섰다. 눈이 불거져나와 있었다. 불붙은 기둥 같았다.

이번 발작도 지나갔다.

"실례했네." 럼포드의 예의바른 말투가 더욱 뼈아프게 들렸다. "뭐라고 했지……?"

"뭐?" 섈로가 암담한 마음으로 말했다.

"무슨 말을 하고 있었잖은가. 무언가 말하려 했든가." 럼포드가 말했다. 그가 방금 괴로운 일을 겪었다는 사실은 관자놀이의 땀방울에서만 드러났다. 그는 뼈로 만든 긴 담뱃대에 담배를 집어넣고 불을 붙인 뒤 턱을 쑥 내밀었다. 담뱃대가 곧장 위를 가리켰다. "삼 분 동안은 다시 방해받을 일이 없을 걸세." 그가 말했다. "무슨 말을 하고 있었나?"

섈로는 간신히 대화 주제를 떠올렸다. 기억이 나자 그 어느 때보다 심란해졌다. 최악의 일이 벌어졌다. 럼포드는 트랄파마도어가 지구인의 일에 끼친 영향에 대해서만 알아낸 게 아닌 듯했다. 그것만으로도 럼포드를 불쾌하게 만들기에는 충분했는데 말이다. 럼포드는 한발 더 나아가 자기가 그 영향의 주요 피해자 중 하나라고 여기는 듯했다.

섈로는 때때로 럼포드가 트랄파마도어의 영향을 받고 있다는 불편한 의구심이 들었지만, 어차피 손쓸 방법이 없었으므로 그 생각을 머릿속에서 밀어내왔다. 심지어 그 이야기를 하지도 않았다. 럼포드와 그 이야기를 한다면 그 즉시 둘의 아름다운 우정이 망가질 게 뻔했으니까. 럼포드가 생각보다 많은 걸 알지 못할 수도 있음을 숙고할 때면 샐로는 대단히 무력해졌다. "스킵……" 그가 말했다.

"제발 좀!" 럼포드가 말했다.

"럼포드 씨……" 샐로가 말했다. "내가 널 이용했다고 생각하는 거야?"

"자넨 아니지." 럼포드가 말했다. "트랄파마도어에 있는 자네의 그 소중한 동료 기계들이 그랬지."

"음." 샐로가 말했다. "넌…… 넌 네가 이용당했다고 생각해, 스킵?"

"트랄파마도어는," 럼포드가 분개하며 말했다. "태양계로 손을 뻗어 나를 집어들고, 날 쓰기 편한 감자깎이처럼 이용했네!"

"미래에서 그 사실을 알 수 있었으면서," 샐로가 비참하게 말했다. "왜 지금까지 그 얘기를 하지 않은 거야?"

"자기가 이용당한다고 생각하고 싶은 사람은 아무도 없지 않은가." 럼포드가 말했다. "가능한 한 마지막 순간까지 미루면서 그 사실을 보지 않으려 하지." 그는 뒤틀린 미소를 지었다. "아무리 바보 같은 오해에서 비롯된 자긍심이라고 해도, 나는 나만의 이유를 가지고 스스로 결정을 내린다는 데 어느 정도 자긍심을 느꼈다네. 놀랍겠지만."

"놀랍지 않아." 샐로가 말했다.

"아?" 럼포드가 불쾌하게 말했다. "하긴, 기계가 이해하기에는 지나치게 미묘한 태도군."

이 말로 둘의 관계는 확실히 저점을 찍었다. 샐로는 기계가 맞았다. 설계되고 제조되었으니 말이다. 그는 그 사실을 감추지 않았다. 그러나 럼포드가 이 사실을 모욕으로 이용한 적은 한 번도 없었다. 지금은 확실히 그 사실을 모욕으로 이용했다. 노블레스 오블리주의 얇은 베일 너머로 럼포드는 샐로에게 기계가 되는 건 무감각한 존재가 되는 것, 창의력 없는 존재가 되는 것, 천박한 존재가 되는 것, 한 조각 양심도 없이 목적에 따라서만 움직이는 것임을 알려주었다.

샐로는 이런 비난에 딱할 정도로 취약했다. 럼포드가 샐로에게 상처 입힐 방법을 그토록 잘 알고 있었던 건 역설적이게도 샐로와 럼포드가 한때 나누었던 영적 친밀감 덕분이었다.

샐로는 세 개의 눈 중 두 개를 다시 감고서 날아오르는 타이탄 파랑새를 다시 바라보았다. 새들은 지구의 독수리만큼 컸다.

샐로는 자신이 타이탄 파랑새이기를 바랐다.

맬러카이 콘스턴트와 비어트리스 럼포드, 그들의 아들 크로노를 실은 우주선이 궁전 위로 낮게 날아와 윈스턴해의 바닷가에 착륙했다.

"명예를 걸고 말하지만," 샐로가 말했다. "난 네가 이용당한다는 걸 몰랐어. 난 너에 대해 아주 조금이라도……"

"기계." 럼포드가 심술궂게 말했다.

"네가 무엇 때문에 이용당했는지 말해줘. 부탁이야." 샐로가 말했다. "맹세할게, 나는 아주 희미한 생각이라도……"

"기계!" 럼포드가 말했다.

"네가 날 그렇게 나쁘게 생각한다면, 스킵…… 윈스턴…… 럼포드 씨……" 샐로가 말했다. "내가 오직 우정이라는 이름으로 해온 일과 하려 했던 일이 그렇게 많은데도 날 그렇게 나쁘게 생각한다면, 지금 내가 네 생각을 바꾸기 위해서 할 수 있는 말이나 행동은 없어."

"딱 기계가 할 만한 말이군." 럼포드가 말했다.

"기계가 한 말이지." 샐로가 겸손하게 말했다. 그는 발을 저먼 배트볼 크기로 부풀리며 럼포드의 궁전을 나선 뒤 윈스턴해의 물위를 걸을 준비를 했다. 다시는 돌아오지 않을 생각이었다. 그는 발이 완전히 부푼 다음에야 럼포드가 한 말에 깃든 도발을 포착했다. 그 말은 늙은 샐로가 지금이라도 사태를 바로잡기 위해 할 수 있는 일이 있음을 분명히 암시하고 있었다.

샐로는 기계였다. 하지만 그가 해줄 수 있는 일이 무엇인지 묻는 것이 굽실거리기나 마찬가지라는 걸 모를 정도로 둔하지는 않았다. 그는 각오를 다졌다. 우정을 위해 그는 굽실거리기로 했다.

“스킵……” 그가 말했다. “내가 뭘 해야 할지 말해줘. 뭐든…… 뭐라도 말이야.”

“아주 잠시 뒤면,” 럼포드가 말했다. “폭발이 일어나 태양에 걸린 내 소용돌이의 끄트머리를 날려버릴 걸세. 태양계에서 떨어져나오는 거지.”

“안 돼!” 섈로가 소리쳤다. “스킵! 스킵!”

“아니, 이러지 말게. 동정하지 말게, 부탁이니까.” 럼포드는 손이 닿을까봐 두려운 듯 뒤로 물러나며 말했다. “실은 아주 좋은 일이라네. 나는 새로운 것들을, 새로운 생명체들을 아주 많이 보게 될 걸세.” 그는 애써 미소 지었다. “자네도 알겠지만, 태양계의 단조로운 시계장치에 갇혀 있다보면 지치기 마련이라네.” 그는 거칠게 웃었다. “어쨌거나,” 그가 말했다. “내가 죽거나 하는 것도 아니니. 한 번이라도 존재했던 것은 늘 존재할 것이고, 앞으로 존재할 모든 것은 언제나 존재해왔다네.” 그는 빠르게 고개를 저으며 눈꺼풀에 맺힌 줄도 몰랐던 눈물을 떨쳐버렸다.

“크로노-신클래스틱 인펀디뷸럼화된 이런 생각이 위안이 되기는 해도,” 그가 말했다. “태양계에서 내가 겪은 사건의 의미가 무엇이었는지는 여전히 궁금하군.”

“넌…… 넌 누구보다도 그 의미를 잘 요약해뒀어. 네가 쓴 『초간단 화성 역사』에 말이야.” 섈로가 말했다.

“『초간단 화성 역사』는,” 럼포드가 말했다. “내가 트랄파마도어 행성의 강력한 영향력 아래 움직였다는 사실을 다루지 않네.” 그가 이를 악물었다.

“나랑 내 개가 미친놈이 휘둘러대는 기다란 안테나처럼 흔들리다 지지직거리며 우주 전체로 흩어지기 전에,” 럼포드가 말했다. “자네가 들고 있는 메시지가 무엇인지 무척 알고 싶군.”

“난…… 난 몰라.” 샐로가 말했다. “메시지는 밀봉돼 있어. 난 명령을 받아서……”

“트랄파마도어에서 받은 모든 명령에 반해서,” 윈스턴 나일스 럼포드가 말했다. “기계로서의 자네의 모든 본능에 맞서서, 우리 우정의 이름으로, 샐로, 난 자네가 지금 그 메시지를 열어서 나한테 읽어주었으면 하네.”

• • •

맬러카이 콘스턴트와 비어트리스 럼포드, 그들의 포악한 아들인 어린 크로노는 윈스턴해 옆의 타이탄 데이지 그늘 속을 시무룩하게 거닐었다. 가족 구성원은 각자 기댈 조각상을 찾았다.

태양계의 플레이보이, 턱수염을 기른 맬러카이 콘스턴트는 여전히 주황색 물음표가 달린 밝은 노란색 옷을 입고 있었다. 그게 그가 가진 유일한 옷이었다.

콘스턴트는 아시시의 프란체스코 조각상에 기대고 있었다. 프란체스코 성인은 대머리독수리로 보이는, 무시무시할 정도로 거대하며 적대적인 두 마리 새와 친구가 되려 애쓰고 있었다. 콘스턴트는 아직 타이탄 파랑새를 본 적이 없었으므로 그 새들이 타이탄 파랑새라는 걸 알지 못했다. 그는 겨우 한 시간 전에 타이탄에 도착했다.

집시 여왕처럼 보이는 비어트리스는 젊은 물리학도 조각상 발치에서 감정을 삭이고 있었다. 언뜻 보면, 실험실 가운을 입은 그 과학자는 오직 진실만을 섬기는 완벽한 하인 같았다. 언뜻 보면, 시험관을 바라보며 활짝 웃는 그를 기쁘게 해줄 수 있는 건 진실뿐이라고 믿을 만했다. 언뜻 보면, 그가 수성의 동굴에 있는 하모늄처럼 인류의 동물적 관심사를 한참 초월해 있다고 생각할 만했다. 언뜻 보면, 그곳에는 허영심이 없는 젊은 남자, 육욕이 없는 젊은 남자가 있었다. 사람들은 샐로가 조각상에 새겨둔 제목을 액면 그대로 받아들였다. 제목은 원자력의 발견이었다.

그러다 사람들은 젊은 진실의 탐구자가 놀랍도록 발기해 있다는 사실을 인지하고 말았다.

비어트리스는 그 사실을 아직 인지하지 못했다.

어머니처럼 어둡고 위험한 어린 크로노는 이미 최초의 반달리즘을 저지르고 있었다. 아니, 그러려고 노력하고 있었다. 크로노는 자기가 기대고 있는 조각상 기단에 더러운 지구인 단어를 새기려 하고 있었다. 행운의 조각의 날카로운 모서리로 그 일을 하려 했다.

그러나 잘 말라 거의 다이아몬드만큼 단단해진 타이탄 이탄이 오히려 금속의 날카로운 모서리를 둥글게 갈아냈다.

크로노가 작업하고 있던 조각상은 가족 조각상이었다. 네안데르탈인 남자와 그의 짝, 그들의 아기로 이뤄진 가족이었다. 대단히 감동적인 작품이었다. 땅딸막하고 덥수룩하며 희망에 찬 그 생명체들은 너무 못생겨서 아름다웠다.

그들의 중요성과 보편성은 샐로가 작품에 붙인 비꼬는 제목에도 망가지지 않았다. 샐로는 자기가 만든 모든 조각상에 무시무시한 제목을 붙였다. 단 한 순간도 자신을 진지한 예술가로 여기지 않았다는 걸 간절히 선언하듯이. 네안데르탈인 가족에게는, 부모가 아기에게 조잡한 꼬챙이에 꽂힌 채 구워지는 인간의 발을 보여주고 있다는 점에 착안한 제목을 붙여주었다.

제목은 요 작은 돼지*였다.

•••

"무슨 일이 일어나더라도, 아무리 아름답거나 슬프거나 행복하거나 무시무시한 일이 일어나더라도," 타이탄에서 맬러카이가 자기 가족에게 말했다. "내가 대답을 하면 손에 장을 지지겠어. 무언가, 혹은 누군가 내가 특정한 방식으로 행동하기를 바라는 것처럼 보이는 순간 나는 얼어붙을 거야." 그는 토성의 고리를 힐끗 올려다보며 입꼬리를 말아올렸다. "말로 표현하기에는 너무 아름답지 않아?" 그는 바닥에 침을 뱉었다.

"누가 다시 나를 어마어마한 계획에 이용하려 들면," 콘스턴트가 말했다. "크게 실망하게 될걸. 그러느니 이 조각상 중 하나를 뚫고 솟아나는 게 훨씬 나을 거야."

그는 다시 침을 뱉었다.

"내가 아는 한," 콘스턴트가 말했다. "우주는 쓰레기장이야. 모든 것에 너무 비싼 가격이 매겨진 쓰레기장. 나는 쓰레깃더미를 여기저기 찔러보며 싼 물건을 찾아다니는 데 질렸어. 소위 싼 물건은 전부 다," 콘스턴트가 말했다. "가느다란 전선으로 다이너마이트 다발에 연결돼 있다고." 그는 다시 침을 뱉었다.

"난 그만둘 거야." 콘스턴트가 말했다.

"난 물러날 거야." 콘스턴트가 말했다.

"난 끝이야." 콘스턴트가 말했다.

---

* "요 작은 돼지는 시장에 갔고, 요 작은 돼지는 집에 남았고, 요 작은 돼지는 구운 소고기를 먹었고, 요 작은 돼지는 아무것도 못 먹었고, 요 작은 돼지는 집으로 돌아오는 내내 엉엉엉 울었지요"라는 가사에 맞춰 손가락이나 발가락을 엄지부터 새끼까지 차례로 까닥거리며 부르는 동요.

콘스턴트의 핵가족은 열의 없이 동의했다. 콘스턴트의 용감한 연설은 케케묵은 것이었다. 그는 지구에서 타이탄으로 오는 일곱 달의 항해 기간 동안 몇 번이나 그 연설을 했다. 어쨌거나 그 연설은 모든 화성군 베테랑에게 일상적인 철학이기도 했다.

아무튼, 콘스턴트가 자기 가족에게 말하는 것도 아니었다. 그는 자기 목소리가 얼마간 떨어진 조각상의 숲으로, 윈스턴해 건너까지 전달되도록 큰 소리로 말했다. 그는 럼포드, 혹은 근처에 도사리고 있을지 모르는 누군가가 들을 수 있도록 성명을 발표하는 중이었다.

"우리가 실험과 싸움과 축제에 참여하는 건 그때가 마지막이었어." 콘스턴트가 큰 소리로 말했다. "참여하기 싫은데, 이유도 모르면서!"

"이유도 모르면서……" 해변에서 200야드 떨어진 섬의 궁전 벽에서 메아리가 들려왔다. 물론 그 궁전은 럼포드의 타지마할인 던 로민이었다. 콘스턴트는 그 먼 곳에 궁전이 있는 걸 보고도 놀라지 않았다. 우주선에서 내리면서 그 궁전을 보았다. 궁전이 저멀리 성 아우구스티누스가 세운 하느님의 도시처럼 빛나고 있었다.

"다음엔 어떻게 되는 거지?" 콘스턴트가 메아리에게 물었다. "조각상이 전부 살아나나?"

"살아나나?" 메아리가 말했다.

"저건 메아리야." 비어트리스가 말했다.

"나도 메아리라는 거 알아." 콘스턴트가 말했다.

"난 당신이 저게 메아리라는 걸 아는 줄 몰랐어." 비어트리스가 말했다. 그녀는 거리를 두고 예의를 지켰다. 콘스턴트를 대하는 그녀의 태도는 극도로 품위 있었다. 그를 조금도 탓하지 않았고 그에게서 아무것도 기대하지 않았다. 그녀보다 덜 귀족적인 여자라면 그를 지옥에 처넣었을지도 몰랐다. 모든 것을 그의 탓으로 돌리고 기적을 일으키라고 요구하면서 말이다.

항해 기간 동안 사랑 나누기는 없었다. 콘스턴트도, 비어트리스도 관심이 없었다. 화성군 베테랑들은 늘 그랬다.

긴 항해로 인해 콘스턴트와 그의 짝과 아이는 어쩔 수 없이 가까워졌다. 뉴포트에 있는 인도, 경사로, 사다리, 강단, 계단, 무대 등의 금빛 체계에서보다 가까워졌다는 말이다. 하지만 그 가족 안에서 사랑은 여전히 어린 크로노와 비어트리스 사이에서만 존재했다. 어머니와 아들의 사랑 말고는 오직 정중함과 침울한 연민, 애초에 강제로 가족이 된 것에 대한 억눌린 분노만이 존재했다.

"아, 이런……" 콘스턴트가 말했다. "잠시 멈춰서 생각해보면 인생은 우스워."

아버지가 인생이 우습다고 말했을 때 어린 크로노는 웃지 않았다.

어린 크로노는 가족 중 인생이 우습다고 생각할 만한 자리에서 가장 동떨어진 구성원이었다. 비어트리스와 콘스턴트는 어쨌거나 자신들이 겪고 살아남은 격렬한 사건들에 관해 씁쓸하게 웃을 수 있었다. 그러나 어린 크로노는 그들과 함께 웃을 수 없었다. 그 자신이 격렬한 사건이었으니까.

어린 크로노가 가장 중요하게 여기는 보물이 행운의 조각과 잭나이프였다는 것도 그리 놀랄 일은 아니다.

어린 크로노가 잭나이프를 꺼내 태연하게 펼쳤다. 실눈을 떴다. 꼭 죽여야 할 일이 생긴다면 죽여야겠지. 그는 섬 위의 궁전에서 나오는 금빛 나룻배를 보고 있었다.

감귤색 피조물이 노를 젓고 있었다. 물론 노잡이는 샐로였다. 그는 가족을 다시 궁전으로 데려다주려고 보트를 가져오는 중이었다. 샐로는 노를 저어본 적이 한 번도 없었으므로 노 젓는 솜씨가 형편없었다. 그는 빨판이 달린 발로 노를 잡았다.

그가 인간 노잡이보다 나은 한 가지는 뒤통수에 눈이 하나 있다는 점이었다.

어린 크로노는 늙은 샐로의 눈에 빛을 번쩍였다. 번뜩이는 칼날로 빛을 비췄다.

샐로의 뒤쪽 눈이 깜빡였다.

크로노의 입장에서 샐로의 눈에 빛을 비춘 것은 장난이 아니었다. 정글에서 배운 꾀, 시력이 있는 거의 모든 종류의 생명체를 불편하게 만들 수 있는 계산된 꾀였다. 어린 크로노와 그의 어머니가 아마존 우림에서 함께 보낸 해에 배운 정글의 천 가지 꾀 중 하나였다.

비어트리스의 갈색 손이 바위를 붙들었다. "다시 괴롭혀봐." 그녀가 크로노에게 조용히 말했다.

어린 크로노는 늙은 섀로의 눈에 다시 빛을 비췄다.

"말랑말랑한 부분은 몸통밖에 없는 것 같은데." 비어트리스가 입술을 움직이지 않고 말했다. "몸을 맞출 수 없다면 눈을 노려봐."

크로노는 고개를 끄덕였다.

콘스턴트는 그의 짝과 아들이 함께하면 얼마나 능력 있는 자기방어 부대가 되는지 보고 소름이 돋았다. 콘스턴트는 그들의 계획에 포함되지 않았다. 그들에게는 콘스턴트가 필요하지 않았다.

"난 뭘 할까?" 콘스턴트가 속삭였다.

"쉿!" 비어트리스가 날카롭게 말했다.

섀로는 금빛 탈것을 해변에 댔다. 서툴게 지은 매듭으로 물가의 동상 손목에 배를 묶었다. 슬라이드트롬본을 연주하는 여자 누드 조각상으로, 신비롭게도 에벌린과 마법의 바이올린*이라는 제목이 붙어 있었다.

---

* 미국의 바이올리니스트 에벌린 케이의 대표적인 공연 제목.

섈로는 슬픔으로 신경이 곤두서 있어 자신의 안전에 신경쓸 겨를이 없었다. 심지어 자신이 누군가에게는 무시무시하게 보일지 모른다는 점도 이해하지 못했다. 그는 배를 댄 지점 근처의 잘 마른 타이탄 이탄 조각 위에 잠시 서 있었다. 슬퍼하는 그의 발이 축축한 돌에 흡착했다. 그는 어마어마한 노력을 들여 발을 떼어냈다.

크로노의 칼에서 쏘아진 번뜩이는 빛이 섈로에게 닿아 그를 어지럽혔다.

"그만……" 그가 말했다.

칼의 현란한 빛으로부터 돌이 날아왔다.

섈로는 몸을 숙였다.

누군가의 손이 그의 비쩍 마른 목을 움켜쥐고 내동댕이쳤다.

이제 어린 크로노가 늙은 섈로에게 올라타 있었다. 그의 칼끝이 섈로의 가슴을 찌르려 했다. 비어트리스는 섈로의 머리 옆에 무릎을 꿇고 앉았다. 돌로 그의 머리를 산산조각낼 태세였다.

"그래요. 날 죽여요." 섈로가 헐떡이며 말했다. "그게 나한테는 호의가 될 테니까. 난 죽고 싶어요. 하느님께 맹세코, 애초에 조립되거나 켜지지 않았다면 좋았을 거예요. 날 죽여요. 나를 비참함에서 끌어내줘요. 그 사람을 만나러 가요. 그 사람이 당신들을 불러오라고 했어요."

"누가?" 비어트리스가 말했다.

"당신의 가엾은 남편. 나의 친구였던 윈스턴 나일스 럼포드가." 섈로가 말했다.

"어디 있는데?" 비어트리스가 말했다.

"저기 섬 위의 궁전에요." 섈로가 말했다. "죽어가고 있어요. 충직한 개 말고는 아무도 없이, 혼자서. 그가 당신을 불러달라고 했어요……" 섈로가 말했다. "당신들 모두를 불러달라고 했어요. 다시는 나를 보고 싶지 않다면서."

• • •

맬러카이 콘스턴트는 납빛 입술이 희박한 공기에 조용히 입맞추는 모습을 지켜보았다. 입술 뒤에서 희미하게 혀 차는 소리가 났다. 입술이 갑자기 벌어지며 윈스턴 나일스 럼포드의 완벽한 치아를 드러냈다.

콘스턴트도 이를 드러내고 있었다. 그에게 너무도 큰 해를 끼친 남자가 보이면 제대로 이를 갈 생각이었다. 하지만 그는 이를 갈지 않았다. 무엇보다 그를 보는 사람이 아무도 없었다. 아무도 그가 이를 가는 걸 알아보지 못할 터였다. 또하나, 콘스턴트는 자신에게 증오심이 부족하다는 걸 깨달았다.

이를 갈려던 시도는 시골뜨기처럼 입을 쩍 벌리는 행동으로 퇴보했다. 굉장히 치명적인 질병을 마주한 시골뜨기처럼 입을 벌렸다.

윈스턴 나일스 럼포드는 완전히 물질화한 채 수영장 옆 연보라색 인체공학 의자에 누워 있었다. 그의 눈은 하늘을 향하고 있었으나, 깜빡이지도 않았고 보이는 것도 없는 듯했다. 흰 손 하나가 의자 옆에서 대롱거렸다. 축 늘어진 손가락이 우주의 사냥개 카작의 초크 체인에 얽혀 있었다.

체인은 비어 있었다.

태양에서의 폭발이 인간과 개를 떼어놓았다. 자비로 설계된 우주라면 인간과 개를 함께 두었을 것이다.

윈스턴 나일스 럼포드와 그의 개가 사는 우주는 자비로 설계된 곳이 아니었다. 카작은 주인보다 앞서 존재하지 않는 곳으로, 허무로 향하는 위대한 비행을 떠났다.

카작은 오존과 역겨운 빛을 한 모금 뿜어내며, 우글거리는 벌떼처럼 윙윙거리는 소리와 함께 울부짖으며 떠났다.

럼포드는 빈 초크 체인이 손가락에서 미끄러지게 내버려뒀다. 체인은 죽음을 표현하며 형태 없는 소리와 형태 없는 더미가 되었다. 그 체인은 척추가 부러진 채 태어난, 중력의 영혼 없는 노예였다.

럼포드의 납빛 입술이 움직였다. "안녕하시오, 비어트리스…… 아내여." 그가 을씨년스럽게 말했다.

"안녕하시오, 우주 방랑자여." 그가 말했다. 이번에는 애정어린 목소리를 냈다. "여기에 오다니 담대하구려, 우주 방랑자여. 나와 함께, 한번 더 모험을 하다니."

"안녕한가, 크로노라는 뛰어난 이름을 가진 뛰어난 젊은이여." 럼포드가 말했다. "오, 저먼 배트볼의 스타에게 인사를. 행운의 조각을 가져온 이에게 인사를."

그가 말을 건넨 세 사람은 담장 바로 안쪽에 서 있었다. 그들과 럼포드 사이에 수영장이 있었다.

죽고 싶다는 소원을 성취하지 못한 늙은 샐로는 성벽 밖에 대어놓은 금빛 나룻배의 고물에서 슬퍼했다.

"난 죽어가는 게 아니오." 럼포드가 말했다. "그저 태양계에서 떠날 뿐이오. 심지어 그조차 아니지. 원대한 관점에서 보면, 시간을 초월해서 보면, 크로노-신클래스틱 인펀디뷸럼이 사물을 보는 방식으로 보면, 나는 늘 여기에 있을 거요. 내가 있었던 곳에 늘 있을 거요."

"난 지금도 당신과 신혼여행중이오, 비어트리스." 그가 말했다. "난 지금도 뉴포트의 계단 밑 작은 방에서 당신과 이야기를 나누고 있소, 콘스턴트 씨. 그래요…… 그리고 당신과 보애즈와 함께 수성의 동굴에서 까꿍 놀이를 하고 있소. 그리고 크로노는……" 그가 말했다. "나는 지금도 네가 화성의 무쇠 운동장에서 저먼 배트볼 기량을 뽐내는 모습을 지켜보고 있단다."

그는 신음했다. 작은 신음이었다. 너무도 슬픈.

타이탄의 달콤하고 온화한 공기가 그 작은 신음을 실어갔다.

"친구들이여, 우리가 무슨 말을 했든 우리는 지금도 그 말을 하고 있는 거라오. 처음과 같이 이제와 항상 영원히." 럼포드가 말했다.

작은 신음이 다시 한번 흘러나왔다.

럼포드는 그 신음이 도넛 모양 담배 연기라도 되는 듯, 소리가 떠나는 모습을 지켜보았다.

"태양계의 삶에 관해 여러분이 알아야 할 것이 있소." 그가 말했다. "크로노-신클래스틱 인펀디뷸럼화된 나는 내내 태양계의 삶에 대해 알고 있었소. 어찌됐든 태양계의 삶이 너무도 역겨워 되도록 생각하지 않았지만.

역겨운 점은 이거요.

모든 지구인이 행한 모든 행동은 십오만 광년 떨어진 행성에 있는 생명체들에 의해 왜곡되었소. 그 행성의 이름은 트랄파마도어요.

트랄파마도어인들이 우리를 어떻게 통제했는지는 모르겠소. 하지만 그들이 어떤 목적으로 우리를 통제했는지는 안다오. 그들은 우리가 바로 여기, 타이탄에 발이 묶인 트랄파마도어인 메시지 배달부에게 교체용 부품을 전달하게 하려고 우리를 통제했소."

럼포드는 어린 크로노를 손가락으로 가리켰다. "거기, 젊은이……" 그가 말했다. "네 주머니에 그 부품이 들어 있단다. 지구 역사 전체의 정점이 들어 있지. 네 주머니에는 모든 지구인이 너무도 처절하게, 너무도 성실하게, 너무도 더듬거리며, 너무도 기진맥진하게 만들어 전달하려고 애써온 신비로운 물건이 있어."

럼포드의 비난하는 손가락 끝에서 한줄기 전기가 뻗어나와 탁탁 튀었다.

"네가 행운의 조각이라고 부르는 그것은," 럼포드가 말했다. "트랄파마도어인 메시지 배달부가 그토록 오래 기다려온 교체용 부품이다!"

"그 메시지 배달부는," 럼포드가 말했다. "지금 담벼락 밖에 웅크리고 있는 감귤 색깔의 피조물이오. 이름은 샐로. 나는 그 메시지 배달부가 가지고 있는 메시지를 인류에게 잠깐이라도 보여주기를 바랐소. 너무도 친절한 인류가 그자에게 추진력을 더해준 덕에 그자가 계속 나아갈 수 있었으니 말이오. 불행하게도 그자는 메시지를 누구에게도 보여주지 말라는 명령을 받았소. 그자는 기계이고, 기계로서 명령을 명령으로 여기는 것 말고는 선택지가 없소."

"나는 그자에게 메시지를 보여달라고 정중히 부탁했소." 럼포드가 말했다. "그자는 처절히 거부했지."

럼포드의 손가락에서 자라나온 탁탁 튀는 전기 줄기가 럼포드 주변을 감싸며 소용돌이를 이뤘다. 럼포드는 슬픈 경멸을 담아 그 소용돌이를 바라보았다. "아마 이게 그건가보군." 그가 소용돌이를 보고 말했다.

놀랍게도 소용돌이는 약간 휘었다. 무릎을 굽혀 인사하는 것 같았다. 그러더니 럼포드를 감싸고 돌기 시작하며 끝없는 초록빛 고치를 자아냈다.

고치를 자아내는 동안 속삭이는 소리조차 거의 내지 않았다.

"내가 할 수 있는 말은," 럼포드가 고치 속에서 말했다. "내가 트랄파마도어의 불가항력적인 소원에 봉사하면서도 내 고향 지구를 위해 최선을 다했다는 것뿐이오."

"아마 부품이 트랄파마도어인 메시지 배달부에게 전달된 지금은 트랄파마도어가 태양계를 가만히 내버려두겠지. 아마 지구인들은 지난 수천 년과 달리 이제 자유롭게 자신의 성향을 개발하고 따를 수 있을 거요." 그가 재채기를 했다. "놀라운 점은, 지구인들이 자기 나름대로 이치에 맞게 행동할 수 있었다는 거요." 그가 말했다.

초록색 고치는 땅에서 떠올라 돔 위에 머물렀다. "나를 태양계 지구 뉴포트의 신사로 기억해주시오." 럼포드가 말했다. 그의 목소리는 다시 평온해져 있었다. 자신과 화해한 듯했다. 최소한 자신이 어디에서든 만날지 모르는 모든 생명체와 평등하다고 느끼는 듯했다.

"특정 시간대에서 말하자면," 고치에서 럼포드의 목 깊은 곳에서 올라온 저음이 들려왔다. "안녕."

고치와 럼포드는 탓 소리와 함께 사라졌다.

럼포드와 그의 개는 다시는 보이지 않았다.

• • •

럼포드와 그의 고치가 사라진 그 순간, 늙은 샐로가 안뜰로 펄쩍펄쩍 뛰어왔다.

작은 트랄파마도어인은 미쳐 있었다. 그는 빨판으로 변한 발로 목에 걸린 철사에서 메시지를 찢어냈다. 여전히 빨판인 한쪽 발 안에 메시지가 있었다.

그는 고치가 떠 있던 자리를 올려다보았다. "스킵!" 그가 하늘을 향해 외쳤다. "스킵! 메시지! 내가 메시지를 말해줄게! 그 메시지 말이야! 스키이이이이입!"

그의 머리가 짐벌 안에서 공중제비를 돌았다. "가버렸어." 그가 허무하게 말했다. 그가 속삭였다. "떠났어."

"기계라고?" 샐로가 더듬거리며 말했다. 콘스턴트와 비어트리스, 크로노에게는 물론 자기 자신에게 하는 말이었다. "그래, 나는 기계야. 우리 종족과 마찬가지로." 그가 말했다. "나는 설계되고 제조되었어. 나를 신뢰할 만하게, 효율적으로, 예측 가능하게, 내구력 있게 만드느라 비용과 기술이 아낌없이 투입됐지. 나는 우리 종족이 만들 수 있는 최고의 기계였어."

"내가 얼마나 좋은 기계였느냐고?" 샐로가 물었다.

"신뢰할 만하게?" 그가 말했다. "다들 내가 목적지에 도달할 때까지 메시지를 열지 않을 거라고 믿었지만, 지금 나는 메시지를 열었어."

"효율적이게?" 그가 말했다. "우주에서 가장 친한 친구를 잃고 나니, 낙엽을 넘는 데만도 한때 럼포드산을 뛰어넘을 때만큼 힘이 들어."

"예측 가능하게?" 그가 말했다. "지구 시간으로 이십만 년 동안 인간을 지켜보고 나니, 가장 어리석은 지구인 여자애처럼 겁 많고 감상적인 존재가 됐어."

"내구력 있게?" 그가 어둡게 말했다. "어떻게 될지는 두고 봐야지."

그는 너무도 오랫동안 가지고 있던 메시지를 럼포드의 텅 빈 연보랏빛 인체공학 의자에 올려두었다.

"여기 있어…… 친구." 샐로는 기억 속 럼포드에게 말했다. "이게 너한테 큰 위로가 되었으면 좋겠어, 스킵. 너의 오랜 친구 샐로에게는 큰 고통이 되었거든. 너한테 이 메시지를 전해주려고, 너무 늦게나마 전해주려고 네 오랜 친구 샐로는 자기 존재의 핵심을 상대로, 기계의 존재 본질 그 자체를 상대로 전쟁을 벌여야 했어."

"넌 기계한테 불가능한 걸 요구했어." 샐로가 말했다. 하지만 기계가 그 요구를 따랐지."

"그 기계는 더이상 기계가 아니야." 샐로가 말했다. "그 기계의 연결부는 부식됐고, 베어링은 더러워졌고, 회로는 합선되었고, 기어는 빠졌어. 그 기계의 정신은 지구인의 정신처럼 윙윙거리고 펑펑 튀어. 사랑, 명예, 존엄성, 권리, 성취, 위엄, 독립성에 대한 생각으로 타닥거리고 과열되어 있어……"

늙은 샐로는 럼포드의 인체공학 의자에서 다시 메시지를 집어들었다. 메시지는 얇은 정사각형 알루미늄에 쓰여 있었다. 메시지는 단 하나의 점이었다.

"그동안 내가 어떻게 이용당했는지, 내 인생이 어떻게 낭비됐는지 알고 싶어?" 그가 말했다. "내가 지구 시간으로 거의 오십만 년 동안 가지고 있던 메시지가 무엇인지 알고 싶어? 내가 앞으로도 천팔백만 년 동안 더 가지고 있었어야 할 바로 그 메시지 말이야."

그는 네모난 알루미늄을 오목한 발에 담아 내밀었다.

"점이야." 그가 말했다.

"단 하나의 점." 그가 말했다.

"트랄파마도어어에서 점의 의미는," 늙은 샐로가 말했다. "바로……"

"안녕이야."

십오만 광년 떨어진 트랄파마도어에서 온 작은 기계는 이 메시지를 자신과 콘스턴트, 비어트리스에게 전하고 난 뒤 갑자기 안뜰에서 바깥의 해변으로 뛰쳐나갔다.

그곳에서 그는 자살했다. 자신을 해체한 다음 부품을 사방으로 던져버렸다.

홀로 바닷가로 나간 크로노는 생각에 잠긴 채 샐로의 부품 사이를 헤매고 다녔다. 크로노는 행운의 조각에 특별한 힘과 특별한 의미가 있다는 걸 늘 알고 있었다.

결국 어떤 우월한 생명체가 행운의 조각을 자기 것이라고 주장하러 오리라고 늘 생각해왔다. 정말로 행운을 가져다주는 그 조각은 그래서 절대로 인간의 것이 될 수 없었다.

인간은 그저 진짜 주인이, 우월한 주인이 올 때까지 행운의 조각을 보관하고 득을 보는 것이었다.

크로노에게는 무력함이나 무질서에 대한 감각이 없었다.

그가 보기에는 모든 것이 질서정연했다.

그리고 크로노 스스로 그 완벽한 질서에 완전히 부합하도록 참여했다.

그는 행운의 조각을 주머니에서 꺼내 아무 후회 없이 모래밭에, 흩어진 샐로의 부품들 사이에 떨어뜨렸다.

크로노는 머잖아 우주의 마법적 힘이 모든 것을 다시 조립하리라고 믿었다.

늘 그랬으니까.

에필로그: 스토니와의 재결합

"당신은 지쳐 있어요. 너무도 지쳐 있어요,
우주 방랑자, 맬러카이, 엉크.
가장 희미한 별을 바라봐요, 지구인이여.
그리고 당신의 팔다리가 얼마나 무거워지는지 느껴봐요."
—샐로

더 할 얘기가 많지는 않다.

맬러카이 콘스턴트는 타이탄에서 늙은 남자가 되었다.

비어트리스 럼포드는 타이탄에서 늙은 여자가 되었다.

그들은 평화롭게 죽었다. 서로 이십사 시간도 차이나지 않았다. 그들은 각자 일흔네 살에 죽었다.

그들의 아들 크로노에게 결국 무슨 일이 일어났는지는 타이탄 파랑새들만이 확실히 안다.

• • •

일흔네 살의 맬러카이 콘스턴트는 신경질적이고 상냥한 안

짱다리가 되어 있었다. 그는 완전히 머리가 벗어졌고, 하얗게 새고 대체로 깔끔하게 다듬은 반다이크풍 턱수염을 길렀을 뿐 벌거벗고 다녔다.

그는 샐로의 불시착한 우주선에서 살았다. 삼십 년째 그곳에 살고 있었다.

콘스턴트는 우주선을 날릴 시도조차 하지 않았다. 감히 제어기 하나도 건드리지 않았다. 샐로의 우주선 제어기는 화성 우주선 제어기보다 훨씬 복잡했다. 샐로의 조종간은 콘스턴트에게 이백일흔세 개의 노브와 스위치, 버튼을 보여주었는데 그 모두에 트랄파마도어 글자나 눈금이 새겨져 있었다. 검은 벨벳 같은 허무가 100만의 10제곱만큼 있다면 그중 1조분의 1이 물질인 우주에서, 그 제어기는 직감에 의존하는 선수가 재미있어할 만한 물건이 아니었다.

콘스턴트는 럼포드가 말한 대로 크로노의 행운의 조각이 정말 전력장치의 부품인지 조심스레 알아보기 위해서만 우주선을 어설프게 손보았다.

피상적으로는 어떤 식으로든 행운의 조각이 그 역할을 해낼 터였다. 우주선에는 예전에 말 그대로 연기를 누출한 적 있는, 전력장치로 들어가는 문이 있었다. 콘스턴트는 그 문을 열고 들어가 재투성이 칸을 발견했다. 재 아래에는 어디에도 연결되지 않은 얼룩 묻은 베어링들과 캠들이 있었다.

콘스턴트는 크로노의 행운의 조각에 뚫려 있던 구멍을 베어링과 캠 사이에 끼워넣었다. 행운의 조각은 스위스 기계공도 기뻐할 만큼 조금의 오차도 없이, 틈새에 딱 맞았다.

• • •

콘스턴트에게는 타이탄의 쾌적한 기후에서 아늑한 시간을 보내는 데 도움이 되는 취미가 많았다.

가장 흥미로운 취미는 해체된 트랄파마도어인 메시지 배달부 샐로와 함께 빈둥거리는 것이었다. 콘스턴트는 샐로를 다시 조립해 작동하게 만들려고 애쓰며 수천 시간을 보냈다.

지금까지는 운이 따라주지 않았다.

콘스턴트가 처음으로 작은 트랄파마도어인의 복구 작업을 맡았을 때는, 조립된 샐로한테 어린 크로노를 지구로 데려가달라고 부탁할 수 있으리라는 명확한 희망이 있었다.

콘스턴트는 딱히 지구로 돌아가고 싶은 생각이 없었다. 그의 짝인 비어트리스도 마찬가지였다. 그러나 콘스턴트와 비어트리스는 살날이 아직 많이 남아 있는 아들이라면 그 인생을 지구의 분주하면서도 쾌활한 동시대인과 함께 살아야 한다고 생각했다.

그러나 콘스턴트가 일흔네 살이 되었을 때는 어린 크로노를 지구로 다시 데려가는 것이 더이상 급박한 문제가 아니었다. 어린 크로노는 더이상 딱히 어리지 않았다. 그는 마흔두 살이었다. 그리고 타이탄에 완전히 전문적으로 적응했기에, 그를 어디든 다른 곳으로 보낸다는 건 극도로 잔인한 일이 될 터였다.

열일곱의 나이에 어린 크로노는 으리으리한 집에서 도망쳐 타이탄에서 가장 존경할 만한 생명체인 타이탄 파랑새들에게 합류했다. 현재 크로노는 카작호수군 옆에 있는 그들의 둥지 사이에 살았다. 그는 파랑새의 깃털을 걸치고 그들의 알을 품었으며 그들과 음식을 나누고 그들의 언어를 썼다.

콘스턴트는 크로노를 만나지 않았다. 이따금 밤이면 크로노의 울음소리가 들렸다. 콘스턴트는 그의 울음소리에 대답하지 않았다. 그 울음소리는 타이탄의 어떤 사물이나 사람을 향한 것이 아니었다.

그 울음소리는 지나가는 위성인 피비를 향한 것이었다.

이따금 콘스턴트는 타이탄 딸기나 얼룩무늬가 있는 타이탄 물떼새의 2파운드짜리 알을 주으러 나갔다가 공터에 나뭇가지와 돌멩이로 만들어진 작은 사원을 마주쳤다. 크로노는 이런 사원을 수백 개 만들었다.

사원의 구성 요소는 늘 같았다. 토성을 나타내는 커다란 돌 하나가 가운데에 놓였다. 그것을 둘러싼 푸른 나뭇가지로 만든 고리가 토성의 고리를 표현했다. 고리 밖에는 아홉 개의 위성을 표현하는 작은 돌들이 놓여 있었다. 이런 위성 중 가장 큰 돌이 타이탄이었다. 그 돌멩이 아래에는 늘 타이탄 파랑새의 깃털이 놓였다.

땅에 남은 흔적을 보면 더이상 그리 어리지 않은 어린 크로노가 토성계의 이런 요소들을 움직이며 몇 시간을 보냈다는 걸 확실히 알 수 있었다.

늙은 맬러카이 콘스턴트는 낯선 아들이 만든 이런 사원 중 하나가 방치되어 있는 것을 발견할 경우 최선을 다해 그 사원을 정돈했다. 잡초를 뽑고 땅을 골랐으며, 토성을 나타내는 돌을 위해 새로운 나뭇가지 고리를 만들었다. 타이탄을 나타내는 돌멩이 밑에도 새로운 파랑새 깃털을 놓아두곤 했다.

사원을 정돈하는 것이 콘스턴트에게는 최대한 아들의 영혼과 가까워지는 길이었다.

그는 아들이 종교를 가지고 하려는 일을 존중했다.

그리고 때로 콘스턴트는 새로 꾸민 사원을 들여다보다가 자기 인생의 요소들을 실험적으로 옮겨보곤 했다. 그러나 이런 이동은 머릿속에서만 이뤄졌다. 그럴 때면 콘스턴트는 우울감에 젖은 채 특히 두 가지를 회상하는 경향이 있었다. 가장 친한 친구이자 유일한 친구인 스토니 스티븐슨을 살해한 일과, 삶의 너무 늦은 시기에 비어트리스 럼포드의 사랑을 얻은 일 말이다.

콘스턴트는 사원을 정돈한 사람의 정체를 크로노가 알아냈는지는 결코 알 수 없었다. 크로노는 자신의 신이나 신들이 그런 일을 한다고 생각하는지도 몰랐다.

모두 무척 슬픈 일이었다. 하지만 모두 무척 아름다운 일이기도 했다.

비어트리스 럼포드는 럼포드의 타지마할에서 혼자 살았다. 그녀와 크로노의 만남은 콘스턴트와 크로노의 만남보다 훨씬 더 끔찍했다. 예측할 수 없는 주기로 크로노가 궁전으로 헤엄쳐와 럼포드의 옷장에서 옷을 꺼내 입고 그날이 어머니의 생일이라고 선언하며 게으르고 시무룩하고 상당히 교양 있는 대화를 나누면서 시간을 보냈던 것이다.

그런 날은 언제나 크로노가 옷과 어머니와 문명에 대해 분노하는 것으로 끝났다. 그는 옷을 찢어버리고 파랑새처럼 비명을 지르며 윈스턴해로 뛰어들었다.

비어트리스는 이런 생일파티를 겪어내고 나면 바다 건너 가장 가까운 해안이 마주보이는 모래밭에 노를 박아넣고, 그 노에 흰 시트를 걸어 날리곤 했다.

그건 맬러카이 콘스턴트에게 보내는 신호였다. 당장 와서 진정하도록 도와달라고 애원하는 신호.

"적어도," 그녀는 이렇게 말하곤 했다. "마마보이는 아니야. 적어도 눈에 보이는 가장 고귀하고 아름다운 생명체들과 함께할 만큼 위대한 영혼을 가졌고."

• • •

지금 그 흰 시트가, 괴로움의 신호가 날리고 있었다.

맬러카이 콘스턴트는 해변에서 통나무 카누를 꺼냈다. 궁전에 딸려 있던 금빛 나룻배는 목재가 썩어 문드러지는 바람에 오래전에 가라앉았다.

콘스턴트는 한때 럼포드의 것이었던 낡은 파란색 목욕용 울 가운을 입고 있었다. 그는 우주 방랑자의 옷이 닳아빠지자 궁전에서 발견한 이 가운을 입었다. 그게 콘스턴트의 유일한 옷이었다. 그는 비어트리스의 부름을 받고 갈 때만 그 옷을 입었다.

콘스턴트는 통나무 카누에 타면서 물떼새알 여섯 개와 타이탄 야생 딸기 2쿼터, 발효 데이지즙이 담긴 3갤런짜리 이탄 그릇 하나, 데이지 씨앗 1부셸, 궁전의 책 사천 권을 소장한 도서관에서 빌린 책 여덟 권, 그리고 손수 만든 빗자루와 삽을 실었다.

콘스턴트는 자족적이었다. 필요한 모든 것을 기르거나 모으거나 만들었다. 이로써 그는 크나큰 만족감을 느꼈다.

비어트리스는 콘스턴트에게 의지하지 않았다. 럼포드가 지구의 음식과 지구의 술로 타지마할을 호화롭게 채워두었다. 비어트리스에게는 먹고 마실 것이 충분했고, 앞으로도 언제까지나 그럴 터였다.

콘스턴트가 비어트리스에게 그 지역의 음식을 가져가는 이유는 목수이자 농부로서 자신의 기술이 무척 자랑스럽기 때문이었다. 그는 부양자로서의 능력을 자랑하고 싶었다.

강박이었다.

콘스턴트가 빗자루와 삽을 통나무 카누에 함께 실은 이유는 비어트리스의 궁전이 늘 빗자루와 삽을 동원해서 치워야 할 정도로 엉망진창이었기 때문이다. 비어트리스는 청소를 하지 않았으므로, 콘스턴트는 그녀를 찾아갈 때마다 최악의 쓰레기를 치웠다.

• • •

비어트리스 럼포드는 생기 넘치며 눈은 외눈이고 이는 금니이며 피부가 갈색인 늙은 여자였다. 그녀는 의자의 널빤지처럼 군살이 없고 튼튼했다. 그러나 그녀에게서는 상처 입고 거칠게 이용당한 늙은 여인의 품위가 드러났다.

시, 죽음, 기적에 관한 감각이 있는 사람이라면 맬러카이 콘스턴트의 오만하고도 광대뼈가 도드라진 짝이 인간의 가장 잘생긴 모습으로 보일 터였다.

그녀는 아마 약간 미쳤을 것이다. 다른 사람이라곤 오직 두 명뿐인 위성에서, 그녀는 『태양계 인생의 진정한 목적』이라는 책을 쓰고 있었다. 태양계에 사는 인간의 목적이 타이탄에 불시착한 트랄파마도어인 메시지 배달부를 다시 떠나보내기 위해서라는 럼포드의 개념을 반박하는 책이었다.

비어트리스는 아들이 그녀를 떠나 파랑새들과 함께한 이후로 그 책을 쓰기 시작했다. 손으로 직접 쓴 그 원고는 지금까지 타지마할 내부의 38세제곱피트를 차지했다.

콘스턴트가 찾아올 때마다 그녀는 최근에 추가한 원고를 큰 소리로 읽어주었다.

그녀는 지금도 럼포드의 오래된 인체공학 의자에 앉아 큰 소리로 글을 읽고 있었다. 그러는 동안 콘스턴트는 안뜰을 돌아다녔다. 그녀는 원래 궁전에 있었던 분홍색과 흰색의 셔닐 침대보를 걸치고 있었다. 침대보의 장식술 안에는 신은 신경쓰지 않는다는 메시지가 들어가 있었다.

럼포드가 직접 쓰던 침대보였다.

비어트리스는 트랄파마도어가 가진 힘의 중요성을 논박하는 주장들을 자아내며 계속해서 글을 읽어나갔다.

콘스턴트는 관심 있게 듣지 않았다. 그는 단지 비어트리스의 목소리만을, 강력하고도 의기양양한 그 목소리만을 즐겼다. 그는 수영장 옆 맨홀로 내려와 밸브를 돌려 수영장 물을 빼내려고 했다. 수영장 물이 타이탄 해조류 때문에 진한 완두콩 수프처럼 변해 있었다. 콘스턴트는 비어트리스를 찾아올 때마다 이

번성하는 진녹색을 상대로 이길 수 없는 싸움을 했다.

"트랄파마도어의 힘이 지구에서 벌어진 일과 어느 정도 연관이 있다는 사실만은," 비어트리스는 자기 글을 큰 소리로 읽었다. "나 역시 절대 부정하지는 않는다. 그러나 트랄파마도어의 이익에 봉사한 사람들의 봉사는 대단히 개인적인 차원에서 이뤄졌고, 트랄파마도어는 그런 상황에 대해서 사실 아무것도 하지 않은 것이나 마찬가지다."

맨홀에 내려가 있던 콘스턴트는 방금 연 밸브에 귀를 갖다댔다. 소리를 들어보니 물이 천천히 빠지고 있는 걸 알 수 있었다.

콘스턴트는 욕설을 내뱉었다. 럼포드와 함께 사라져 샐로와 함께 죽어버린 필수 정보 중 하나는 그들이 이곳에서 지내던 시절에 수영장을 어떻게 그토록 맑게 관리할 수 있었느냐는 것이었다. 콘스턴트가 수영장 관리를 맡은 이후로 해조류가 쌓여갔다. 수영장의 밑바닥과 옆면은 끈적이는 진흙 이불이 덮여 있었고, 가운데에 있는 세 조각상, 그러니까 타이탄의 세이렌들은 점액질에 싸여 있었다.

콘스턴트는 자기 인생에서 그 세 명의 세이렌이 가지는 중요성을 알았다. 책에서 읽었다. 『초간단 화성 역사』와 『윈스턴 나일스 럼포드 공인 개정 성경』 모두에서 말이다. 사실 지금은 세 명의 위대한 세이렌이 그에게 별다른 의미가 없었다. 단지 한때 섹스가 그에게 신경쓸 만한 문제였음을 일깨워주었을 뿐이다.

콘스턴트는 맨홀에서 기어나왔다. "한 번 뺄 때마다 물이 점점 더 늦게 빠져." 그가 비어트리스에게 말했다. "파이프 파내는 작업을 너무 미루면 안 되겠어."

"그래?" 비어트리스가 자기 글에서 고개를 들고 말했다.

"응." 콘스턴트가 말했다.

"그럼…… 뭐든 당신이 해야 할 일을 해." 비어트리스가 말했다.

"나야 평생 그랬지." 콘스턴트가 말했다.

"방금 책에 쓸 아이디어가 떠올랐어." 비어트리스가 말했다. "그 생각이 빠져나가지 않게 붙잡아둘 수만 있다면 말이야."

"혹시 그 생각이 이쪽으로 오면, 내가 삽으로 후려쳐줄게." 콘스턴트가 말했다.

"잠깐 아무 말 하지 말아봐." 비어트리스가 말했다. "내가 머릿속을 정리할 수 있게." 그녀는 자리에서 일어나 콘스턴트와 토성의 고리에 정신이 팔리지 않도록 궁전 입구로 들어갔다.

그녀는 입구 벽에 걸려 있는 커다란 유화를 오랫동안 바라보았다. 궁전에 있는 유일한 그림이었다. 콘스턴트가 그 먼 뉴포트에서 여기까지 가져왔다.

흰옷을 입고, 자기 소유의 흰 조랑말 고삐를 잡고 있는 티 하나 없이 깔끔한 소녀의 그림이었다.

비어트리스는 그 소녀가 누구인지 알았다. 그림에는 어린 시절의 비어트리스 럼포드라고 적힌 황동판이 붙어 있었다.

흰옷을 입은 소녀와 그 소녀를 바라보는 늙은 여인은 무척 대조적이었다.

비어트리스는 갑자기 그림을 등지고 다시 안뜰로 걸어나갔다. 그녀가 책에 더하고 싶었던 아이디어가 이제 머릿속에서 정리되었다.

"누군가에게 일어날 수 있는 최악의 일은," 그녀가 말했다. "그 누구에 의해서도, 그 어떤 것을 위해서도 이용당하지 않는 거야."

이 아이디어에 그녀는 마음이 놓였다. 그녀는 럼포드의 오래된 인체공학 의자에 누워 경악스러울 정도로 아름다운 토성의 고리를, 럼포드의 무지개를 올려다보았다.

"날 이용해줘서 고마워." 그녀가 콘스턴트에게 말했다. "내가 그 누구에게도 이용당하지 않기를 바랐는데도 말이야."

"천만에." 콘스턴트가 말했다.

그는 뜰을 쓸기 시작했다. 그가 쓸고 있는 쓰레기는 바깥에서 날려들어온 모래와 데이지 씨앗 껍질, 지구의 땅콩 껍데기, 순살 닭고기 통조림, 버려진 원고지가 뒤섞여 있었다. 비어트리스는 대체로 데이지 씨앗, 땅콩, 순살 닭고기를 먹으며 근근이 살아갔다. 그것들은 요리할 필요가 없고, 먹기 위해 글쓰기를 멈출 필요도 없었기 때문이다.

그녀는 한 손으로 먹으며 다른 손으로 글을 썼다. 그녀는 다른 무엇보다도 모든 것을 글로 적기를 원했다.

비질을 절반쯤 끝낸 콘스턴트는 잠시 멈춰 수영장의 배수 상황을 지켜보았다.

물이 천천히 빠지고 있었다. 타이탄의 세이렌 세 명을 덮고 있던 진득한 녹색 덩어리가 낮아지는 수면 위로 이제 막 모습을 드러냈다.

콘스턴트는 허리를 숙여 맨홀을 열고 물소리를 들었다.

파이프의 음악을 들었다. 그리고 다른 소리도 들었다.

그는 사랑하는, 익숙한 소리의 부재를 들었다.

그의 짝 비어트리스가 더이상 숨을 쉬지 않고 있었다.

• • •

맬러카이 콘스턴트는 윈스턴해 바닷가에 있는 타이탄 이탄에 짝을 묻었다. 그녀가 묻힌 곳에는 조각상이 없었다.

맬러카이 콘스턴트는 하늘이 타이탄 파랑새로 가득할 때 그녀에게 작별인사를 했다. 위대하고 고귀한 그 새들 최소 만 마리가 날고 있었다.

그 새들 때문에 낮이 밤이 되고, 그들의 날갯짓으로 대기가 전율했다.

그 어떤 새도 소리지르지 않았다.

한낮의 밤중에 비어트리스와 맬러카이의 아들인 크로노가, 새로운 무덤이 내려다보이는 언덕 위에 나타났다. 그는 입고 있는 깃털 망토를 날개처럼 퍼덕이고 있었다.

그는 아주 멋지고 강인했다.

"고마워요, 어머니 아버지." 그가 소리쳤다. "삶이라는 선물을 주셔서. 안녕!"

그는 사라졌고, 새들도 그와 함께 떠났다.

• • •

늙은 맬러카이 콘스턴트는 대포알처럼 무거운 마음을 안고 궁전으로 돌아갔다. 그를 그 슬픈 공간으로 다시 이끈 것은 그곳을 제대로 정리하고 떠나고 싶다는 소망이었다.

머잖아 다른 이들이 올 터였다.

그들을 위해 궁전은 깔끔하고 깨끗하게 준비되어 있어야 했다. 궁전이 전에 살았던 사람에 대해 좋은 말을 해줄 수 있도록.

럼포드의 닳아빠진 인체공학 의자 주변에는 콘스턴트가 비어트리스에게 주었던 물떼새알과 타이탄 야생 딸기, 발효 데이지즙 그릇과 데이지 씨앗 바구니가 있었다. 잘 상하는 것들이라 다음 주민이 올 때까지 버티지 못할 터였다.

콘스턴트는 이것들을 통나무 카누에 실었다.

그에게는 필요 없었다. 아무에게도 필요 없었다.

카누에 탄 콘스턴트는 늙은 등을 쭉 펴다가 트랄파마도어에서 온 작은 메시지 배달부인 샐로가 물을 가로질러 다가오는 것을 보았다.

"좀 어때요?" 콘스턴트가 말했다.

"좀 어때요?" 샐로가 말했다. "날 다시 조립해줘서 고마워요."

"내가 제대로 한 줄 몰랐는데." 콘스턴트가 말했다. "당신한테서 아무 소리도 나지 않아서."

"제대로 했어요." 샐로가 말했다. "그냥 소리를 내고 싶은지 아닌지 결정할 수 없었을 뿐이에요." 샐로는 쉭 소리를 내며 발에서 공기를 내보냈다. "슬슬 움직이려고요." 그가 말했다.

"결국 메시지를 배달하려고요?" 콘스턴트가 말했다.

"바보 같은 심부름을 하느라 이렇게 멀리까지 온 자라면," 샐로가 말했다. "그 심부름을 마침으로써 바보의 명예를 지키는 것 말고는 다른 선택지가 없답니다."

"오늘 내 짝이 죽었어요." 콘스턴트가 말했다.

"유감이에요." 샐로가 말했다. "'내가 할 수 있는 일이 있을까요'라고 묻고 싶지만 언젠가 스킵이 그건 영어라는 언어에 존재하는 가장 증오스럽고 멍청한 표현이라고 했어요."

콘스턴트가 두 손을 맞잡고 문질렀다. 그가 오른손이라면 그를 타이탄에 남겨두고 떠난 유일한 짝은 왼손이었다. "짝이 그리워요." 그가 말했다.

"드디어 사랑에 빠졌군요." 샐로가 말했다.

"지구 시간으로 겨우 일 년 전이었어요." 콘스턴트가 말했다. "누가 통제하거나 말거나 인간 인생의 목적은 주변의 사랑해야 할 사람이 누구든 그 사람을 사랑하는 것이라는 걸 깨닫기까지 그렇게나 오래 걸린 겁니다."

"당신이나 당신 아들이 지구로 돌아가고 싶다면," 샐로가 말했다. "내가 가는 길과 그리 멀지 않아요."

"내 아들은 파랑새들과 함께 살아요." 콘스턴트가 말했다.

"잘됐네요!" 샐로가 말했다. "파랑새들이 받아줬다면 나도 파랑새들과 함께 살았을 거예요."

"지구라." 콘스턴트가 고민하며 말했다.

"몇 시간이면 도착할 수 있어요." 샐로가 말했다. "우주선이 다시 제대로 작동하니까요."

"여기는 외로워요." 콘스턴트가 말했다. "왜냐면 지금은……" 그는 고개를 저었다.

•••

지구로 돌아가는 길에, 샐로는 콘스턴트에게 지구로 돌아가라고 제안한 것이 비극적인 실수는 아니었을까 생각했다. 콘스턴트가 미국 인디애나주 인디애나폴리스에 데려다달라고 고집을 피우자 그런 생각이 들기 시작했다.

콘스턴트의 이런 고집은 몹시 당황스러운 사건이었다. 인디애나폴리스는 집 없는 늙은이에게 이상적인 곳이라고 할 수 없었으니 말이다.

샐로는 그를 미국 플로리다주 세인트피터즈버그에 있는 셔플보드 게임장에 내려주고 싶었지만, 콘스턴트는 늙은 남자들이 으레 그러듯 처음 내린 결정을 끝까지 고수했다. 그는 인디애나폴리스에 가고 싶었고 그걸로 끝이었다.

샐로는 인디애나폴리스에 콘스턴트의 친척이나 오래된 사업상 인맥이 있을지도 모르겠다고 생각했으나 알고 보니 그렇지도 않았다.

"난 인디애나폴리스에 아는 사람이 없어요. 인디애나폴리스에 관해서 아무것도 모르지요. 단 한 가지만 빼고 말입니다." 콘스턴트가 말했다. "책에서 읽은 거예요."

"책에서 뭘 읽었는데요?" 샐로가 불안해하며 말했다.

"인디애나주 인디애나폴리스는," 콘스턴트가 말했다. "미합중국에서 인디언을 살해한 백인이 교수형을 당한 최초의 고장이에요. 인디언을 죽였다고 백인을 교수형에 처하는 사람들이라니……" 콘스턴트가 말했다. "나랑 맞는 사람들은 그런 사람들이죠."

샐로의 머리가 짐벌 안에서 공중제비를 돌았다. 발이 무쇠 바닥을 흡착하는 슬픈 소리가 들렸다. 그의 승객은 광속에 가까운 속도로 접근중인 행성에 관해 거의 아무것도 모르는 게 분명했다.

최소한 콘스턴트에게는 돈이 있었다.

그게 희망이었다. 콘스턴트는 다양한 지구 화폐로 3000달러에 가까운 돈을 가지고 있었다. 타지마할에 있는 럼포드의 정장 주머니에서 꺼낸 것이었다.

또 최소한 콘스턴트에게는 옷이 있었다.

그는 끔찍하게 헐렁하지만 상태가 좋은 럼포드의 트위드 정장을 걸치고 있었다. 조끼 아랫단까지 내려오는 시곗줄에 파이베타카파 열쇠까지 걸려 있는 완전한 정장이었다.

샐로가 콘스턴트에게 정장과 함께 열쇠도 가져가라고 했다.

콘스턴트에게는 좋은 외투와 중절모, 덧신도 있었다.

지구가 겨우 한 시간 거리만큼 가까워졌을 때, 샐로는 인디애나폴리스에서 콘스턴트의 여생을 지탱해줄 만한 것이 무엇일지 생각했다.

그리고 그는 콘스턴트의 인생 마지막 몇 초가 최소한 그 노인에게만큼은 엄청나게 기쁜 시간이 되도록 최면을 걸기로 했다. 콘스턴트의 인생은 잘 마무리될 것이다.

이미 거의 최면 상태에 빠진 콘스턴트는 현창 너머로 우주를 바라보았다.

샐로가 그의 등뒤로 다가가 위로하듯 말을 건넸다.

“당신은 지쳐 있어요. 너무나도 지쳐 있어요, 우주 방랑자, 맬러카이, 엉크.” 샐로가 말했다. “가장 희미한 별을 바라봐요, 지구인이여. 그리고 당신의 팔다리가 얼마나 무거워지는지 느껴봐요.”

“무겁네요.” 콘스턴트가 말했다.

“당신은 언젠가 죽을 거예요, 엉크.” 샐로가 말했다. “미안하지만 그게 진실이죠.”

“진실이죠.” 콘스턴트가 말했다. “미안해하지 말아요.”

“당신이 죽어간다는 걸 알아차릴 때, 우주 방랑자여.” 샐로가 최면을 걸듯 말했다. “당신에게 멋진 일이 일어날 거예요.” 그런 다음 그는 콘스턴트에게 삶이 깜빡이며 꺼지기 전에 상상하게 될 행복한 것들을 이야기해주었다.

그건 최면에 걸린 뒤 보게 될 환상이었다.

“일어나요!” 샐로가 말했다.

콘스턴트는 몸을 떨더니 현창에서 고개를 돌렸다. “여기가 어디죠?” 그가 말했다.

“타이탄에서 지구로 가는 트랄파마도어의 우주선이에요.” 샐로가 말했다.

“아.” 콘스턴트가 말했다. “그럼 그렇지.” 그가 잠시 후 말했다.

"잠들었나보네요."

"낮잠을 자요." 샐로가 말했다.

"그래요…… 난…… 난 그래야겠어요." 콘스턴트가 말했다. 그는 침상에 누웠다. 그는 잠들었다.

샐로는 잠든 우주 방랑자를 침상에 묶었다. 그런 다음 조종간에 있는 의자에 자기 몸을 묶었다. 그는 세 개의 다이얼을 설정하고, 각 다이얼에 표시된 내용을 두 번씩 확인했다. 그러고는 선명한 빨간색 버튼을 눌렀다.

그는 의자에 기대앉았다. 이제 더이상 할일은 없었다. 지금부터는 모든 것이 자동이었다. 삼십육 분 뒤면 우주선이 알아서 은하수 태양계 지구 미국 인디애나주 인디애나폴리스 외곽에 있는 버스 종점 근처에 착륙할 터였다.

그곳은 새벽 세시일 것이다.

또한 겨울일 것이다.

• • •

우주선은 인디애나폴리스 남부의 어느 공터, 이제 막 4인치 두께로 쌓인 눈 위에 착륙했다. 깨어서 우주선이 착륙하는 모습을 본 사람은 아무도 없었다.

맬러카이 콘스턴트가 우주선에서 나왔다.

"저기가 버스정류장이에요, 노병이여." 섈로가 속삭였다. 침실 창문이 열려 있는 이층짜리 목조 주택이 겨우 30피트 떨어져 있었으므로 반드시 귓속말을 해야 했다. 섈로는 대로 옆의 눈 쌓인 벤치를 가리켰다. "십 분 정도 기다려야 해요." 그가 속삭였다. "버스를 타면 곧장 시내로 갈 거예요. 기사에게 괜찮은 호텔 근처에 내려달라고 하세요."

콘스턴트는 고개를 끄덕였다. "난 괜찮을 거예요." 그가 속삭였다.

"기분은 어때요?" 섈로가 속삭였다.

"훈훈하네요." 콘스턴트가 속삭였다.

잠을 자다가 살짝 방해받은 사람이 불평하는 소리가 근처의 열려 있는 침실 창문에서 흘러나왔다. "아아, 누가." 잠든 사람이 불평했다. "아포 와, 드야, 으으으으으으으으으음."

"정말 괜찮아요?" 섈로가 속삭였다.

"네. 괜찮아요." 콘스턴트가 속삭였다. "훈훈해요."

"행운을 빌게요." 섈로가 속삭였다.

"여기선 그런 말 안 해요." 콘스턴트가 속삭였다.

섈로가 윙크했다. "난 여기 출신이 아닌걸요." 그가 속삭였다. 그는 완벽하게 흰 세상을 둘러보며 눈송이의 축축한 입맞춤을 느끼고, 너무도 희게 잠들어 있는 세상에서 빛나는 연노랑 가로등의 숨은 의미에 대해 생각했다. "아름다워요." 그가 속삭였다.

"그렇죠?" 콘스턴트가 속삭였다.

"심포!" 잠든 사람이 자기 잠을 위협할 만한 모두를 위협하며 소리쳤다. "그래애! 아 그래! 머가 문댜? 으흐."

"당신은 가는 게 좋겠어요." 콘스턴트가 속삭였다.

"네." 샐로가 속삭였다.

"안녕." 콘스턴트가 속삭였다. "그리고 고마워요."

"천만의 말씀이에요." 샐로가 속삭였다. 그는 다시 우주선에 올라 에어로크를 닫았다. 병 입구에 바람을 불어넣는 소리를 내며 우주선이 떠올랐다. 우주선은 휘몰아치는 눈 속으로 사라지더니 떠났다.

"안녕." 우주선이 말했다.

벤치로 걸어가는 맬러카이 콘스턴트의 발이 눈을 밟을 때마다 뽀드득뽀드득 소리를 냈다. 그는 벤치에 쌓인 눈을 쓸어 치우고 앉았다.

"프롸!" 잠든 사람이 갑자기 모든 걸 이해했다는 듯 소리쳤다.

"브롸!" 그는 자신이 갑자기 이해한 것이 전혀 마음에 들지 않는 듯 소리쳤다.

"서포!" 그는 전혀 확실하지 않은 용어로 자기가 그걸 어떻게 할지 말했다.

"플루프!" 그가 외쳤다.

음모를 꾸미던 자들은 아마 달아난 모양이었다.

• • •

더 많은 눈이 내렸다.

맬러카이가 기다리던 버스는 그날 아침 두 시간이나 늦었다. 눈 때문이었다. 버스가 왔을 때는 너무 늦었다. 맬러카이 콘스턴트는 죽었다.

샐로는 그가 죽을 때 상상 속에서 가장 친한 친구이자 유일한 친구인 스토니 스티븐슨을 보도록 최면을 걸어놓았다.

눈이 몸 위로 흩날릴 때 콘스턴트는 구름이 열리며 햇살을, 오직 그만을 위한 햇살을 내보냈다고 상상했다.

다이아몬드가 박힌 황금 우주선이 햇살에서 미끄러지듯 내려와 발길이 닿지 않은 대로의 눈밭에 착륙했다.

우주선에서 다부진 몸의 빨간 머리 남자가 커다란 담배를 물고서 나왔다. 젊었다. 화성 돌격군 제복을, 엉크의 옛 옷을 입고 있었다.

"안녕, 엉크." 그가 말했다. "타."

"타라고?" 콘스턴트가 말했다. "넌 누구야?"

"스토니 스티븐슨이야, 엉크. 날 못 알아보겠어?"

"스토니?" 콘스턴트가 말했다. "너야, 스토니?"

"스토니가 아니면 누가 이 빌어먹을 속도를 견딜 수 있겠어?" 스토니가 웃으며 말했다. "타." 그가 말했다.

"타고 어디 가게?" 콘스턴트가 말했다.

"천국." 스토니가 말했다.

"천국은 어때?" 콘스턴트가 말했다.

"거기선 모두가 영원히 행복해." 스토니가 말했다. "최소한 빌어먹을 우주가 유지되는 한은 말이지. 타, 엉크. 비어트리스도 이미 거기서 너를 기다리고 있어."

"비어트리스가?" 엉크가 우주선에 들어가며 말했다.

스토니는 에어로크를 닫고 켜기 버튼을 눌렀다.

"우리…… 우리가 지금 천국에 가는 거야?" 콘스턴트가 말했다. "내가…… 내가 천국에 가?"

"이유는 묻지 마, 친구." 스토니가 말했다. "어쨌든 저 위의 누군가가 널 좋아하거든."

옮긴이의 말

어린 시절의 동화부터 시작해서, 나는 훌륭한 교훈을 주는 문학작품을 많이 읽고 좋아해왔다. 그런 교훈에는 "거짓말을 하지 마라" "남을 해치지 마라" "사랑하며 살아라" 등 아주 오래되고 보편적인 가르침에서부터 "환경을 보호하고 기후 변화에 대비해라" "성인지 감수성을 가져라" "다양한 인간은 물론 다양한 생물종 및 인공지능 등과 공존할 방법을 고민하라" 등 시의적이고 뾰족한 일침까지 다양한 메시지가 포함되었다. 그리고 보통 옮긴이의 말을 쓸 때 나는 내가 작품에서 읽어낸 이런 교훈을 요약해서 옮겨적곤 했다.

그렇기에 이 작품, 『타이탄의 세이렌』에 관한 옮긴이의 말을 쓰고자 빈 파일을 열었을 때는 다소 막막한 느낌이 들었다. 작품 자체가 난해하거나 번역이 고통스러웠던 것은 아니다. 오히려 정반대다. 나는 때로 낄낄대고 때로 울컥하는 감동을 느끼며 어느 때보다 즐겁게 커트 보니것의 이야기에 빠져들었다. 다만 내가 과연 어떤 점에서 그런 감정의 파고를 겪고 이 작품을 좋아하게 됐는지 콕 집어 말하기가 쉽지 않았다. 기독교적 세계관에 대한 기발한 패러디를 보고 한 방 먹은 듯한 충격을 느꼈기 때문일까? 수성의 하모늄이나 타이탄의 샐로 등 듣도 보도 못한 외계 생명체를 통해 작가의 번뜩이는 상상력에 매료됐기 때문일까? 아니면 작가의 뛰어난 말장난 솜씨 때문에? 자본주의와 현대문명에 대한 신랄한 풍자가 통쾌해서? 물론, 이 모든 것도 이 작품을 추천할 만한 이유다. 하지만 그중 하나를 선택해 이 작품 전체를 관통하는 특별한 메시지, 다른 책이 아닌 이 책을 읽어야만 하는 이유라고 내세우기에는 뭔가 부족했다. 힌트를 얻고자 이 책을 먼저 읽은 외국 독자들의 서평을 찾아봐도 "대체 왜 재미있는지는 모르겠지만 재미있으니 읽어보라"는 식의 추천사가 대부분이었기에 나는 점점 더 막막한 미궁에 빠지는 것 같았다.

그러다가 문득 '교훈'이라는 것 자체에 대해 생각해보게 되었다. 일부 예외야 있겠지만, 대부분의 교훈은 가르침을 듣는 사람이 특정한 생각이나 행동을 하거나 하지 않음으로써 그 자신이나 주위의 세계에 중요한 변화가 일어날 수 있다고 가정한다.

이를테면, 양치기 소년 이야기는 거짓말을 계속하면 타인의 신뢰를 얻을 수 없으니 거짓말을 하지 말라고 권고한다. 이 이야기에서는 주인공이 거짓말을 하느냐, 하지 않느냐에 대단히 중요한 의미가 부여된다. 조금만 결을 달리해 말하면, 주인공은 거짓말을 하거나 하지 않는 선택을 통해 중요한 변화를 일으킬 수 있는 주체적인 존재로 인정된다. 이런 시각은 양치기 소년 이야기를 읽고 교훈을 얻을 독자에게도 똑같이 적용된다. 애초에 독자가 거짓말을 하거나 하지 않는 등의 선택을 할 수 없는 인물이거나 그가 거짓말을 하든 말든 하등 달라질 게 없다면, 즉 독자의 주체성이 없다면 이처럼 교훈적인 이야기를 들려줄 필요가 없으니 말이다.

물론, 성인을 주요 독자로 하는 현대문학 작품의 경우 이처럼 구도가 단순하지 않다. 하지만 그런 작품의 시의적이고 구체적인 메시지 역시 독자가 하는 생각이나 말, 행동에 중요한 의미가 있음을 상정하고 그가 특정한 방향으로 움직이게끔 설득하는 목적을 띠는 경우가 많다. 다시 말해, 상당히 많은 작품에서 주인공과 독자는 자유의지와 주체성을 가진 의미 있는 존재, 메시지를 전달할 만한 가치가 있는 존재로 여겨진다.

내가 『타이탄의 세이렌』의 메시지를 포착해내기 어려운 이유가 그것이었다. 메시지를 배달하는 배달부라는 주인공 맬러카이 콘스턴트와 본의 아니게 그의 '짝'이 된 비어트리스, 둘의 아들 크로노는 물론 이들에게 신적 권위를 가진 존재처럼 여겨지는 윈스턴 나일스 럼포드에 이르기까지 이 소설에 등장하는 인간들은 모두 자신의 의지에 따라 행동하는 것처럼 보이지만, 실제로는 그렇지 않다. 이들 개인만이 아니라 인류의 역사 자체가 트랄파마도어라는 외계 행성에서 외계인 중 한 명에게 보내는 메시지—교체용 부품의 배송이 늦어진다는 사소한 메시지다—를 구현하는 과정에서 벌어진 우연한 사건들의 집합에 불과하다. 그렇다고 인류 전체를 조종하는 트랄파마도어의 외계인들에게 어떤 주체성이나 내재적 의미가 있는 것도 아니다. 이들은 기본적으로 기계다. 소설의 설명에 따르면, 이 기계들이 존재하기 전에 트랄파마도어에 살던 고대인들은 자신들의 삶에 뭐든 의미가 있어야 한다고 생각하는 강박적 존재들이었다. 그들은 그 의미를 찾는 데 집중하기 위해 일상의 사소한 일들을 대신 처리해줄 기계를 만들고 개발하다가, 결국 그 의미를 찾는 일까지 기계들에게 넘겨버렸다. 그리고 기계들이 그런 의미는 존재하지 않는다는 결론을 내리자 그 사실을 받아들이지 못하고 자멸했다. 기계들은 그 이후로도 계속 트랄파마도어에 살면서 자신들 중 한 개체인 샐로를 우주 저편으로 보내 메시지를 전달하게 한다. 메시지의 내용은 극비라 샐로조차 모르고 있지만, 알고 보니 무척 간단한 한 마디, "안녕"이다.

이처럼 아무도 주체성과 자유의지를 가지고 활동할 수 없는

『타이탄의 세이렌』 세계관에서는 쉽게 손에 잡히는 의미나 메시지, 교훈 등이 애초에 존재하지 않는다. 뭐든 의미를 찾아 행동하려고 하는 인물들의 행위—작품에서 인간들을 관찰한 샐로는 인간들이 꼭 거대한 눈이 자기를 지켜보고 있다고 생각하며 그 눈을 의식하면서 모든 행동을 하는 것처럼 보인다고 생각한다—가 때로는 우습고 때로는 애처롭게 보일 정도다. 자기 뜻대로 행동할 수 없는 인물들, 자기 뜻대로 행동한다고 스스로 착각하더라도 결국 다른 이유에 따라 움직일 수밖에 없는 인물들에게 특정한 방식으로 행동해야 한다는 기준이나 교훈은 전혀 주어지지 않으며 이들의 삶을 지켜보는 독자들도 결국 비슷한 상황에 빠진다. 작품 속에서처럼 우리 모두는 이미 정해진 종착지를 향해 발사된 우주선을 타고 있는 것이고, 우주선에 달린 모든 버튼은 우리가 '꺼버릴 수 있을' 거라는 착각을 통해 심리적 위안을 얻게 해주는 역할 외에 아무런 통제력도 우리에게 부여하지 않는 것인지 모른다. 중요하고 의미 있는 일은 무엇도 할 수 없는 사람에게 어떤 책임을 요구할 수 있을까?

작품에서 유일하게 힘을 가진 요소로 인정받는 건 운(luck)뿐인 것으로 보이며, 이러한 운의 요소를 인위적으로 통제하는 걸 목적으로 하는 윈스턴 나일스 럼포드의 종교는 기괴하고 억압적인데다 지구인 중 일부를 화성으로 납치해 세뇌시키고 도구로 소모하는 극단적인 방법에 의존하고 있다. 그리고 이렇게 화성으로 납치되는 사람들은 대체로 가난하고 배운 게 많이 없어 정부에서 일자리를 준다는 말에 금세 혹한 사람들, 달리 말하면 지구에서 대단한 운을 누리지 못했던 사람들이다.

여기에서 그쳤다면 『타이탄의 세이렌』은 흔한 허무주의적 작품 중 하나로 그쳤을 것이다. 무작위한데다 우연도, 신의 메시지도 아무런 의미도 갖지 못하는 세계는 아무렇게나 살아도 되는 세계, 좀더 나아가 아예 살 필요가 없는 세계로 여겨지기 쉽다. 그저 그냥 태어났으니 인생이 끝날 때까지 버텨가는 세계 말이다. 그런 세계를 버티게 해주는 것은 무엇이든 상관없을 것처럼 보이기도 한다. 예컨대 수성에 갇힌 보애즈가 그렇다. 진실이야 어떻든, 보애즈는 하모늄이 자신을 사랑한다는 허구적 의미를 만들고 그 의미 속에 홀로 갇혀 지낸다. 허무주의적 세계에서는 이처럼 모든 사람이 혼자만의 환상에 젖어 감상적 쾌락 속에 시간을 흘려보내는 것이—보애즈가 엉크에게 '진실'하지 않듯 타인의 쾌락에 방해가 되지 않는 한—오히려 권장되는 일일지도 모른다(이것이 현대사회의 많은 사람이 찾은 해결책인 것도 같다).

하지만 작가는 보애즈를 수성에 남겨놓되 주인공인 맬러카이 콘스턴트-엉크는 지구로 떠나게 한다. 맬러카이 콘스턴트-엉크가 끝없이 진실을 파헤치게 하고, 처참한 진실을 모두 알아낸 뒤에도 타이탄에서 살아가게 한다. 맬러카이 콘스턴트-엉크의 인생은 우연과 의도가 아닌 무작위적 사건들에 의해 좌우된다. 우스꽝스럽기 짝이 없으며 모든 일을 당하기만 하는 입장이라는 면에서 불쌍하고 딱하기까지 하다. 하지만 한편으로는 말도 안 되는 세상의 온갖 우연에 치일 때 그가 보이는 태도가, 그가 무슨 짓을 하든 맞이하게 될 결말에는 아무 영향을 주지 못한다 하더라도, 비장하고 숭고하게까지 보이는 면 또한 있다. 뭐랄까, 맬러카이 콘스턴트-엉크는 우연에 치일 때 충실하게 치인다. 그는 윈스턴 나일스 럼포드처럼 자신의 의미에 강박적으로 매달리지도, 의미를 만들어내려고 애쓰지도 않는다. 보애즈처럼 자신을 만족시킬 소소한 가짜 의미를 만들어내고 스스로를 속이지도 않는다. 죽을 때에 이르러서야 그는 샐로의 선물—자기 손으로 죽여버린 친구 스토니가 나타나 "어쨌든 저 위의 누군가가 너를 좋아하거든"이라고 말하는 환상—을 받아들인다. 읽는 사람에 따라서는 이 또한 결국 진실과는 의미가 먼 환상에서 의미를 구할 수밖에 없는 맬러카이 콘스턴트-엉크의 한계를 슬프게 지적한 장면일 것이다. 하지만 나는 맬러카이 콘스턴트-엉크가 인생을 열심히 산 결과 조그만 위안이라도 얻었다는 평면적인 결말로 이 장면을 읽어내지 않을 수 있다고 생각한다. 내게 아름답고 의미 있게 느껴졌던 건 죽는 그 순간에 맬러카이 콘스턴트-엉크가 느낀 쾌락이나 그가 발견한 의미가 아니었다. 어떤 거짓이나 의미와도 쉽게 타협하지 않고 삶을 수동적인 동시에 적극적으로 충실하게, 굳이 표현하자면 겸허하게 살아낸 그의 인생 자체였다.

소설 속에서 맬러카이 콘스턴트는 자신을 메시지 배달부로 자주 표현한다. 결국 따지고 보면 그가 샐로의 우주선 부품을 전달하는 데 중요한 역할을 했고, 샐로가 우주 저편으로 메시지를 가져가고 있는 만큼 이런 표현은 틀린 것이 아니다. 그 메시지가 다름 아닌 "안녕"이라는 한 마디라는 게 적절하게 느껴진다. 우주 저 끝, 존재하는지조차 알 수 없는 낯선 존재에게 전할 적절한 메시지란 무엇일까? 거창한 의미는 그 내용과 상관없이 거창하다는 이유로 부적절하다. 이 무작위적이고 의미 없는 세상이 주는 허무감에서 탈출하려고 섣불리 만들어낸 의미를 그 존재에게 전하는 건 폭력적인 일이다. 적어도, 맬러카이 콘스턴트처럼 인생의 우연에 충실히 치이며 살아가는 '배달부'가 할 만한 일은 아니다. 맬러카이 콘스턴트가, 또 그와 똑같이 운에 치이는 우리가 서로에게 건넬 수 있는 말은 결국 그것뿐인지 모르겠다.

떨리는 마음으로, 머나먼 길을 지나와, "안녕".

강동혁

커트 보니것 연보

1922년 미국 인디애나주 인디애나폴리스에서 독일계 이민자 커트 보니것 시니어와 이디스 보니것 사이의 3남매 중 막내로 태어남. 본명은 커트 보니것 주니어.

1940년 코넬대학교에 입학해 생화학을 공부함. 〈코넬 데일리 선〉 편집을 맡음.

1943년 미 육군에 입대해 육군 특별 훈련 프로그램의 일환으로 카네기공과대학과 테네시대학교에서 기계공학 교육을 받음.

1944년 어머니 이디스가 자살하고 석 달 후 유럽으로 파견됨. 벌지 전투에서 정찰병으로 적후를 살피던 중 독일군에게 포로로 잡혀 드레스덴으로 끌려감.

1945년 드레스덴 폭격에서 운좋게 살아남음. 이 경험은 『제5도살장*Slaughterhouse-Five*』의 소재가 됨. 송환 후 소꿉친구인 제인 마리 콕스와 결혼함. 시카고대학교 대학원에서 인류학을 공부함.

1946년 시카고대학교에서 논문이 통과되지 않아 학위를 받지 못함.

1947년 아들 마크 출생. 뉴욕주 스케넥터디에서 제너럴 일렉트릭사의 홍보 담당자로 일함.

1949년 큰딸 이디스 출생.

1950년 첫 단편 「반하우스 효과에 대한 보고서*Report on the Barnhouse Effect*」를 비롯, 단편 몇 편을 지면에 발표함.

1951년 제너럴 일렉트릭사를 그만두고 매사추세츠주로 이사함.

1952년 『자동 피아노*Player Piano*』 출간.

1954년 작은딸 나넷 출생. 고등학교 영어 교사, 광고기획사 카피라이터, 자동차 영업사원 등의 일을 병행함.

1957년 아버지 커트 보니것 시니어 사망.

1958년 매형이 열차 사고로 사망하고 그 직후 누나마저 병으로 죽자, 누나의 세 아이를 양자로 들임.

1959년 『타이탄의 세이렌*The Sirens of Titan*』 출간.

1961년 『마더 나이트*Mother Night*』 『고양이 집의 카나리아*Canary in a Cathouse*』 출간.

1963년 『고양이 요람*Cat's Cradle*』 출간.

1965년 『신의 축복이 있기를, 로즈워터 씨*God Bless You, Mr. Rosewater*』 출간.

1967년 드레스덴을 방문함.

1968년 『몽키하우스에 어서 오세요*Welcome to the Monkey House*』 출간.

1969년 『제5도살장』 출간.

1970년 하버드대학교에서 문예창작 강의를 함. 희곡 〈생일 축하해, 완다 준*Happy Birthday, Wanda June*〉이 공연됨.

1971년 시카고대학교에서 『고양이 요람』을 논문으로 인정받아 뒤늦게 석사학위를 받음. 제인과 별거하고 뉴욕으로 이사함. 이후 뉴욕에서 사진작가이자 아동소설가인 질 크레멘츠를 만남.

1972년 미국 PEN 부회장에 선출됨. 『제5도살장』이 영화화되어 그해 칸 국제영화제 심사위원상, 이듬해 휴고상 드라마틱 프리젠테이션 부문 수상.

1973년 전미예술가협회 회원으로 선출됨. 뉴욕시립대 영문학 석좌교수가 됨. 인디애나대학교에서 명예박사학위를 받음. 『챔피언들의 아침식사*Breakfast of Champions*』 출간.

1974년 에세이, 여행기 등을 모은 『웜피터, 포마 그리고 그랜펄룬*Wampeters, Foma and Granfalloons*』 출간.

1976년 『슬랩스틱*Slapstick*』 출간. 이때부터 주니어를 빼고 커트 보니것이라는 이름으로 책을 출간함.

1979년 『제일버드*Jailbird*』 출간. 제인 마리 콕스와 정식으로 이혼하고 질과 결혼함.

1980년 그림책 『해 달 별*Sun Moon Star*』 출간.

1981년 연설문, 에세이 등을 모은 『종려주일*Palm Sunday*』 출간.

1982년 『데드아이 딕*Deadeye Dick*』 출간.

1984년 자살을 시도했으나 실패함.

1985년 『갈라파고스*Galápagos*』 출간.

1987년 『푸른 수염*Bluebeard*』 출간.

1990년 『호커스 포커스*Hocus Pocus*』 출간.

1991년 에세이 『죽음보다 나쁜 운명*Fates Worse Than Death*』 출간.

1996년 『마더 나이트』가 영화화됨. 영화에 커트 보니것 본인도 카메오로 등장함.

1997년 『타임퀘이크*Timequake*』 출간. 소설가로서 은퇴를 선언함.

1998년 『챔피언들의 아침식사』가 영화화됨.

1999년 미출간 단편들을 모은 단편집 『배곰보 코담뱃갑*Bagombo Snuff Box*』, 가상 인터뷰를 모은 『신의 축복이 있기를, 닥터 키보키언*God Bless You, Dr. Kevorkian*』 출간.

2000년 집에 화재가 나 병원 치료를 받음. 뉴욕주 작가로 지명됨.

2005년 에세이 『나라 없는 사람*A Man Without a Country*』 출간.

2007년 맨해튼 자택 계단에서 사고로 머리에 큰 상처를 입고 입원, 몇 주 후 사망함.

2008년 미발표 유고집 『아마겟돈을 회상하며*Armageddon in Retrospect*』 출간.

2009년 미발표 단편집 『카메라를 보세요*Look at the Birdie*』 출간.

2011년 미발표 단편집 『세상이 잠든 동안*While Mortals Sleep*』 출간.

2012년 미발표 유고집 『멍청이의 포트폴리오*Sucker's Portfolio*』 출간.

2013년 졸업식 연설문 모음 『그래, 이 맛에 사는 거지*If This Isn't Nice, What Is?*』 출간.

지은이 **커트 보니것**

1922년 11월 11일 미국 인디애나폴리스에서 태어났고, 2007년 4월 11일 세상을 떠났다. 『타이탄의 세이렌』『마더 나이트』『고양이 요람』『제5도살장』 등의 소설과 풍자적 산문집 『신의 축복이 있기를, 닥터 키보키언』을 발표했다. 1997년 『타임퀘이크』 발표 이후 소설가로서 은퇴를 선언했고, 회고록 『나라 없는 사람』을 남겼다.

옮긴이 **강동혁**

서울대학교 영문학과와 사회학과를 졸업하고 동 대학원에서 영문학 석사학위를 받았다. 옮긴 책으로 『토피카 스쿨』『그후의 삶』『올드 스쿨』『이 소년의 삶』『밤의 동물원』『일곱 건의 살인에 대한 간략한 역사 1, 2』『워터 댄서』『아이 앰 필그림 1, 2』『우리가 묻어버린 것들』『타인의 외피』 등이 있다.

문학동네 세계문학

타이탄의 세이렌

1판 1쇄 2022년 10월 24일 | 1판 3쇄 2023년 2월 6일

지은이 커트 보니것 | 옮긴이 강동혁
책임편집 정혜림 | 편집 임선영 이희연 이현자
디자인 엄자영 이주영 | 저작권 박지영 형소진 이영은 김하림
마케팅 정민호 이숙재 박치우 한민아 이민경 안남영 왕지경 김수현 정경주 김혜원
브랜딩 함유지 함근아 김희숙 고보미 박민재 박진희 정승민
제작 강신은 김동욱 임현식 | 제작처 상지사

펴낸곳 (주)문학동네 | 펴낸이 김소영
출판등록 1993년 10월 22일 제2003-000045호
주소 10881 경기도 파주시 회동길 210
전자우편 editor@munhak.com | 대표전화 031) 955-8888 | 팩스 031) 955-8855
문의전화 031) 955-3578(마케팅) 031) 955-8861(편집)
문학동네카페 http://cafe.naver.com/mhdn
인스타그램 @munhakdongne | 트위터 @munhakdongne
북클럽문학동네 http://bookclubmunhak.com

ISBN 978-89-546-8896-3 03840

잘못된 책은 구입하신 서점에서 교환해드립니다.
기타 교환 문의 031) 955-2661, 3580

www.munhak.com